Engrenages et Sortilèges

Cet ouvrage a été imprimé sur un papier issu de forêts
gérées durablement, de sources contrôlées.

Graphisme de couverture : Noëmie Chevalier
Carte : Joël Querci

ISBN : 978-2-7002-5936-0

ADRIEN TOMAS

ENGRENAGES ET SORTILÈGES

RAGEOT

Celumbre
N
Rade commercia
et militaire
Vieux-Port
Les Rets
Porte Vert-de-Gris
Porte du Chevalier
Porte de

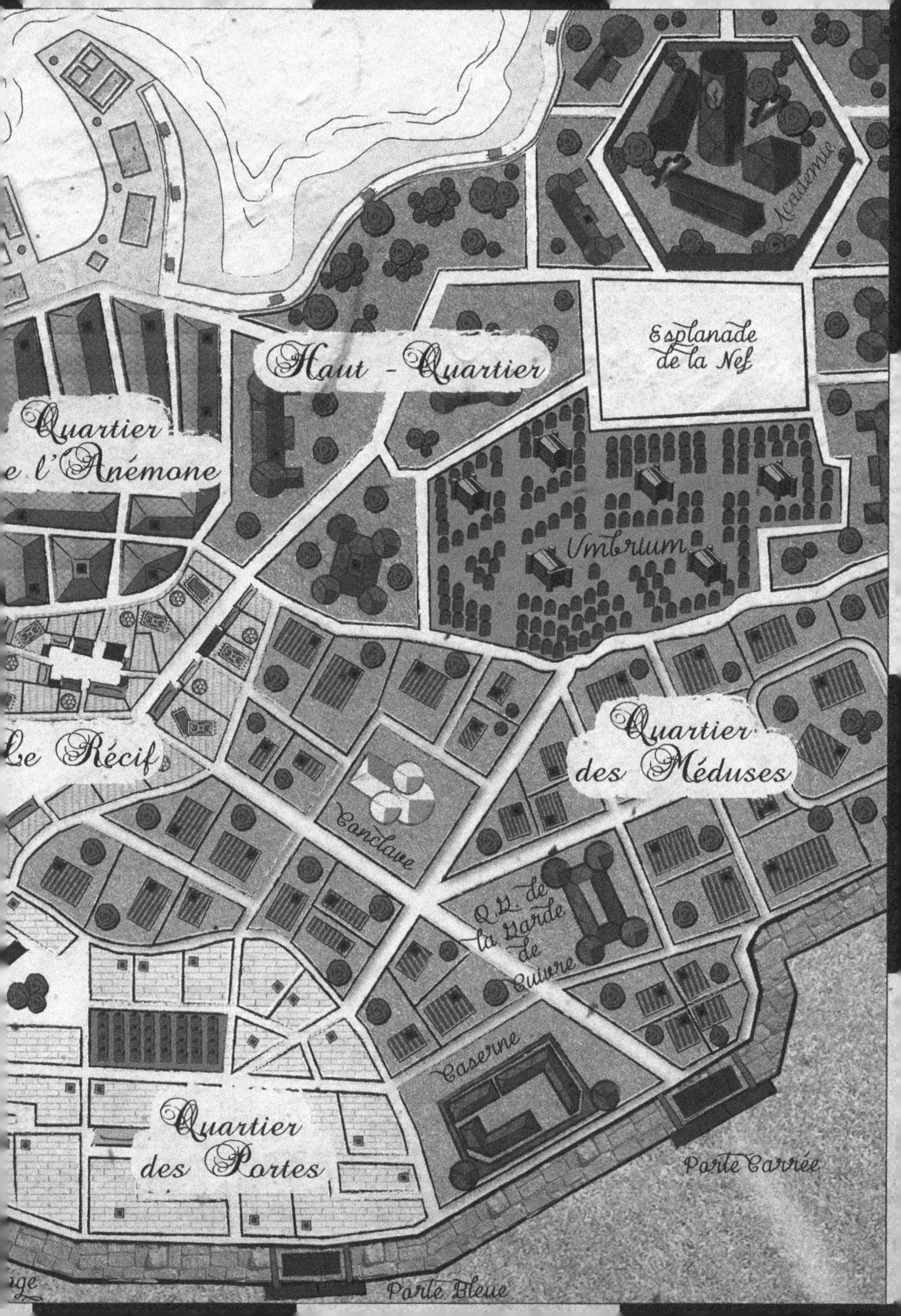
Académie
Esplanade
de la Nef
Haut - Quartier
Quartier
e l'Anémone
Umbrium
Le Récif
Quartier
des Méduses
Conclave
Q.G. de
la Garde
de
Cuivre
Caserne
Quartier
des Portes
Porte Carrée
Porte Bleue

PREMIÈRE PARTIE
AUTOMATES ET FAMILIERS

Chapitre 1

Grise sentit une boule se former dans son ventre dès qu'elle ouvrit les yeux. Aujourd'hui était le dernier jour des vacances d'hiver, le dernier jour passé à la maison, le dernier jour avant le retour à la fois tant attendu et tant redouté à l'Académie.

Elle aimait pourtant aller en cours, apprendre l'art de la mécanique et de l'automatique, écouter ses professeurs disserter de la dernière merveille d'ingénierie sortie des ateliers impériaux, ou se plonger des heures entières dans les ouvrages de la vaste bibliothèque de mécanique, à la recherche de connaissances nouvelles sur tel engrenage, piston ou cadran…

Et pourtant, quelque chose en elle hurlait sa hantise de retourner là-bas, à Celumbre, si loin au nord. Celumbre et son climat pluvieux, Celumbre et son vent mordant, Celumbre et ses habitants maussades. Malgré la science de ses enseignants, malgré le confort de son dortoir, malgré l'intérêt qu'elle portait à son cursus,

Grise aurait tout donné pour rester ici, à Vérémise, la lumineuse, la solaire, la splendide capitale de l'Empire.

Et pourquoi pas, après tout ? Qu'est-ce qui l'empêchait de rester ? Pourquoi, plutôt qu'étudier au sein d'une institution poussiéreuse, ne deviendrait-elle pas à la place l'apprentie du plus grand technologiste de l'Empire ? Pourquoi, au lieu de s'enfermer dans des salles de classe et d'apprendre stupidement par cœur la liste des soixante-dix sortes de boulons de sûreté, n'apprendrait-elle pas la mécanique directement de son plus génial disciple, son propre père, ingénieur d'État à la cour ?

Ingénieur d'État qui ouvrit d'un jovial coup pied la porte de sa chambre, les mains occupées par un imposant plateau de petit déjeuner.

– Bonjour, marmotte de fille ! tonna l'immense Elenzo Oolonga. Enfin réveillée ? Moi, je suis debout depuis cinq heures du matin ! J'ai eu le temps de finir deux automates et une pompe à puits ! Je n'ai jamais compris ceux qui geignent au sujet des insomnies : tout ce temps libre pour construire encore plus de choses, comment peut-on se plaindre ?

Grise sourit. Son père avait à peine fait deux pas dans sa chambre que déjà il l'enveloppait de sa chaleureuse et perpétuelle litanie, son bavardage incessant et précipité qui n'attendait la plupart du temps aucune réponse. Elenzo Oolonga aimait parler, aux autres mais aussi – et surtout – à lui-même. Il adorait raconter que même son miroir, pourtant son plus fidèle confident, en avait parfois assez de l'entendre jacasser.

Géant tout en muscles et en sourires, Elenzo Oolonga ressemblait à l'un de ces mythiques guerriers xamoréens, à la peau sombre, au poitrail saillant, aux bras cuivrés et aux longs dreadlocks ornés de plumes et de bijoux. Mais il n'allait pas jusqu'à arborer les amples robes blanches et noires traditionnelles de Xamorée, pas plus qu'il ne supportait de s'enfermer dans les stricts costumes à haut col et lavallière prisés par les autres ingénieurs d'État. Elenzo Oolonga se vêtait exclusivement de son éternelle salopette d'un rouge passé. À ses trois ceintures de cuir, passées autour de ses épaules et de sa taille, pendait sa collection entière d'instruments, de la pince la plus fine au marteau le plus impressionnant. Il était très strict à ce sujet : tous ses outils devaient impérativement se trouver à portée de main. Grise pensait que cette étrange manie était en grande partie responsable du cou de taureau et des épaules de colosse de son père, qui charriait chaque jour vingt kilos d'attirail bringuebalant.

Seule son épouse, la mère de Grise, parvenait autrefois à le convaincre d'abandonner son matériel derrière lui lorsqu'il était convoqué au palais impérial. « Si tu arrives avec autant de métal sur toi, la Garde de Cuivre va croire que tu es là pour assassiner l'impératrice ! », l'avertissait Alimba Oolonga. Elenzo éclatait alors d'un gros rire, prenait sa femme dans ses bras pour l'embrasser (« Veux-tu bien cesser, grand idiot, protestait-elle en se tortillant, tes clefs à molette me rentrent dans le ventre ! ») et allait se débarrasser de ses ceintures. Grise sentit les larmes lui monter aux yeux en songeant à cette scène pas si lointaine et chassa rapidement l'image de son esprit.

L'ingénieur déposa avec douceur le plateau sur les genoux de sa fille, puis s'assit sur le rebord du lit – en y laissant une vaste trace d'huile, la faute à une burette mal refermée. « Peu importe, songea Grise en fondant avec gourmandise sur la gelée de méduse : je ne dormirai plus ici avant les vacances d'été. »

La jeune fille attaqua avec enthousiasme son petit déjeuner, dévorant tartine sur tartine et saucisse sur saucisse, avant de faire passer le tout avec de grandes gorgées de thé brûlant.

– Doucement ! s'esclaffa son père. Avec ce que tu ingurgites quand tu es ici, je vais finir par croire qu'on ne te nourrit que de quignons de pain et de bouillon maigre, à l'Académie !

Grise déglutit rapidement pour lui parler de son idée de rester étudier ici, mais son père la prit de vitesse.

– Tu es heureuse, là-bas, j'espère ?

Il avait l'air un peu inquiet.

– Bien sûr que j'y suis heureuse ! répondit Grise avec force, sans trop savoir pourquoi.

– Je veux dire… Tu t'y sens bien ? On ne t'en demande pas trop, juste parce que tu es ma fille ? Tu ne ressens pas de pression à atteindre l'excellence ?

– Non, papa, ne t'en fais pas. Je suis une bonne élève parce que j'en ai envie, pas parce qu'on m'y force.

– Excellent ! s'exclama joyeusement son père. N'oublie pas, le respect qu'ont les autres pour toi ne sera jamais aussi important que celui que tu éprouves pour toi-même !

– Je ne risque pas d'oublier : tu me répètes cette phrase tous les jours depuis ma naissance ! répondit Grise. Tu devrais la graver sur le fronton de la maison. Cela nous servirait de devise familiale...

– Très bonne idée ! Ce sera fait d'ici ton retour, aux vacances d'été.

– Papa, je plaisantais...

– Pas moi ! s'esclaffa Elenzo. Un tailleur de pierre viendra dès demain. Bon, et sinon, tu as fini par te faire des amis ? Tu parles toujours avec cette... Lyna ?

Oui, elle était toujours amie avec Lyna. Oui, elles s'entendaient bien, oui elles s'aidaient pour leurs devoirs et leurs projets d'étude, non, elles ne s'intéressaient pas vraiment aux garçons, enfin si, peut-être que Lyna s'y intéressait un petit peu, mais pas Grise. Grise ne trouvait pas les garçons très intéressants.

– Je suis rassuré ! dit son père en lui donnant une bourrade. Enfin, peut-être que Lyna finira par t'aider à comprendre l'intérêt des garçons... C'est de ton âge, après tout !

Grise hocha la tête, mal à l'aise. Lyna n'existait pas. Elle n'était rien de plus qu'une ruse, un leurre inventé quelques mois plus tôt pour convaincre son père que sa vie sociale se portait le mieux du monde. En réalité, après quatre ans passés à l'Académie, Grise ne s'était liée avec personne. Les autres filles de sa classe la trouvaient étrange, avec sa peau foncée, sa vaste masse de cheveux et sa manie de passer son temps libre à lire de gros livres compliqués et à construire ou disséquer des mécanismes. De son côté, Grise était incapable de s'imaginer parler de garçons, glousser et pousser de petits cris stupides.

Était-elle anormale parce qu'elle trouvait épuisant d'entendre ricaner les filles de sa classe à chaque fois qu'un garçon vaguement agréable à regarder approchait ? Cela pouvait-il changer sa vie de savoir que la grande Emmara trouvait ce crétin de Cyrus Vorocle très à son goût ? Elle en doutait sincèrement.

Ces *grelucheries* – elle avait inventé un mot spécialement pour décrire la manière dont les filles de son âge se comportaient – l'irritaient au plus haut point.

Et les garçons n'étaient pas en reste : aucun d'entre eux ne semblait encore avoir découvert que la parole pouvait servir à autre chose qu'à émettre des remarques potaches et des plaisanteries grossières.

Pourquoi personne n'était-il *intéressant*, à quinze ans ?

Les autres élèves l'évitaient donc, et elle le leur rendait bien. Elle n'éprouvait de toute façon aucun attrait pour les ragots d'une classe de quatrième année et préférait de loin lire et relire les manuels de mécanique ou d'automatique de ses auteurs préférés. Après tout, comment des adolescents pouvaient-ils avoir plus pertinent à raconter que les experts des disciplines qu'elle rêvait de maîtriser ? Grise étudiait pour rejoindre un jour la Commanderie du Cadran, la légendaire université d'ingénierie où les meilleurs parmi les meilleurs apprenaient à construire et réparer automates, canons à foudre, spirogyres, chars blindés et autres engins complexes qui assuraient la supériorité tactique de l'empire mycéen. Elle n'avait pas de temps à perdre avec une vie sociale.

Si elle y réfléchissait, pourtant, Grise devait admettre que c'était peut-être cette solitude incessante qui la faisait douter de son envie de retourner à l'Académie. Ses professeurs la tenaient en haute estime, en tant que fille d'un ingénieur d'État, certes, mais aussi en tant que brillante étudiante. Le primarque Ioséphir lui-même s'arrêtait pour lui parler, bien que sa conversation tourne souvent autour de la carrière météorique de son père. Elle se sentait appréciée, admirée… mais cela n'avait rien à voir avec la chaleur rassurante qu'elle éprouvait lorsqu'elle était en compagnie de son père.

Oui, l'isolement lui pesait. Ne pouvoir parler à personne de ce qu'elle lisait, imaginait, brûlait de comprendre ou de construire, de ses rêves ou de ses envies… C'était déprimant. Elle préférait rester à la maison que de retourner à l'école.

Mais elle ne put l'admettre devant la rangée de dents blanches et bien alignées de son père. Elle refusait de le décevoir, elle refusait qu'il puisse penser que sa fille unique, dont il était si fier, puisse faire des caprices dignes d'une enfant de sept ans. « Je veux pas retourner à l'école ! », non mais vraiment…

Non, elle ne parlerait pas de sa solitude à son père. Elle retournerait à l'Académie, obtiendrait son diplôme avec mention et deviendrait la meilleure ingénieure d'État. Et là, Elenzo Oolonga l'accueillerait avec fierté dans le cercle restreint des technologistes et automaticiens impériaux ! Encore quelques années à tenir, et ensuite…

– Bon, dépêche-toi de manger ! la pressa son père. Ton autocalèche part dans moins de six heures, et c'est exactement le temps dont nous avons besoin pour finir notre petit projet !

Sous le coup de l'excitation, Grise avala tout rond sa bouchée. Elle avait complètement oublié ! D'ordinaire, il était presque impossible d'arracher son père à ses inventions en cours, qui occupaient la plus grande part de son esprit brillant. Mais pour une fois, à la grande joie de sa fille, il avait accepté de les laisser de côté le temps des vacances et de l'initier aux bases de l'automatique, en construisant avec elle un minuscule drone ailé.

Grise avala une dernière saucisse, but d'un trait ce qui restait de son thé, puis bondit hors des draps et se précipita derrière le paravent, accompagnée par le rire sonore de son père.

– Allez, rejoins-moi dès que tu es prête ! On va mettre la touche finale à ce machin, toi et moi ! Quand cette vieille baderne d'Ioséphir va voir la merveille qu'on a construite tous les deux, il va en laisser tomber son dentier et regrettera d'avoir choisi la magie plutôt que la technologie, tu peux m'en croire ! Tiens, pendant que j'y pense, je crois avoir compris pourquoi le bloc arcanique secondaire n'arrête pas de se déconnecter : c'est le boulon du réservoir qui fait court-circuit ! Tu vas voir, un cache en porcelaine, une encoche dans le capot, et ça sera corrigé en deux temps trois…

Grise ne saisit pas la fin de la phrase : son père avait déjà dévalé l'escalier et s'éloignait à grands pas dans l'immense jardin fleuri qui séparait la maison de son atelier, au point qu'il était désormais impossible à la jeune fille de l'entendre. Elle sourit, ayant tout oublié de son malaise à l'idée de rentrer à l'Académie, enfila sa salopette et courut rejoindre son père.

Chapitre 2

Toc. Toc. Toc.

Cyrus décolla mollement son visage de l'oreiller, juste le temps de maugréer quelque chose qui ressemblait à «laissez-moi dormir!» avant de se laisser retomber dans les coussins.

Toc. Toc. Toc!

Le garçon soupira. Le troisième coup sur la porte, plus sec, signifiait que le serviteur derrière le panneau de bois n'était absolument pas disposé à le laisser profiter de sa grasse matinée. Cyrus se retourna en grognant et chercha Quint du regard. Le gros chat roux n'était pas à sa place habituelle, roulé en boule au pied du lit, ni nulle part ailleurs dans la chambre. «Il doit être dehors à s'offrir une sieste au soleil», songea vaguement Cyrus. C'était pour ça que le serviteur se permettait d'insister: il savait qu'il n'avait rien à craindre de l'imposant matou, dont la maisonnée toute entière redoutait de troubler le sommeil.

Toc ! *Toc* ! *Toc* !

Cyrus rouvrit les yeux et fronça les sourcils : voilà que le larbin s'énervait ! C'était inadmissible : non seulement il le réveillait aux aurores, mais en plus il se payait le luxe de s'impatienter !

– Laissez le plateau devant la porte ! gronda-t-il. Je mangerai plus tard !

La poignée tourna brusquement, et Cyrus bondit dans son lit : non mais, le culot de ce laquais ! Il se prépara à passer un savon au domestique, mais sa diatribe enflammée s'évapora lorsqu'il reconnut la silhouette qui se découpait dans l'encadrement.

Haute et élancée, ses cheveux auburn sévèrement ramenés en une tresse d'où ne dépassait pas le moindre cheveu, la baronne Abylabe avait les lèvres fines, les pommettes hautes, le nez aquilin et les yeux de la couleur – et de la température – de la glace. Comme tous les jours, elle était vêtue de sa longue veste d'officier bleue à galons d'or, avec épaulettes blanches, médailles épinglées au revers et ruban noir en travers de la poitrine. La baronne Abylabe était une héroïne de la Guerre des Îles, et personne au monde ne pouvait, ne *devait* l'ignorer.

– Mère ! s'étrangla Cyrus, confus.

– En personne.

Elle lui décocha un regard perçant, avant de déclarer :

– Je ne pensais pas que tu aurais tant besoin de sommeil, après deux pleines semaines de relâche. Es-tu malade ? Dois-je faire venir un guérisseur ?

La question était aimable, mais le ton aurait pu congeler un soleil. Cyrus secoua prudemment la tête.

– Fort bien, enchaîna la baronne. Aurais-tu dans ce cas l'obligeance de te lever, afin que nous puissions profiter ensemble de notre dernier petit déjeuner avant ton retour à l'Académie ?

– Oui, mère.

– Je ne suis de toute façon pas très favorable à ce que tu prennes tes repas au lit : je trouve cela… terriblement décadent. Ne crains-tu pas que ces mauvaises habitudes ne ramollissent ta volonté ? J'imagine que ça ne peut pas être bon pour ta formation d'ésotéricien. Déjà que tu peines à canaliser le moindre sort de flammes…

Cyrus retint un soupir. Encore une pique sur ses difficultés en élémentalisme… Il maniait le mentalisme avec élégance, usait d'illusionnisme sans même y penser, et ses maîtres en guérison applaudissaient ses sortilèges curatifs, mais non, tout ce qui importait à sa mère, c'était sa capacité à produire de stupides flammes magiques, des nuages glacés ou des éclairs de foudre.

Cependant, elle avait raison : les arcanes élémentaires lui échappaient. Des quatre écoles ésotériques, l'élémentalisme était pourtant censée être la plus facile à maîtriser : allumer une lampe à huile du bout des doigts ou geler l'eau en soufflant dessus faisaient partie des tout premiers sortilèges enseignés à ceux qui possédaient le don. Mais Cyrus butait sur les incantations les plus basiques et avait toutes les peines du monde à suivre le rythme infernal imposé par ses professeurs dans cette discipline. Et sa mère ne manquait jamais une occasion de le lui rappeler. « On gagne une bataille avec des tempêtes de feu et des tremblements de terre, rappelait-elle souvent, pas avec des illusions d'arcs-en-ciel, des petites cuillères tordues et des tours de saltimbanques. »

La baronne Abylabe considéra son fils d'un air pincé, puis quitta la chambre. Dès que la porte se fut refermée, Cyrus jaillit hors des couvertures. Il poussa les volets afin de faire entrer la lumière, et sa chambre fut inondée par le soleil qui, à Vérémise, brillait hiver comme été. De sa haute fenêtre, il pouvait apercevoir l'azur de la mer du Sud, qui scintillait au-delà des jardins luxuriants de la demeure familiale. Bientôt, songea-t-il, cette vue serait remplacée par les toits d'ardoise, le brouillard, les fumées des cheminées et des usines et le triste océan gris qui bordait Celumbre. Contre toute attente, cette pensée fit naître un sourire sur ses lèvres. Il avait hâte de quitter le décor paradisiaque du sud de l'Empire et de rejoindre l'Académie, car cela signifiait également ne plus entendre les réflexions de sa mère pendant près de six mois.

Cyrus choisit soigneusement sa tenue, un costume noir qu'il assortit avec une chemise blanche sous un veston et une cravate crème. Le noir lui allait vraiment bien, constata-t-il pour la centième fois en observant son reflet. Quel dommage que l'Académie persiste à les affubler de gris et de rouge…

Il recoiffa avec assurance sa tignasse aile-de-corbeau, chaussa ses bésicles dorées et tira sur le col de sa chemise pour le faire tenir droit, ainsi que le portaient les jeunes gens à la mode. Lorsqu'il fut enfin satisfait de son apparence, il sortit de la chambre. L'opération avait bien pris dix minutes, mais il était hors de question d'empirer la situation en risquant une réflexion sur son allure débraillée.

Cyrus trottina dans les couloirs du vaste manoir familial, le bruit de ses pas absorbé par les monceaux de tapis duveteux couvrant le parquet. Il rejoignit la salle à manger et s'assit sans enthousiasme à sa place, où un automate silencieux lui servit un bol de porridge grisâtre (avoine, son et méduse) et deux tranches de pain noir couverts de marmelade d'orange amère.

– Ce n'est pas trop tôt. Et veux-tu bien porter ta chemise normalement ? Tu ressembles à un vagabond.

Cyrus retint un soupir et ajusta son col pour former un pli sage.

À l'autre bout de la table, sa mère était plongée dans sa correspondance, le front barré d'une ride soucieuse. Comme souvent, elle avait une tasse de thé noir dans la main gauche, une plume dans la droite. Elle prenait frénétiquement des notes tout en lisant les rapports des espions, des éclaireurs et des officiers empilés sur la table du petit déjeuner.

Haute-stratège et première générale des armées de l'Empire, Dame Abylabe n'avait que peu de temps à consacrer à son fils – ce qui n'était pas forcément pour déplaire à Cyrus. La baronne avait toujours été distante vis-à-vis de ses enfants, confiant leur éducation à des nourrices, des précepteurs puis des institutions : l'École Navale pour l'aîné, Athanas, l'Académie des Sciences Occultes et Mécaniques pour Cyrus, le cadet chez qui on avait décelé le don de magie. Le prestige et l'honneur que le futur amiral et le futur ésotéricien d'État pouvaient conférer à la baronnie comptaient énormément pour Dame Abylabe – bien davantage, se disait parfois Cyrus, que ses enfants eux-mêmes.

– Toujours plus de recrues pour l'armée, marmonna sa mère pour elle-même. Les jeunes gens sont séduits par les avantages que nous offrons et étoffent nos rangs.

– C'est une bonne chose, non ? risqua Cyrus.

– Oui et non, renifla Dame Abylabe. Évidemment, il est souhaitable d'avoir une armée nombreuse et puissante, surtout dans le contexte actuel de course à la technologie... On ne sait jamais quand une nation va se déclarer notre ennemie rien que pour tester la puissance de son arsenal. Mais former tout ce monde est complexe, et très coûteux. Peut-être devrais-je suggérer à l'impératrice de renvoyer une partie de ces bonnes volontés à la Garde de Cuivre...

– Pourquoi la Garde de Cuivre aurait-elle besoin de renforts ? s'enquit poliment son fils.

– Parce que les grandes villes comme Celumbre ou Vérémise sont de moins en moins sûre, évidemment, soupira la baronne Abylabe. La sécurité intérieure est débordée. Les réfugiés de la guerre contre les Îles continuent à s'installer en masse dans l'Empire. Leur présence attise les haines et les rancœurs et cela déséquilibre le fonctionnement de nos cités. La criminalité explose, les Révocateurs se font de plus en plus nombreux, la grève menace plusieurs usines…

Cyrus faillit répliquer qu'elle ne pouvait s'en prendre qu'à elle-même – la baronne Abylabe avait été la principale stratège de la sanglante campagne de conquête des Îles, quelques années plus tôt, et l'afflux de réfugiés était par conséquent en grande partie de son fait. Il eut cependant la sagesse de garder le silence.

– La révolte gronde, poursuivit sa mère en feuilletant ses rapports. Les primarques sont impuissants, la Garde de Cuivre est submergée… J'apprends ici que les patrouilles ont complètement cessé dans le quartier pauvre de Celumbre !

– Oui, on dit que l'Arachnide est désormais la seule maîtresse des Rets, confirma distraitement Cyrus en mordant dans sa tartine.

La baronne braqua sur lui un regard courroucé.

– L'Arachnide ? Ne me dis pas que tu crois à ces sornettes ? Une reine du crime vieille de plusieurs siècles, parvenue à fédérer autour d'elle voleurs, mages noirs et révolutionnaires ? Allons donc ! Bientôt, tu vas me dire qu'Ioséphir déjeune tous les jours avec les spectres de Mégadoras, ou que tu as croisé Ione la Disparue au détour d'une ruelle !

Le visage pâle de Dame Abylabe avait légèrement rosi, et ses yeux étincelaient de colère. S'il y avait bien une chose que la baronne détestait plus encore que les cols de chemise mal pliés, c'était bien les racontars ineptes.

– Si la populace était facile à unifier, cela se saurait ! tonna-t-elle. L'Arachnide n'est rien de plus qu'une légende urbaine que les criminels propagent pour faire croire qu'ils sont organisés et effrayer le peuple et les autorités !

– Oui, mère, vous avez raison, bien sûr, répondit aussitôt Cyrus en baissant les yeux sur son porridge.

La baronne le fixa un instant, les paupières plissées, puis se replongea dans sa correspondance.

– Il s'agit néanmoins de nouvelles inquiétantes, murmura-t-elle. Pour l'Empire, bien sûr, mais aussi pour toi.

Il releva aussitôt le menton.

– Pour moi, mère ?

– Si Celumbre est aussi dangereuse, peut-être devrais-je éviter de t'y renvoyer...

Cyrus sentit son cœur manquer un battement. Elle ne pouvait tout de même pas être sérieuse ! Dame Abylabe était une héroïne de guerre riant à la face du danger, incapable de seulement *envisager* la peur !

Et pourtant, elle semblait véritablement hésiter. Des rides de doute et d'inquiétude – des expressions pourtant rarissimes chez elle – striaient son visage dur.

– Je pourrais engager un précepteur en magie pour te faire cours ici, au manoir, poursuivit la baronne en avalant une gorgée de thé. Ainsi, il te serait possible de...

– Non !

La tasse s'immobilisa à un centimètre des lèvres de sa mère.

– Je te demande pardon ?

Cyrus grimaça.

– Mes excuses, mère, je ne souhaitais pas vous interrompre. Ce que je voulais dire, c'est que… l'Académie est la meilleure des écoles de magie, la seule qui puisse me permettre de devenir ésotéricien d'État…

– Je dispose encore de l'oreille de l'impératrice, je pourrais la convaincre de…

– Mère, ne serait-ce pas envoyer un mauvais message ? lança Cyrus, pris d'une soudaine inspiration. Me retirer de l'Académie parce que vous ne faites pas confiance aux autorités locales ? User de vos privilèges pour obtenir à votre fils un traitement de faveur ? Imaginez le titre de la Gazette : « La première générale critique la gouvernance de Celumbre et retire son fils de l'Académie ». Ne serait-ce pas embarrassant, pour une dignitaire impériale ?

La baronne Abylabe observa longuement son fils, avant de hocher la tête. Cyrus crut même discerner un imperceptible début de sourire.

– Je peux t'accorder ce point, acquiesça-t-elle. Cependant, la sécurité de mes héritiers me préoccupe davantage que ma réputation.

Cyrus haussa les sourcils, surpris : alors ça, c'était une première !

– Je préfère te savoir à mes côtés pendant ces… temps troublés, plutôt qu'à l'autre bout de l'Empire, poursuivit la baronne. La sécurité de Celumbre…

– Mère, quand bien même la Garde de Cuivre peinerait à maintenir l'ordre à Celumbre, l'Académie est la forteresse la plus impressionnante et la mieux défendue du nord de l'Empire ! Mieux encore, elle est sous la responsabilité directe du primarque Iosèphir, l'un des ésotériciens les plus éminents du monde ! Même une guerre ne pourrait égratigner les défenses qu'il a dressées pour protéger ses étudiants. Si vous tenez tant que cela à me garder en sécurité, l'Académie est de loin la meilleure solution !

La baronne Abylabe le dévisagea un long moment, sans répondre. Finalement, ses épaules s'affaissèrent légèrement, et elle soupira :

– Très bien, je m'incline. Puisque tu tiens tant que ça à retourner à tes chères études, il en sera ainsi. Mais sois assuré que je surveillerai tes résultats avec attention, notamment tes notes d'élémentalisme…

Cyrus, soulagé, acquiesça vigoureusement et promit même de redoubler d'effort dans cette matière.

– Bien. Si tu as fini de déjeuner, tu peux quitter la table. J'espère que tes bagages sont prêts : je souhaite que les automates les chargent dans l'autocalèche dès que possible. Profite bien de ton dernier jour de vacances.

La baronne Abylabe le congédia d'un vague geste de la main, et Cyrus retourna dans sa chambre, espérant que Quint y serait revenu.

Chapitre 3

Grise essuya d'un revers de manche la sueur qui lui dégoulinait sur le front, ce qui eut pour principal effet d'y ajouter une grosse trace d'huile de moteur. Elle ne s'en aperçut pas et plongea la tête la première dans l'ouverture béante de la machine. Si seulement elle pouvait réussir à placer sa clef correctement sur cet écrou…

À peine une semaine que les cours avaient repris, et déjà maître Agathan lui avait confié – à elle seule ! – l'entretien d'une machine de précision, apparemment très importante pour les recherches de certains professeurs d'ésotérisme.

Elle se contorsionna comme une anguille, tenta mille et une positions et manqua se déboîter le coude, mais rien n'y fit : le joint défectueux était inaccessible de ce côté. Poussant un soupir funèbre, elle s'extirpa des entrailles de la machine et se laissa tomber sur le sol pavé. Cette fois, c'était certain : elle avait démonté la mauvaise partie de l'engin. Il y avait trois autres capots sur ce satané bidule, et il avait fallu qu'elle déboulonne le seul qui ne lui permettait pas d'atteindre la source du problème.

Elle s'était pourtant sentie si fière quand, deux heures plus tôt, elle avait identifié l'origine de la panne simplement en posant son oreille contre le ventre de métal de la machine. Le craquement de l'oscillateur latéral, pourtant à peine audible, lui avait sauté aux tympans. Mais le mécanisme était recouvert d'une coque deux fois trop grande pour lui, et l'écho l'avait induite en erreur.

Grise sortit un chiffon taché d'une des poches de sa salopette et s'essuya le visage et les mains. Ce faisant, elle ne fit qu'étendre les aplats d'huile de moteur sur sa peau d'ébène et son épaisse chevelure d'acajou, si inhabituels sous ces hautes latitudes.

Grise était née en Xamorée, mais ses parents l'avaient emmenée sur le continent mycéen avant son premier anniversaire. Comme nombre des habitants de sa région d'origine, Grise était grande et élancée, avait des lèvres pleines et de larges yeux d'un noir d'encre. Dans la cité nordique de Celumbre, remplie de gens pâles comme la neige, on avait tendance à la dévisager avec des yeux ronds ou à se retourner sur elle. Ce qui allait à l'encontre de sa philosophie de vie, qui consistait à éviter autant que possible de se faire remarquer.

Elle leva le nez et consulta l'heure sur l'horloge aux aiguilles dorées qui trônait au sommet du bâtiment central de l'Académie. Son cœur tomba au fond de sa poitrine. Trois heures et quart. Elle avait déjà raté le cours de micromécanique appliquée et, si elle ne se dépêchait pas de finir, elle allait manquer le suivant, ingénierie architecturale.

Ce n'était pas grave en soi : Grise caracolait en tête de classement dans ces matières, ayant absorbé l'intégralité du programme avant même le début de l'année. En outre, ses professeurs savaient qu'elle travaillait sur ce projet spécial à la demande de maître Agathan et ne lui en voudraient pas de ne pas assister à leurs classes. Il y avait même de fortes chances qu'ils soient ravis de son absence, puisqu'elle signifiait qu'elle ne les interrompait pas constamment pour pointer leurs imprécisions.

Mais Grise détestait manquer les cours, quand bien même elle savait déjà par cœur tout ce que les enseignants allaient raconter.

Dépitée, elle envoya promener sa clef, qui rebondit en tintant sur les pavés. Elle leva un regard maussade sur le monstre cuivré bardé de cadrans, d'aiguilles, de pistons et de voyants lumineux. À quoi pouvait bien servir cette cochonnerie, de toute façon ? Maître Agathan avait bien tenté de le lui expliquer, une histoire de détection des Flux dans les couches atmosphériques ou quelque chose du genre… La mécanicienne grimaça en contemplant le gros moteur à arcanium qui alimentait l'engin. Tout ça pour étudier la magie : quel gâchis !

Ressource rarissime dans l'empire de Mycée, l'arcanium était acheté à prix d'or et acheminé de Tovkie ou de Xamorée. Là-bas, il était partout, pénétrant les pierres, l'eau et la terre, et même certains êtres vivants.

Personne ne voyait donc le moindre inconvénient à revendre les excédents aux ingénieurs mycéens, qui les employaient pour alimenter les automates et engins de guerre, mais aussi l'éclairage public, les autocalèches et les navires marchands.

Évidemment, les ésotériciens ne voyaient pas les choses ainsi : ils préféraient faire de la magie selon l'ancienne tradition, gaspillant le précieux arcanium en tours de passe-passe et sortilèges ridicules qui n'arrivaient plus depuis longtemps à égaler la puissance des machines.

Malgré son attitude progressiste, l'impératrice Sarenziah de Mycée restait très attachée à ses ésotériciens. Elle leur offrait des quantités invraisemblables d'arcanium et les couvrait d'argent et de privilèges, malgré leur obsolescence de plus en plus flagrante. Pendant ce temps, des mécaniciennes aussi douées que Grise se retrouvaient à réparer des machines idiotes qui ne servaient qu'à donner aux magiciens l'illusion de servir à quelque chose.

La jeune fille émit un grognement d'exaspération.

– `Un échec n'est qu'une étape sur le chemin de la réussite.`

Grise leva les yeux au ciel, tandis que son minuscule automate ailé tournoyait autour de son visage.

– Je sais, Cog, soupira-t-elle. J'ai juste besoin d'une pause, d'accord ?

Mais c'était peine perdue, elle le savait.

– `Endure. Celui qui endure construit sa force.`

– Je n'abandonne pas ! protesta-t-elle. Je suis juste… agacée.

– La colère est la pire punition que l'on peut s'infliger à soi-même.

Elle serra les dents. Son père et elle avaient achevé le minuscule drone cubique juste avant qu'elle ne reparte pour Celumbre, et elle avait pu l'emmener avec elle à l'Académie. Elenzo Oolonga avait trouvé très amusant de permettre au petit drone d'analyser les expressions faciales de ceux qui l'entouraient, de manière à ce qu'il puisse y réagir en récitant, selon la situation, une maxime issue de la sagesse populaire.

– Quand on ose, on se trompe souvent. Quand on n'ose pas, on se trompe toujours.

Il n'y avait pas un jour depuis la rentrée où elle ne maudissait pas son père d'avoir eu cette idée stupide.

– Fascinant, retentit une voix tremblotante dans son dos. Le génie créatif des Oolonga ne cesse de m'impressionner…

Grise se retourna d'un bond, se retrouvant face au primarque Alastor Iosèphir, directeur de l'Académie. Ses yeux verts pétillaient de malice, tandis qu'un sourire enjoué s'étirait sous son épaisse barbe blanche. Il était vêtu d'une somptueuse redingote prune aux boutons d'or et d'un pantalon assorti, d'un gilet noir de la poche duquel dépassait la chaîne d'une grosse montre à gousset, et de confortables bottines fourrées.

– Grand Maître Iosèphir, balbutia Grise en s'inclinant maladroitement. Je ne vous avais pas entendu arriver.

– J'aurais été surpris du contraire, mon enfant, répliqua aimablement le directeur. Je me suis donné un mal fou pour m'approcher en silence et sans être vu. J'aurais été très déçu de constater que mes sortilèges de dissimulation étaient incapables de tromper une technologiste de quatrième année.

– Vous… *souhaitiez* me surprendre ?

– Ne le prends pas de manière personnelle : je déteste qu'on me voie venir. Cela laisse toujours aux gens le temps de préparer ce qu'ils vont me raconter. Au cours de ma longue vie, j'ai eu l'occasion de remarquer que mes interlocuteurs s'imaginent souvent que tout ce qui sort de leur bouche en ma présence doit être poli, réfléchi et sage. C'est excessivement ennuyeux : je trouve bien plus d'intérêt dans la spontanéité née de la surprise.

Et il lui adressa un clin d'œil malicieux, auquel la jeune fille, impressionnée, ne sut comment réagir.

Iosséphir était un très vieux et puissant magicien, comme l'étaient traditionnellement les primarques que l'on chargeait de diriger l'Académie. Mais, contrairement à la plupart des ésotériciens de l'Empire, il était tout à fait favorable à la coexistence des arts occultes et de la technologie. C'était la raison pour laquelle on lui avait confié ce poste : faire cohabiter mécaniciens et ésotériciens sous un même toit nécessitait quelqu'un de convaincu de l'intérêt des deux disciplines.

– Très intéressant, chevrota le primarque en suivant du regard Cog, qui voletait tranquillement au-dessus de sa tête. J'imagine que c'est ton père qui l'a fabriqué ?

– Oui… Enfin non, je… je l'ai aidé. Un peu.

Grise nota le scintillement admiratif dans le regard du vieil homme, et se sentir rosir.

– Je te félicite, dans ce cas. La finition est exemplaire, et l'équilibre aérien parfait. Je comprends pourquoi c'est toi que maître Agathan a choisie pour l'entretien de ce vieil analyseur de Flux… Une machine fragile et complexe, qui demande du doigté. Comment se déroulent les réparations, d'ailleurs ?

– Euh… très bien, Grand Maître, répondit Grise en déglutissant. Je… je pense avoir repéré l'origine du grippage, je dois juste…

– Épargne-moi le jargon technique, l'interrompit gentiment Ioséphir. Mon intérêt pour les machines, bien que sincère, n'a jamais dépassé le stade du néophyte enthousiaste. Si Agathan te fait confiance, alors je suis rassuré : cette vieille guimbarde est entre de bonnes mains.

Grise sentit le rouge lui chauffer les joues. Le vieillard échangea encore quelques banalités puis prit congé.

– Je suis en retard pour le Conseil, s'excusa-t-il. Celumbre ne va pas se diriger toute seule…

Ioséphir était l'un des neuf primarques, les édiles de la ville nommés par l'impératrice elle-même, dont l'assemblée dirigeait tous les aspects d'une cité. Chaque primarque avait une fonction précise : sécurité, hygiène, bureaucratie, justice, économie, divertissement… Ioséphir occupait le poste prestigieux de primarque de l'éducation, traditionnellement cumulé à Celumbre avec la fonction de directeur de l'Académie.

– J'ai parfois l'impression d'être le seul à réfléchir plus loin que le bout de mon nez, soupira le vieillard. Ce sera un miracle si mes collègues n'ont pas déjà pris dix décisions idiotes avant mon arrivée… La dernière fois, le primarque de la sécurité a suggéré de fermer tout le réseau d'égouts, prétextant qu'ils étaient impossibles à surveiller et que les voleurs des Rets les empruntaient impunément… Et le primarque de l'hygiène a trouvé sa suggestion tout à fait pertinente ! On voit qu'ils n'ont jamais eu à endiguer une épidémie de peste rousse, ces deux crétins… Non mais vraiment…

Le directeur secoua la tête et sourit :

– Enfin, je t'ennuie avec mes tracas de politicien. Je te laisse à tes réparations, Grisella. Transmets mes amitiés à ton père, la prochaine fois que tu lui écriras.

– Je n'y manquerai pas, Grand Maître.

– Et tu pourras lui dire qu'il avait raison : votre petit automate m'a effectivement beaucoup impressionné – bien que pas au point d'y laisser mon dentier. Votre lignée compte décidément les meilleurs mécaniciens que je connaisse.

Grise rosit sous l'effet du compliment et balbutia un remerciement confus. Ioséphir lui adressa un petit signe de tête et s'éloigna lentement, jusqu'à disparaître à l'angle de la cour.

Ragaillardie par les encouragements du primarque, Grise se retroussa les manches. Ils n'avaient presque pas évoqué son père, cette fois : le grand maître s'était arrêté pour lui parler à elle, et à elle seule !

– Allez, la pause est finie ! lança-t-elle gaiement. On s'y remet, Cog ?

– Lorsqu'on regarde dans la bonne direction, il ne reste plus qu'à avancer, claironna le petit automate.

– Là, je ne peux qu'approuver, s'amusa la jeune fille.

– Hé, regardez, la gratte-rouille discute encore avec sa boîte de conserve !

Elle sentit les poils de sa nuque se hérisser en reconnaissant la voix moqueuse et se retourna sur la bande d'imbéciles qui riaient en la désignant du doigt.

Cyrus Vorocle était l'archétype du petit ésotéricien de bonne famille. Arrogant, sûr de lui, il ne se déplaçait qu'avec sa meute, une bande de sbires ricanant à la moindre de ses mauvaises plaisanteries. Il était pourvu d'une magnifique chevelure noire, d'une peau pâle sans défaut et d'un incroyable regard bleu sombre rehaussé par de minuscules – et ridicules – bésicles dorées. Cyrus était beau, il le savait et il en jouait. Deux des membres de sa clique étaient des filles stupides qui gloussaient et rougissaient à chaque fois qu'il leur adressait la parole – attitude qui donnait envie à Grise de les étrangler.

Les étudiants en ésotérisme avaient parfaitement conscience de l'avenir brillant auquel leur don les destinait. Ils étaient les occultistes, érudits et primarques de demain, la future classe dirigeante de l'Empire. Ils méprisaient donc de toutes leurs forces les ingénieurs, mécaniciens et automaticiens, qu'ils voyaient comme des enfants stupides cherchant à compenser leur absence de pouvoir arcanique par des bricolages ridicules. De leur côté, les technologistes considéraient les ésotériciens comme les derniers représentants d'une espèce obsolète, puisque les machines pouvaient désormais accomplir mieux et plus vite presque tout ce dont était capable un magicien.

Grise inspira profondément et tenta d'ignorer les quolibets, se concentrant sur le boulonnage de la plaque qu'elle avait passé vingt minutes à retirer. Malheureusement, le système d'analyse de Cog était trop précis pour ne pas identifier ses véritables émotions :

– `Éprouver de la honte revient à nier qui l'on est,` pépia le minuscule cube ailé, ajoutant à son inconfort.

– Évidemment qu'elle a honte ! s'exclama Cyrus. Moi aussi j'aurais honte, si j'avais l'allure – et l'odeur – d'un rat d'égout...

Et il fronça ostensiblement le nez, comme si la puanteur de la jeune fille était insoutenable. Les imbéciles qui l'accompagnaient hurlèrent de rire.

– Tu devrais pourtant avoir l'habitude des mauvaises odeurs, répliqua Grise, les dents serrées. Avec les relents de médiocrité qui sortent de ton clapet à chaque fois que tu essaies d'être drôle...

Les ricanements serviles firent place au silence. Blême de rage, Cyrus fit un geste sec du poignet, et la clef de serrage sauta de la main de la mécanicienne, retombant en tintant plusieurs mètres derrière elle.

– Dois-je te rappeler le respect dû à tes supérieurs, *gratte-rouille* ? gronda l'ésotéricien. Ou, mieux encore, dois-je signaler ton inconduite au primarque ?

Grise pâlit à son tour. Cela n'échappa pas à Cyrus.

– Oui, susurra-t-il cruellement, je devrais reporter ton irrespect envers un étudiant en ésotérisme... Je suis certain que le grand maître serait très mécontent de savoir qu'une simple gratte-rouille se montre insultante envers un adepte des Flux...

La mécanicienne se mordit la lèvre, maudissant son éclat de colère. Elle savait pourtant qu'il était interdit de manquer de respect aux magiciens. Leur volonté était leur bien le plus précieux et reposait en partie sur l'estime de soi : insulter les ésotériciens revenait à prendre le risque de briser leur confiance en eux-mêmes, et donc à mettre en danger leurs performances magiques. Même lorsqu'ils se montraient insultants ou provocants, il était interdit de répliquer. Une situation terriblement injuste pour les mécaniciens, dont abusaient joyeusement les ésotériciens. Ioséphir avait beau être un ami de son père, les règles étaient les mêmes pour tout le monde.

La jeune fille se força à garder son calme. Elle mourait d'envie de mettre son poing sur le nez de ce sale petit cafard mais, d'une part, sa magie l'en empêcherait probablement et, d'autre part, elle ne pouvait vraiment pas se permettre un tel débordement. Pour entrer un jour à la Commanderie du Cadran, elle devait avoir un dossier académique irréprochable. Or, la moindre incartade se soldait immanquablement par un commentaire indélébile, qui pouvait lui coûter sa chance de devenir ingénieure.

Aussi se contenta-t-elle de baisser la tête.

– Je suis désolée, parvint-elle à articuler. Je n'aurais pas dû te... manquer de respect.

– Non, tu n'aurais pas dû, acquiesça le magicien. Peut-être, dans ma grande bonté, oublierai-je de le mentionner si je croise le primarque... Mais à ta place, je ne me ferais pas trop d'illusions.

– S'il te plaît, murmura-t-elle. Ne lui dis rien. Je... je t'en prie, je...

– Si tu veux me supplier, souillon, fais-le correctement. Mets-toi à genoux.

Ricanement servile de la clique, rictus satisfait du crétin, souffle court de Grise. La mécanicienne et l'ésotéricien se jaugèrent du regard. Elle tremblait de tous ses membres : son désir de devenir un jour ingénieure d'État pouvait-il justifier de s'abaisser volontairement devant Cyrus Vorocle ? *Oui, évidemment, absolument*, se raisonna-t-elle. Son avenir était bien plus important qu'une petite humiliation dans la cour de l'Académie.

Alors pourquoi ses genoux refusaient-ils de plier ?

– J'attends, renifla froidement Cyrus.

Les paroles de son père lui revinrent soudain en mémoire. « Le respect qu'ont les autres pour toi ne sera jamais aussi important que celui que tu éprouves pour toi-même ». Grise fronça les sourcils : à quoi ressemblerait son respect pour elle-même si elle encaissait ainsi sans rien dire ? Hors de question de s'aplatir devant son bourreau, et au diable le dossier sans tache ! Il allait voir, ce crétin de gigote-doigts !

Alors qu'elle se creusait la tête pour trouver une réplique susceptible de clouer le bec au magicien, l'un de ses suiveurs le tira par la manche. Cyrus Vorocle jeta au garçon le même regard qu'il aurait jeté à une fiente de pigeon sur sa robe.

– Elle n'en vaut pas la peine, marmonna le sbire d'un ton d'excuse.

L'ésotéricien fronça les sourcils.

– Qu'est-ce qui t'arrive, Carvasc ? grogna-t-il. La gratte-rouille te fait de la peine, c'est ça ? Tu la trouves jolie, avec ses traces de suie et sa salopette déchirée ?

– Bien sûr que non, murmura le dénommé Carvasc en rougissant vivement. C'est juste que... On va être en retard, c'est tout.

Cyrus resta un instant silencieux, pesant le pour et le contre, avant de déclarer :

– Tu as raison. Nous avons perdu bien assez de temps avec cette gratte-rouille : il ne manquerait plus qu'elle nous fasse manquer le début du cours d'illusionnisme.

Il tira inutilement sur son col parfaitement ajusté, passa une main négligente dans sa chevelure d'onyx et se dirigea vers l'intérieur du bâtiment, entraînant sa bande à sa suite.

Prise d'une soudaine inspiration, Grise glissa la main derrière le capot à-demi boulonné de la machine. Ses doigts tâtonnèrent un instant, avant de se refermer sur le levier de vidange, qu'elle actionna avec un craquement sec. Aussitôt, un clapet s'ouvrit l'autre côté de la machine et régurgita en gargouillant une masse de fumée huileuse sur Cyrus et sa bande.

La jeune fille abandonna là ses outils et s'enfuit sous les jurons et les cris des ésotériciens aveuglés par le nuage graisseux.

– `Celui qui cherche à se venger est comme la mouche qui se cogne contre la vitre sans voir que la porte est ouverte,` rappela Cog d'un ton de reproche en voletant à sa suite.

Mais Grise était trop occupée à rire pour l'écouter.

Chapitre 4

La porte de la chambre s'ouvrit avec fracas. Le chat roulé en boule sur le fauteuil ouvrit un œil curieux. Cyrus traversa la pièce à grands pas et s'immobilisa devant le miroir en pied, dans lequel il s'observa en poussant des jurons à intervalles réguliers. Une odeur épouvantable vint soudain percuter le nez délicat du félin, qui bondit sur ses pattes en frémissant de dégoût. Était-il possible que son maître, si soigneux, si propre sur lui, puisse être à l'origine de pareille abomination ?

– Oui, c'est moi, grogna le magicien en réponse à son interrogation silencieuse. Je sens un peu la fumée.

« La fumée, et la graisse, et le métal, et la suie et la poussière », songea le matou révulsé. Le poil hérissé, le chat roux bondit du fauteuil et partit se réfugier dans la penderie, à l'autre bout de la pièce. Là, il l'espérait, les horribles effluves ne pourraient l'atteindre.

Cyrus ignora totalement le malaise de son familier. Il braqua sa volonté sur le baquet de métal, posé sur un tabouret à côté du miroir, convoqua tant bien que mal son Flux Puissant et prononça un sortilège d'élémentalisme. Aussitôt, le récipient s'emplit d'une eau tiède et un peu huileuse, qui répandait une vague odeur de citron. Le mage ôta ses bésicles couvertes de graisse et les lança hargneusement sur son lit, puis se débarrassa de son uniforme maculé. Il se saisit alors de la grosse éponge qui reposait à côté du baquet, la plongea dans l'eau et frotta énergiquement sa peau.

Cyrus avait passé l'après-midi à puer la fumée de machine. Les professeurs de l'Académie toléraient très mal le retard, aussi n'avait-il pas pris le risque de repasser par sa chambre pour se changer. Il avait dû supporter les remarques cinglantes des enseignants, très déçus de son manque de décorum, et les regards mi-amusés, mi-dégoûtés de ses camarades.

Tout ça par la faute de cette maudite gratte-rouille !

Tant bien que mal, l'ésotéricien parvint à débarrasser sa peau des dépôts de suie et de l'odeur de métal chauffé dans lesquels il fermentait depuis l'incident. Et d'abord, qu'est-ce qu'une Xamoréenne fichait à étudier la mécanique à Celumbre ? Il s'attaqua ensuite à ses cheveux, qu'il lava avec acharnement jusqu'à ce qu'ils ne sentent rien d'autre que les coûteux parfums que sa mère lui faisait parvenir. Comme s'il n'y avait pas déjà assez de ces damnés mécaniciens dans l'Empire, voilà qu'il en arrivait de l'étranger ! Il se sécha tant bien que mal en évoquant un sortilège de chaleur à moitié raté, avant de se vêtir d'un uniforme propre – pantalon et veste gris, chemise blanche et veston rouge sang. Peut-être n'aurait-il pas dû se moquer d'elle ainsi, aussi, c'était un peu de sa faute si… *non mais et puis quoi encore ?!* Elle avait sciemment insulté un magicien – pire, elle l'avait humilié ! Sa volonté avait dû en prendre un sérieux coup… Il expédia d'un geste de la main le tas de vêtements sales dans la panière à linge. Elle allait voir ce qu'elle allait voir, cette gratte-rouille : à la seconde où il croiserait la route du grand maître Iosèphir, son cursus académique s'arrêterait net ! Ah mais !

Le chat roux se décida finalement à sortir de l'armoire et s'approcha du jeune mage, le reniflant avec précaution. L'émanation méphitique avait pratiquement disparu : le félin estima que son maître méritait une récompense et se frotta contre ses jambes.

– Pas maintenant, Quint ! grogna Cyrus en repoussant son familier du bout du pied.

Vexé, le chat s'éloigna en se dandinant et sauta de nouveau sur le fauteuil, où il se roula en boule pour reprendre sa sieste. Mais il n'eut même pas le temps de fermer l'œil : Cyrus le chassa aussitôt pour s'asseoir à sa place, devant son bureau encombré de notes, d'engins de mesure et de plumes cassées. Quint protesta en émettant un miaulement rauque, et son maître, réalisant enfin qu'il avait mal traité son familier, recula le siège et l'invita à prendre place. Le chat roux ne se fit pas prier : il bondit sur ses genoux, s'affala de tout son long et entreprit de ronronner avec force.

– Désolé, marmonna le magicien en le caressant gentiment. Je n'ai pas passé la meilleure des après-midis.

– Je te pardonne, maître, répondit le chat avec bienveillance. Éprouves-tu le besoin de me faire part de ta frustration ?

– Non, je te remercie, Quint. Je vais faire mes exercices, plutôt, cela me changera les idées.

– À ton aise, maître.

Le chat posa béatement sa tête triangulaire sur ses pattes, et ronronna de plus belle tandis que Cyrus lui grattait distraitement l'oreille.

Quelques instants plus tard, cependant, une nouvelle odeur de brûlé parvint aux narines sensibles du félin, qui releva la tête. Sur le bureau, plusieurs parchemins raturés avaient commencé à fumer et à se piqueter de traces noires, sans pour autant parvenir à s'enflammer. Les traits crispés par la concentration, Cyrus marmonnait tout bas les incantations élémentaires destinées à faire naître le feu – sans succès.

– Je n'arrive pas à accéder correctement au Flux Puissant, soupira le magicien, dépité. Je dois être encore trop perturbé par ce qui s'est passé tout à l'heure...

Diplomatiquement, Quint n'émit aucun commentaire.

Pour une raison inexplicable, le brillant Cyrus restait incapable d'invoquer la foudre, le feu ou la glace, de faire trembler la terre ou de déchaîner le vent. Seule l'apparition de l'eau, l'exercice le plus simple de la discipline, semblait à sa portée – et encore lui avait-il fallu d'innombrables heures d'entraînement avant de pouvoir simplement emplir un baquet pour se laver.

Cyrus convoqua alors le Flux Spirituel et s'exerça à la télékinésie, discipline qu'il maîtrisait déjà à la perfection. Il fit léviter plusieurs petits objets à la fois et les fit se mouvoir au-dessus du bureau avec grâce, dans un étrange ballet aérien. Quint soupira discrètement : son maître avait la fâcheuse tendance à abandonner rapidement lorsqu'une difficulté se présentait et à masquer ses échecs en faisant étalage de ses autres talents. C'était par exemple ce qu'il avait fait un peu plus tôt dans la journée, lorsqu'il avait malmené la mécanicienne et avait en retour été humilié par cette dernière.

Comme tous les familiers, l'esprit de Quint était étroitement lié à celui de son maître. Ainsi, il avait clairement saisi la première pensée de Cyrus lorsqu'il avait aperçu la mécanicienne : il était intrigué, s'intéressant sincèrement à ce que la Xamoréenne était en train de faire avec l'analyseur de Flux de la cour. Son premier réflexe avait été de lui poser des questions, pour comprendre et apprendre ce qu'il ne savait pas encore. Mais cela impliquait de faire preuve d'humilité, d'amabilité et de patience, des vertus aussi rares chez lui que son affinité avec l'élémentalisme. Cyrus avait donc, une fois encore, évité de fournir un effort pour emprunter le chemin le plus facile, celui du sarcasme.

Et, comme souvent lorsqu'il faisait ce genre de choix, les choses s'étaient mal terminées pour lui.

– N'importe quoi ! protesta Cyrus en laissant retomber les objets en lévitation sur son bureau.

Quint fronça le museau : il oubliait parfois que le lien télépathique fonctionnait dans les deux sens.

– Je suis navré si mes réflexions t'ont perturbé, maître, s'excusa le félin. Je ne me permettais ces digressions mentales que parce que j'ai clairement ressenti ton intérêt pour cette jeune personne…

– Que… Je m'intéressais à l'analyseur de Flux, pas à elle ! tonna Cyrus. Ce… ce n'est qu'une *mécanicienne*, qui construit des engins stupides, lourds et bruyants en nourrissant le vain espoir d'arriver à la cheville des mages ! Je ne vois aucune raison qui pourrait te faire penser que… qu'elle serait… Enfin, c'est une *gratte-rouille* !

– Loin de moi l'idée de te contredire, maître, susurra Quint en posant paisiblement sa tête sur ses pattes.

Le familier avait depuis longtemps appris que son maître pouvait singulièrement manquer d'humour. Cela ne l'empêchait pas de le taquiner à l'occasion, jugeant que Cyrus aurait beaucoup gagné à développer un peu d'autodérision – mais le félin avait la sagesse de savoir quand s'arrêter.

Le jeune ésotéricien pratiqua encore quelques exercices d'illusionnisme, mais le cœur n'y était plus. Il soupira bruyamment et se saisit d'une plume, d'un encrier et d'un morceau de papier. Il tenta de dessiner le glyphe de soin qu'il devait rendre le lendemain en cours de guérison, se concentrant pour instiller une fraction de pouvoir à chaque symbole qu'il traçait à l'encre mêlée d'arcanium. Mais la plume tremblait ou griffait le papier, et sa magie se dissipait presque aussitôt, refusant de pénétrer le parchemin. Il maugréa un juron et jeta la plume sur le bureau, découragé.

Son regard s'arrêta alors sur le chat étalé en travers de ses genoux. Cyrus considéra le félin avec sévérité, le tenant pour responsable de son humeur. Il se leva brusquement, forçant son familier à sauter au sol.

– Je dois aller chercher des livres à la bibliothèque, prétexta-t-il. J'ai un devoir de mentalisme pour demain, et il me faut de la documentation. Je serai de retour dans une heure ou deux.

Il se dirigea vers la porte de la minuscule chambre et tourna la poignée de cuivre.

Quint perçut aussitôt le danger.

Il traversa la pièce en deux bonds et se jeta en avant, toutes griffes dehors, pour protéger son maître.

Le sortilège foudroyant destiné au jeune mage atteignit le chat roux en plein ventre.

Chapitre 5

Grise sentait ses yeux la piquer. Ne voulant pas courir le risque de tomber sur Cyrus Vorocle et sa bande, elle avait abandonné les réparations de l'analyseur de Flux et ne s'y était attelée à nouveau qu'à la nuit tombée. À sa demande, Cog avait ouvert son châssis pour révéler une petite ampoule arcanique répandant une luminosité verdâtre, à la lueur de laquelle elle pouvait travailler.

La jeune fille avait cru que l'oscillateur déréglé était le seul problème mais, en ouvrant le capot, elle avait également repéré une série d'engrenages grippés qui ne tournaient plus qu'avec peine. Les réparations s'étaient avérées bien plus longues que ce qu'elle avait imaginé : en plus de replacer l'oscillateur dans son axe, elle avait dû colmater la fuite qui avait fait rouiller les rouages, puis démonter chacune des pièces abîmées pour les brosser et les graisser avant de les remettre dans le bon ordre. Le tout sous les encouragements de Cog, qui ponctuait chacun de ses jurons sonores par une maxime destinée à la faire relativiser.

Minuit avait sonné depuis longtemps à l'horloge de l'Académie quand, enfin, Grise serra le dernier boulon du dernier capot de l'analyseur. Elle était assez fière d'elle : elle avait achevé l'entretien en un temps record et était certaine que maître Agathan la féliciterait.

Bâillant à s'en décrocher la mâchoire, elle ordonna à Cog de voleter devant elle pour l'éclairer jusqu'au dortoir. L'Académie était totalement silencieuse : tout le monde était parti se coucher depuis longtemps déjà. Elle longea les ateliers dédiés à la construction d'automates en lorgnant avec envie à travers les fenêtres couvertes de poussière et dépassa sans lui accorder le moindre regard la salle d'illusionnisme, un gros bâtiment circulaire surmonté d'une coupole dont les vitres avaient été remplacées par des miroirs. Elle tourna au coin de la tour de l'horloge dominant le campus et traversa rapidement les jardins où poussaient les plantes magiques revendues à prix d'or aux apothicaires de la ville.

Grise rejoignit l'escalier menant aux dortoirs des technologistes, qu'elle gravit sans enthousiasme. Elle devrait se lever dans moins de cinq heures : à quoi bon aller se coucher maintenant ?

Elle quitta brusquement l'escalier conduisant aux chambrées et s'engagea dans le couloir latéral qui débouchait sur la bibliothèque de mécanique. Elle venait de décider qu'elle passerait le reste de la nuit à étudier les rouages de Spilbank qui, elle en était certaine, allaient tomber lors des prochains examens.

– `Qui veille de nuit dort de jour`, avertit Cog.

La jeune fille l'ignora. Elle se savait parfaitement capable de se passer de sommeil jusqu'à midi : ensuite, elle irait faire une sieste à la place du repas, ce qui lui permettrait de tenir jusqu'au soir.

Elle se faufila dans la bibliothèque et remonta la première travée. En passant devant le rayonnage réservé à l'automatique, elle dut résister à l'envie de poursuivre sa quatrième relecture du *Manuel d'Automatique Avancée*, un grimoire si énorme qu'il faisait ployer l'étagère sur laquelle il était posé. C'était un ouvrage fondateur pour tout futur ingénieur intéressé par la conception et la construction d'automates, et Grise le trouvait passionnant. Malheureusement, le cursus de l'Académie ne prévoyait cet enseignement qu'à partir de la cinquième année, aussi la jeune fille s'était-elle rabattue sur l'apprentissage théorique, dévorant méthodiquement tout ce que les bibliothèques recensaient comme ouvrages traitant du sujet. En quatre ans, elle avait lu au moins deux fois tout livre ayant trait aux automates au sein de l'Académie, sans pour autant avoir eu l'occasion de mettre son savoir en pratique, en-dehors de quelques heures d'amusement dans l'atelier de son père.

Elle passait un temps colossal à étudier un sujet que les élèves de son âge n'étudiaient pas encore : une autre raison pour ses camarades de la trouver étrange, réalisa-t-elle avec un petit pincement au cœur.

Elle s'éloigna du gros livre à la couverture vieillie en poussant un soupir de frustration, et se dirigea vers la section « Roues et engrenages » de la bibliothèque. Grise naviguait entre les rayonnages avec l'aisance qu'engendrait l'habitude, même en pleine nuit. Alors qu'elle tendait la main vers l'ouvrage qu'elle recherchait, elle s'immobilisa brusquement.

Des chuchotements.

Il y avait quelqu'un d'autre dans la bibliothèque !

Grise sentit sa salive sécher sur sa langue : si elle était prise à se balader dans les couloirs au beau milieu de la nuit, même pour étudier, elle était bonne pour une semaine de grattage de rouille sur tout ce que l'Académie comptait de surfaces oxydées !

Avec précaution, elle tendit la main vers Cog et tourna la clé qui dépassait de sa coque. Aussitôt, les ailes diaphanes du cube volant se replièrent, et le drone désactivé tomba lourdement dans sa main. Hors de question qu'elle se fasse repérer parce que son automate de compagnie avait décidé de réciter un proverbe au pire moment possible !

Elle rangea le cube dans une poche de sa salopette et revint doucement sur ses pas, mettant le cap vers les chambrées. Après tout, dormir un peu était peut-être plus raisonnable…

Mais quelque chose l'intrigua. Les voix des chuchoteurs étaient hachées, précipitées, comme agacées. Et surtout, les murmures se déversaient en continu, formant une véritable conversation. Ce n'étaient pas quelques mots rapidement échangés au détour d'un couloir silencieux, non : c'était une véritable discussion. Grise, poussée par la curiosité, décida d'en savoir plus.

Retenant sa respiration, elle se faufila entre les étagères et s'approcha des intrus. Elle se plaqua contre une armoire débordant de livres et tendit l'oreille.

– Je te dis qu'elle n'est pas dans son dortoir ! s'irritait une voix feutrée qui devait appartenir à une femme. J'ai fait le tour de tous les lits, et je peux te garantir qu'elle n'est pas là !

– Tu as dû mal regarder, gronda un homme à la voix très grave, qui faisait apparemment des efforts pour ne pas parler plus fort. Notre informateur est formel : elle est dans le dortoir nord-est !

– Je sais ! s'énerva la femme. Tu me prends pour une demeurée ou quoi ? Je te dis que son lit est vide !

Grise sentit son cœur se serrer. Qu'est-ce que c'était que cette histoire ? Le dortoir nord-est, c'était le sien, et connaissant ses camarades de chambrée, la seule à avoir découché, c'était elle ! Se pouvait-il que ces intrus la recherchent, *elle*, au beau milieu de la nuit ?

– Une Xamoréenne, c'est pourtant impossible à manquer, souffla l'homme à la voix grave, confirmant ses craintes.

– Elle est peut-être allée rejoindre un garçon pour une balade romantique au clair de lune ? proposa une troisième voix, un homme avec un timbre déplaisant, un peu nasal.

– J'en doute, ricana Femme-Feutrée. Il paraît que c'est une tête d'œuf, un petit génie qui ne pense qu'à la mécanique : ça m'étonnerait qu'elle s'intéresse aux garçons.

Grise serra les dents. Qu'est-ce qu'elle pouvait bien savoir de son rapport aux garçons, celle-là ?

– Ça va mieux, ton visage ? demanda Parle-Du-Nez.

– 'A saign' pu, en tout câs, renifla un quatrième larron avec un fort accent des Îles.

– Il t'a pas loupé, le greffier, ricana doucement Femme-Feutrée.

– Moi non pu, j'l'ai pô manqué !

– J'espère que tu ne l'as pas trop abîmé avec ton sort, grommela Voix-Grave. On n'est pas censé leur faire de mal, et ça vaut aussi pour le chat...

– T'casse pô, j'l'ai just' un peu assommé, grommela Accent-des-Îles. Y ronque, tout comme son maît'.

Grise ne comprenait plus rien. Ils avaient enlevé... un chat ? Qu'est-ce que c'était que ces kidnappeurs à la manque ?

– On devrait peut-être partir ? proposa Parle-Du-Nez, tendu. Sécuriser le colis et revenir un autre jour pour la Xamoréenne ?

– Hors de question, gronda Voix-Grave, qui devait être le chef. Le primarque n'aura pas d'autre choix que de renforcer la sécurité, après la disparition d'un étudiant. Vous avez envie de vous retrouver nez à nez avec des automates de la Garde de Cuivre, vous ?

Les trois autres répondirent par un silence embarrassé.

Grise réfléchit à toute vitesse. Ces quatre types avaient déjà capturé quelqu'un, et envisageaient clairement de l'enlever elle aussi. Au moins l'un d'entre eux était un mage, puisque capable de lancer un sort ayant mis quelqu'un – et son chat, pour une raison qui la dépassait – hors d'état de nuire. En outre, rien ne lui permettait d'affirmer qu'ils n'étaient pas plus de quatre : il pouvait très bien y avoir d'autres voyous qui se baladaient dans son dos en ce moment-même, et seule la chance lui avait permis de leur échapper !

Un instant, elle se demanda pourquoi on cherchait à la capturer, mais elle repoussa la pensée : elle n'avait pas de temps à perdre avec cela ! Les solutions d'abord, les réponses ensuite : tel était le crédo des mécaniciens.

Grise étudia ses options. Il était exclu de retourner dans les dortoirs, où elle serait forcément retrouvée. Les quartiers des surveillants étaient de l'autre côté du campus, et elle devrait de toute façon passer par le couloir où les quatre malfaiteurs tenaient leur conciliabule. De l'autre côté, il y avait les jardins et la cour bordée par des bâtiments de classes tous fermés à clé : des zones dégagées, sans aucun endroit où se cacher. Hors de question, donc.

Elle eut soudain une idée géniale. Apparemment, personne ne l'avait vue ni entendue travailler sur l'analyseur de Flux : elle pouvait tout à fait déboulonner discrètement l'un des capots de la machine, se glisser à l'intérieur et attendre tranquillement que le jour se lève entre la coque et le mécanisme !

– Je retourne vérifier la cour, déclara Voix-Grave. Puisque c'est une tête d'œuf, elle est peut-être en train de bidouiller une de ces machines, en bas... Avec le boucan qu'elles font, on l'a peut-être simplement manquée.

Grise ferma les yeux, mortifiée : voilà que son seul plan venait de s'envoler ! Le maraudeur avait-il lu dans ses pensées ? Un autre mage, porté sur le mentalisme ? Non, c'était impossible, sinon il aurait su qu'elle était là...

– On fait quoi, pendant ce temps ? demanda Femme-Feutrée.

– Je ne sais pas, une partie de croquet ? gronda Voix-Grave. À votre avis, bande d'imbéciles ? Retournez vérifier les dortoirs, les bibliothèques, les cuisines, les ateliers, les salles de classe ! Il reste quatre heures avant l'aube, alors bougez-vous ! On ne part pas d'ici tant que cette maudite gamine n'est pas dans un sac !

La terreur glaça le cœur de Grise, tandis que les voix des quatre rôdeurs se rapprochaient de sa position.

Son cerveau accéléra brusquement, et ses pensées s'imbriquèrent les unes dans les autres jusqu'à former un début de stratégie. Forçant son corps figé par la peur à lui obéir, Grise plongea sa main dans sa poche et en tira Cog, qu'elle activa d'un tour de clé. Aussitôt, les ailes translucides jaillirent du cube et papillonnèrent frénétiquement, tandis que l'automate s'illuminait d'une douce lueur verte. Dans son dos, de l'autre côté du rayonnage, les pas des ravisseurs se faisaient de plus en plus proches. Dans un instant, ils dépasseraient le rayon et pourraient la voir.

Sans hésiter, elle adressa une large grimace à Cog, qui réagit exactement comme elle l'avait prévu :

– Qui moquerie sème, moquerie recueille ! avertit le petit drone d'une voix sonore.

Des exclamations de surprise étouffées retentirent de l'autre côté de l'étagère, et Grise put entendre des pas se rapprocher de la source du bruit. C'était maintenant ou jamais !

Elle s'arc-bouta violemment contre la bibliothèque, poussant de toutes ses forces. Le meuble émit un grincement sinistre puis, entraîné par le poids des ouvrages, bascula dans un grand fracas sur les malfaiteurs. Femme-Feutrée et Parle-Du-Nez poussèrent des cris de terreur, avant d'être ensevelis sous une pluie de lourds volumes. Mais Voix-Grave bondit vivement en arrière et évita de justesse la chute de la bibliothèque. Sans réfléchir, Grise cueillit Cog dans les airs et le projeta à deux mains vers ce qu'elle pensait être le visage du rôdeur. Il y eut un choc sourd, un grognement et le bruit d'un vaste corps qui s'écroule.

Grise poussa un cri de victoire, qui s'étrangla aussitôt au fond de sa gorge : Accent-Des-Îles était resté en arrière pour surveiller leur prisonnier, enfermé dans un grand sac de toile, et n'était pas tombé dans le piège tendu par l'adolescente. Le magicien fut brièvement éclairé par un rayon de lune, et elle put voir qu'il était assez gros et chauve, avec d'épais sourcils noirs froncés sur des yeux en amande typiques des Îliens. Mais, surtout, il était en train de prononcer des phrases incompréhensibles d'une voix gutturale : il allait jeter un sort !

Grise, à court d'idées, protégea instinctivement son visage de ses bras. Il y eut un éclair de lumière, et elle crut sa dernière heure arrivée. Mais elle entendit alors un gémissement, puis le bruit d'un corps heurter le sol. Ouvrant les yeux avec précaution, elle hoqueta de surprise en trouvant le sorcier étendu au sol, inconscient.

Derrière lui, Cyrus Vorocle achevait de se dépêtrer du sac dans lequel on l'avait jeté.

– Que… qu'est-ce que… balbutia-t-elle, stupéfaite.

– Enfin une occasion ! soupira l'ésotéricien en époussetant son uniforme. J'écoute ces imbéciles se disputer depuis une demi-heure… Sérieusement, j'étais sur le point de leur suggérer moi-même d'aller te chercher près de l'analyseur de Flux !

Grise resta bouche bée.

– Je plaisante, bien sûr, grimaça le magicien en roulant des yeux. Ces gratte-rouille, aucun humour…

– Je ne comprends pas, murmura la jeune fille, tremblant de tous ses membres. Que… qu'est-ce qui se passe, exactement ?

– Je n'en ai pas la moindre fichue idée. Excuse-moi un instant, veux-tu ?

Le magicien s'accroupit et farfouilla dans le sac, pour en tirer avec précautions le corps d'un gros chat roux. L'animal ne réagit pas quand Cyrus le prit dans ses bras. Il paraissait mort.

– Il… il va bien ? déglutit Grise.

– Oui, je crois, répondit Cyrus en berçant le félin. Il a pris un sortilège paralysant de plein fouet. Un maléfice destiné à un humain, tu peux imaginer ce que ça peut faire à un familier… Enfin, non, j'oubliais à qui je parle…

Grise se força à inspirer doucement. Même après avoir échappé à un enlèvement, Cyrus Vorocle se comportait encore comme un odieux crétin ! Elle était à deux doigts de l'envoyer promener, quand Cog vint se poser sur son épaule en cliquetant. Il avait une aile un peu voilée suite à son vol plané jusque dans le nez de Voix-Grave, mais autrement il semblait en bon état.

C'était ridicule, mais sa présence l'apaisa.

– Nous devons aller voir le primarque Iosèphir, déclara Grise. Le tirer du lit, et lui raconter tout ce qui s'est passé ici !

– Nous ? releva Cyrus avec une petite moue.

– Oui, nous ! rugit la jeune fille. Nous sommes dans le même bateau, que cela te plaise ou pas ! Nous devons prévenir quelqu'un !

– Je doute que ce soit une bonne idée, répondit calmement le magicien.

– Que… On vient de se faire attaquer en pleine nuit par quatre mercenaires venus nous capturer ! Comment alerter le grand maître pourrait être autre chose qu'une bonne idée ?!

– Je t'expliquerai plus tard. En attendant, nous devons quitter l'Académie.

– Quitter l'Ac... Non mais tu as complètement perdu la tête ?! s'exclama Grise. C'est strictement interdit – et incroyablement dangereux... et aussi très stupide !

– Nous allons nous cacher en ville, poursuivit Cyrus comme si elle n'avait rien dit. Je connais une auberge où nous pouvons loger en toute discrétion... Le temps de...

– Dis, tu m'écoutes ? Il est hors de question que je quitte l'Académie, et surtout pas avec toi ! Si tu crois que...

Elle s'interrompit brusquement : depuis quand avait-elle besoin de l'approbation de Cyrus Vorocle ? Qu'il s'enfuie donc, ce cafard, et bon débarras ! Quant à elle, elle allait de ce pas réveiller le primarque Ioséphir pour...

Le sortilège paralysant l'atteignit en plein dans la nuque, et tout devint noir.

Chapitre 6

La porte de la chambre s'ouvrit à la volée, claquant si violemment contre le mur qu'elle rebondit et faillit se refermer aussitôt sur le nez de l'intruse. Cyrus se réveilla en sursaut, alarmé. Quint, jusqu'alors tranquillement roulé en boule sur ses pieds, détala sous le lit en labourant de ses griffes les mollets de son maître. Celui-ci étouffa un gémissement de souffrance, avant de relever un regard aussi digne qu'il le put vers l'invitée indésirable.

La mécanicienne, les poings sur les hanches, paraissait sur le point d'exploser.

– Toi ! rugit-elle. Qu'est-ce que tu m'as fait ?!

– Moins fort ! souffla Cyrus. Au cas où ça t'aurait échappé, on est ici pour éviter d'être repérés...

– Oh, je te rassure, j'ai bien remarqué que *tu m'as enlevée* ! Ah, ça valait la peine de vaincre quatre maraudeurs pour se faire capturer *par leur victime* !

Le magicien plongea dans le Flux Spirituel et ferma d'une pensée la porte dans le dos de la jeune fille, qui ne frémit même pas.

– Je ne t'ai pas enlevée, corrigea sèchement Cyrus : j'ai fait en sorte de te protéger. De *nous* protéger.

– En me balançant un sort d'inconscience dans le dos ? En me faisant sortir de l'Académie contre mon gré, violant au passage tous les articles du règlement intérieur ? En m'enfermant contre ma volonté dans une chambre d'auberge sordide, où je me suis réveillée sans savoir où j'étais ? Si c'est comme ça que tu protèges les gens, je n'ose même pas imaginer ce que tu fais à tes ennemis !

Cyrus grimaça :

– Dit comme ça, évidemment...

– Comment veux-tu que je le dise autrement ?! Tu trouves ça normal, toi, d'assommer une fille pour l'emmener où tu veux ?

– J'ai fait au mieux pour échapper au pire ! répliqua Cyrus, qui commençait à s'échauffer. Et j'ai eu l'élégance de t'emmener avec moi, au lieu de t'abandonner à ton triste sort !

– Oh, monseigneur est trop bon ! riposta la mécanicienne avec une grimace sarcastique. Que monseigneur soit mille fois remercié d'avoir eu la délicatesse de...

– Nous sommes pourchassés ! l'interrompit l'ésotéricien en bondissant sur ses pieds, envoyant voler les couvertures. Tu l'as compris, ou tu es trop stupide pour additionner un et un ? Traqués par des gens capables de s'offrir les services d'une équipe de professionnels – dont un mage – pour nous enlever de l'école la plus prestigieuse et la mieux protégée de l'Empire !

– Stupide ?! rugit-elle. Si tu crois que...

– Eh, oh ! brailla une voix sonore de l'autre côté du mur. C'est pas un peu fini, les amoureux ? Je pars au turbin dans une heure, moi, et j'aimerais bien finir ma nuit !

Tremblante de rage, la jeune fille ferma les yeux et expira longuement, se forçant à retrouver son calme. Elle n'y parvint qu'à moitié – voire au quart.

– Très bien, gronda-t-elle. Je t'accorde une heure pour me convaincre de rester ici. Passé ce délai, je hèle la première autocalèche qui passe et je rentre à l'Académie. Rejoins-moi dans la salle commune. Est-ce que ta gargote sert des petits déjeuners ? Oui ? Alors je te suggère de m'en commander un : je n'ai pas exactement eu l'occasion de prendre ma bourse hier soir…

Puis elle fit demi-tour, ouvrit la porte d'un geste sec et la claqua derrière elle. Cyrus se laissa tomber sur son oreiller et poussa un grand soupir de frustration. Quint sortit de sous le lit et sauta à côté de son maître. Il se frotta contre son visage en ronronnant :

– Elle n'a pas tout à fait tort, tu sais ? murmura-t-il.

– Ah non, toi aussi ? râla Cyrus.

– J'ai bien conscience que tu as agi au mieux pour assurer notre sécurité, maître, reconnut le félin, apaisant. Mais imagine-toi à la place de cette jeune fille : elle perd connaissance au sein de l'Académie, un lieu qui lui est familier et qu'elle considère comme son foyer, juste après une tentative manquée d'enlèvement – un événement terrifiant, tu le reconnaîtras sans mal – et se réveille…

– Dans un endroit inconnu, sans savoir comment elle est arrivée là, et sans aucune idée de ce qui se passe, je sais, j'ai compris ! s'exclama Cyrus. Ce n'est pas comme si j'avais eu le choix ! Je ne vais quand même pas m'excuser de lui avoir sauvé la vie, non ?

– Tu peux peut-être lui dire que tu es désolé de lui avoir causé de l'inquiétude ? suggéra le familier. Ce serait un début...

– Je n'ai pas de temps à perdre avec ses états d'âme ! J'ai agi de la manière la plus adaptée, la plus intelligente, la plus efficace possible, pour elle comme pour moi. Si cette gratte-rouille n'est pas capable de s'en apercevoir toute seule, tant pis pour elle !

Quint préféra ne rien ajouter, et Cyrus alla s'habiller. Il avait gardé sa chemise et son pantalon pour dormir : après avoir tant bien que mal défroissé l'étoffe, il enfila par-dessus le reste de son uniforme d'étudiant – veston rouge, bottines sombres, veste grise frappée du blason de l'Académie. Il n'avait pas eu le temps d'empaqueter quoi que ce soit la veille – à peine avait-il fait un crochet par sa chambre pour se saisir d'une bourse d'or et de la vieille dague tovkienne mal aiguisée que son frère Athanas lui avait un jour envoyée comme coupe-papier.

Il passa l'arme à sa ceinture, avant de la dissimuler sous son veston. Puis il s'examina devant le miroir mal dépoli et piqueté de rouille qui avait été vissé sur la porte de la chambre. Ça ne convenait pas. Il était beaucoup trop reconnaissable.

Il se laissa alors glisser sur le Flux Subtil et prononça quelques formules illusoires. Aussitôt, le lustre et la couleur de son pantalon et de sa veste disparurent, remplacés par une texture grossière d'un brun passé. La soie écarlate de son gilet se transforma en laine verte et pelucheuse, sa chemise blanche vira au beige usé, et ses bottines de cuir se flétrirent comme s'il les avait portées en continu depuis dix ans.

Le magicien étudia son reflet et plissa les yeux : c'était mieux, mais pas encore suffisant. Quelques formules plus tard, ses cheveux noirs avaient pris une teinte cuivrée, tandis que sa peau pâle se couvrait de taches de rousseur. Il hésita à se faire pousser un peu de barbe, comme il le faisait parfois pour tenter de séduire des filles plus âgées que lui, mais il y renonça finalement. C'était beaucoup trop inconfortable : il n'avait aucune envie de passer son temps à se gratter.

Finalement, Cyrus rangea ses lunettes dorées dans la poche de son veston – il y voyait comme à travers une pelle sans elles, mais porter des bésicles le rendait bien trop identifiable pour qu'il se risque à les porter en plein quartier pauvre.

Enfin satisfait de son apparence, il ouvrit la porte de la chambre et descendit l'escalier grinçant pour rejoindre la salle commune de l'auberge des Deux Hérons. Il ne put retenir un sourire : il adorait cet endroit. Le plafond bas aux poutres apparentes, les murs couverts de chaux, la cheminée gigantesque où mijotaient chaque soir pas moins de trois marmites de délicieux ragoûts, les tables et les chaises dépareillées et les boucliers blasonnés accrochés aux murs, appartenant à des chevaliers des temps jadis depuis longtemps oubliés… Depuis l'année précédente, cette taverne était son repaire secret, sa planque, là où il allait étudier devant un cidre chaud quand il ne supportait plus la fébrilité de ses camarades avant les examens, là où il écoutait les musiciens et les conteurs avec ses amis d'un soir quand l'environnement oppressant de l'Académie finissait par l'insupporter, là où il se réfugiait quand il avait envie d'un peu de vie et d'excitation...

Il n'emmenait jamais ses camarades de classe, de toute façon trop craintifs pour oser braver le règlement interdisant toute sortie hors de l'école. Et c'était très bien ainsi : dans le cas très improbable où quelqu'un remarquerait sa disparition (malgré les illusions très réalistes qu'il laissait derrière lui), personne ne pourrait le dénoncer. En revanche, Quint l'accompagnait toujours : il était douloureux pour un familier et son maître de trop s'éloigner l'un de l'autre, aussi le gros matou en profitait-il pour chasser les souris dans les ruelles adjacentes, ou conter fleurette aux chattes du quartier.

Cyrus se parait d'illusions différentes à chaque fois qu'il venait : il était parfois un petit homme ventru et chauve, parfois un échalas au nez pointu et à la chevelure blonde, parfois encore un costaud au visage sévère : nul ne connaissait sa véritable apparence. Personne, ni à l'Académie ni aux Deux Hérons, ne pouvait savoir que Cyrus Vorocle fréquentait l'établissement. C'était son unique havre de paix, sa seule entorse au strict cursus d'ésotérisme qu'il suivait à l'Académie, la seule rébellion qu'il s'autorisait.

La veille au soir, épuisé et choqué par les événements, Cyrus n'avait pas invoqué d'illusions. Il s'était contenté d'utiliser un simple sort de confusion sur l'aubergiste qui s'était levé au milieu de la nuit pour l'accueillir : déconcerté, l'homme n'avait pas posé la moindre question concernant leurs uniformes, le chat endormi dans ses bras ou l'inconscience de la fille qu'il faisait léviter derrière lui. Au matin, le tenancier aurait complètement oublié qu'il avait loué deux de ses chambres en pleine nuit – et mettrait cela sur le compte de la fatigue.

Cyrus retrouva la mécanicienne assise à une petite table ronde à côté de l'immense cheminée. Les yeux de la fille lancèrent des éclairs dès qu'il posa un pied dans la pièce, aussi jugea-t-il plus sage de faire un crochet au comptoir pour commander le petit déjeuner. Le tavernier, un bonhomme rond, gras et luisant comme s'il avait été taillé dans une meule de fromage, répondit à sa demande par un grognement, empocha les six écus que Cyrus lui tendit et se dandina vers les cuisines pour brailler des ordres à ses marmitons. Comme prévu, il ne posa aucune question.

L'ésotéricien rejoignit la technologiste, occupée à cajoler Quint, qui s'était étalé de tout son long sur la table. Cyrus avait pourtant soigneusement refermé derrière lui, mais cela faisait longtemps que son familier ne se laissait plus arrêter par une porte close. La jeune fille tiqua légèrement en constatant le changement d'apparence de l'ésotéricien, mais elle ne fit pas de commentaire. Elle paraissait attendrie par les ronrons sonores du chat aux yeux clos. Cyrus respira plus librement : peut-être seraitelle en de meilleures dispositions, à présent ?

Il s'assit face à elle, mais elle ne lui adressa pas un regard, se contentant de caresser son familier. Il préféra ne rien dire non plus : il n'avait pas très envie de reprendre leur dispute.

– Je suis contente que ton chat aille mieux, murmura finalement la jeune fille, brisant le silence.

– Moi aussi, admit Cyrus.

– Comment s'appelle-t-il ?

– Quint.

Elle gratouilla le chat derrière l'oreille, ce qui déclencha une véritable explosion de ronronnements.

– Je me suis toujours demandé comment marchait cette histoire de familiers, commenta Grise. Vous utilisez vos animaux comme source de puissance, c'est ça ? Sans eux, vous ne servez à rien ?

– C'est un peu plus compliqué que cela, renifla Cyrus, froissé.

– Vraiment ? Je trouve que c'est bien résumé, susurra malicieusement Quint.

La jeune fille s'immobilisa, stupéfaite, la main quelques centimètres au-dessus de la tête du chat. Celui-ci attendit une seconde puis, frustré, étira le cou pour se frotter lui-même à ses doigts.

– Il... parle ? couina Grise, pétrifiée.

– Évidemment, fit Cyrus sur le ton de l'évidence. Tu ne le savais pas ? Il n'y a pas de familiers en Xamorée ?

– Je n'en sais rien, j'ai quitté la Xamorée quand j'avais un an, répondit sèchement la jeune fille.

– Mais… tu as quel âge ? Quinze, seize ans ?

– Quinze.

– Donc ça fait quatorze ans que tu vis ici.

– Bravo, tu sais compter.

– Et en quatorze ans, tu n'as jamais appris que les familiers parlaient, ou comment fonctionne le lien entre un magicien et son compagnon ?

Le regard de Grise s'obscurcit.

– Je passe déjà tout mon temps à étudier, se défendit-elle. La mécanique, l'automatique, l'ingénierie… Je n'ai pas le temps de m'intéresser aux fariboles d'une science presque morte.

Cyrus se crispa. « Science presque morte », non mais…

– En plus, je ne fréquente pas les ésotériciens, poursuivit la technologiste. Nos bibliothèques, dortoirs, salles de classe et réfectoires sont séparés des vôtres : le seul moment où je peux croiser votre engeance, c'est quand vous venez me harceler entre les cours. Et à ce moment-là, vos familiers sont rarement avec vous.

Cyrus hocha la tête. Effectivement, les étudiants et les professeurs d'ésotérisme laissaient le plus souvent leurs familiers dans leurs quartiers : le lien spirituel était suffisamment étendu pour qu'ils n'aient pas besoin de les garder à leurs côtés en permanence.

– Donc, comment ça marche, un familier ? s'enquit Grise.

– Tu es sûre de vouloir te renseigner sur une science presque morte ? grinça Cyrus.

– Pourquoi pas ? Il faut bien connaître le passé pour préparer le futur, rétorqua la jeune fille.

Cyrus ouvrit la bouche pour répliquer, mais Quint le prit de vitesse :

– Pour répondre à ta question, les magiciens ont généralement un caractère épouvantable, expliqua le chat avec sérieux. Ils ont donc tendance à rester souvent tout seuls, puisque personne ne les supporte. Alors pour éviter de devenir fous, ils enchantent leurs animaux de compagnie, histoire d'avoir quelqu'un à qui parler.

Grise écarquilla les yeux puis, lorsque le félin lui adressa un clin d'œil malicieux, éclata de rire.

– Très drôle, grinça Cyrus, vexé.

Mais avant qu'il ait eu le temps d'ajouter quoi que ce soit, l'aubergiste bedonnant apporta deux plateaux fumants qui débordaient de saucisses, œufs brouillés, champignons, pain noir, méduses à la crème, pâtisseries au miel et jus de fruits. Quint sauta au bas de la table à contrecœur, et le gros homme posa les victuailles devant les deux adolescents.

– 'N'appétit, marmonna-t-il avant de s'en retourner à son comptoir.

Cyrus piqua une saucisse du bout de son couteau et la posa dans son assiette, avant de la découper avec élégance. Grise se jeta quant à elle sur la nourriture, construisant une véritable montagne d'œufs et de charcuterie qu'elle entreprit aussitôt de faire disparaître bruyamment.

– Quoi ? grogna-t-elle en surprenant le regard désapprobateur de Cyrus. J'ai faim ! Ça creuse, de se faire enlever !

Le magicien encaissa la pique et poursuivit son déjeuner en silence. Quint miaula avec insistance, jusqu'à ce que Cyrus lui concède un morceau de saucisse.

– Alors ? lança Grise en essuyant sa bouche barbouillée de jaune d'œuf. À quoi sert un familier ?

– Comment expliquer... Tu as conscience, j'imagine, que la magie est une ressource limitée, dans l'empire de Mycée ?

– Oui, acquiesça-t-elle en engloutissant une méduse à la crème. Peu ou pas de gisements d'arcanium, donc on l'importe des autres continents.

– Tout à fait. Or, chaque sortilège nécessite la consommation d'une certaine quantité d'arcanium. Un ésotéricien en possède naturellement une petite quantité dans son sang, ce qui lui permet de modeler les Flux pour lancer des sortilèges : c'est ce qu'on appelle le don. Personne ne sait ni pourquoi ni comment certains reçoivent ce don et d'autres pas ; tout ce qu'on sait, c'est que le don touche principalement les familles nobles, et qu'on le possède ou non dès la naissance. Tu me suis ?

– Je te précède. Quel rapport avec les familiers ?

– J'y viens. L'arcanium que les ésotériciens ont dans le corps se consume puis se reconstitue naturellement, ce qui nous permet de lancer des sortilèges mineurs sans problème. Mais cela ne suffit pas pour les sorts les plus puissants, pour lesquels il faut beaucoup plus d'arcanium que n'en contient notre sang… De la même manière qu'une machine plus grosse ou plus complexe a besoin de plus de carburant pour fonctionner, pour employer une image qui te parle.

– D'accord. Et donc ?

– Et donc, si à chaque fois que nous lancions un sort, nous consommions la quantité d'arcanium nécessaire à sa réalisation, il nous en faudrait des tonnes et des tonnes chaque année et l'Empire serait en faillite. C'est pour cela qu'il n'existait que très peu de magiciens dans les temps anciens : même ceux qui avaient le don disposaient rarement d'assez d'arcanium pour pratiquer correctement leur art.

– Je ne vois toujours pas le rapport avec ton chat qui parle.

– Eh bien, il y a deux siècles, l'Ésotéricien d'État Hazaccus a trouvé une solution : il a intégré artificiellement une grosse dose d'arcanium dans un animal, et constaté qu'il se reconstituait naturellement avec le temps, comme le don avec les humains, mais bien plus rapidement. Il a alors lié son esprit à cet animal pour pouvoir puiser à volonté en lui, et ça a marché.

– Donc… les familiers sont une sorte de réservoir portatif de magie ?

– Grossièrement, c'est ça. C'est ce qui permet aux magiciens d'être de plus en plus nombreux et de pratiquer leur art sans gâchis d'arcanium : il suffit d'une dose par ésotéricien, celle qui est injectée lors de la création du familier.

Cyrus lança un autre bout de saucisse, que Quint happa au vol. Il regarda le félin avec affection.

– Évidemment, les familiers sont un peu différents des animaux normaux. D'abord, comme tu l'as remarqué, ils parlent. Ensuite, ils peuvent jeter quelques sorts mineurs – Quint adore se rendre invisible pour chasser les souris ou les oiseaux, même si je me tue à lui répéter que c'est de la triche. Et enfin, ils ont la même longévité que leur magicien : lorsque je mourrai, Quint mourra aussi.

– Et s'il meurt avant toi ?

Quint releva aussitôt la tête de sa saucisse et cracha avec colère vers la jeune fille.

– Il n'aime pas trop qu'on parle de ça, s'excusa Cyrus. Un familier tire beaucoup de fierté de sa loyauté envers son maître : mourir avant moi signifierait manquer à son devoir. Mais si par malheur Quint disparaît, je ne serais plus bon à grand-chose : ma « réserve de pouvoir portative », comme tu l'appelles, deviendrait inaccessible et m'interdirait d'utiliser la magie.

– Et c'est permanent ?

– Oui, tant que je ne me lie pas à un nouveau familier – mais je suis certain que cela n'arrivera pas, bien sûr, ajouta-t-il en caressant le chat roux, qui écarquillait les yeux d'un air scandalisé.

Grise hocha la tête, songeuse, en mastiquant allègrement une pâtisserie au miel.

– Je ne comprends pas, lança-t-elle finalement, la bouche pleine. Je croyais que les ésotériciens et les mécaniciens se disputaient les stocks d'arcanium de l'Empire. C'est ce que mon père dit, en tout cas. Mais si les mages peuvent se débrouiller avec leurs familiers, pourquoi…

– L'arcanium pur reste nécessaire au lancement des sorts supérieurs, expliqua Cyrus. Les sortilèges les plus puissants, qui permettent de protéger ou rendre invisible tout un groupe de soldats, de faire pleuvoir des météores ou de déclencher des tempêtes capables d'envoyer par le fond une flotte ennemie, réclament des quantités astronomiques d'arcanium. Ma mère dit que c'est pour ça que magiciens et technologistes se battent : les ésotériciens pensent qu'il vaut mieux utiliser l'arcanium pour jeter des sorts, tandis que les mécaniciens jugent plus adapté de l'employer pour alimenter canons et automates.

La jeune fille acquiesça :

– Je vois.

– En parlant d'automate, remarqua Cyrus, où est ta boîte de conserve volante ?

Grise lui jeta un regard incendiaire :

– J'ai laissé Cog dans ma chambre. Je n'avais pas envie de me faire remarquer.

– C'est bien vu, admit Cyrus. Mais je te rappelle que tu es une Xamoréenne, vous ne devez pas être très nombreux, en ville. La couleur de ta peau sera un plus gros problème que ton cube ailé.

Inquiète, Grise balaya la pièce du regard.

– Ne t'en fais pas, il est encore tôt, il n'y a personne, la rassura le magicien. Et je jetterai un sort d'amnésie au tavernier, il oubliera qu'il t'a vue. Mais il va falloir trouver quelque chose pour te rendre moins aisément repérable...

– Si tu penses à blanchir ma peau par magie, gronda la jeune fille, laisse-moi te dire que c'est hors de question !

– De toute façon, ça ne marcherait pas, soupira Cyrus. Il me faudrait trop d'arcanium pour maintenir une illusion pareille sur la durée. L'illusionnisme demande beaucoup d'énergie, tu sais : je me suis déjà presque épuisé en changeant la couleur de mes cheveux et de mes vêtements – et la peau, c'est encore plus compliqué. Non, il va falloir trouver autre chose...

Il désigna l'uniforme de l'Académie que portait encore la technologiste, et ajouta :

– On va avoir besoin de nouveaux vêtements, aussi.

L'accoutrement des étudiants en mécanique ne ressemblait en rien à l'élégant costume porté par les étudiants en ésotérisme. À la place de la veste et du pantalon gris et du veston écarlate, les apprentis ingénieurs ne portaient qu'une chemise et une salopette en drap solide, cousue de multiples poches et discrètement brodée aux armoiries de l'Académie. Contrairement à celui de Cyrus, toujours immaculé et bien repassé, l'uniforme de Grise était répugnant, froissé et couvert de suie et d'huile de machine.

– Quel est le problème avec mes vêtements ? grogna la mécanicienne en écartant les bras. Ils sont pratiques, chauds et solides, c'est tout ce que je leur demande !

– Oui, et ça se voit, répliqua Cyrus d'un ton réprobateur. Tu ressembles à une ramoneuse qui se serait roulée dans le caniveau.

Grise hoqueta, offusquée.

– Parce que tu crois que tu n'attires pas les regards, toi, avec tes cheveux bien coiffés, ta manucure et ton air de dandy ? Même avec des illusions pour te rendre moins voyant, tu te déplaces avec tellement de manières qu'on dirait que tu fais le service dans un grand restaurant !

Cyrus rougit de colère : il tirait une grande fierté de son maintien et de son allure impeccables, et ce n'était pas une souillon aux cheveux emmêlés qui allait…

Dans leur dos retentirent soudain les grincements de l'escalier menant aux chambres, forçant le magicien à ravaler sa répartie. Les premiers levés, probablement des négociants se préparant pour le marché, venaient prendre leur petit déjeuner.

– On ferait mieux de retourner dans les chambres, chuchota Cyrus. On ne sait pas encore qui nous poursuit, il vaudrait mieux éviter de se faire remarquer.

Grise leva les yeux au ciel.

– Tu m'as donné une heure pour te convaincre de rester ici, lui rappela Cyrus. Et il me reste (il consulta l'horloge de l'auberge) vingt-six minutes. On discutera dans ma chambre.

Grise poussa un soupir, et les deux adolescents, Quint sur les talons, rejoignirent leurs quartiers.

Chapitre 7

– Alors ? Qu'est-ce qui te fait croire que nous cacher dans ce taudis est plus intelligent que rentrer à l'Académie ?

Assise en tailleur sur le lit de Cyrus, Grise caressait distraitement Quint, qui ronronnait avec force. L'ésotéricien s'était quant à lui installé sur un petit fauteuil près de la fenêtre et se mordillait les lèvres, indécis.

– Eh bien ? insista la jeune fille.

– Qu'est-ce que tu penses d'hier soir ?

Grise haussa les sourcils, surprise de cette entrée en matière.

– Comment cela ?

– Qu'est-ce que nos ravisseurs t'évoquent ? En termes de capacités, de compétences, d'organisation ?

La mécanicienne réfléchit un instant avant de répondre :

– Ils avaient l'air… dangereux. Je veux dire, je sais que nous nous en sommes débarrassés assez facilement, mais quelque chose me dit que nous avons eu beaucoup de chance. Si j'avais été dans mon lit plutôt que dans la cour...

La fin de sa phrase se perdit dans un long frisson. Cyrus changea de position dans son fauteuil :

– Quoi d'autre ?

– Eh bien... Ils avaient préparé leur coup : ils savaient exactement où nous chercher, à quoi nous ressemblions. Ils se sont renseignés à l'avance sur nous, nos habitudes, notre... personnalité.

Grise rougit, se souvenant soudain que Cyrus était conscient dans son sac quand Femme-Feutrée l'avait décrite en des termes peu flatteurs. Une « tête d'œuf trop obsédée par la mécanique pour s'intéresser aux garçons », quelque chose dans ce goût-là. Mortifiée, elle secoua la tête pour chasser cette pensée.

Cyrus acquiesça doucement.

– Quoi d'autre ?

– À toi de me le dire ! s'agaça Grise. C'est à toi de me convaincre, je te signale, pas l'inverse !

Le jeune ésotéricien leva une main apaisante.

– Très bien. Tout ce que tu as dit est vrai. Nos ravisseurs étaient dangereux, organisés et préparés. Leur équipe comportait même un mage entraîné et puissant, ce qui est, j'imagine, excessivement rare au sein de la pègre. Ces types étaient de vrais professionnels, pas des malfrats à la petite semaine. Le genre de criminels de haute volée que seuls une poignée de gens extrêmement riches ou influents peuvent se permettre d'engager. Ce qui signifie que nous avons un ennemi très puissant, qui tenait absolument à nous extraire de l'Académie contre notre volonté... et possédait les moyens de le faire.

La mécanicienne retint un nouveau frisson. Elle était parvenue plus ou moins aux mêmes conclusions.

– C'est déjà très inquiétant en soi, poursuivit Cyrus. Mais ce n'est pas le pire.

– Ah non ?

– Non. Le pire, c'est qu'ils se trouvaient en pleine nuit, au sein de la forteresse la plus sûre de l'Empire, *sans avoir déclenché la moindre alerte*.

– Tu as dit toi-même qu'il s'agissait de professionnels, et qu'ils avaient un mage avec eux...

– C'est vrai. Mais tu as une idée du nombre d'alarmes mécaniques à contourner, d'enchantements à dissiper et de glyphes de protection à effacer pour entrer et sortir de l'Académie ? Or, ils s'y sont introduits sans problème.

– Tu le fais bien, toi, non ? Quand tu fais le mur pour venir dans cette gargote ?

– Il m'a fallu des mois pour trouver un chemin qui me permette d'éviter les alarmes mécaniques et trouver les formules pour dissiper les ésotérismes un à un. Sans compter que la plupart des enchantements ne s'activent pas à mon passage, parce que je suis reconnu comme élève de l'Académie. Or, je doute que nos quatre affreux possèdent une carte d'étudiant...

Grise fronça les sourcils.

– Où veux-tu en venir ?

– Il y a deux possibilités : soit nos ennemis sont suffisamment puissants, préparés et doués pour pénétrer dans l'École la mieux protégée du continent sans déclencher la moindre alarme... Soit ils ont un complice à l'intérieur qui les a fait entrer. Et même s'ils semblaient, comme tu l'as dit, extrêmement compétents, je penche pour la deuxième hypothèse.

La jeune fille déglutit :

– C'est pour ça que tu ne veux pas que nous retournions à l'Académie ?

– Oui. Je pense que notre sécurité là-bas est définitivement compromise. Même si nous y retournions et que les professeurs renforçaient encore les systèmes de protections magiques et mécaniques, nous restons vulnérables à un autre sabotage venu de l'intérieur et à une nouvelle tentative d'enlèvement, réussie cette fois.

– Je ne sais pas, grimaça Grise. Je pense que nous devrions tout de même demander de l'aide à maître Iosèphir. C'est un ami de mon père, il pourrait mener l'enquête et nous protéger, qu'il y ait ou non un traître à l'Académie. Les quatre affreux l'ont dit eux-mêmes : ils n'ont aucune envie de se retrouver face à des automates de combat si jamais nous parvenions à leur échapper.

– Je les ai entendus moi aussi, acquiesça Cyrus. Mais ça ne fait justement que prouver qu'il s'agit d'une mauvaise idée.

– Ah oui ? Et pourquoi donc ? renifla Grise, un peu vexée.

Cyrus perçut l'agacement de sa camarade, et tenta de se défendre :

– Pardon... Je n'insinue pas que ton idée est... Enfin, je ne voulais pas prétendre...

– Mon maître veut simplement dire qu'il est désolé de ses capacités diplomatiques dignes d'un char d'assaut enflammé dévalant une pente, ronronna Quint, toujours affalé sur les genoux de Grise.

La jeune fille éclata de rire. Cyrus fronça les sourcils.

– Merci de ton soutien sans faille, cher familier.

– À ton service, maître.

– Là où je voulais en venir, c'est que nos ravisseurs s'attendent forcément à ce que nous allions réclamer de l'aide à Iosêphir. Or, pour le moment, rien ne prouve qu'il soit de notre côté.

La mécanicienne haussa un sourcil dubitatif.

– Souviens-toi : leurs mots exacts étaient que si nous parvenions à leur échapper ce soir-là, le primarque *n'aurait pas d'autre choix* que de renforcer la sécurité.

La jeune fille pinça les lèvres.

– C'était juste une manière de parler !

– Je n'en suis pas certain. Après tout, qui mieux que le directeur pour désactiver discrètement toute la sécurité ?

– Sérieusement ? gloussa Grise. Maître Iosêphir, complice de malfrats venant enlever ses propres élèves ? Tu crois vraiment que le primarque le plus prestigieux de Celumbre risquerait sa réputation et celle de l'Académie toute entière en laissant des bandits s'introduire chez lui sous son nez ?

– Si la récompense est suffisante, pourquoi pas ? répliqua Cyrus.

Grise fronça les sourcils :

– Récompense ? De quoi est-ce que tu parles ? Tu... tu penses qu'on nous a enlevés pour obtenir une rançon de nos parents ?

– Ou pour faire pression sur eux, oui, acquiesça Cyrus. J'imagine que ta famille est riche ? Ou qu'elle bénéficie d'une position privilégiée dans les cercles de pouvoir impériaux ?

Grise n'y avait pas encore vraiment réfléchi. Elle se mordit la lèvre, songeuse.

– Non... non, pas vraiment. Mon père est rattaché au Corps d'Ingénierie Impériale, c'est vrai, mais je n'ai pas l'impression qu'il ait beaucoup d'influence... Il n'aime pas trop aller au palais, et il déteste la politique...

– Attends, ton père est un ingénieur d'État ? Ça me rappelle quelque chose... Ce ne serait pas cet ingénieur xamoréen à qui l'impératrice a fait un pont d'or pour qu'il vienne travailler pour elle ?

– Elenzo Oolonga. Oui, c'est lui.

– Il me semble que ma mère m'a dit qu'il était très respecté au sein du Corps... mais il est vrai que les ingénieurs d'État n'ont pas une grande influence politique. Et question fortune ?

Grise haussa les épaules.

– Je suppose que notre patrimoine familial est plutôt confortable – un ingénieur d'État est bien payé. Mais je connais au moins dix autres filles dans mon dortoir dont les parents sont bien plus riches ou influents que mon père. Ma couchette est entre celle de la fille aînée de la comtesse de Bralq et celle de l'unique héritière des Industries Valois, pour te donner un exemple.

– Ce doit être plus compliqué que cela, dans ce cas, répliqua Cyrus. Il doit forcément y avoir une autre raison...

– Toutes ces théories sur le pourquoi du comment, c'est très bien, s'agaça Grise, mais est-ce que tu peux m'expliquer pourquoi nous n'irions pas prévenir la Garde de Cuivre, leur raconter ce qui nous est arrivé hier ? Ils pourront peut-être faire quelque chose ? Ouvrir une enquête, mettre des avis de recherche pour les quatre affreux ? Nous permettre de regagner l'Académie en sécurité ?

– C'était précisément mon intention. Il y a un poste de garde à quelques rues d'ici, je comptais m'y rendre dans la matinée pour raconter notre mésaventure et exiger que nos ravisseurs soient activement recherchés.

– Très bien, je viens avec toi ! proposa Grise.

– Hors de question.

– Quoi ? protesta la jeune fille. Pourquoi pas ?

– Moi, je peux me servir de l'illusionnisme pour me déguiser, me fondre dans la foule. Si nos ravisseurs ont des guetteurs dans la ville, ils ne me remarqueront pas. Toi, en revanche...

Et il jeta un regard insistant sur sa peau sombre, sa masse de cheveux et sa salopette blasonnée. Grise se renfrogna.

– Je suis désolé, grimaça Cyrus. Mais les Xamoréens ne sont pas fréquents, à Celumbre et, comme je te l'ai dit, je ne pourrai pas maintenir durablement une illusion sur toi…

– Je comprends, soupira Grise. C'est juste… frustrant de ne rien pouvoir faire. Je déteste être passive.

– Tu as enseveli deux criminels sous une pluie de livres et assommé un troisième à coup d'automate, rappela Cyrus. Ce n'est pas ce que j'appelle être passive. Tu t'es occupée presque seule de notre libération. Laisse-moi m'occuper de la suite.

Grise cligna des yeux, surprise : elle n'était pas habituée à ce que Cyrus Vorocle se montre aussi prévenant.

Comme s'il venait de réaliser qu'il avait écorné sa précieuse image d'ésotéricien arrogant, Cyrus se leva avec raideur de son fauteuil.

– Allons-y, Quint. Grise, nous devrions être revenus d'ici une heure. Ne bouge pas d'ici.

Tournant le dos à la mécanicienne, il se concentra sur son reflet dans le miroir et rajusta ses illusions. Sa chevelure, qui recommençait à noircir, vira au roux vif sous l'impulsion d'un sortilège, tandis que des taches de rousseurs apparaissaient à nouveau sur sa peau pâle. Il lissa machinalement le tissu rêche du costume de ville vulgaire qui avait remplacé son luxueux uniforme et tira sur ses bottines déformées. Enfin satisfait de son apparence insignifiante, il sortit de la chambre sans un regard pour la mécanicienne et descendit les escaliers de l'auberge, son familier sur les talons. Il adressa un vague signe de tête au tavernier et sortit dans la rue. Une fois dehors, il tourna à gauche dans une petite venelle isolée, loin des grands axes – cela allait rallonger un peu sa route mais réduisait le risque d'être aperçu.

Grise laissa quelques minutes d'avance à Cyrus, puis descendit à son tour l'escalier de la taverne. La salle était presque vide à cette heure de la journée : les clients avaient déjà pris leur petit déjeuner et s'en étaient allés vaquer à leurs affaires. Seuls deux poivrots, affalés dans des fauteuils près de la cheminée, sirotaient déjà cidre chaud et liqueur de méduse ; ils n'accordèrent pas un regard à la jeune fille.

La mécanicienne s'approcha du tavernier, en train de passer le balai derrière son comptoir, et attira son attention d'un signe de la main. Le gros homme leva sur elle un regard hésitant, presque hanté. Il ne semblait pouvoir s'empêcher de regarder ailleurs. Le sort de confusion de Cyrus devait encore fonctionner un peu, songea Grise.

– Excusez-moi, sourit la jeune fille. Pouvez-vous m'indiquer où se trouve le relai de Messagerie le plus proche ?

L'aubergiste cligna frénétiquement des yeux, paraissant peiner à focaliser son attention sur elle. Puis, comme à regret, il grogna :

– C'est juste à côté. Deuxième rue à gauche en sortant d'ici, puis première à droite. Le bâtiment à la façade rouge. Pouvez pas vous tromper.

La jeune fille le remercia d'un signe de tête et recula d'un pas. Aussitôt, un voile d'hésitation couvrit le regard du petit homme rond, qui cligna stupidement des paupières avant de reprendre son balayage, ignorant complètement Grise.

Au moment de sortir, elle hésita : même si sa destination était proche, le risque d'être remarquée était réel. Était-ce seulement une bonne idée ? Prise d'une soudaine intuition, elle s'approcha de la patère fixée à côté de la porte et décrocha un long manteau brunâtre terminé par une affreuse capuche de cuir. En enfilant le vêtement, elle eut un haut-le-cœur : la capeline appartenait vraisemblablement à l'un des deux ivrognes près de la cheminée, et embaumait l'alcool, la fumée et la crasse. Mais elle l'enveloppait entièrement, et l'ample capuche dissimulait sans mal la masse indisciplinée de ses cheveux et la majeure partie de son visage. En serrant les pans du vêtement contre elle, elle ressemblait à n'importe quel passant affrontant vaillamment le froid celumbrien.

Elle suivit les indications du tavernier et se retrouva rapidement devant un édifice élancé, aux façades rouge vif percées d'impressionnantes fenêtres rondes d'où s'échappaient des volées entières de gros oiseaux aux reflets cuivrés. La mécanicienne poussa les portes du bâtiment, et une agréable odeur d'huile de moteur lui chatouilla le nez. Au-dessus de sa tête, plusieurs centaines de volatiles métalliques patientaient, immobiles, sur leurs perchoirs. Grise se perdit un instant dans la contemplation des merveilleux automates ailés : les corbeaux mécaniques l'avaient toujours fascinée.

– Bienvenue à la Guilde des Messagers. Comment puis-je vous être utile aujourd'hui ?

La jeune fille se tourna vers l'automate argenté qui l'avait interpellée et s'approcha du guichet.

– Je souhaite envoyer un… non, deux messages. À Vérémise. En urgence.

L'unité d'accueil sortit docilement deux tubes en métal de sous le comptoir. Puis il émit deux sifflements brefs, et deux oiseaux mécaniques déployèrent leurs ailes et quittèrent leurs perchoirs pour se poser devant lui. L'automate attacha soigneusement les tubes de métal à leurs pattes, puis se tourna vers Grise :

– Veuillez rédiger vos missives sur l'écritoire situé à votre gauche. Afin d'optimiser notre service, merci de me confier les noms et adresses des destinataires, afin que je paramètre la route de nos messagers pendant votre rédaction.

Grise expliqua :

– Le premier message est à l'attention d'Elenzo Oolonga, au quartier général du Corps d'Ingénierie Impériale, 7 avenue de la Dame d'Airain, Quartier de la Pieuvre, Vérémise. Le second est adressé à la générale Abylabe Vorocle. Euh… au domaine Vorocle, j'imagine ? À Vérémise.

L'unité d'accueil vrombit doucement, puis déclara :

– Erreur : ces destinataires ne sont pas autorisés.

Grise haussa les sourcils, surprise.

– Quoi ? Comment ça, pas autorisés ?

– Les particuliers ne sont pas autorisés à envoyer de message aux destinataires sélectionnés. Mesure de protection établie par le décret impérial n° 0167-KB-1661. Merci de bien vouloir décliner votre identité afin que je puisse la transmettre aux autorités compétentes.

Glacée, Grise fit un pas en arrière, puis bondit hors de la Guilde des Messagers, ignorant l'automate argenté qui insistait pour qu'elle patiente jusqu'à l'arrivée de la Garde. Elle remonta la rue et regagna l'auberge aussi vite que possible. Elle parvint aux Deux Hérons cinq minutes plus tard, monta l'escalier quatre à quatre et se rua dans sa chambre.

Cyrus était déjà là. Adossé à sa porte, les bras croisés, il lui bloquait le passage. Il avait l'air furieux.

– Cyrus ! s'exclama Grise, surprise. Tu... euh... tu es déjà rentré ?

– Visiblement, oui. Dis-moi, quelle partie de « ne sors pas d'ici » tu n'as pas compris, très exactement ?

Son ton était aussi glacial que ses yeux. D'un geste, il ouvrit la porte de sa propre chambre et l'invita à entrer. Penaude, Grise y pénétra. Quint, allongé sur le lit de son maître, lui adressa un regard impuissant. L'ésotéricien claqua la porte derrière lui, et Grise rentra la tête dans les épaules :

– Je suis désolée, Cyrus, mais...

– C'était vraiment si compliqué de patienter vingt minutes sans bouger ? rugit Cyrus.

– Je suis allée à la Guilde des Messagers pour contacter nos parents, répondit Grise. Je pensais… je pensais que c'était une bonne idée de les informer de la situation, afin qu'ils nous envoient de l'aide.

– Et tu n'aurais pas pu m'attendre ? C'était une bonne idée, j'aurais pu y aller à ta…

– J'ai appris quelque chose, Cyrus ! coupa Grise. Quelque chose d'important.

– Quoi ? Qu'est-ce que tu as appris ?

Grise lui résuma sa courte escapade et la réaction étrange de l'automate lorsqu'elle lui avait donné l'identité des destinataires de ses missives.

– Je pense que tu as raison, cette histoire est bel et bien liée à nos familles respectives, conclut-elle. Tu penses que nos parents sont en danger, eux aussi ?

– C'est tout à fait possible, soupira Cyrus en s'asseyant sur le rebord du lit.

Il avait l'air étrangement accablé, comme si la valeur de l'information ne l'atteignait pas vraiment.

– C'est quelque chose que nous pouvons dire à la Garde de Cuivre, non ? insista Grise. Leur expliquer que c'est parce que nos parents sont placés sous protection impériale qu'on tente de s'en prendre à nous ? Cela permettra peut-être de réduire la liste des suspects… Comment cela s'est-il passé, au fait ? Quand est-ce que tu y retournes ? Est-ce qu'ils vont envoyer quelqu'un pour…

– La Garde de Cuivre ne nous aidera pas.

Un bloc de glace s'écrasa sur le cœur de Grise. Elle cligna des paupières, interdite.

– Quoi ? Qu'est-ce que tu...

– Je suis allé au poste de la Garde, raconta l'ésotéricien. Un constable m'a demandé de patienter avant que quelqu'un vienne prendre ma déposition. Alors j'ai attendu. Je regardais autour de moi, sans trop y penser... Et soudain, j'ai vu ce type. Un homme en uniforme, qui me regardait d'un air soupçonneux. Intrigué. Un peu comme s'il se demandait qui j'étais vraiment, tu vois ? Son regard n'arrêtait pas de passer de moi à Quint. C'est là que j'ai réalisé que j'avais mes bésicles sur le nez – je les avais remises pour lire le nom d'une rue et j'avais oublié de les ôter. Je les ai aussitôt enlevées, mais ça a eu l'air de l'intriguer encore plus. Il a commencé à discuter à voix basse avec deux autres agents et, à un moment, il m'a désigné.

– C'était peut-être simplement le constable qui allait s'occuper de ta plainte ? proposa Grise.

– C'est ce que je pensais, au début. Mais ce type me regardait avec tellement d'insistance... que je me suis demandé si la Garde de Cuivre ne pouvait pas être elle aussi impliquée dans toute cette histoire. Ou au moins, certains de ses membres.

– Tu ne serais pas un peu paranoïaque ? s'exclama la mécanicienne. D'abord un traître à l'Académie, puis tu te méfies de maître Ioséphir, et maintenant la Garde de Cuivre ?

– Je pensais bien que tu dirais quelque chose comme ça, acquiesça Cyrus. Mais réfléchis : nos ravisseurs se sont baladés en pleine nuit dans le Haut-Quartier et aucune patrouille ne les a arrêtés. On peut peut-être imaginer qu'ils ont reçu de l'aide de leur part... Je suppose qu'acheter le silence des autorités est une condition essentielle à une opération d'envergure comme l'enlèvement de deux étudiants de l'Académie... Bref, je voulais en avoir le cœur net. Alors j'ai lu les pensées de ce garde. J'ai fait semblant de tousser dans ma main, et j'ai lancé un sort de mentalisme pour m'immiscer dans sa conscience. Ce que j'ai vu...

Il frissonna.

– De l'avidité. De l'excitation. Comme un animal en chasse. On lui a promis une récompense, une grosse récompense, capable de lui faire oublier ses valeurs, son serment de garde. Il n'était pas sûr, mais pensait m'avoir reconnu. Il voulait me livrer à nos ravisseurs, j'en suis certain. Alors je suis parti.

– Parti ?!

– J'ai fait semblant d'aller prendre l'air... et nous avons couru loin du poste de garde.

– J'ai également lu les pensées de cet homme, intervint Quint alors que Grise s'apprêtait à protester. Et je peux confirmer : il était à la solde de vos poursuivants.

– La Garde de Cuivre est compromise, conclut Cyrus. Peut-être pas tous les agents – certainement pas tous, d'ailleurs. Les automates-gardiens ne peuvent pas être reprogrammés pour se montrer corrompus, c'est une évidence, et je suppose que la plupart des gardes sont honnêtes... Mais il suffit de quelques-uns dans chaque poste de garde, juste assez pour pouvoir nous reconnaître et nous mettre la main dessus si jamais nous cherchons à demander de l'aide.

Grise se recroquevilla. Elle avait froid, tout à coup. Elle éprouvait la sensation déplaisante que ce en quoi elle avait toujours cru s'écroulait autour d'elle, comme une falaise effritée par les intempéries s'effondrant dans la mer.

– L'Académie qui n'est plus sûre, résuma-t-elle. La Garde envahie de traîtres. Et nos parents injoignables. Qu'est-ce que nous allons pouvoir faire, maintenant ?

Cyrus haussa les épaules, sans répondre. Il avait l'air aussi abattu qu'elle.

– Mais j'y pense ! fit soudain la jeune fille en claquant des doigts. Si tu as lu les pensées de ce garde, tu sais pour qui il travaille ! Tu connais l'identité de nos ravisseurs, ou leurs objectifs, ou leurs plans pour nous retrouver, non ?

– Le mentalisme ne fonctionne pas comme cela, grimaça Cyrus. C'est une magie délicate, complexe : il est très difficile de comprendre comment fonctionne un esprit qui n'est pas le sien. Je n'ai pas pu fouiller ses souvenirs ou consulter l'ensemble de ses réflexions – juste grappiller quelques pensées superficielles, celles qui surnageaient dans son esprit, qui se trouvaient au sommet de sa conscience, là où je pouvais les absorber…

Grise cilla, surprise.

– Tu tombes sur un traître à la solde de nos ravisseurs, tu as l'opportunité de visiter ses pensées, et tu n'essaies même pas d'en savoir plus ?!

– Il l'aurait senti ! répliqua Cyrus. J'ai utilisé un sortilège discret, pour qu'il ne perçoive pas ma présence dans son esprit. Si j'avais insisté, si j'avais lancé un sort plus puissant, il aurait compris que je fouillais sa tête, et ça aurait été encore pire ! J'ai préféré me montrer prudent et m'éloigner avant qu'il ne puisse être certain que j'étais le mage qu'il recherchait !

– Cela valait peut-être le coup de prendre le risque ! s'exclama la mécanicienne, furieuse.

– Tu peux parler ! répliqua Cyrus. Est-ce que tu as posé la moindre question à l'automate-postier avant de filer à tire-d'aile jusqu'ici ? J'ai vu ta tête en arrivant, tu étais terrifiée – par le simple fait d'apprendre que ton père était impossible à joindre ! Moi, j'étais face à un type qui voulait me livrer à nos ennemis !

Grise accusa le coup. Il marquait un point : dans sa situation, elle n'aurait sans doute pas réagi différemment. Mais elle ne pouvait s'empêcher de se sentir frustrée par l'absence de réponses. C'était comme si toutes leurs options disparaissaient les unes après les autres : elle avait l'impression d'être enfermée dans une pièce sans porte dont les murs se rapprochaient à chaque fois qu'elle respirait.

– Qu'est-ce qu'on fait, maintenant ? soupira-t-elle.

– Nous ne connaissons ni les méthodes de nos ennemis, ni leur plan, ni n'avons la moindre idée de qui peut les avoir envoyés à notre poursuite, résuma Cyrus. Tout ce que nous pouvons déduire, c'est qu'ils sont puissants, bien organisés, infiltrés un peu partout et qu'ils ont les moyens de nous couper de tout le monde. Je suis d'avis de rester cachés, jusqu'à ce qu'on en apprenne davantage.

– Rester *ici* ? protesta Grise. *Avec toi ?*

– Eh bien, oui. Pourquoi ? Tu as mieux à faire ? répliqua le magicien, vexé.

– Je n'ai pas le temps de faire l'école buissonnière ! s'insurgea la jeune fille. Mon examen sur les rouages est après-demain, je ne peux pas me permettre de rater des jours entiers de cours juste pour ça !

C'était complètement absurde de penser aux examens en cet instant, mais Grise se sentait dans un état second. Elle savait au fond d'elle-même que Cyrus avait raison, que leur situation était aussi terrifiante qu'inextricable, mais c'était comme si cet aspect avait été brutalement occulté, renvoyé dans les tréfonds de son être par la partie d'elle-même qui voulait, croyait, *espérait* que rien de tout cela n'était si dramatique.

– « Juste pour ça » ? releva Cyrus en se levant d'un bond. On vient d'échapper à une tentative d'enlèvement, Grise ! Il serait temps que tu réalises que c'est beaucoup plus grave que de rater un examen !

– Pour toi, peut-être ! rugit la jeune fille. Moi, je n'ai pas de mère qui peut tordre le bras de l'Impératrice pour la forcer à m'accueillir dans n'importe quel corps d'État ! Je prépare l'entrée à la Commanderie du Cadran, et si je rate le moindre examen, ce sera inscrit dans mon dossier ! Je ne vais pas mettre mon avenir en danger pour...

– C'est *toi* qui es en danger, à l'heure actuelle ! s'emporta l'ésotéricien. Tu crois que te faire enlever va faire remonter ta moyenne ? Tu ne peux pas cesser de te comporter comme une tête d'œuf ?

Les yeux de Grise s'écarquillèrent démesurément. Elle se leva en tremblant :

– Qu'est-ce que tu as dit ?

– Attends, je ne voulais pas…

– Je te signale que sans la tête d'œuf qui passait la nuit à la bibliothèque, tu serais encore dans un sac, Cyrus Vorocle ! répliqua-t-elle sèchement.

Avant qu'il ait pu la retenir, la jeune fille quitta la pièce et claqua la porte derrière elle. Cyrus retomba dans son fauteuil et grogna bruyamment, agacé.

Il ne comprenait rien à cette fille.

Chapitre 8

Grise s'enferma dans sa chambre et y passa la journée. Elle essaya de s'occuper en faisant l'entretien de Cog, réparant son aile voilée, purgeant ses circuits et nettoyant ses composants. Les poches de sa salopette étaient pleines d'outils quand Cyrus l'avait amenée ici, ce qui lui permettait d'œuvrer dans de bonnes conditions. Mais ses doigts tremblaient, et elle n'avait aucune patience : elle était trop énervée pour travailler correctement et préféra renoncer avant d'endommager le cube volant. Le petit automate était l'unique sujet d'études mécaniques dont elle disposait afin de ne pas perdre la main : si elle devait rester dans cette maudite auberge, il s'agissait d'en prendre soin.

Cog était à peine plus qu'un jouet, un drone minuscule forgé de toutes pièces par Grise et son père en seulement trois semaines de vacances, et ses capacités étaient très limitées : en dehors de fournir de la lumière à la demande, de la suivre en voletant et d'ânonner ses proverbes idiots, il ne savait pas faire grand-chose. C'était mieux que rien, mais la jeune fille aurait tout de même préféré un familier doué de parole, comme Quint. Songer au familier de Cyrus la fit penser à Cyrus lui-même, ce qui l'agaça encore davantage.

En début d'après-midi, le magicien frappa à sa porte avec insistance, mais elle refusa de lui répondre. Elle se sentait encore fâchée par sa remarque, ce qui l'étonnait elle-même : Cyrus Vorocle lui avait pourtant déjà servi des insultes bien pires que « tête d'œuf ». Comment avait-elle pu penser qu'échapper à un enlèvement avec lui le rendrait plus aimable ?

La mécanicienne ne sortit que le soir venu, lorsque la faim la tenailla encore plus que la rancœur. Elle avait retrouvé quelques pièces de monnaie dans les poches de sa salopette, ce qui suffirait pour un bol de soupe au lard. Elle comptait bien payer son propre repas : hors de question de réclamer la charité à l'ésotéricien !

L'établissement était bondé, ce soir : elle se souvint alors que c'était la saison des marchés à Celumbre, et nombreux étaient les commerçants et colporteurs à avoir pris une chambre aux Deux Hérons. Elle rasa les murs, un peu inquiète, mais personne ne lui prêta la moindre attention : les camelots étaient le plus souvent trop épuisés ou trop ivres après leur journée de travail pour s'intéresser à elle. Et, contrairement à ce qu'avait craint Cyrus, le fait qu'elle soit Xamoréenne n'intrigua pas plus que ça : plusieurs clients de l'auberge étaient également originaires du lointain continent équatorial, et on la prit pour la fille ou la servante de l'un d'entre eux.

Quelque chose se rua soudain entre ses jambes, manquant la faire trébucher.

– Quint ! s'exclama Grise. Fais un peu attention !

– Désolé, miaula le chat. Je venais te chercher : mon maître t'attend pour dîner.

– Je n'ai aucune envie de manger avec lui, répliqua sèchement la jeune fille.

– Il a déjà commandé...

– Je ne lui ai rien demandé ! S'il croit que...

– C'est un repas complet, précisa le familier, avec double ration de tarte à la méduse. Il sait que tu n'as rien avalé depuis le petit déjeuner, il a pensé que tu devais avoir très faim.

– C'est... euh... attentionné de sa part, mais...

– Si je peux me permettre, c'est sans doute l'offre de paix la plus délicate que mon maître ait jamais proposée à quiconque... C'est même la seule offre de paix qu'il ait jamais émise, maintenant que j'y pense.

Grise considéra sévèrement le gros chat roux, qui lui rendit un regard tranquille.

– Oh, bon, très bien ! soupira la jeune fille. Où est-il ?

Le félin la guida agilement à travers la salle bondée. Cyrus était attablé à l'autre bout de la taverne, près d'une fenêtre fendue qui laissait passer un vilain courant d'air.

– Tu n'as pas trouvé de meilleure table ? grinça Grise, dont la colère avait rejailli dès qu'elle avait aperçu le magicien.

– C'est la meilleure place, répondit calmement Cyrus. De là, on peut rejoindre rapidement les étages, tout en ayant une vue dégagée sur la porte d'entrée. Prudence est mère de sûreté.

– On dirait Cog, soupira Grise en s'asseyant.

Aussitôt, le tavernier bedonnant claudiqua vers leur table, ployant sous le poids d'un plateau débordant de tartelettes à la méduse fumantes, bols de soupe au lard, pâtés aux légumes et brochettes de viande au vinaigre. Quint bondit sur les genoux de la jeune fille à la seconde où l'aubergiste déposa les assiettes, et miaula jusqu'à ce qu'elle lui concède un gros morceau de lard. Le familier sauta au sol et mastiqua bruyamment la viande grasse et élastique.

– Il profite de toi, remarqua le magicien. Il sait qu'avec moi ce manège de mendiant ne marche pas aussi bien.

Quint lança à son maître un regard offensé, avant de se jeter sur un second morceau de viande tendu par Grise. Cyrus haussa les épaules et attaqua son repas, aussitôt imité par la mécanicienne qui se jeta sur la nourriture.

– Merchi pour le dîner, lança-t-elle entre deux bouchées. Ch'avais faim.

– On dirait Quint, répondit Cyrus avec légèreté. Et de rien.

L'ésotéricien profita du fait que Grise ait la bouche pleine pour lui raconter où ses pensées l'avaient mené.

– J'ai réfléchi à nos options. Et pour le moment, je n'ai rien trouvé de concluant. J'ai songé à louer une autocalèche ou prendre un bateau pour rentrer à Vérémise, mais…

– Mais tu crains que les quais et les relais d'autocalèches soient surveillés, compléta Grise en engloutissant une tartelette.

– Exactement. Ce sont les seuls moyens de quitter la ville, ils auront forcément placé des sentinelles pour nous intercepter si nous tentons de fuir.

Grise frissonna. Elle se sentait glacée de la tête aux pieds, et la nourriture, pourtant délicieuse, ne parvenait pas à la réchauffer.

Cyrus voulut dire quelque chose pour la rassurer, mais rien ne lui vint. Il soupira et but sa soupe au lard en silence, réfléchissant intensément. Ses réserves d'or s'amenuisaient rapidement : d'ici une semaine, il n'aurait plus de quoi payer les chambres et les repas aux Deux Hérons. Peut-être pourraient-ils réduire leurs dépenses et emménager dans une auberge moins confortable, mais plus économique ? Dans le quartier de l'Anémone, par exemple, ou même dans les Rets, au cœur de l'infâme souricière que sa mère disait aux mains des truands et des assassins ? Ou encore trouver refuge hors de Celumbre, dans un des petits villages paysans alentours, où une nuit d'auberge et un repas chaud coûtaient à peine un sou ?

Le magicien leva le nez de son bol et surprit sur lui le regard atone d'un massif automate doré, adossé à un mur près de l'escalier. L'escorte d'un négociant de passage, probablement : pour fréquenter les Deux Hérons depuis plus d'un an, il savait que cette unité mécanique n'appartenait pas à la faune habituelle de l'établissement.

Sa structure rappelait celle d'une solide unité ouvrière, probablement un ancien portefaix ou ouvrier mécanique. Mais son long manteau de cuir et ses vêtements de ville indiquaient que l'automate avait certainement été reprogrammé, remis à neuf et vendu à un marchand ou notable soucieux des apparences, à qui il devait servir de garde du corps ou de valet.

Beaucoup de négociants, fascinés par la quintessence du progrès que représentaient les automates et toujours désireux de montrer leur opulence à leurs compétiteurs, s'adjoignaient le concours de travailleurs reprogrammés, beaucoup moins onéreux que de véritables unités de combat mais presque aussi impressionnants.

Cyrus tiqua devant la peinture dorée qui recouvrait le serviteur. Seuls les propriétaires les plus avides de regards choisissaient une parure aussi tape-à-l'œil que de la dorure. Le maître de l'automate devait être l'un de ces imbéciles pompeux qui ne vivaient que pour l'envie qu'ils imaginaient faire naître dans le cœur des autres (et qui le plus souvent ne parvenaient qu'à s'attirer une pitié amusée).

Cyrus plissa les paupières : quelque chose dans l'attitude de l'automate ne lui revenait pas. Les serviteurs mécaniques étaient d'ordinaire serviles et effacés, attachés à combler le moindre souhait de leurs propriétaires, et n'ayant d'yeux que pour eux. Or, celui-ci était en train de l'*observer*, sans même s'en cacher !

Le magicien scruta l'être mécanique en retour et constata que, malgré la peinture dorée, il ne ressemblait pas vraiment à la propriété d'un riche marchand. Sa tunique sombre était râpée à plusieurs endroits, et son long manteau brun présentait au moins deux déchirures. Deux effrayantes cicatrices traversaient son visage, l'une sur le côté du menton, l'autre traversant le sourcil gauche, comme s'il avait reçu des coups d'épée ou de hache portés avec une incroyable violence. Même la patine dorée de sa peau n'était pas en si bon état que Cyrus l'avait d'abord cru : la peinture avait presque disparu par endroits, comme effacée par des années passées à affronter les intempéries.

Il n'y avait pas de quoi s'inquiéter, tenta-t-il de se convaincre : ce n'était qu'un valet qui attendait paisiblement que son maître ait besoin de lui et qui passait le temps en regardant autour de lui. Même les automates avaient le droit d'être curieux, après tout. Grise avait raison : il devenait paranoïaque !

Cyrus se glaça soudain lorsqu'il remarqua la bosse qui déformait son manteau au niveau de son flanc gauche : pouvait-il s'agir d'un pistolet ? Aucun automate en dehors de la Garde de Cuivre n'était autorisé à porter une arme à feu !

Il allait donner un coup de coude à Grise pour lui demander ce qu'elle en pensait, quand un vrombissement sonore retentit au-dessus de sa tête.

– Mangez, car vous ne savez pas qui vous mangera !

Cyrus sursauta :

– Qu'est-ce que ce truc fait ici ?! feula-t-il.

– Ce *truc* est mon automate de compagnie, répliqua Grise, piquée au vif. Et j'ai remarqué un problème d'équilibre sur son vol stationnaire, je voulais vérifier que je l'avais corrigé. Ne t'en fais pas, c'est l'affaire d'une minute…

– Range-le tout de suite ! siffla l'ésotéricien. Tu vas nous faire remarquer !

– Tu te balades bien partout avec ton chat qui parle, toi !

– Quint ne parle pas en public ! En plus, c'est…

– Eh, c'est rigolo ce truc ! Regardez ça, les gars !

Cyrus se figea. À l'autre bout de la salle, un marchand désignait Cog, béat d'admiration. L'homme se leva pour venir le voir de plus près, imité par ses compagnons de tablée. Une minute plus tard, douze personnes parlaient toutes en même temps autour de Grise et Cyrus :

– C'est joli en plus !

– Du bien bel ouvrage !

– Et tu dis qu'il récite des proverbes en se basant sur ce qu'il y a autour de lui ?

– Oui, ou en décomposant les expressions faciales…

– C'est du grand art !

– Tu le vendrais combien, ma petite ?

– Je ne le vends pas. C'est mon père et moi qui l'avons fabriqué, vous comprenez…

– Je comprends, je comprends, mais dis-moi, ça prend combien de temps à faire, une jolie chose comme ça ?

– Oh, quelques semaines, c'est t...

– C'est coûteux en termes de matériaux ?

– Tu me vendrais tes plans ?

– `L'avidité est à l'homme ce que la rouille est au fer,` avertit Cog.

– Oh ! Il l'a encore fait !

– Extraordinaire ! Vraiment extraordinaire !

Grise, aux anges, présentait les diverses fonctions de son automate ailé, face à des marchands éreintés et un peu saouls mais captivés par le petit engin. Cyrus, pétrifié, osait à peine toucher à sa soupe, mais les camelots ne lui accordèrent pas la moindre attention. Pendant près d'une demi-heure, on s'extasia autour d'eux, tandis que la salle de l'auberge se vidait peu à peu. Le marché commençait tôt, et la plupart des clients allaient se coucher sitôt leur repas avalé. Finalement, les admirateurs de Cog rejoignirent eux aussi leurs chambres après leur avoir souhaité une bonne nuit. Ils laissèrent à Grise une petite pile de cartes de visite dans le cas où elle envisagerait de produire et de vendre des Cogs en série. Ravie, la jeune fille les rassembla soigneusement et les rangea dans la poche de sa salopette.

– Tu as complètement perdu la tête ? rugit Cyrus lorsqu'ils furent de nouveau seuls. Tu veux que tout le monde puisse savoir où nous sommes ? Dans deux jours, toute la ville saura qu'une Xamoréenne et son automate ailé logent aux Deux Hérons ! Il va falloir changer de planque, maintenant, et... Dis, tu m'écoutes ?

La jeune fille avait le regard fixe. Sa peau avait pâli, et ses doigts étaient crispés sur le rebord de la table.

– Ils sont déjà là, murmura Grise d'une voix blanche.

– Quoi ?!

Alarmé, Cyrus suivit le regard de la jeune fille. Il était braqué sur une petite table près de l'entrée, à laquelle deux personnes étaient assises. Elles s'étaient probablement installées là pendant que Grise exhibait son automate aux marchands.

Il s'agissait d'un homme imposant à la peau opaline et d'une grande femme fine aux longs cheveux noirs, qui bavardaient joyeusement. L'homme caressait tendrement la main de la femme, qui lui faisait les yeux doux en retour. Ils ne prêtaient pas la moindre attention à ce qui se passait autour d'eux, occupés qu'ils étaient à se dévorer du regard.

Le magicien fronça les sourcils :

– Tu es sûre ? murmura-t-il.

– L'homme, c'est le mage îlien, souffla Grise. Je le reconnais, j'ai eu le temps d'apercevoir son visage la nuit de l'enlèvement.

Sous la table, Quint s'était levé, le dos rond, ses grands yeux verts fixés sur le couple.

– Je crois qu'elle a raison, maître. Regarde sa joue : on voit encore le coup de griffe que je lui ai donné quand il est entré dans notre chambre…

En effet, deux minuscules stries rouges s'étiraient sur la pommette de l'homme. Cyrus balaya rapidement la salle du regard et constata avec effroi qu'en-dehors de l'aubergiste et du couple, la taverne s'était entièrement vidée. Même l'inquiétant automate au crâne lisse s'était volatilisé pendant que Grise faisait son esbroufe aux marchands.

Comme s'ils venaient de penser exactement la même chose, les deux personnages cessèrent soudain de sourire. Leurs mains enlacées se séparèrent froidement et ils se levèrent, adressant un coup d'œil sarcastique à Grise et Cyrus.

Une sueur glacée dévala l'échine du magicien. Il n'y avait plus de doute : leurs ravisseurs les avaient bel et bien retrouvés.

Femme-Feutrée se dirigea nonchalamment vers le comptoir et attira l'attention du tavernier, qui lui répondit d'un morne monosyllabe. Sans prévenir, elle attrapa l'homme par le cou et fracassa violemment son visage sur le comptoir. Le bruit résonna dans toute la salle, mais, à part eux, il n'y avait personne pour l'entendre. L'aubergiste, les yeux révulsés et le nez en sang, bascula en arrière et s'écrasa au sol.

Les deux crapules se tournèrent vers Grise et Cyrus, qui sentirent leurs membres se paralyser d'effroi.

Non, réalisa Cyrus. Ce n'était pas la peur qui les tétanisait : c'était un sortilège ! Les lèvres du mage îlien remuaient sans discontinuer, tandis qu'il récitait un maléfice pour les empêcher de s'enfuir ! La magie mentale ruisselait dans le crâne des adolescents, pareille à un liquide froid et gluant, interrompant la connexion entre leur esprit et leur corps et les immobilisant complètement.

– Résiste, maître ! miaula Quint en bondissant sur la table, le poil hérissé et crachant de toutes ses forces.

Accent-des-Îles eut un léger mouvement de recul, reconnaissant le félin qui lui avait lacéré la joue, et sa concentration vacilla l'espace d'une seconde. C'était plus qu'il n'en fallait à Cyrus, qui profita du bref affaiblissement du sortilège pour lancer un violent contresort. La paralysie se dissipa aussitôt, et Grise et Cyrus retrouvèrent leur liberté de mouvement.

Le gros mage jura, déséquilibré par la rupture de son maléfice. Les yeux de la femme luisirent d'un éclat mauvais, et elle tira un long coutelas de sa ceinture. Grise hoqueta, horrifiée : visiblement, personne n'avait précisé qu'ils devaient les capturer sains et saufs – ou même *vivants*.

Cog se dirigea vers Femme-Feutrée et papillonna autour d'elle.

– `La violence est l'argument des faibles et des imbéciles`, avertit-il de son timbre métallique.

– Dégage, tas de boulons, grogna la voleuse en chassant l'automate d'un geste de la main.

– Cog, protocole d'éclairage, intermittence rapide, puissance maximale ! s'exclama Grise, prise d'une soudaine inspiration.

Il y eut un cliquetis, et quatre des six faces du cube ailé se replièrent, dévoilant une grosse ampoule arcanique qui produisit aussitôt une série de violents flashs lumineux juste sous le nez de la femme. Celle-ci, aveuglée, porta ses mains à son visage en hurlant de rage :

– Sale petite…

Grise bondit de sa chaise, la saisit par le dossier et la projeta dans les jambes de la criminelle aveuglée, qui s'étala de tout son long et lâcha son couteau. Pendant ce temps, Cyrus jeta un maléfice d'hébétement sur le mage ennemi, interrompant de justesse son incantation de boule de feu. Le sort mourut sur les lèvres du sorcier îlien, qui resta planté en plein milieu de la pièce, les bras ballants et les yeux vides. Cyrus ne cria pas victoire pour autant : le sort ne durerait que quelques secondes.

– On dégage ! hurla-t-il en prenant Grise par la main.

Les deux adolescents, Quint et Cog sur les talons, se ruèrent sur la porte de la taverne qu'ils ouvrirent à la volée…

– Oh non.

… pour se retrouver nez à nez avec un immense rouquin aux yeux sombres et à la barbe épaisse, et un mince échalas pâle au nez proéminent et aux dents cassées. Tous deux étaient armés de lourds pistolets à un coup, qu'ils braquèrent sur le visage de Grise et Cyrus.

– Alors, on s'en va sans dire au revoir ? gronda le colosse roux de son inquiétante voix grave.

– Vous allez venir avec nous, sourit cruellement le grand maigre de sa vilaine voix nasale. J'espère que vous n'avez pas peur du noir : là où vous allez, le soleil brille rarem…

Il y eut un bruit sourd, qui interrompit Parle-Du-Nez au milieu de sa phrase. Son regard se voila, et il tomba à la renverse. Voix-Grave se retourna d'un bond, juste à temps pour qu'un puissant coup de poing s'écrase sur son menton, le faisant littéralement décoller du sol.

Sonnés pour le compte, les deux malfrats s'effondrèrent aux pieds des adolescents. Derrière eux apparut la haute silhouette de l'automate doré en manteau de cuir. Son regard d'un noir d'encre se posa sur eux, les transperçant presque, et il leur dit simplement :

– Suivez-moi si vous voulez vivre.

Chapitre 9

Le mystérieux géant métallique les entraîna au pas de course dans les rues de Celumbre, sans jamais se retourner pour vérifier qu'ils le suivaient ni leur adresser le moindre mot.

Le colosse les guida à travers un dédale de ruelles et de venelles, tournant et bifurquant à chaque coin de rue, évitant les boulevards trop éclairés et les grandes avenues où patrouillait la Garde de Cuivre. Au début, ils avaient entendu les pas précipités des quatre crapules derrière eux, mais ils s'étaient rapidement estompés : ils les avaient semés.

– Nous sommes bientôt arrivés ? finit par oser demander Grise. Je... Je ne vais plus tenir très longtemps à ce rythme et avec ce froid...

Ils avaient laissé leurs vestes dans leurs chambres et grelottaient, à peine réchauffés par le rythme soutenu de leur avancée. Cyrus lança un regard inquiet à sa camarade : elle avait les lèvres bleues et ses dents claquaient de manière incontrôlable.

L'automate ne prit même pas la peine de lui répondre, et s'engouffra dans une minuscule ruelle encombrée de détritus. La mort dans l'âme, Grise lui emboîta le pas. Après un instant d'hésitation, Cyrus la rattrapa et lui posa la main sur l'épaule :

– Je ne garantis pas que ça marche, avertit-il, mais je vais essayer…

Il prononça avec effort la formule magique d'un sort de chaleur, tentant de canaliser le Flux Puissant autour de Grise. Il buta sur quelques mots – la langue du feu était *vraiment* imprononçable ! – et s'emmêla un peu dans la formule, mais il parvint à rattraper le coup et projeta une onde de chaleur qui s'accrocha tant bien que mal au corps de la jeune fille.

– C'est… tiède, grimaça Grise en se tortillant. Et euh… je ne sens rien au niveau de ma jambe gauche…

– Désolé, murmura Cyrus, rouge de confusion. Ce… euh… ce n'est pas ma spécialité…

– Ah bon ? Je croyais que l'élémentalisme était l'école la plus facile à maîtriser ?

– Oui, eh bien, pas pour tout le monde, grogna le magicien. Tu préfères que je dissipe le sort ?

– Non ! Non, ce… ça va aller. C'est déjà beaucoup mieux. Merci.

– De rien. Je ne pouvais pas te laisser geler sur place, tu nous aurais trop ralentis.

– Ah oui ? gronda Grise, vexée. Eh bien…

– Qu'est-ce que vous fabriquez ?! tonna une voix de stentor qui les fit sursauter. Vous croyez qu'on a le temps de faire du tourisme ?!

Leur sauveur avait fini par voir que ses protégés ne le suivaient plus et était revenu en arrière pour les houspiller. Grise et Cyrus se regardèrent, partagés entre confusion et indignation : c'était bien la première fois qu'ils entendaient un automate hausser le ton !

– Désolée, marmonna finalement Grise. Je… j'avais froid, et…

– Oh, mille pardons, Votre Altesse ! rugit le mastard mécanique. Je dois avoir laissé les manteaux de fourrure et les charmes de chaleur dans mon autre pèlerine ! Allez, bougez-vous, espèces d'idiots ! On ne doit pas traîner !

Sans attendre de réponse, le colosse fit volte-face et se rua à nouveau dans le labyrinthe de ruelles. Cyrus et Grise échangèrent un regard las, puis reprirent leur course.

– S'il n'y a pas un… bon repas et un feu devant lequel me blottir quand… on arrive, je lui laboure le visage… façon charpie, avertit Quint, le souffle court.

– Tu vas t'y casser les griffes, remarqua Grise. Et je pensais que les félins étaient des coureurs hors-pair ?

Cyrus éclata de rire, s'attirant le regard scandalisé de son familier.

– La dernière fois que Quint a couru après quelque chose, c'était une grosse mouche bleue qui l'empêchait de dormir, raconta le magicien. On est loin du fauve intrépide traquant sa proie pendant des heures…

– Les félins sont… des maîtres de… l'embuscade ! protesta le chat roux en haletant. Nous sommes des… sprinteurs, nous courrons… vite et bien pour attraper notre… proie sans gaspiller notre… énergie pour rien !

– Rappelle-moi combien de temps il t'a fallu pour attraper la mouche en question ? susurra Cyrus. Vingt, vingt-cinq minutes de lutte acharnée, quelque chose comme ça ?

Le gros chat roux s'enferma dans un silence outré.

Après une cavalcade qui leur parut durer des heures, ils parvinrent finalement au cœur d'un quartier aux rues étroites, aux maisons délabrées et aux fenêtres barrées de planches de bois. Les rares lampadaires à arcanium du secteur qui fonctionnaient encore ne diffusaient leur lueur bleuâtre que par intermittence. L'air était chargé d'odeurs nauséabondes venues des usines, tanneries et méduseries proches ; et une brume huileuse envahissait les rues, rendant les pavés glissants. L'atmosphère était glaciale, inquiétante, et Grise éprouva la sensation déplaisante qu'on l'épiait depuis les ténèbres.

– Les Rets, annonça Cyrus d'un ton sombre.

Le cœur de Grise tambourina dans sa poitrine : elle avait déjà entendu parler du quartier des gueux, bien sûr, mais n'aurait jamais imaginé qu'elle y mettrait un jour les pieds. L'Académie était située à l'autre bout de Celumbre, dans les beaux quartiers. On y trouvait le Conclave des Primarques, les galeries marchandes, les parcs, les ateliers des automatistes et les tours des mages, entre les belles demeures des nobles et des bourgeois. Le secteur était esthétique, calme, sûr et accueillant. Les Rets, domaine des voleurs, des mendiants, des mages noirs et des émeutiers, étaient son antithèse parfaite.

Le massif automate les amena devant une porte au fond d'une impasse lugubre, dissimulée derrière une pyramide de tonneaux puant le vin rance.

– `C'est là,` annonça leur sauveur en désignant le panneau de bois. `Vous êtes attendus.`

Cyrus fronça les sourcils :

– Attendus par qui ? Et vous, qui êtes-vous ? Comment saviez-vous que…

– `Entrez.`

Le ton du titan mécanique n'admettait aucune réplique. Cyrus soupira : de toute façon, quel autre choix avaient-ils ? Revenir en arrière, traverser les Rets en pleine nuit sans la protection de leur ange gardien ? Pour aller où ? Leur repaire des Deux Hérons était grillé, et ils n'avaient nulle part où aller. Ils n'avaient pas d'autre option que de donner une chance à leur mystérieux sauveur.

Grise n'était pas beaucoup plus enthousiaste à l'idée de pénétrer dans une bicoque effrayante au cœur d'un quartier effrayant juste parce qu'un automate effrayant le leur ordonnait. Mais, tout comme Cyrus, elle sentait qu'elle n'avait pas son mot à dire.

Les deux adolescents poussèrent la porte, qui s'ouvrit en grinçant atrocement. Ils se retrouvèrent dans un vestibule minuscule aux murs recouverts de chaux.

La pièce, éclairée par quelques bougies posées çà et là, était presque entièrement occupée par un gros escalier vermoulu. Celui-ci devait jadis mener au premier étage, mais s'était depuis effondré sur lui-même, interdisant le passage. Il y avait bien une autre pièce, sur le mur à gauche, mais son accès avait été scellé par des planches de bois clouées en travers.

Ils se retournèrent, confus, et constatèrent que le colosse métallique leur barrait la sortie. Il n'y avait pas d'issue.

Courageusement, Grise s'adressa à leur gardien :

– Euh... Sommes-nous prisonniers, ou bien... commença-t-elle.

– `Contournez l'escalier. Il y a une trappe. Ouvrez-la et descendez.`

Puis il fit un pas en arrière et claqua la porte sur eux, soufflant la plupart des bougies et plongeant le vestibule dans une obscurité presque complète.

Cyrus déglutit bruyamment, avant d'oser avancer. Le moindre pas faisait tomber des cascades de poussière de l'escalier en ruines, et il craignit plus d'une fois de passer à travers le plancher vermoulu.

Ses yeux s'habituèrent finalement aux ténèbres, et il découvrit effectivement une trappe de bois aux coins renforcés de métal, orné en son centre d'un gros anneau de fer.

– Aide-moi à ouvrir ce truc, lança-t-il à Grise.

La jeune fille s'approcha avec hésitation et saisit l'anneau en même temps que lui. Leurs doigts se touchèrent et, sans qu'elle sache vraiment pourquoi, ce contact la rassura.

Mais elle n'eut pas le temps d'y réfléchir : à eux deux, ils parvinrent à faire basculer le lourd panneau qui laissa apparaître un escalier de pierre s'enfonçant dans les ténèbres.

La mécanicienne se décida à entrer la première. Les marches étaient irrégulières et recouvertes d'une sorte de lichen gluant, la forçant à progresser avec prudence.

Elle sentit soudain quelque chose de chaud passer entre ses jambes et faillit hurler de terreur.

– Ce n'est que moi, la rassura Quint. Je vois dans le noir, je passe devant.

Derrière elle, la jeune fille entendit Cyrus s'engager à son tour dans l'escalier. Elle descendit encore quelques marches à l'aveuglette, puis la voix de Quint s'éleva un peu plus bas :

– Encore quatre marches, Grise, et tu y seras. Maître, tu devrais te pencher un peu, il y a une poutre juste devant t...

Bruit sourd.

– Aïe !

– Trop tard, soupira le familier.

– Fabuleux, grogna le mage en se frottant le front.

Grise arriva enfin au bas des marches et foula un sol de terre battue. Quint se colla doucement contre ses jambes pour lui indiquer sa présence. Quelques secondes plus tard, Cyrus les rejoignit.

Autour d'eux régnait une noirceur totale.

– On y voit comme dans un seau, là-dedans, grommela le familier. Même un nyctalope comme moi ne voit rien.

– Tu ne peux vraiment pas invoquer un peu de lumière ? demanda Grise à Cyrus. Je sais que l'élémentalisme n'est pas ton point fort, mais...

– Non, je ne peux pas, avoua le magicien à contrecœur. Je suis incapable de susciter durablement une flamme.

– Ah. Et il n'y a pas d'autre manière de lutter contre cette obscurité ?

– Je pourrais peut-être utiliser l'illusion pour manipuler la lumière existante et la renforcer, murmura songeusement le magicien. Mais... non, il y en a vraiment trop peu pour que ça change quoi que ce soit.

– Une nouvelle preuve de la supériorité de l'ésotérisme, marmonna Grise.

– Dis donc, je n'ai pas non plus l'impression que tes talents de technologiste nous soient d'une grande utilité non plus, rétorqua Cyrus, piqué au vif. Je croyais que ton automate faisait de la lumière ? Tu n'as toujours pas pensé à appuyer sur l'interrupteur ou il est déjà tombé en panne ?

– Cog est déchargé, répondit sèchement Grise. Il s'est vidé de son énergie en aveuglant l'autre folle.

Le cube ailé, inerte, reposait en effet dans une de ses poches depuis qu'ils avaient quitté l'auberge.

Ils entendirent soudain une sorte de cliquetis, et une minuscule lueur – un briquet ? – apparut dans les ténèbres. Il y eut alors une petite détonation bleue, typique de l'huile de méduse touchée par une flamme, puis la pièce s'illumina d'une douce lueur azurée provenant d'une grosse vasque de cuivre.

Grise et Cyrus retinrent de justesse un cri de terreur : huit individus armés de grands couteaux et de pistolets les encerclaient, l'air sombre. En arrière-plan, des dizaines de silhouettes s'entassaient contre les murs de la cave. Il y avait là des hommes, des femmes et des enfants, rassemblés là comme pour un spectacle, contemplant les intrus avec curiosité, inquiétude ou défiance. Plusieurs occupants de la cave étaient des mendiants faméliques d'une saleté repoussante ; d'autres des saltimbanques et diseuses de bonne aventure en habits colorés maintes fois rapiécés. Certains étaient des gros bras qui roulaient des muscles et exhibaient fièrement leurs armes, ce qui les classait dans la catégorie des criminels pratiquant l'extorsion, la menace et le vol à main armée.

Beaucoup semblaient mal à l'aise en pleine lumière, s'agglutinant d'instinct dans les zones d'ombre de la cave : probablement des cambrioleurs, espions et voleurs à la tire. De nombreux jeunes gens au visage fermé arboraient plus ou moins discrètement le brassard vert, le signe distinctif des Révocateurs, d'impitoyables anarchistes ayant fait vœu d'abattre l'Empire. Au fond, Cyrus discerna au moins un mage noir, un barbu maigre reconnaissable à sa robe et à son familier, un petit serpent vert émeraude enroulé autour de son cou. Grise, de son côté, identifia dans la foule plusieurs automates déglingués, qui les regardaient avec au moins autant d'intensité que les malandrins présents dans la pièce.

Détrousseurs, larrons et escamoteurs, machines détraquées et magiciens fugitifs : toute la faune sordide des Rets paraissait rassemblée dans cette cave.

Le regard de Grise fut soudain attiré par une femme gigantesque, presque aussi large que haute, aux cheveux gris coupés courts, au visage rougeaud et à la bouche sévère. La partie gauche de son visage flasque était dissimulée sous une sorte de masque fait de cuivre, d'où jaillissaient plusieurs tubes translucides raccordés à son cou et à sa nuque. À la place de son œil gauche brillait une inquiétante lentille de cristal rouge. La grosse femme était vêtue d'une armure de cuir huilé, et une demi-douzaine de poignards et de pistolets étaient passés dans les harnais qui traversaient son ample poitrine. Deux petites arbalètes automatiques étaient rangées dans des étuis passés à sa ceinture, et une épée courte était retenue à sa jambe droite par des lanières de cuir.

Sa main épaisse tenait encore le briquet grâce auquel elle avait révélé l'intérieur de son repaire. Elle le fit disparaître dans une poche d'un mouvement étonnamment rapide, avant de s'avancer lourdement vers Grise et Cyrus, toujours figés de stupeur au milieu de la pièce.

– Bienvenue dans les Rets, déclara la grosse femme. Je suis l'Arachnide.

Chapitre 10

Les adolescents furent soumis à une fouille aussi exhaustive qu'humiliante. Grise fut privée de tous ses outils et de la carcasse inerte de Cog. Cyrus, après avoir été délesté de sa bourse, de sa dague et même de ses bésicles, fut également séparé de Quint. Il tenta de protester, mais un sbire de l'Arachnide lui plaça aussitôt une lame sous la gorge, tandis qu'un autre attrapait le gros chat roux par la peau du cou. Le familier cracha et se tortilla dans tous les sens, essayant d'égratigner son ravisseur, mais l'homme esquiva aisément les griffes et força le félin à entrer dans une cage de bois et de métal.

– J'accorde une grande importance à ma sécurité personnelle, expliqua tranquillement l'Arachnide. À ce titre, je ne rencontre d'ésotéricien extérieur à ma communauté que s'il est empêché de pratiquer son art.

– Qu'allez-vous faire de lui ? murmura Cyrus d'une voix blanche, tandis que le chat émettait des miaulements déchirants de l'intérieur de sa prison.

– Je vous promets qu'il sera bien traité. Il va simplement faire une petite balade à l'autre bout de la ville avec l'un de mes hommes, assez loin pour vous priver de votre connexion magique. Le temps pour vous et moi d'avoir une petite discussion : il vous sera rendu dès que je serai convaincue que nous pouvons nous entendre.

La reine des bandits avait une voix douce et chaude, un peu rauque, une voix de gentille grand-mère qui tranchait violemment avec son allure inquiétante. Elle semblait âgée d'une soixantaine d'années – mais qu'en était-il en réalité ? L'Arachnide était une légende, un monstre nocturne hantant les ruelles obscures de Celumbre depuis près de deux-cents ans ! Se pouvait-il que cette imposante voleuse ait trouvé le moyen d'obtenir la vie éternelle derrière laquelle couraient tous les mages et scientifiques de l'Empire ?

L'homme à la cage remonta l'escalier par lequel ils étaient entrés et quitta la masure. Cyrus sentit son lien à Quint se distendre de plus en plus. Il se crispa : il n'avait que rarement été séparé de son familier et la sensation s'avérait très désagréable. Un vide glacé envahissait lentement son esprit, occupant l'espace habituellement réservé à l'essence de son compagnon.

– Ça va ? s'enquit doucement Grise, inquiète.

– Ça ira, hoqueta Cyrus, le teint gris. Tant que ça ne dure pas trop longtemps...

– Ne vous en faites pas, je doute que notre conversation s'éternise, déclara l'Arachnide.

Au fond de la cave bondée se trouvaient trois arches de pierre, menant toutes à un inquiétant réseau de tunnels qui se perdaient dans l'obscurité. Les malfrats et badauds venus assister à leur arrivée dans les Rets commençaient déjà à se disperser, passant en file indienne sous les deux premières voûtes. L'Arachnide les fit traverser la troisième arche, et les deux adolescents se retrouvèrent dans un passage étroit qui sentait le moisi. Grise écarquilla les yeux : il ne pouvait s'agir que des catacombes de Celumbre, un réseau labyrinthique de mausolées et d'ossuaires antiques, d'égouts de différentes époques et de grottes naturelles reliés les uns aux autres par un immense entrelacs de tunnels. Les voleurs, les espions et les assassins empruntaient ces galeries depuis des générations pour semer les Gardes de Cuivre lancés à leurs trousses.

Les souterrains humides dans lesquels ils évoluaient, de simples tunnels de pierre de taille au sol de terre battue, ne ressemblait pourtant pas aux couloirs sinistres des légendes. L'air était propre et sec, le sol régulier sous leurs pas, et le chemin régulièrement éclairé par de grosses ampoules arcaniques vraisemblablement dérobées sur des réverbères municipaux.

– Écoutez bien mes instructions, jeunes gens, les avertit l'Arachnide. Cet endroit est truffé de pièges, et il serait dommage que vous sautiez sur une mine ou que vous vous fassiez transpercer par une flèche empoisonnée. Sautez donc par-dessus ce renflement, ici. Chausse-trappe enflammée, très dangereuse. Et baissez-vous ensuite pendant cinq mètres, pour ne pas déclencher les arbalètes en batterie. Là, passez très vite sous cette arche... Voilà... Ensuite...

Cyrus et Grise suivirent les instructions avec attention. La criminelle avançait quelques pas devant eux, la main toujours posée sur la crosse d'une de ses arbalètes, comme si elle s'attendait à tout instant à ce qu'ils l'attaquent dans le dos. Sa démarche était étrange : la grosse femme claudiquait avec difficulté, faisant pivoter l'ensemble de son corps à chacun de ses pas comme si son genou gauche refusait catégoriquement de se plier. Grise et Cyrus échangèrent un regard éloquent. Obèse et boiteuse : une combinaison surprenante pour la voleuse la plus insaisissable du continent.

Ils avancèrent ainsi pendant une dizaine de minutes, esquivant les traquenards et les embûches semés dans les tunnels par des générations de malfaiteurs. Grise nota que la massive criminelle bifurquait à chaque intersection qu'ils rencontraient. Bien qu'incapable de retracer le chemin parcouru, la jeune fille avait pourtant l'impression qu'ils suivaient globalement une trajectoire en ligne droite : les tours et des détours que leur faisait prendre l'Arachnide ne servaient qu'à les désorienter. Le trajet prenait normalement moins de temps à parcourir, Grise en était certaine.

Ils atteignirent finalement leur destination, une petite pièce carrée et raisonnablement accueillante, aux murs de pierre dissimulés par des tentures piquetées d'humidité. Plusieurs sofas défraîchis, une imposante bibliothèque, un bureau et quelques chaises composaient le mobilier. L'intuition qu'avait eue Grise se confirma : trois autres personnes les avaient précédées et s'étaient déjà installées sur les coussins défoncés, dont le magicien au serpent qui avait pourtant quitté la cave en même temps qu'eux.

– Asseyez-vous, ordonna l'Arachnide en leur désignant deux sièges.

Cyrus et Grise se laissèrent tomber avec reconnaissance sur les chaises : ils avançaient à toute allure depuis des heures, et leurs muscles peu habitués à ce genre d'exercice étaient raides et douloureux. La maîtresse des Rets s'installa pesamment derrière son bureau pour leur faire face. Elle désigna d'un geste ample les trois autres malfaiteurs, qui les observaient avec intérêt.

– Voici mes principaux lieutenants, déclara-t-elle. Des hommes et femmes de confiance qui peuvent entendre tout ce que nous avons à dire. J'espère que cela ne vous dérange pas ?

– Je doute que nous soyons réellement en mesure de contester leur présence, remarqua Cyrus.

– Effectivement, je demandais par pure politesse, expliqua froidement l'Arachnide. Je vous présente donc Vestor Vax, maître des arts sombres et directeur de l'Académie Occulte des Rets.

Elle désigna le magicien vêtu de noir affalé sur un fauteuil.

L'homme était petit, voûté et squelettique. Il avait la peau blanchâtre, et ses yeux injectés de sang étaient soulignés d'impressionnants cernes violets. Son nez était crochu, ses joues creusées, et ses cheveux gras tombaient en mèches éparses sur ses épaules. Sa longue barbe noire, lisse et soyeuse, semblait être le seul élément en bonne santé de toute sa personne. Glissé autour de son cou, son serpent couleur de jade les observait avec une étrange intensité.

– Enchanté, souffla Vestor Vax d'une voix éteinte, qui semblait charrier de la poussière.

Cyrus dévisagea le mage noir en fronçant les sourcils, scandalisé à l'idée qu'un ésotéricien renégat puisse prétendre diriger une école de magie – dans le quartier le plus pauvre de Celumbre, qui plus est ! – mais il eut la présence d'esprit de ne rien dire.

– Caes Lyffe, ma maîtresse espionne, continua l'Arachnide en désignant la femme assise à son côté. Elle coordonne le renseignement dans les Rets.

Caes était une petite femme potelée d'une quarantaine d'années, aux yeux verts rieurs et à la crinière blonde déjà striée de mèches grises. Elle était vêtue d'une élégante veste de feutre d'un orange moiré ornée de boutons cuivrés et d'épaulettes dorées, d'un pantalon blanc et de hautes bottes d'équitation, et portait au côté une rapière et un pistolet. Elle ressemblait étrangement à un officier supérieur de la Garde de Cuivre. Caes Lyffe semblait ne jamais pouvoir s'empêcher de sourire et leur adressa un clin d'œil amical.

– Une autre partie du travail de Caes concerne la corruption de la Garde de Cuivre, expliqua l'Arachnide en remarquant leur regard interrogateur sur l'uniforme de la bandite. C'est elle qui fait en sorte que nos relations avec les forces de l'ordre ne soient pas trop abruptes.

– Ce sont de bons gars, soupira Caes Lyffe. La plupart de la piétaille du bas de l'échelle vient des bas-quartiers. Ils ont signé là-bas parce que le solde leur permet de manger à peu près à leur faim et qu'ils ont l'impression que l'uniforme leur donne du prestige…

– Tu peux parler, gloussa le jeune homme roux.

– C'est pas faux, s'esclaffa Caes en époussetant sa veste vermillon. Techniquement, je possède le rang de sergent d'armes au sein de la Garde.

– Pourquoi nous racontez-vous tout cela ? demanda Cyrus, mal à l'aise. N'avez-vous pas peur que nous vous dénoncions ?

– Pas vraiment, non, répondit l'Arachnide en croisant les bras sur son bureau. Et puis, rien de ce que nous vous disons n'est vraiment inconnu des forces de l'ordre. Ils ont juste… mettons, un peu de mal à rassembler des sources et témoignages fiables pour le prouver.

– De rien, gloussa Caes Lyffe.

– Caes est aussi la patronne des maraudeurs, des gros bras et des assassins, pour les occasions les plus… délicates, poursuivit l'Arachnide, une nuance de menace dans la voix.

– A… assassins ? coâssa Cyrus.

– Ne t'en fais pas, je ne les sollicite pas souvent, pépia gaiement Caes Lyffe. Notre cheffe adorée préfère éviter de régler les problèmes de manière trop définitive. Comme elle le dit si bien : les morts ont du mal à payer leurs dettes ! Ha ha ! Pas vrai Vestor ?

Et elle envoya un coup de coude à son voisin, qui répondit par un grognement exaspéré.

– Pour finir, reprit la grosse voleuse en passant à son dernier lieutenant, je vous présente Théodorus Lieber, chef autoproclamé des Révocateurs. C'est lui qui…

– Pas autoproclamé, la coupa le dénommé Lieber en bombant le torse de manière théâtrale. Désigné par la force des choses pour défendre au mieux les droits des indigents et des opprimés ! Choisi par les partisans pour être leur voix, leur espoir et leur arme pointée vers le cœur de l'Empire ! Élevé à la dignité de porte-parole, j'ai accepté de mettre mon charmant minois et mon timbre clair à la disposition de la Révocation !

Lieber était un beau jeune homme énergique au visage fin, aux cheveux roux tombant gracieusement sur ses épaules et aux grands yeux bleus étincelants. Cyrus et Grise lui donnèrent une vingtaine d'années. Il était lui aussi vêtu avec élégance, mais son long manteau pourpre était élimé aux coudes, ses bottines de cuir clairement usées et les manches de son costume de feutre brun un peu effilochées. Il avait une voix puissante, vibrante de passion, des manières théâtrales et un sourire enthousiaste, un peu ironique, un de ceux qu'il est difficile de faire disparaître.

L'Arachnide, visiblement irritée, posa un regard dur sur le jeune homme :

– Qu'est-ce que je t'ai dit à propos des interruptions, Lieber ? gronda-t-elle.

Le jeune homme haussa les épaules avec nonchalance. Mais devant l'air sinistre de la reine des bandits, son sourire badin vira au rictus forcé, avant de se dissoudre complètement. Sourire difficile à faire disparaître, *sauf pour l'Arachnide*, corrigea Cyrus.

La grosse femme fusilla le rouquin du regard, puis reprit :

– Quand il ne milite pas pour sa cause, Lieber est également notre maître armurier et technologiste, et enseigne le tir au pistolet. Il n'est pas trop mauvais, dans sa catégorie...

– La plus fine gâchette des Rets ! confirma Lieber en retrouvant sa légèreté.

– Il endosse aussi, à l'occasion, le rôle de comptable et d'expert en logistique et assiste Caes au renseignement.

– Il n'est pas toujours très attentif, leur révéla Caes avec bonne humeur, mais il a l'avantage d'avoir des yeux et des oreilles dans les manufactures, les ateliers, les abattoirs et les méduseries...

– Caes ! la reprit Lieber en roulant des yeux. Un peu de discrétion sur mes activités, veux-tu ! Je n'ai pas de galons de la Garde pour me protéger, moi !

– Pardon ! Pardon ! Je suis une incorrigible bavarde !

Caes Lyffe prit un air faussement contrit avant de se renfoncer dans son fauteuil. Cyrus nota dans un coin de sa tête que la petite femme semblait viscéralement incapable de tenir sa langue – un comble pour une espionne – et qu'elle pourrait à l'occasion servir de source de renseignements de première qualité. À moins que ce ne soit qu'un rôle, une posture factice lancée comme un appât au bout d'un hameçon pour attirer la complicité et les confidences des adolescents ? La méfiance était peut-être de mise...

– Qu'attendez-vous de nous, exactement ? demanda Cyrus abruptement. Que faisons-nous ici ? Pourquoi avez-vous envoyé votre automate pour...

– Pour vous aider, évidemment, grogna l'Arachnide en haussant ses larges épaules. Et ce n'est pas *mon* automate : Gustav est un affranchi. Il me sert par choix.

– Un *affranchi* ? bégaya Grise. Vous voulez dire... un automate indépendant ? Sans maître ?

– Exactement. Nous avons une bonne douzaine d'affranchis dans nos rangs, à l'heure actuelle.

– Même les machines ne tolèrent plus la tyrannie de l'Empire, glissa Lieber avec malice.

– Mais... les matrices de personnalité autonomes sont interdites ! protesta la mécanicienne. Laisser une machine prendre ses propres décisions, ce... c'est incroyablement dangereux !

– Vous constaterez bientôt que « dangereux » et « interdit » sont des termes assez courants, par ici, répliqua froidement l'Arachnide.

– Mais...

– Vous dites vouloir nous aider, coupa Cyrus. Comment avez-vous appris que nous avions besoin d'aide ?

– Je vous l'ai dit : je dispose d'un excellent réseau d'espions. Caes m'a avertie de la fuite de deux étudiants de l'Académie et de leur installation aux Deux Hérons. Je vous ai aussitôt placés sous surveillance, avant de m'intéresser aux quatre voltigeurs lancés à vos trousses…

– Voltigeurs ? releva Cyrus.

– Des capucheux indépendants, expliqua Caes Lyffe sur le ton de l'évidence. Des canailles qui jouent du surin et font leurs affaires sur notre territoire sans avoir embrassé la bague.

Cyrus et Grise échangèrent un regard confus, troublés par l'argot employé par la petite voleuse.

– Le genre à « oublier » de demander la permission de faire des affaires sur notre domaine, explicita l'Arachnide.

– Le genre solitaire et pas très commode qui pense que le respect des forces en présence ne les concerne pas, ajouta Lieber.

– Le genre qui ne fait pas de vieux os dans les Rets, compléta Vestor Vax d'un ton sinistre.

Les mots du sorcier résonnèrent lugubrement dans la petite pièce, comme une funeste prophétie en passe de s'accomplir.

– Bref, reprit l'Arachnide. Je savais qu'ils étaient sur le point de vous tomber dessus, alors j'ai décidé de leur jouer un tour à ma façon et d'envoyer Gustav vous récupérer.

– Comment avez-vous su que ces… voltigeurs allaient nous retrouver ? demanda Grise.

– Oh, très facilement : c'est nous qui les avons informés de votre cachette.

Grise poussa une exclamation de surprise, tandis que Cyrus écarquillait les yeux, estomaqué.

– Je vous demande pardon ?

– C'était la méthode la plus efficace pour nous assurer qu'ils arriveraient au moment qui nous arrangerait le plus.

– Et ça nous a permis de nous faire au passage un petit paquet d'argent en leur vendant l'information, gloussa Lieber.

– Mais si c'est vous qui leur avez dit où nous étions, commença Grise, ils vont forcément revenir vous voir pour…

– Pour quoi ? coupa l'Arachnide. Pour se plaindre que mon information n'était pas valable ? Ils vous ont bel et bien vus aux Deux Hérons, non ? C'est leur problème s'ils n'ont pas été fichus de vous mettre la main dessus…

– Ils vont tout de même comprendre que vous les avez doublés, remarqua Cyrus. Vous leur avez vendu une information qu'ils n'auraient pas eue autrement, ce qui veut dire qu'à part vous, il n'y a pas grand-monde qui aurait pu leur mettre des bâtons dans les roues. Vous vous êtes vous-même désignée comme coupable.

La grosse femme répliqua froidement :

– Ce qui leur apprendra que la prochaine fois, ils feraient mieux de me traiter avec politesse avant de magouiller dans *ma* ville.

Grise hocha la tête, impressionnée : l'Arachnide gérait ses atouts d'une main de maître, sans la moindre trace d'hésitation. Elle croyait comprendre l'origine de son surnom : l'Arachnide évoquait une grosse araignée silencieuse au centre d'une gigantesque toile gluante. Elle était capable de percevoir immédiatement la plus infime vibration de ceux qui s'approchaient de son domaine, et faisait en sorte qu'ils y restent inévitablement piégés.

– Tout cela est très intéressant, déclara aimablement Cyrus, et nous vous sommes infiniment reconnaissants de votre aide, mais… j'imagine que celle-ci a un prix ?

Les lèvres de la massive voleuse s'étirèrent en un rictus de loup.

– Voilà le marché, jeunes gens : je m'engage à vous protéger de ces voltigeurs et à garder votre position secrète. En échange de quoi, vous mettrez vos talents à contribution de notre… petite affaire, le temps qu'il faudra pour que votre situation devienne moins délicate.

Cyrus se tendit : avoir sous la main un magicien et une mécanicienne tout droit sortis de l'Académie était un incroyable coup de fortune pour une bande de malfrats. Pas étonnant qu'ils se soient donné tant de mal pour les amener ici !

Mais l'idée même de s'acoquiner avec la lie de Celumbre l'écœurait au plus haut point. Comme s'il allait salir le nom des Vorocle en s'alliant avec un tel parti de voyous et de hors-la-loi !

Cependant, avant qu'il ait eu le temps de formuler ses pensées, Grise secoua la tête d'un air désolé.

– Et moi qui croyais que nous étions là pour discuter sérieusement, soupira-t-elle. Si c'était pour nous proposer un marché aussi ridicule, vous auriez pu nous économiser cette détestable excursion dans les tunnels. Viens, Cyrus : nous trouverons ailleurs des alliés dignes de ce nom – et autrement plus recommandables.

Cyrus se figea, le souffle coupé. Cherchait-elle donc à les faire tuer ?! L'Arachnide s'était également immobilisée, les sourcils froncés au point de ne former plus qu'une seule ligne incurvée. D'effrayantes marbrures rouges étaient apparues sur ses bajoues et son cou, et les ailes de son nez palpitaient de colère. Vestor Vax avait les yeux plissés et marmonnait dans sa barbe, contrarié, tandis que l'éternel sourire de Caes Lyffe avait disparu, remplacé par une moue offusquée. Au contraire, Lieber eut une moue satisfaite et se renfonça tranquillement dans son fauteuil.

– Je doute que vous ayez pleinement conscience de la situation dans laquelle vous vous trouvez actuellement, très chère, grinça l'Arachnide entre ses dents serrées.

– Oh, mais au contraire, *très chère*, répliqua Grise. Je suis bien devant l'Arachnide, n'est-ce pas ? La plus dangereuse criminelle de tous les temps, la reine des voleurs à la tête du monde des ombres de Celumbre, dont le pouvoir rivalise avec celui des primarques ?

– Oui, je...

– Et qui propose donc à de potentielles recrues de haut vol des conditions de travail ridicules, à peine meilleures que celles offertes au plus humble des mendiants de votre organisation ?

– Ridicules ? s'étrangla l'Arachnide.

Grise souffla bruyamment, comme si elle s'adressait à une enfant particulièrement obtuse.

– Soyons raisonnables, voulez-vous ? Cyrus est l'un des ésotériciens les mieux classés de l'Académie, un mage parfaitement formé à tous les Flux. Quant à moi, j'en sais plus en mécanique à quinze ans que vos bricoleurs et quincaillers en apprendront jamais. À nous deux, nous pourrions cambrioler le Conclave des Primarques sans déclencher la moindre alarme, et tout ce que vous nous proposez en échange de nos incroyables services, c'est de *nous protéger de nos poursuivants et de garder notre position secrète* ? Dites-moi si je me trompe, mais n'est-ce pas le strict minimum que le plus minable de vos coupe-jarrets est en droit d'attendre de sa patronne ?

L'Arachnide se mordit les lèvres, son œil valide aussi froid et fixe que sa lentille rouge. De son côté, Cyrus avait l'horrible impression que son sang caillait dans ses veines. À quoi pensait Grise, à jouer à la plus fine avec la pire criminelle de l'Empire ?

Mais la jeune fille ne s'arrêta pas là.

– En outre, poursuivit-elle, je vous crois suffisamment bien informée pour tout savoir de notre identité et de notre lignage. Si vous jouez correctement vos cartes, vous pourrez un jour ou l'autre demander à nos familles une belle compensation pour nous avoir sauvés. Or, je pense que mon père serait bien mieux disposé envers une amie dévouée et généreuse qu'envers une despote m'ayant exploitée de manière indigne pour son seul profit...

Lieber se frappa la cuisse du plat de la main, avant de partir dans un grand éclat de rire :

– Dis donc, c'est une reine de l'embrouille, cette petite ! s'esclaffa-t-il. Rien que pour voir ta tête, ça valait le coup de la faire venir !

L'Arachnide lui décocha un regard meurtrier, avant de reporter son attention sur l'adolescente dressée devant elle. Elle se leva à son tour, et son ombre massive sembla soudain plonger la pièce dans l'obscurité. Cyrus crut sincèrement que leur dernière heure était arrivée.

– Très bien, grogna l'énorme criminelle. Je reconnais que mon offre initiale était... légèrement inférieure à ce que votre valeur réelle pouvait laisser escompter. Que puis-je vous proposer pour vous assurer de mon... *amitié* ?

Elle avait prononcé ce dernier mot comme si elle venait de sucer un citron particulièrement acide. Grise fit mine de réfléchir un instant, avant de se décider :

– Nous nous mettrons à votre service, déclara-t-elle, en échange de votre aide sur deux points. Le premier : en plus de nous protéger de ces quatre voltigeurs, vous utiliserez votre réseau d'espions pour découvrir leur identité, leurs objectifs et leurs éventuels commanditaires, complices et associés, contre lesquels vous nous protègerez également. Nous pensons qu'il y a un traître à l'Académie, et très possiblement des agents corrompus de la Garde de Cuivre.

– Caes enquêtera à ce sujet.

– Très bien, acquiesça la mécanicienne. Voici notre seconde exigence : vous ferez envoyer en toute discrétion un message à nos familles respectives pour leur assurer que nous sommes en sécurité. La Guilde des Messagers...

– Est compromise, coupa l'Arachnide. Je sais *déjà* cela. Impossible d'appeler papa et maman à la rescousse, pas vrai ?

Grise déglutit avec difficulté mais ne céda pas, défiant le regard ironique de la grosse femme. L'Arachnide finit par acquiescer.

– Je ne garantis pas que ce sera facile, grogna la reine des voleurs en se frottant le menton, mais je dispose de moyens de communication discrets un peu partout sur le continent... Je devrais être en mesure d'accéder à votre demande.

– Tant mieux, acquiesça Grise d'une voix qui tremblait un peu.

– Bien, si c'est là tout ce que vous souhaitez, nous pouvons...

Grise l'interrompit en se frappa le front du plat de la main, comme si elle venait de se souvenir de quelque chose :

– Oh, et évidemment, nous toucherons dix pour cent de tout butin que nous contribuerons à rapporter.

Les mâchoires de la reine des voleurs se contractèrent. Cyrus déglutit plus bruyamment qu'il l'aurait souhaité, et il eut l'impression que son cœur, qui battait la chamade, résonnait dans toute la pièce. Mais les malandrins ne lui prêtaient aucune attention : tous les regards étaient fixés sur Grise.

– Peu de mes gars touchent dix pour cent sur un magot ! gronda l'Arachnide. Et encore moins des débutants. Deux pour cent.

– Peu de vos gars sont des magiciens et technologistes de haut vol, répliqua Grise en croisant les bras. Huit.

– Trois.

– Sept.

– Quatre, et je ne fais pas disparaître vos corps dans un marais ! s'emporta la grosse criminelle.

– Six, et la mère de Cyrus – la première générale de l'Empire, vous savez ? – ne placera pas la ville sous loi martiale à durée indéterminée quand elle réalisera qu'il a disparu, rétorqua tranquillement Grise.

La géante cligna des yeux, surprise de la rapidité de la réplique. Un frémissement agita sa lèvre inférieure, comme si elle se retenait de sourire. Un fluide argenté s'engouffrait en sifflant dans une tubulure de son demi-masque.

– Cinq, soupira-t-elle, de guerre lasse. C'est mon dernier mot.

– Va pour cinq, concéda Grise en tendant la main.

L'Arachnide considéra un instant la paume tachée de cambouis de la mécanicienne puis déclara :

– Si nous passons un marché de voleurs, nous devons prêter serment comme des voleurs !

L'immense truande se racla la gorge, renifla bruyamment, puis cracha dans sa paume, avant de la tendre à

Grise. La jeune fille réprima une grimace de dégoût et, affrontant vaillamment le regard goguenard des criminels, cracha à son tour dans sa main et serra celle de la reine des voleurs. Elle ne put cependant retenir un long frisson lorsque les paumes jointes émirent un répugnant bruit de succion.

– Parfait, conclut l'Arachnide en essuyant nonchalamment sa main contre sa cuisse. Bienvenue dans le monde du crime, jeunes gens !

Grise et Cyrus échangèrent un regard sombre, que l'Arachnide fit semblant de ne pas remarquer.

– Je vais donc vous confier votre première mission de voleurs…

– D… déjà ? déglutit Grise.

– Oui. Pourquoi, cela vous pose un problème ? Ne me dites pas que vous comptiez me fausser compagnie avant que les choses ne deviennent sérieuses, rassurez-moi ?

Grise écarquilla les yeux.

– Non ! protesta-t-elle faiblement. Non, bien sûr que non !

Cyrus se crispa : il était au contraire assez évident que c'était ce que la mécanicienne avait en tête.

– Très bien, répliqua cependant l'Arachnide. J'ai un projet pour vous, susurra-t-elle. Un projet qui vous permettra de me prouver vos véritables capacités, qui me convaincra que j'ai bien fait de vous accueillir dans notre petite famille… Un coup qui non seulement rapportera beaucoup, mais qui pourrait également vous apprendre pourquoi ces voltigeurs sont à vos trousses, et pourquoi vos parents semblent hors d'atteinte. J'imagine que cela vous motivera à travailler sur ce projet au mieux de vos capacités, n'est-ce pas ?

L'Arachnide se leva pesamment de son fauteuil et se saisit d'un vaste rouleau de papier posé au sol, qu'elle étala sur son bureau. Le mage et la mécanicienne se penchèrent sur le document, intrigués. Ils sentirent leur cœur s'arrêter en comprenant de quoi il s'agissait.

L'imposante voleuse leur adressa un nouveau sourire de loup, tandis qu'ils étudiaient sans trop y croire le document, un plan détaillé d'un imposant bâtiment.

Un bâtiment qu'ils ne connaissaient que trop bien.

– Vous allez cambrioler l'Académie pour moi.

DEUXIÈME PARTIE

INFILTRATION ET MAGIE NOIRE

Chapitre 11

Le primarque Iosephir se concentrait sur la correction des copies d'élémentalisme des élèves de sixième année. Officiellement, les étudiants parvenant à la fin de leurs études académiques étaient censés maîtriser à la perfection l'ensemble des Flux ; dans les faits, le vieux mage savait parfaitement que seul un haut score en élémentalisme intéressait réellement les recruteurs du Corps des Ésotériciens d'État. Tout ce qu'on attendait d'un mage, désormais, c'était de savoir faire exploser une fortification ennemie, faire fondre un canon ou lancer un déluge de grêle coupante sur une armée adverse. Le reste n'importait plus vraiment.

C'était assez triste : de son temps, les ésotériciens étaient des sages, des conseillers, des chercheurs, des guérisseurs et des enseignants. Ils poursuivaient le savoir, consacraient leur existence à repousser les limites de l'inconnu, de l'impossible. Ceux qui choisissaient la voie des armes, devenant corsaires, mages de guerre ou mercenaires, comptaient généralement parmi les moins doués, ceux dont l'unique talent consistait à évoquer le feu ou la foudre pour effrayer les montures d'en face.

Mais le monde avait changé. En quelques années seulement, les épées et les arcs avaient laissé place à la poudre et aux canons. Les chevaux avaient été ramenés aux champs et remplacés par des chars d'assaut mécaniques et des autocalèches blindées ; et les traditionnels navires à voile s'étaient inclinés devant la marine moderne triomphante. Le temps des escrimeurs de légende et des sages magiciens était révolu, brutalement remplacé par celui des tireurs d'élite et des élémentalistes de guerre. L'apparition de la technologie avait tout changé, glorifiant l'efficace, l'utile et l'immédiat au détriment de la patience, du savoir abstrait, de l'art et de la beauté.

L'industrie avait entraîné la magie dans son sillage, la forçant à prendre des atours d'efficience et d'optimisation, et la dépouillant presque entièrement de sa bienveillante harmonie. L'illusionnisme était devenu un arcane de tromperie plutôt que de beauté, et le mentalisme un moyen de dominer plutôt que de comprendre. Plutôt que d'invoquer la pluie sur les régions desséchées ou de repousser les tempêtes venues du large, l'élémentalisme servait désormais à noyer l'ennemi dans les flammes, comme lors de l'horrible campagne des Îles, quelques années plus tôt.

Quant à la guérison, remplacée par les potions et les scalpels des apothicaires et des chirurgiens, elle se mourait, tout simplement. La magie curative était pourtant infiniment plus efficace que cette prétendue « médecine » – mais, contrairement aux scalpels, aux bandages et aux amputations, elle coûtait aussi très cher. Le Flux Vital était gourmand : soigner une blessure par balle consommait presque autant d'arcanium que noyer une forteresse sous un déluge de feu et de foudre. Et, puisque pour l'Empire, il était devenu plus important de donner la mort que de maintenir en vie, la médecine, ses baumes et ses amputations avaient réduit la guérison à portion congrue.

Le monde évolue, se força à se rappeler le vieillard. Ioséphir allait sur ses quatre-vingt-deux ans : il était normal qu'il se sente dépassé, surtout après avoir tant vécu. Mais il ne pouvait s'empêcher de penser que quelque chose était allé trop vite, trop loin, et que l'humanité avait, à un moment ou un autre, emprunté la mauvaise direction.

Le primarque fut soudain arraché à ses pensées maussades : sur son bureau, derrière l'amas de copies encore non corrigées, venait d'apparaître une faible lueur rosée. Le vieil homme saisit le paquet de devoirs et le déplaça, libérant un gros cristal habituellement transparent, mais qui émettait en ce moment une faible lueur rose. D'une pensée, le mage lut la signature énergétique du sortilège, et son humeur s'assombrit. *Encore ?*

Il hésita. Peut-être pouvait-il l'ignorer et prétendre ensuite qu'il n'était pas à son bureau lorsque l'enchantement s'était déclenché ?

Mais le cristal se mit à scintiller de plus en plus fort, jusqu'à ce que le vieux mage, de guerre lasse, fasse un léger signe de la main pour accepter la communication. Aussitôt, la lumière rose enfla et ondula, jusqu'à prendre l'apparence éthérée d'un visage chauve et mince, aux yeux durs et aux joues fripées.

– Primarque Iooséphir, grinça la voix froide de la tête flottante.

– Haut-Ésotéricien Vezzir, répondit le vieux mage sans plus d'enthousiasme.

– Je vous dérange ?

– Vous ne me dérangez jamais, Votre Grâce.

– Très bien. Avez-vous du nouveau sur l'affaire qui nous préoccupe ?

Iooséphir retint un soupir. C'était la sixième fois que le premier conseiller de l'impératrice le contactait à ce sujet.

– Toujours pas. Je vous ai dit que je vous tiendrai informé si je trouve quelqu...

– Si ? l'interrompit Vezzir. Si ?! Pas « si », Iooséphir : « quand » ! Quand vous les aurez trouvés ! Dois-je vous rappeler à quel point il est inadmissible qu'ils aient pu disparaître de votre école ?! Avez-vous la moindre idée du genre de pression que l'Empire tout entier aura à subir, si l'on apprend qu'une Académie impériale laisse ses étudiants s'évaporer dans la nature ?

– Croyez-vous que je l'ignore ? répliqua sèchement Iooséphir. Croyez-vous que je ne tiens pas autant que vous à retrouver mes élèves ? Mais je n'ai aucun moyen pour...

– Aucun moyen ?! coupa Vezzir. Vous êtes directeur d'une Académie qui croule sous les subventions impériales ! Et vous êtes primarque de Celumbre, membre du conseil dirigeant de la cité toute entière ! Est-ce que vous vous moquez de moi ?!

– Ce n'est pas une question de moyens physiques, Vezzir, mais d'opportunités ! Vous me liez les mains ! Vous ne me laissez pas contacter la Garde de Cuivre pour les retrouver ou annoncer la nouvelle aux autres primarques !

– Personne ne doit avoir connaissance de ce qui est en train de devenir un secret d'État ! siffla Vezzir. Le risque que la Garde soit incapable de tenir sa langue est beaucoup trop grand ! À ce sujet, j'espère que vous avez averti vos enseignants et vos étudiants que discuter de l'absence de ces jeunes gens est… très vivement déconseillé ?

– Oui, j'ai prévenu que des sanctions seraient prises envers quiconque serait surpris à évoquer cette affaire, en et hors des murs de l'Académie.

– Excellent. Nous n'avons aucune envie que la situation soit rendue publique. Imaginez la une de la Gazette : des adolescents arrachés à leur chambre d'étudiants, et l'Académie et l'Empire échouent ensemble à les retrouver ! Non, je veux que vous les retrouviez – discrètement !

– Contrairement à ce que vous semblez penser, je n'ai pas beaucoup de relations dans les quartiers les plus populaires de Celumbre ! protesta Ioséphir. Et les quelques enquêteurs privés de la ville sont d'innommables incompétents : le risque qu'ils laissent échapper l'information est encore plus fort qu'avec la Garde !

– Que voulez-vous que j'y...

– Laissez-moi au moins contacter quelques hauts-gradés de la Garde de Cuivre ! Eux au moins concevront l'importance du secret... Ils pourront peut-être solliciter leurs propres contacts sur le terrain pour les retrouver...

Le visage chiffonné de Vezzir se plissa encore davantage, tandis qu'il réfléchissait.

– Très bien, admit-il. Mais uniquement sous la supervision directe de nos agents spéciaux.

– Vous voulez dire... la Police secrète ? sursauta Ioséphir.

– Comme vous le savez, ils sont déjà sur place, répliqua Vezzir. Ils prendront bientôt contact avec vous. Je vous envoie leurs dossiers.

La lumière rose s'intensifia violemment, forçant Ioséphir à détourner le regard. Puis la luminosité décrut, et le primarque constata qu'une pochette rouge contenant une dizaine de feuillets s'était matérialisée au sommet de sa pile de copie. Le vieux mage les feuilleta : il s'agissait des dossiers des agents en question, ainsi que leur ordre de mission.

– Nous comptons sur vous pour les assister dans leur tâche autant que possible, reprit Vezzir.

– Évidemment que je les aiderai ! Je vous l'ai dit, je tiens à retrouver mes élèves sains et saufs !

– Comme nous tous, grinça le magicien fripé.

– Avez-vous des informations au sujet d'Elenzo, de votre côté ? C'est un ami, et j'aurais aimé savoir si...

– Toute information concernant l'ingénieur d'État Oolonga est classée « confidentiel », coupa sévèrement Vezzir. Sécurité intérieure de l'Empire. J'espère que vous comprenez.

Iosèphir acquiesça doucement. Le haut-ésotéricien plissa les paupières.

– L'impératrice attend des résultats rapides, Primarque. Ne la décevez pas.

– Je ferai tout ce qui est en mon pouvoir, promit Iosèphir.

– Excellent. Gloire à Sarenziah.

– Gloire à Sarenziah.

L'image du haut-ésotéricien se dissipa, et le cristal retrouva sa transparence. Iosèphir émit un profond soupir, secoua la tête, puis tenta de se replonger dans ses corrections. Mais le cœur n'y était plus.

Chapitre 12

Grise tourna la poignée et donna en même temps un coup d'épaule sur la porte gonflée d'humidité, qui céda et pivota sur ses gonds pour lui laisser le passage. Elle embrassa d'un œil morne le couloir étroit, à la peinture lépreuse striée de traces d'humidité, et s'engagea avec lassitude sur le plancher vermoulu.

Les deux adolescents habitaient depuis maintenant cinq jours une bicoque abandonnée depuis longtemps mais encore raisonnablement confortable, en plein cœur des Rets. L'Arachnide les avait installés là sitôt qu'ils avaient accepté de travailler pour elle. Grise et Cyrus avaient rapidement adopté la petite maison, qu'ils avaient baptisée la Tanière.

Grise entendit le feu crépiter dans le salon : Cyrus devait déjà être rentré de sa journée de travail. Elle leva les yeux au ciel : elle qui espérait passer un peu de temps seule… En retenant un soupir, elle passa la tête dans l'encadrement de bois brut qui menait au salon.

– Je suis rentrée, annonça-t-elle. Fatiguée. Vais prendre un bon bain ch…

Elle s'interrompit en croisant le regard courroucé de Cyrus, en grande conversation avec deux autres personnes qui lui tournaient le dos. Elle haussa les épaules et monta l'escalier branlant au bout du couloir pour atteindre la minuscule salle d'eau sous les combles. Là, elle se débarrassa avec bonheur de sa salopette béante et de sa chemise de toile usée – les sbires de l'Arachnide leur avaient fourni une garde-robe qui leur permettait de passer inaperçus dans les Rets, puces et crasse comprises – et tourna avec précaution le robinet d'eau chaude. Aussitôt, une cacophonie de glougloutements, de grincements et de sifflements résonna derrière les murs, au point que la maison toute entière parut trembler sur ses fondations. Tous les sens en alerte, Grise s'assura que l'antique système de plomberie, qu'elle avait réparé elle-même, n'allait pas exploser. Mais son rafistolage tenait, et le robinet de cuivre finit par crachoter une eau brunâtre, qui s'éclaircit rapidement avant de se mettre à fumer.

Quelques minutes plus tard, la jeune fille put se glisser avec bonheur dans l'eau brûlante. Poussant un soupir d'aise, elle entreprit de délasser ses muscles noués par une journée de bricolage intensif.

L'Arachnide les avait presque immédiatement mis à contribution, ne leur accordant qu'une unique journée de repos pour s'installer et se remettre de leurs émotions. Puis ils avaient dû commencer leur formation de voleurs, indispensable selon la reine des escrocs pour atteindre leur objectif.

Grise n'en revenait toujours pas : ils allaient devoir cambrioler l'Académie ! Outre d'incroyables richesses justifiant à elles seules pourquoi l'Arachnide s'y intéressait, le coffre-fort personnel d'Ioséphir contenait vraisemblablement d'importantes informations politiques, militaires ou sécuritaires, pouvant aider les larrons des Rets à conserver une longueur d'avance sur les autorités. En plus d'être l'un des neufs primarques de la cité, Ioséphir était également un intime de l'impératrice Sarenziah, qui le tenait au fait de nombre de dossiers en cours. D'après l'Arachnide, il y avait de fortes chances qu'il sache pourquoi le danger pesait sur les familles Vorocle et Oolonga, et qu'il en conserve des traces écrites.

Dans ce cas, Cyrus avait-il raison de se méfier de lui ? Non, ça n'avait aucun sens : jamais Ioséphir n'aurait sciemment mis en danger la fille d'un de ses amis ! Elle aurait préféré le lui demander en personne, mais elle ne pouvait se permettre de mettre un pied hors des Rets. Tout comme Cyrus, Grise avait conscience que la protection de l'Arachnide était tout ce qui les séparait d'une capture par les quatre « voltigeurs ». La grosse voleuse ne laissait personne pénétrer dans son domaine sans invitation : le maillage étroit de mendiants sentinelles, de coupeurs de bourses tapis dans l'ombre et de gamins des rues portant discrètement des messages d'un bout à l'autre du quartier empêchait la moindre intrusion indésirable. Si les quatre affreux essayaient de se faufiler dans les Rets, ils seraient immédiatement capturés. La protection de la mythique Arachnide était efficace – mais les empêchait également de poser le pied hors des frontières des Rets, au-delà desquelles son influence diminuait rapidement.

Grise soupira, et produisit une éruption de bulles dans son bain. Ses muscles la tiraient douloureusement, et ses yeux la piquaient. La « formation » à laquelle les soumettaient les sbires de l'Arachnide était intensive – en ce qui la concernait, en tout cas. Cyrus et Quint avaient été envoyés auprès de Vestor Vax, l'inquiétant magicien à la voix poussiéreuse, et ni l'un ni l'autre ne semblaient avoir très envie de raconter à Grise ce qu'ils faisaient en sa compagnie.

De son côté, elle travaillait avec Lieber, le Révocateur, qui semblait être le seul à s'y connaître décemment en mécanique : la plupart des outils technologiques employés par les voleurs des Rets étaient tristement primitifs.

En tant que seul « vrai » mécanicien des Rets, Lieber était submergé de travail et avait accueilli la présence de Grise avec soulagement. Les deux premiers jours, il ne lui avait confié que des tâches ingrates, profitant du temps gagné pour haranguer ses partisans Révocateurs ou travailler sur les automates affranchis que les Rets avaient recueillis. Grise aurait adoré mettre enfin en application ses connaissances sur le sujet, mais Lieber avait rejeté sa proposition. Il lui avait expliqué que les affranchis étaient extrêmement méfiants, craignant par-dessus tout qu'on efface leur matrice d'indépendance : ils ne faisaient confiance qu'à Lieber pour assurer leur entretien et leurs réparations courantes, et auraient refusé tout net qu'une élève de l'Académie trifouille leurs circuits.

Grise s'occupa donc en réparant des dizaines d'armes à feu à-demi rouillées ou bloquées, graissant les molettes et les loquets sous le regard admiratif de voyous habiles au tir mais à qui personne n'avait jamais appris que les pistolets cessaient de fonctionner s'ils n'étaient pas régulièrement entretenus. Au début, elle avait tiré une certaine fierté des remerciements chaleureux qu'elle recevait. Puis elle s'était souvenue que les armes qu'elle rafistolait allaient ensuite servir à menacer d'innocents marchands et à tirer sur des officiers de la Garde de Cuivre. Discrètement, elle avait commencé à décaler certains rouages pour s'assurer que les pistolets ne pourraient pas tirer plus d'un ou deux coups avant de se gripper, réduisant ainsi leur dangerosité. Personne ne parut s'en apercevoir, et Grise se sentit un peu moins coupable à l'idée d'apporter son assistance aux criminels de Celumbre.

Elle avait profité d'être en présence de voleurs et de voyous avérés pour tenter d'obtenir davantage d'informations sur l'Arachnide. Elle avait déjà entendu parler de sa légende, évidemment, mais à chaque fois qu'elle posait des questions, les malandrins lui lançaient des regards méfiants en se mordant les lèvres.

« Compris, avait intérieurement soupiré Grise après la quatrième observation de ce manège. Interdiction absolue de parler d'elle. »

Elle avait changé de sujet, parlant de tout et de rien avec ses « clients », et en avait profité pour apprendre l'argot des Rets. Un « capucheux », par exemple, était un membre du peuple de l'ombre, un voleur, un assassin ou un escroc – une référence aux temps anciens où les gens qui ne voulaient pas se faire remarquer portaient de ridicules capuches, qui ne pouvaient que les rendre immédiatement suspects aux yeux des gardes.

« Criquer » signifiait s'enfuir face aux représentants de l'ordre, « jamber » voulait dire distraire quelqu'un pendant qu'un complice le volait, et un « osseux » était une victime ayant conscience d'avoir été flouée ou dévalisée et qui risquait de « gazouiller », c'est-à-dire d'alerter la Garde.

Un soir, elle avait essayé de parler de cette façon à la Tanière. Cyrus l'avait regardée comme si elle était devenue folle, mais Quint avait joyeusement rétorqué en usant du même langage : apparemment, les mages noirs que fréquentaient l'ésotéricien et son familier parlaient de la même manière.

– Je ne vois pas l'intérêt de m'exprimer comme un moins-que-rien, avait reniflé Cyrus, après que les deux autres lui avaient proposé de rejoindre leur conversation. Le langage soutenu est notre dernier rempart, la dernière chose qui nous distingue de cette plèbe malhonnête et grouillante.

– Allons, mon bon dabuche[1], avait rétorqué Quint, tu es bien trop marlou[2] pour jacter[3] ce genre de choses ! Y a queue d'chique[4] de mal à la mangave[5] ou à la jongle[6] !

Cyrus avait pincé les lèvres puis répliqué :

– Ouvre donc tes esgourdes[7], le greffier[8] : on est pas des affranchis[9], mais des cavés[10], et à ce titre, on ferait mieux de pas faire trop d'harmone[11], t'entraves[12] ?

Quint en était resté comme deux ronds de flan, et Grise avait explosé de rire. Mais Cyrus n'avait plus jamais employé la langue des Rets en sa présence.

Grise frotta machinalement ses yeux fatigués – ce qui s'avéra être une mauvaise idée, vu que ses mains étaient pleines de savon. Elle grogna et plongea la tête sous l'eau pour s'en débarrasser.

Ce matin, alors qu'elle allait retrouver ses « clients » habituels, la jeune fille avait – enfin – été réaffectée. Lieber était venu la chercher à l'atelier sordide dans lequel elle travaillait et lui avait annoncé que sa véritable

---

1. Maître.
2. Intelligent
3. Dire.
4. Rien.
5. Mendicité.
6. Spectacles de rue.
7. Oreilles.
8. Chat.
9. Voleurs.
10. Non-voleurs, innocents, victimes.
11. Bruit.
12. Tu comprends ?

formation de cambrioleuse commençait maintenant. Il avait accompagné une Grise intriguée jusqu'à une petite forge aux murs noircis par la fumée, et lui avait désigné un imposant mécanisme à-demi démonté sur un établi. Grise avait aussitôt reconnu le système.

– C'est une alarme mécanique Serin-9 de dernière génération ! avait-t-elle sifflé. Comme celles qu'il y a à l'Académie !

– Exactement. Il faut s'en débarrasser si on veut vider les coffres de l'Académie... et, au passage, ceux de tous les richards du Haut-Quartier qui en ont truffé leurs domaines. Le couple Wilkeer, par exemple, ou l'ingénieur Myrme, ou encore cette vieille dinde de duchesse d'Éroge, dont les tiroirs doivent regorger de gemmes et de lingots...

Grise s'était sentie indignée : la duchesse d'Éroge était une amie de son père, qui lui faisait parfois parvenir des boîtes de sucreries.

– Voici donc le cœur de ta formation, avait lancé Lieber, théâtral. L'occasion de prouver à l'Arachnide qu'elle a raison de te faire confiance, de mettre à l'épreuve tout ce qu'on t'a appris dans ta petite école pour nantis – et de me décharger d'une mission qui, en toute honnêteté, m'ennuie incroyablement. Je n'ai jamais supporté le travail de précision.

– Qu'est-ce que je dois faire, exactement ?

– Tu as deux semaines pour trouver un moyen de neutraliser cette alarme en moins d'une minute. Ces saletés sont déjà responsables de l'arrestation de six monte-en-l'air : il est plus que temps que nous apprenions à nous en débarrasser.

– Vous voulez que je vous aide à trouver le moyen de dévaliser impunément le Haut-Quartier ? s'indigna-t-elle.

– Évidemment. Que croyais-tu que signifiait travailler pour l'Arachnide ?

Grise n'avait pas répondu tout de suite. Elle ne savait pas exactement ce qu'elle avait cru : tout ce qu'elle savait, c'était que participer à pareille entreprise criminelle la mettait très mal à l'aise. Elle finit par le dire à Lieber, qui lui adressa en retour un regard chargé de mépris.

– Bien sûr que c'est ce que tu penses, avait-il ricané. Rien ne justifie la malhonnêteté, pas vrai ? Seuls les moins-que-rien volent plutôt que de travailler honnêtement ?

Grise avait croisé les bras sans répondre, mais son regard brûlant confirmait qu'effectivement c'était ce qu'elle pensait. Lieber avait secoué la tête.

– Tu as toujours eu à manger, à boire, un toit au-dessus de ta tête et un bon lit pour dormir au chaud la nuit, n'est-ce pas ?

– Euh… oui…

– Et tu y es tellement habituée que tu es convaincue que ça doit être ainsi pour tout le monde, hein ? Devine quoi : ce n'est pas le cas. La plupart des gens des Rets n'arrivent même pas à se mettre un vrai repas dans le ventre plus d'une ou deux fois par semaine, et ils sont des centaines à dormir dans des caves humides, sous des ponts ou contre les porches des maisons.

– Je… je sais qu'il y a des gens pauvres ! avait protesté Grise. Que tout le monde n'a pas la chance de naître noble ou bourgeois… mais ce n'est quand même pas la faute des Wilkeer ou de la duchesse d'Éroge si…

– Bien sûr que si, c'est leur faute ! Comment crois-tu que ces riches, ces puissants et ces parvenus construisent leur parfaite petite vie dorée ? En oppressant, en utilisant, en tuant à la tâche plus pauvres qu'eux pour leur bénéfice personnel ! En les envoyant se battre pour conquérir des pays en leur nom, en leur prenant leur vie, leurs membres, leur santé mentale, puis en les jetant à la rue sitôt leur objectif atteint ! As-tu seulement idée du nombre d'ouvriers exploités, de réfugiés et de soldats estropiés qui dorment dans les rues ? Des gens privés de travail, de dignité ou des deux, qui en sont réduits à voler et tuer pour subsister jusqu'au lendemain ! Quand un être humain en est réduit à la survie la plus élémentaire, il n'a plus que faire des lois de la société qui l'a conduit là !

Grise avait répliqué :

– Mon père m'a appris que le crédo des Révocateurs est basé sur la rage et le sentiment d'injustice, parce qu'ils sont envieux de la réussite des autres et les blâment pour leurs propres échecs. Si vous vous mettiez à travailler honnêtement plutôt que de protester, détruire et revendiquer, vous seriez bien plus heureux et la Garde de Cuivre ne chercherait pas à tout prix à vous envoyer en prison.

Les yeux de Lieber avaient brillé de colère, et ses joues s'étaient teintées d'écarlate. Il avait ouvert la bouche pour répondre, avant de la refermer aussitôt. Il avait inspiré profondément, puis lui avait adressé un grand sourire désabusé.

– Tu as peut-être raison. Ou peut-être pas. Nous verrons bien.

Grise n'avait jamais vu quelqu'un passer aussi rapidement de la colère au calme. À part peut-être Cyrus – mais le magicien se contentait d'une pondération glacée et un peu forcée, quand Lieber avait l'air véritablement apaisé. Elle avait remarqué à cet instant que le jeune chef des Révocateurs était plutôt beau garçon, avec sa mâchoire fine, ses cheveux de flamme et ses yeux bleus ardents.

– Je te propose de garder cette conversation entre parenthèses pendant quelques semaines, avait gaiement suggéré Lieber. D'ici-là, tu auras le temps de te faire ta propre idée, au lieu de recracher ce que ton père t'a fait avaler. Tu m'as l'air d'une gamine intelligente : tu gagnerais beaucoup à observer et écouter ce qui se passe dans les Rets...

Puis il l'avait plantée là, prétextant un rendez-vous urgent.

Grise, stimulée par le défi, s'était penchée sur le mécanisme afin de trouver le meilleur moyen de le désamorcer. Elle avait passé la journée à démonter et remonter l'alarme, jusqu'à imaginer une ébauche de système capable de la réduire au silence. Pour tester sa théorie, elle avait dû commander des pièces au forgeron, qui lui avait assuré qu'elle les aurait pour le lendemain. Elle était sur le point de protester, toute à son impatience, lorsqu'elle avait réalisé que son dos était douloureux de s'être trop penchée, et que ses yeux la brûlaient à force d'étudier les minuscules détails des roues crantées et des tubulures d'arcanium. Elle avait alors remercié l'artisan et pris congé.

Grise barbota dans l'eau chaude pendant encore un bon quart d'heure mais, comme à chaque fois qu'elle prenait un bain, elle finit par s'ennuyer. Il y avait tant de choses à faire dehors ! La jeune fille sortit de l'eau, se sécha rapidement et enfila avec un soupir d'aise son uniforme de l'Académie. Elle n'avait pas le droit de le porter hors de la Tanière, aussi en avait-elle fait son costume d'intérieur.

En descendant au rez-de-chaussée, elle constata que les invités de Cyrus étaient en train de partir. Le jeune ésotéricien les raccompagnait à la porte, et Grise put enfin voir leurs visages. Le premier était Vestor Vax, le sorcier à la barbe soyeuse, avec son affreux serpent visqueux enroulé autour du cou. L'autre était une jeune femme maigre qui devait avoir un ou deux ans de plus qu'elle. Vêtue d'une robe sombre, comme Vestor Vax, elle avait la peau ivoire, de longs cheveux noirs et lisses et de grands yeux en amande.

« Son apprentie, certainement », déduisit Grise.

La fille la remarqua alors et lui adressa un léger hochement de tête, auquel la mécanicienne répondit de la même manière. La magicienne était très jolie et avait l'air sympathique – pourtant, sans raison particulière, elle déplut profondément à Grise.

Les trois ésotériciens terminèrent leur conversation à voix basse, puis Vestor Vax et la fille saluèrent Cyrus et quittèrent la maison. Le jeune mage fixa un instant la porte qui venait de se refermer sur eux, puis soupira et retourna au salon. Il n'accorda pas un regard à Grise, toujours perchée sur la dernière marche de l'escalier. La jeune fille hésita, puis haussa les épaules et suivit le magicien.

Cyrus ajouta une bûche dans le feu qui commençait à mourir, puis se laissa tomber dans un fauteuil défoncé. Grise s'assit sur le vieux sofa qui avait accueilli les deux visiteurs et fronça aussitôt le nez : il flottait dans l'air une vague odeur de terre et de charogne. Cela ne semblait pas déranger Quint, qui bondit aussitôt sur ses genoux, se roula en boule et se mit à ronronner.

– Ça va ? demanda Grise à Cyrus, qui semblait perdu dans ses pensées.

Le mage cligna des yeux et la contempla, comme s'il venait seulement de réaliser sa présence.

– Ah, tu es rentrée ? Je ne t'avais pas entendue...

– Tu plaisantes ? répliqua Grise en fronçant les sourcils. Tu m'as lancé un regard meurtrier quand j'ai passé la tête dans le salon pour te dire que j'étais là ! Et même si tu as oublié, j'ai pris un bain, la tuyauterie a fait trembler toute la Tanière ! Tu ne *peux pas* ne pas avoir entendu ça !

Cyrus fit un geste vague, peu intéressé par la conversation.

– Oui, oui, peut-être, marmonna-t-il. Si tu le dis...

Son visage se ferma, et son regard bleu replongea dans le vague. Grise claqua des doigts sous son nez, le ramenant au présent.

– Quoi encore ? grogna-t-il, bourru.

– Je te demandais si ça allait, répondit Grise, piquée au vif. Mais si tu préfères broyer du noir toute la soirée, ne te gêne pas pour moi !

– Très bien, c'est donc ce que je vais faire, répliqua sèchement Cyrus.

Grise rougit de colère et s'apprêta à répliquer, mais Quint cessa soudain de ronronner et redressa la tête, lui lançant un regard implorant. Grise songea alors à la manière dont Lieber avait apaisé son irritation, le matin-même, et tenta de faire la même chose. Elle ferma les yeux, inspira profondément et se força à sourire. Elle parvint tant bien que mal à se composer un rictus crispé, et se sentait bouillir à l'intérieur : ce n'était pas encore ça.

– Écoute, grimaça-t-elle, je ne vois pas l'intérêt qu'on se dispute tout le temps. Tu ne m'aimes pas et c'est réciproque, mais nous sommes condamnés à habiter ensemble le temps que les choses s'arrangent, alors autant faire en sorte que la cohabitation se passe au mieux, non ?

Cyrus releva mollement la tête.

– Tu as raison, admit-il. Désolé. Je suis un peu préoccupé.

– Ce n'est pas grave, acquiesça Grise, un peu surprise par son absence de combattivité. Tu... euh... tu veux me dire ce qui ne va pas ?

Cyrus la considéra en silence un long moment avant de répondre :

– J'ai été affecté à l'entraînement des petits mages des Rets. Ils sont une dizaine à avoir le don et souhaitent s'améliorer en illusionnisme et en mentalisme. Je leur apprends comment se rendre plus discrets, se fondre dans l'ombre, lire les pensées superficielles ou distraire les badauds qu'ils veulent voler ou arnaquer, ce genre de chose… Rien de bien méchant, mais je ne suis pas très à l'aise à l'idée d'aider des escamoteurs à devenir plus efficaces…

– C'est pareil pour moi : je répare les pistolets des braqueurs et neutralise des alarmes pour des cambrioleurs. Ça ne me plaît pas, mais si c'est le prix à payer pour profiter de la protection de l'Arachnide…

– Je ne lui fais pas confiance. Elle nous a déjà vendus une fois, après tout.

– Dans l'unique but de tromper les quatre affreux, lui rappela la jeune fille. Tu dois reconnaître que c'était finement joué : non seulement elle les a empêchés de nous mettre la main dessus, mais en plus elle leur a extorqué de l'argent !

– Et s'ils reviennent en lui offrant une somme encore plus importante pour nous livrer ? Tu penses qu'elle hésitera un seul instant ? C'est une voleuse, Grise ! La reine des voleuses !

– Et à l'heure actuelle, c'est aussi notre seule alliée.

Cyrus accusa le coup sans répondre. La jeune fille se mordit les lèvres, puis soupira :

– Écoute, je… je suis désolée.

– Désolée ? Pourquoi ?

– J'aurais dû te consulter avant d'accepter son offre.

– Non, tu as fait ce qu'il fallait, la rassura Cyrus. Je doute qu'elle nous aurait laissés partir si nous avions refusé sa proposition.

Le silence s'installa. Au bout d'un certain temps, Grise déclara :

– Tu sais, si je peux vivre en réparant des armes et déjouer des alarmes pour des bandits, tu peux bien enseigner un peu d'illusion et de mentalisme à des arnaqueurs, non ?

– Oui, ça irait si ça se limitait à ça, admit Cyrus. Mais je n'avais pas fini mon histoire : Vestor Vax a décidé de m'apprendre la nécromancie.

Grise sentit sa gorge s'assécher :

– Que… *Quoi ?!* La nécromancie ? Mais… mais enfin, ce… c'est impossible ! C'est complètement interdit ! Ceux qui pratiquent la nécromancie sont automatiquement condamnés à mort par les lois impériales !

– Je sais. Je peux t'assurer que je ne suis *vraiment* pas à l'aise avec cette idée.

– Pourquoi voudraient-ils que tu deviennes un nécromancien ? s'emporta Grise. À quoi cela pourrait bien aider l'Arachnide que tu sois capable de relever les morts ? À quoi ça peut nous être utile pour cambrioler l'Académie ?

– Les nécromanciens ne relèvent pas les morts, corrigea Cyrus. Tu n'imagines même pas le défi que cela représenterait ! Quand les gens meurent, le lien entre le corps et l'esprit s'effiloche, et il est complètement absurde de s'imaginer le restaurer complètement, à moins de couvrir le cadavre de runes et de glyphes et de le farcir d'arcanium ! Et même là, pour que cela fonctionne à peu près correctement, il faudrait animer individuellement des centaines de muscles, nerfs et vaisseaux sanguins morts, recréer artificiellement les influx nerveux, sans compter l'aspect psychologique de l'esprit habitant son corps en décomposition... Le tout en prenant en compte la putréfaction des chairs, qui effacerait les runes au fur et à mesure et empêcherait l'arcanium de... (Il remarqua soudain la moue dégoûtée de Grise et rougit de son emportement.) Bref, ranimer un cadavre demanderait une énergie magique démentielle et une précision d'orfèvre, et ne servirait qu'à obtenir un pantin désarticulé qui tomberait en morceaux au bout de quelques heures. Oublie toutes ces histoires d'armées de squelettes ou de morts-vivants. Les mages noirs se contentent de... leur parler. Enfin, de les forcer à parler, plutôt. C'est comme ça que les voleurs acquièrent certaines connaissances inaccessibles en d'autres occasions : en exigeant des défunts qu'ils révèlent la combinaison de leur coffre-fort, ou la cachette de leurs magots, ou encore les vilains petits secrets de famille grâce auxquels il est possible de faire chanter les vivants...

– Mais... pourquoi toi ? Si tu apprends des sorts aux saltimbanques des Rets, ça veut dire qu'ils sont un peu magiciens, non ? Ils ne peuvent pas apprendre la nécromancie, eux, et te laisser tranquille ?

– Vestor Vax dit que la nécromancie requiert une puissance et une concentration que la plupart des petits mages sont incapables de rassembler, expliqua Cyrus. Un étudiant de l'Académie avec un familier, en revanche… Cela fait longtemps qu'il cherche un apprenti capable de rappeler durablement un esprit, et je suis le seul candidat acceptable pour…

– Ils veulent un levier, réalisa soudain Grise.

Cyrus haussa les sourcils, étonné.

– Une assurance qu'on ne les trahira pas, précisa la mécanicienne. Si on essaie, ils te dénonceront comme nécromancien – et il n'y a pas de circonstance atténuante pour ce genre de crime : fils de générale ou non, ce sera l'échafaud.

Cyrus déglutit bruyamment.

– Tu as sans doute raison, admit-il. Mais ce n'est pas comme si j'avais le choix, pas vrai ?

Grise ne répondit pas. Les deux adolescents restèrent un long moment silencieux, prenant conscience de la situation inextricable dans laquelle ils s'étaient fourrés. Cyrus se redressa soudain et plongea son regard dans celui de Grise.

– Qu'est-ce qui te fait croire que je ne t'aime pas beaucoup ?

La jeune fille sursauta, surprise.

– Quoi ?

– Tout à l'heure, tu as dit que je ne t'aimais pas beaucoup.

Grise rougit violemment.

– Ah, ça... Euh... Je pensais que... Enfin, ça se voit bien que tu... enfin...

– Je suis navré que tu éprouves cela, déclara Cyrus. Je suis d'un naturel un peu froid et je me suis effectivement montré cruel avec toi du temps de l'Académie. Mais ces derniers jours m'ont montré que tu étais une fille intelligente, vive et pleine de ressources, et j'ai commencé à t'apprécier malgré l'antipathie traditionnelle entre nos classes. Je suis sincèrement désolé que, de ton côté, tu ne m'apprécies pas.

– Je... je n'ai jamais dit que...

– Tu as dit que c'était réciproque.

Grise encaissa le coup en silence. Cyrus se leva de son fauteuil et déclara aimablement :

– Je vais me coucher. Je te souhaite une bonne nuit.

Quint lança un regard désolé à Grise, puis bondit de ses genoux pour accompagner son maître. La jeune fille aurait voulu ajouter quelque chose mais, avant qu'elle ait eu le temps de formuler la moindre pensée, elle se retrouva seule devant la cheminée.

Elle regretta soudain de ne pas avoir encore trouvé le moyen de recharger Cog. Elle aurait aimé un peu de compagnie...

Chapitre 13

Contre toute attente, Cyrus trouva l'apprentissage de la nécromancie raisonnablement intéressant.

Depuis l'aube, il parcourait avec un mélange de dégoût et d'intérêt coupable des grimoires moisis et dévorés par les vers qui détaillaient les principaux sorts de magie noire. Vestor Vax conservait ses livres dans une cave aveugle éclairée par quelques bougies rances, qui lui servait également de bureau et de salle de classe. Ce minuscule trou à rats, au sol de terre battue et simplement meublé d'étagères débordant de livres et de quelques chaises, était ce que l'Arachnide avait appelé « l'Académie Occulte », là où les petits mages des Rets recevaient en secret leur maigre formation. Cyrus aurait pu trouver ce nom comique ou affligeant s'il n'avait pas compris qu'il se trouvait en présence d'une des plus incroyables bibliothèques ésotériques du monde.

La plupart des ouvrages possédés par Vestor Vax avaient été interdits par décret impérial et avaient échappé par miracle aux impitoyables autodafés orchestrés par les ésotériciens de l'Empire. Quand bien même les inquiétants volumes noirs regorgeaient de sortilèges répugnants et de rituels infâmes, il s'agissait de grimoires rares et précieux que Cyrus manipulait avec respect. Le lourd volume qu'il compulsait, par exemple, était un abject précis de nécromancie dont la lecture faisait frissonner le jeune mage, qui comprenait parfaitement pourquoi il avait été interdit... Pourtant, il ne pouvait s'empêcher de noter l'intelligence, l'acuité et l'élégance de son auteur. Cyrus songeait avec une pointe de culpabilité que jamais il n'avait lu de texte ésotérique aussi passionnant lorsqu'il étudiait à l'Académie.

Vestor avait pour apprentie une jeune fille du nom de Xaomi, avec qui Cyrus s'était tout de suite bien entendu. Sa peau opaline, ses yeux bridés et ses longs cheveux lisses trahissaient ses origines îliennes ; néanmoins, contrairement au magicien du quatuor qui avait tenté de l'enlever, elle parlait sans accent.

Xaomi était une orpheline, une survivante de la guerre de conquête qui avait, quelques années plus tôt, abattu la puissante Confédération des Îles pour en faire une simple colonie de l'empire mycéen. Comme de nombreux jeunes Îliens pris dans les ravages de la guerre, Xaomi avait dû se débrouiller pour survivre après la mort de ses parents. Chassée de son foyer, jetée sur les routes sans personne pour l'aider, elle avait décidé de fuir son pays ravagé pour rallier l'une des flamboyantes cités mycéennes où, d'après la propagande des vainqueurs, il faisait si bon vivre. Elle avait accompli à l'âge de dix ans un périple titanesque, semé de dangers, et avait frôlé la mort à maintes reprises. Xaomi avait finalement atteint l'industrieuse Celumbre, épuisée et à-demi morte de faim. Mais personne ne l'avait recueillie. Elle était trop âgée pour être acceptée dans les orphelinats regorgeant déjà d'enfants abandonnés, et trop jeune pour travailler dans une manufacture, un atelier ou une méduserie. Ne restaient que la rue, le chapardage et la mendicité, avenir bien sombre auquel Xaomi aurait cru devoir se résoudre.

Cependant, elle tenta un jour de dérober sa bourse à Vestor Vax. Le nécromant sentit aussitôt les doigts maladroits de la petite réfugiée et lui saisit le bras. Mais au lieu de la punir, il lui proposa de venir étudier avec lui : au premier contact, il avait senti la magie couler dans le sang de la petite voleuse.

Sérieuse et volontaire, Xaomi s'était adonnée à l'ésotérisme avec passion. Malgré un pouvoir largement inférieur à celui de Cyrus, elle connaissait un grand nombre de sortilèges mineurs et les exécutait avec habileté. Elle aurait pu devenir une excellente ésotéricienne d'État s'il lui avait été permis d'entrer à l'Académie, avait songé Cyrus.

Celui-ci ne pouvait s'empêcher de percevoir l'injustice qui l'entourait. S'ils avaient eu la chance de bien naître, Vestor Vax aurait été professeur et Xaomi élève de sixième année. Mais le vieil homme souffreteux enseignait aux rebouteux et cartomanciens pour le compte d'une reine du crime, et la jeune fille mal nourrie étudiait pour tromper les badauds et extorquer leurs secrets aux défunts.

Les rares mages nés dans le bas-peuple ne pouvaient prétendre à une formation d'ésotéricien, coûteuse et exclusivement réservée aux enfants des grandes familles de l'Empire. L'usage inconsidéré de magie étant sévèrement réprimé, ceux qu'on appelait les « petits mages » étaient souvent contraints de réprimer leurs pouvoirs, ce qui pouvait s'avérer très dangereux. Vestor Vax avait ouvert son Académie Occulte pour apprendre aux petits mages à canaliser leur don et à l'utiliser à leur avantage... et sans risque.

Sans familier, aucun d'entre eux ne pouvait cependant espérer atteindre la puissance d'un véritable ésotéricien. La liaison d'un compagnon de magie était un rituel coûteux en arcanium, dont ils n'avaient aucune chance de profiter un jour. Vestor Vax, avec son serpent, était le seul ésotéricien « complet » qu'ait vu Cyrus depuis son arrivée dans les Rets : les autres étaient condamnés à rester des petits mages, quand bien même ils étaient aussi talentueux que Xaomi.

Cyrus chassa ces sinistres pensées, peu désireux de se confronter à l'injustice d'un monde qu'il découvrait à peine. Par réflexe, il chercha Quint du regard ; mais le gros matou avait déniché une étroite galerie derrière l'escalier menant à la cave et était parti chasser la souris en compagnie d'Esus, le serpent de Vestor Vax.

Le jeune mage se concentra sur la lecture de son chapitre, qui portait sur le sortilège emblématique de la nécromancie : le rappel des esprits des morts.

Invoquer les défunts n'était pas sans risque : le rituel nécessitait une puissance importante et une concentration infaillible, sous peine de perdre la raison. Cyrus, en élève appliqué, mémorisa rapidement les formules complexes et les avertissements associés.

– Tu as compris ? s'enquit Vestor Vax de sa voix d'outre-tombe, en se penchant par-dessus son épaule.

– Je crois, répondit Cyrus. Cela me fait un peu penser à la manipulation du Flux Vital…

– Tiens donc ? renifla le sorcier. Peux-tu développer ?

– Eh bien, les nécromanciens semblent capables d'ouvrir des blessures, de propager la maladie et d'affaiblir les sens, quand les guérisseurs cicatrisent les plaies, circonviennent les épidémies et affinent les perceptions. Les deux magies ont pour objet le corps humain. Je suppose… je suppose que la nécromancie et la guérison utilisent des Flux assez proches ?

Xaomi, assise sur un fauteuil face à lui, releva la tête de sa lecture et lui adressa un regard admiratif :

– Ouah ! Il m'a fallu presque trois ans d'études pour comprendre ça ! le félicita-t-elle.

Cyrus se rengorgea, mais Vestor Vax intervint :

– C'est presque ça. En réalité, les guérisseurs et les nécromanciens emploient le *même* Flux, le Flux Vital, pour la simple et bonne raison que la guérison *est* la nécromancie. Et inversement.

– Comment ? Mais... les guérisseurs manipulent la vie, et les nécromanciens la mort !

S'il était honnête, Cyrus avait toujours un peu méprisé l'école de la guérison. C'était une magie extrêmement complexe, peu spectaculaire et qu'on disait dépassée pratiquement en tout point par la médecine moderne. L'Académie avait réduit son enseignement à un strict minimum, au profit de disciplines bien plus utiles pour la formation de futurs ésotériciens d'État : l'illusionnisme, le mentalisme et, évidemment, l'élémentalisme.

Pourtant, l'idée que les guérisseurs et les nécromanciens puissent user du même Flux choquait profondément Cyrus.

– Et qu'est-ce que la mort, sinon une brutale interruption de la vie ? susurra Vestor Vax. Pour mettre en œuvre la mort, il faut connaître la vie. Les nécromanciens emploient exactement la même magie que les guérisseurs – sauf qu'ils l'utilisent dans l'autre sens.

– Je n'y crois pas, déclara le jeune mage. Vous essayez de me faire avaler vos théories fumeuses pour rendre plus acceptable la pratique de la magie noire !

Les yeux de Vestor Vax s'assombrirent.

– La magie noire *n'existe pas*, mon garçon. Pas plus que la magie blanche, bleue, rouge, à pois ou à carreaux ! La magie est la magie, point final : tout ce qui change, c'est la manière dont on l'utilise. La classification en différentes écoles n'est rien de plus qu'une vaste fumisterie, destinée à accorder plus ou moins de prestige à certains ésotériciens. Et ne me fais pas croire que tu n'es pas d'accord : tu es bien trop intelligent pour ne pas avoir au moins effleuré l'idée.

Cyrus ouvrit la bouche pour protester, mais seul le silence répondit à l'accusation de Vestor Vax.

Les maîtres de l'Académie enseignaient que la magie était divisée en quatre Flux majeurs, quatre « directions » qu'il était possible de suivre pour pratiquer la magie. Chacun de ces Flux constituait la spécialité d'une des quatre écoles traditionnellement enseignées à l'Académie. Le Flux Puissant gouvernait ainsi l'élémentalisme, le pouvoir sur la matière et l'énergie. Les illusionnistes désireux de manipuler l'invisible suivaient le Flux Subtil, qui se basait sur la torsion de la lumière et des ondes sonores pour produire des phantasmes et illusions qui semblaient plus vraies que nature. La voie du mentalisme, qui offrait à ses adeptes télépathie, contrôle mental, télékinésie et autres manipulations psychiques, imposait de suivre le Flux Spirituel, tandis que les guérisseurs plongeaient dans le Flux Vital pour susciter soins et cicatrisations magiques.

Mais Cyrus avait toujours trouvé que les frontières entre les Flux étaient floues, au point qu'il lui était parfois impossible de catégoriser un sort dans l'une ou l'autre des écoles traditionnelles.

L'illusionnisme, par exemple, s'employait à plier la lumière et le son pour convaincre le public de l'existence de quelque chose qui n'existait pas. Mais les meilleures illusions, celles qui faisaient véritablement croire à la présence d'un immense dragon soufflant le feu ou d'une splendide nymphe barbotant dans une fontaine se teintaient toujours d'un peu de magie mentale, pour ouvrir l'esprit, « persuader » le public de la réalité de ce qu'ils percevaient ; voire d'un brin d'élémentalisme, pour rendre plus réelle la chaleur, le froid, le souffle du vent ou l'humidité de l'air.

– Les frontières sont parfois brouillées entre les écoles, finit par déclarer Cyrus, je suis prêt à vous accorder ce point.

– Trop aimable, souffla Vestor Vax de sa voix de poussière.

– Mais de là à considérer que les Flux n'existent pas, simplement pour pouvoir justifier la place de la magie noire au sein de l'ésotérisme… Il y a là un gouffre que je ne peux franchir !

Le nécromancien renifla.

– La « magie noire », comme tu l'appelles, n'est rien de plus qu'un ensemble de sorts qui ont trop mauvaise réputation pour être tolérés au sein des écoles traditionnelles. La nécromancie est une forme de guérison inversée. Les maléfices qui enflamment les globes oculaires ou gèlent le sang sont de l'élémentalisme tout ce qu'il y a de plus classique. Le sortilège d'arrêt de vie ne fait que convaincre le cerveau de cesser de faire battre le cœur, ce qui en fait un sort de mentalisme. Quant aux convocations d'ombres et de cauchemars, en quoi diffèrent-elles de simples illusions ?

Cyrus se mordit les lèvres, indécis. Vestor Vax poussa son avantage et se pencha vers lui, plaçant ses yeux sombres en face des siens :

– La vérité, souffla-t-il de sa voix caverneuse, c'est que les sortilèges que les braves ésotériciens de l'Empire jugeaient trop barbares ou dangereux ont été enfermés dans la catégorie « magie noire ». Et comme toutes les catégories en ésotérisme, la définition de celle-ci est stupide et incomplète. Voilà tout.

– En fait, expliqua Xaomi, apprendre la magie noire permet d'expérimenter tous les Flux à la fois, sans être entravé par les classements artificiels créés par les mages.

– Exactement, acquiesça Vestor Vax.

Cyrus hocha la tête avec réticence. Tout son être se cabrait devant cette description aux antipodes de ce qu'on lui avait toujours enseigné – et pourtant, il ne pouvait faire taire la petite voix au fond de son esprit qui lui répétait qu'il était fort possible que ce soit la vérité.

– Mais s'il n'y a pas de frontière entre les Flux, insista-t-il, comment expliquez-vous que je ne sois pas capable de susciter la moindre boule de feu, alors que l'illusionnisme, la guérison ou le mentalisme ne me posent aucun problème ?

– Ce n'est pas une partie de la magie qui te pose problème, mais une *manière d'employer la magie*, répondit Vestor Vax. La différence est de taille.

– Je ne comprends pas.

Le nécromancien fronça les sourcils et réfléchit, comme s'il pesait ses mots. Enfin, il répondit d'une voix lente, rauque, détachant soigneusement chacune de ses syllabes :

– Mon expérience m'a appris que ceux qui ont une vision des choses très terre-à-terre trouvent aisé de convertir la magie en matière ou en énergie, ce qui en fait de bons élémentalistes. Les magiciens doués en mentalisme, qui emploient la magie pour accéder aux esprits des autres ou déplacer les choses par la pensée, sont souvent des personnalités à la recherche de réponses, de contrôle – ou tout simplement des fainéants qui n'aiment pas se lever pour aller chercher un objet. Les bons guérisseurs sont généralement des altruistes, avides d'aider leur prochain ; ou alors des peureux, terrifiés par la mort et souhaitant s'en protéger – quand les nécromanciens cherchent au contraire à l'apprivoiser. Quant aux illusionnistes talentueux, ce sont le plus souvent des rêveurs, des farceurs ou des conteurs, des gens qui aiment émerveiller, mener en bateau ou dissimuler. Tu comprends ?

– Vous êtes en train de dire... que la magie est avant tout une histoire de personnalité ? balbutia Cyrus.

– Exactement ! triompha Vestor Vax. Selon moi, si tu es un mauvais élémentaliste, c'est tout simplement parce que ton esprit ne trouve aucune grâce aux choses bassement matérielles, aux causes et conséquences simples et aux effets tangibles. Au contraire, il tend à rechercher la compréhension véritable, abstraite, la recherche de ce qui nous échappe, le fait de repousser les limites les plus lointaines ! Or, d'après mon expérience, les plus mauvais élémentalistes font les meilleurs nécromanciens...

– Me voilà bien parti pour devenir archimage noir, alors, grommela Cyrus.

Xaomi lui décocha un sourire amusé, avant de se replonger dans sa lecture. Vestor Vax croisa les bras.

– Nous pourrons vérifier cela dès ce soir. Il est temps de lancer la première phase du plan de l'Arachnide.

Cyrus déglutit :

– Ce... ce soir ? Mais...

– Tu as bien retenu les formules du sort, n'est-ce pas ?

– Eh bien... oui, mais...

– Alors ces... travaux pratiques ne devraient pas te poser de problème. Tu devrais rentrer te reposer un peu : la nuit sera longue.

Chapitre 14

Cyrus se réveilla en sursaut. Un bruit l'avait alerté. Un tapotement sec, léger mais ferme, sur une surface dure.

Il regarda autour de lui en clignant des yeux, hébété. C'était l'après-midi. Il était dans le petit salon de la Tanière, affalé dans le fauteuil près de la cheminée. Sa nuque lui faisait souffrir le martyre. Pourquoi n'avait-il pas choisi de dormir dans son lit ?

Il se souvint avoir suivi les recommandations de Vestor Vax. Il s'était affalé dans le fauteuil près de la cheminée pour grapiller quelques heures de sommeil avant les « travaux pratiques » prévus le soir-même. Une boule se forma dans sa gorge dès qu'il y songea : ce soir, il allait pratiquer la nécromancie. Il ne savait même pas comment il avait réussi à trouver le sommeil.

Clignant des paupières, il tenta de rassembler ses esprits. Quint était roulé en boule sur le fauteuil d'en face et dormait encore.

Le sommeil du chat rassura Cyrus : d'où qu'ait pu provenir le son qui l'avait réveillé, l'instinct du familier n'avait pas été ébranlé. Depuis que Quint avait bondi au visage d'Accent-des-Îles pour le sauver d'un sortilège paralysant, le magicien éprouvait une confiance absolue en sa capacité à pressentir le danger. Si le chat n'avait pas frémi, alors Cyrus ne risquait rien.

Il se renfonça dans le fauteuil et ferma les yeux, prêt à terminer sa sieste, mais le tapotement résonna une nouvelle fois. Il fallut à Cyrus dix longues secondes pour comprendre qu'il s'agissait de petits coups d'index, portés sur les vitres de la Tanière donnant sur la rue.

Il se leva en étouffant un grognement et alla ouvrir la porte d'entrée. Xaomi attendait sur le seuil, arborant comme toujours une expression rayonnante.

– Je me demandais si tu voulais venir te promener ? s'enquit la jeune fille. Je n'arrive pas à dormir, et il fait trop beau pour ne pas en profiter…

Cyrus leva le nez vers le ciel et constata qu'il faisait effectivement un temps splendide. Bien qu'épuisé, la bonne humeur de la jeune Îlienne le convainquit d'accepter la proposition. Il jeta un dernier regard à Quint, qui dormait toujours, avant de sortir en refermant la porte derrière lui.

– Allons sur les docks, lui proposa Xaomi. C'est à deux pas d'ici. La vue sur l'océan est très belle, même si ça sent un peu le poisson…

« Un peu » était un bel euphémisme : Cyrus fut littéralement pris à la gorge par les effluves méphitiques qui régnaient sur les quais des Rets. Une odeur écœurante de marée, d'algues échouées chauffées par le soleil, de bois pourri et de poisson avarié, bien loin de la douce senteur d'embruns salés que le jeune magicien associait habituellement à une balade sur le rivage.

Le port des Rets représentait un souvenir amer pour la population du quartier. Avant la révolution industrielle, les docks constituaient le centre économique de Celumbre, cité entièrement tournée vers le commerce maritime. Le quartier était alors prospère, et les chants de marins résonnaient d'un bout à l'autre des quais où étaient amarrés de somptueux voiliers et d'imposantes jonques.

Puis les bateaux à coque métallique et à moteur arcanique étaient apparus, nécessitant la construction de solides pontons de briques et de métal, de réservoirs de carburants, d'immenses chantiers navals et de titanesques entrepôts pour stocker les marchandises bien plus nombreuses, du fait du tonnage supérieur des navires modernes. La marine militaire exigeait en outre une rade fortifiée et facile à défendre, ce qui ne pouvait être le cas de la vaste plage ouverte aux quatre vents qui accueillait la rade originelle.

Le port des Rets, déjà encombré d'un labyrinthe poisseux de cabanes sur pilotis et de masures empilées les unes sur les autres, fut déclaré inadapté à l'accueil d'un tel projet. Les primarques transférèrent alors la plupart des activités portuaires vers les quais fortifiés et flambants neufs construits dans le quartier de l'Anémone.

Le déménagement des activités portuaires aggrava la misère et la pauvreté du secteur. L'ancien port ne subsistait plus que grâce à la bonne volonté de quelques marins-pêcheurs qui amarraient encore leurs bateaux aux pontons rongés par le ressac et les berniques, et confiaient leurs prises du jour aux entrepôts branlants, poissonneries antiques et méduseries obsolètes aux façades recouvertes de lierre gris et épineux.

Cyrus découvrit avec répugnance que la plage était jonchée de carcasses éventrées d'effrayantes créatures marines. Probablement avaient-elles été entamées par des créatures marines encore plus imposantes qu'il valait mieux ne pas imaginer, avant d'être rejetées sur le rivage. L'odeur était insoutenable, et la vue à peine meilleure. L'environnement sonore était quant à lui saturé des piaillements des mouettes et des cormorans, qui se disputaient les restes putréfiés.

– C'est joli, non ? s'enquit Xaomi en s'asseyant sur la jetée, les pieds dans le vide.

Cyrus lui lança un regard perplexe. La nécromante était pourtant sincère : occultant les cris des oiseaux, l'odeur des carcasses et la laideur des bâtiments, elle s'extasiait sur l'immensité cobalt de l'océan. Le magicien dut reconnaître que les eaux bleues, effleurées par un mince souffle de vent et constellées de taches de lumière coulant d'un soleil éclatant, étaient véritablement magnifiques. Et, en se concentrant bien, il pouvait presque entendre le son apaisant des vaguelettes s'écrasant sur le rivage.

– Je viens souvent ici pour réfléchir, lui confia Xaomi. Pour penser à ma vie. Celle d'avant, dans les Îles, avec ma famille, mes amis…

– Je suis désolé, murmura Cyrus en s'asseyant à côté d'elle. Ce… ça n'a pas dû être facile.

– Non, pas vraiment, acquiesça la jeune fille. Mais j'ai eu de la chance.

– De la chance ?

Cyrus n'avait pas pu empêcher l'incrédulité de poindre dans sa voix. Xaomi lui adressa un clin d'œil espiègle.

– Oui, de la chance : j'ai survécu à la guerre, à l'exil et au deuil ! Mon don pour la magie m'a évité de finir mendiante ou aguicheuse, et j'adore étudier. Vestor Vax est un excellent maître. En plus, j'ai beaucoup d'amis ! Caes est très gentille, par exemple. Lieber aussi, dans son genre. Et Gustav, évidemment ! Il a tellement d'humour !

– Gustav ? répéta Cyrus en clignant des yeux. De l'humour ?

Xaomi éclata de rire.

– Il faut apprendre à le connaître : il est assez méfiant et ne s'ouvre pas facilement aux autres. Il appartenait à des marchands un peu idiots qui le traitaient comme un moins-que-rien. Ils détraquaient ses circuits pour le plaisir de le voir tourner en rond sur un pied ou danser frénétiquement jusqu'à se vider de son arcanium. Mais un jour, pour s'amuser, ils ont bidouillé son générateur de personnalité. Ils ne savaient pas vraiment ce qu'ils faisaient, ils voulaient juste rire aux dépens de Gustav… Le faire agir de manière complètement aléatoire, le forcer à insulter les passants, modifier sa voix, ce genre de bêtise. Sauf qu'ils ont malencontreusement annulé ses protocoles élémentaires, ceux qui interdisent aux automates de prendre des décisions seuls ou de s'attaquer aux humains. Il a aussitôt assommé ses anciens maîtres, volé tout leur or et brûlé leur entrepôt. Puis il a cherché refuge ici, dans les Rets, où l'Arachnide l'a accueilli. Tu sais que c'est l'un des automates les plus recherchés du pays ?

Cyrus tenta de masquer son intérêt. Xaomi semblait connaître tout le monde dans les Rets, ce qui faisait d'elle une excellente source d'informations.

Il était grand temps d'en apprendre plus sur leurs nouveaux « amis ».

– J'ai encore beaucoup de choses à découvrir, soupira le magicien en feignant le découragement. Bientôt, tu vas me dire que Caes Lyffe est une ancienne danseuse de cabaret qui faisait des claquettes...

– Pas loin, s'esclaffa Xaomi. Elle était serveuse dans une taverne près de la frontière des Rets, essentiellement fréquentée par des nobliaux qui voulaient s'encanailler. Un jour, des lieutenants de la Garde de Cuivre sont venus passer la soirée, et l'un d'entre eux s'est montré... très insistant avec elle. Personne n'a réagi quand il lui a pincé les fesses, a essayé de la faire asseoir sur ses genoux ou lui a lancé des horreurs à travers la salle.

Cyrus fronça les sourcils, vaguement indigné. Depuis qu'il était entré dans les Rets, il avait remarqué que les sous-officiers de la Garde étaient souvent d'imbuvables jeunes aristocrates ayant acheté leur grade et se plaignant à leurs riches parents de la moindre contrariété.

– Le sale type l'a acculée dans une ruelle, derrière la taverne, poursuivit Xaomi. Alors elle a pris une brique et lui a défoncé le crâne. Puis elle a tiré son corps jusqu'à une bouche d'égout et soigneusement lessivé les pavés pleins de sang avec de l'eau et du savon. Quand elle est rentrée dans la taverne, elle a dit aux compagnons de son agresseur qu'il avait trop bu et qu'il avait décidé de rentrer seul à la caserne.

Cyrus hoqueta, subjugué.

– Mais elle ne s'est pas arrêtée là, poursuivit Xaomi. Avant de se débarrasser du corps, elle l'avait dépouillé de son uniforme. Elle l'a reprisé pour le mettre à sa taille, s'est maquillée, a mis une perruque, puis est allée jusqu'à la caserne de rattachement de sa victime en se faisant passer pour une officière investigatrice qui devait fouiller tout le bâtiment. Elle a fichu dehors quarante gardes stupéfaits, annonçant qu'elle devait travailler dans le calme, sans que quiconque puisse interférer avec ses recherches, et qu'elle agissait sur l'ordre des primarques. Elle est entrée dans le bureau de sa victime, a bidouillé ses papiers, écrit quelques fausses lettres, puis est ressortie en annonçant avoir trouvé la preuve que l'officier qu'elle avait tué était un traître à la solde des Îliens.

Xaomi ne put retenir un petit gloussement de dérision.

– Tout le monde a cru qu'il s'était enfui précipitamment avant que Caes puisse lui mettre la main dessus. Il a été aussitôt dépouillé de son grade et de son honneur, et sa famille l'a renié. Personne ne l'a jamais cherché.

– Impressionnant, admit Cyrus avec un petit sifflement admiratif.

– Oui, hein ? Après ça, Caes est tranquillement retournée travailler à la taverne. L'Arachnide y était déjà : elle s'était déplacée en personne pour la recruter. Bonne actrice, faussaire de talent, audacieuse et qui réfléchit vite, tu penses si elle la voulait dans son équipe ! Après ça, Caes a *vraiment* fait l'académie militaire de Celumbre. Elle y est restée deux semaines au lieu de deux ans, et est sortie avec le grade de sergent après avoir falsifié les papiers qui prétendaient le contraire. Depuis, elle sert d'agent double à l'Arachnide.

Cyrus siffla, impressionné.

– Tu connais l'histoire de tout le monde, dis donc !

– De *presque* tout le monde, grimaça Xaomi. Beaucoup sont méfiants et préfèrent garder leurs secrets, c'est le risque quand on vit parmi les voleurs et les monte-en-l'air : Maître Vestor est très discret, par exemple, et ne dit presque rien de lui. Son serpent, Esus, est tout aussi réticent à parler – pourtant, je l'ai gavé de souris pendant des mois !

– Et l'Arachnide ? risqua le magicien. Qu'est-ce que tu sais d'elle ?

– Pas grand-chose, soupira la nécromancienne. La légende raconte qu'elle règne sur les Rets depuis deux ou trois siècles, elle n'a pourtant pas l'air si vieille que ça… En tout cas, elle a dû recevoir une terrible blessure quand elle était plus jeune : son masque mécanique cache une énorme cicatrice, j'en ai vu les contours une fois qu'elle avait mal ajusté son appareil. Et elle voue une haine infinie à l'impératrice et à tout ce qui ressemble de près ou de loin à un détenteur du pouvoir.

– Comme tous les voleurs, non ? remarqua Cyrus.

– Non, je pense que c'est plus profond qu'une simple rivalité entre policiers et hors-la-loi : l'Empire et ses serviteurs la révulsent totalement. Je l'ai entendue plusieurs fois perdre complètement son calme en parlant de Sarenziah ou de ses ministres, les agonir d'injures en balançant des objets à travers la pièce – alors que le reste du temps, c'est une tacticienne hors-pair, calme et froide comme la glace ! Je pense sincèrement que si les Révocateurs lui proposaient de mettre le feu à la robe de l'impératrice, elle les aiderait sans hésiter un quart de seconde.

Cyrus nota l'information dans un recoin de son esprit.

– Tiens, voilà Caes ! s'exclama soudain Xaomi en levant la main.

Le magicien tourna la tête et vit la petite femme blonde s'approcher d'eux, l'air réjoui.

– Alors, les amoureux, on profite du paysage ? lança-t-elle en arrivant à leur portée.

Xaomi s'empourpra violemment et baissa le nez. Cyrus, surpris par sa réaction, prit le parti de faire celui qui n'avait rien entendu.

– Bonjour, Caes, dit-il.

– Salut, mon gars. Alors, tu te remets de toutes les salades que ce vieux Vestor essaie de te fourrer dans le crâne ? Tu vas t'en sortir, ce soir ?

– Je devrais être prêt, oui, acquiesça-t-il prudemment.

– Très bien. Tiens, puisque tu es là, est-ce que tu peux me rendre un service ? Je viens de recevoir un chargement de pièces détachées... mettons, *malencontreusement* tombées d'un bateau de livraison aux ateliers impériaux du Haut-Quartier. Il me semble que Grise a mentionné avoir besoin de quelques ressorts et roues crantées de qualité pour son travail sur les alarmes. Vu que tu vis avec elle, tu pourrais les lui apporter ? Je suis en train d'organiser le déchargement des... *autres marchandises égarées* par la compagnie de transport, et je n'aurai pas le temps de les lui donner avant demain...

– Aucun problème, acquiesça Cyrus. Je lui donnerai les pièces.

– Parfait ! Et n'oublie pas de faire un choix, à un moment.

– Un choix ?

– Oui. Tu sais, passer ses journées avec une fille et ses nuits avec une autre finit rarement bien pour le garçon qui se croit assez malin pour faire les deux indéfiniment...

Et la petite voleuse lui adressa un clin d'œil sardonique. Cyrus fit de son mieux pour l'ignorer, tout comme il tenta de ne pas voir le regard sombre et les mâchoires serrées de Xaomi. La situation l'embarrassait :

tout à ses études de magie noire, il n'avait tout simplement jamais envisagé Xaomi comme intérêt sentimental. Pourtant, la jeune fille avait tout pour plaire : ésotéricienne talentueuse, intelligente, drôle et sympathique, elle était en outre diablement jolie et, pour ne rien gâcher, ses précédentes réactions laissaient supposer qu'elle était intéressée par lui.

Troublé, il se promit d'étudier la question à un moment ou un autre.

Il échangea encore quelques banalités avec Caes Lyffe et Xaomi, récupéra les pièces mécaniques qu'il devait transmettre à Grise puis prit congé au crépuscule pour aller préparer le repas à la Tanière. Quint l'accueillit par un concert de miaulement affamés et Cyrus, de guerre lasse, finit par lui abandonner une boîte entière de rillettes de thon, que le chat roux bâfra.

Cyrus s'affaira dans la minuscule cuisine aux murs carrelés, uniquement meublée d'un vieil évier en cuivre, d'une antique cuisinière de fonte qui menaçait d'imploser à chaque fois qu'elle était mise en marche et d'un étroit cellier en bois contenant quelques provisions enfermées dans des boîtes en verre ou en métal afin de les tenir hors de portée des rats et des cafards.

Lorsque Grise rentra une demi-heure plus tard, la Tanière embaumait la compotée de méduse aux légumes. Cyrus n'était pas particulièrement doué pour la cuisine, mais il avait néanmoins pris en charge la préparation de l'intégralité des repas. Grise était incapable de faire cuire un œuf et, après quelques gratins transformés en cendres et trois départs d'incendie, le jeune mage avait définitivement chassé la mécanicienne des fourneaux.

La jeune fille fit honneur au repas, et remercia vivement Cyrus pour les pièces détachées.

Quand elle lui demanda ce qu'il avait fait de son après-midi, il choisit sans trop savoir pourquoi de ne pas lui dire qu'il l'avait passée avec Xaomi.

Du temps de l'Académie, il aurait sauté sur l'occasion d'entamer une relation amoureuse avec la nécromante, quitte à la laisser tomber quelques semaines plus tard après s'en être lassé. Quant à l'antipathie réciproque entre Grise et Xaomi, il s'en serait moqué, voire en aurait joué pour renforcer l'affection de la magicienne à son égard.

Mais il n'était plus à l'Académie. Et voilà qu'il s'inquiétait aujourd'hui des sentiments d'autrui. Une gratte-rouille et une mage noire, pour ne rien arranger ! Et pourtant, l'idée de faire de la peine à l'une comme à l'autre lui était insupportable.

Décidément, la vie dans les Rets devenait bien trop compliquée…

Chapitre 15

Le soir venu, Cyrus pénétra dans le Haut-Quartier pour la première fois depuis sa fuite de l'Académie.

Il avançait courbé, dans l'obscurité d'une nuit sans lune. Il était vêtu de guenilles, accompagné par des mages noirs et des assassins et, pour couronner le tout, se dirigeait vers un cimetière. Ce n'était pas vraiment ainsi qu'il avait imaginé son retour dans la haute société de Celumbre…

L'Arachnide avait beaucoup insisté sur l'importance de cette phase du plan, vitale pour son projet de cambrioler l'Académie. C'était la raison officielle pour laquelle Vestor Vax l'avait initié à la nécromancie : ils avaient besoin d'extraire une information vitale de la mémoire d'une âme défunte, dont la dépouille reposait à l'Umbrium, le très respectable et très luxueux jardin funéraire du Haut-Quartier.

Dès qu'ils furent en vue du cimetière, Cyrus et Quint se rencognèrent dans l'ombre d'une porte cochère, dans la grande avenue face à l'entrée. Ils furent rapidement rejoints par Xaomi, Vestor Vax, Caes Lyffe et Gustav. Tous étaient vêtus de noir ou de gris, à l'exception de la maîtresse des espionnes, qui portait son uniforme orange de sergente sous une longue pelisse anthracite.

– Bravo, mon garçon, le félicita Caes Lyffe en adressant un clin d'œil approbateur à Cyrus. Aussi insaisissable qu'Ione la Disparue ! Tu pourrais faire un bon voleur, un jour…

La petite femme jeta un coup d'œil au coin de la rue, plissa les paupières et hocha la tête.

– Deux gardes en faction à l'entrée, murmura-t-elle, et deux autres en ronde autour du cimetière. Il y a une troisième patrouille dans le quartier, mais à cette heure elle doit être du côté du boulevard Vantail, de l'autre côté de la zone. Nous n'avons que ces quatre-là à faire disparaître…

Le regard sombre, elle dégaina son pistolet réglementaire à un coup et son sabre de la Garde.

– Est-ce vraiment nécessaire ? murmura Cyrus.

Elle le regarda un instant sans comprendre, avant de sourire largement :

– Je ne vais pas *tuer* ces pinceurs, voyons ! Le meurtre n'est jamais une solution de facilité, mais un dernier recours à n'employer que lorsque toutes les options ont été épuisées…

Caes marqua une pause.

– … ou que le montant de la prime est suffisamment alléchant, ajouta-t-elle avec un haussement d'épaules.

– Mieux vaut faire preuve de discrétion quand on touche à la nécromancie, souffla Vestor Vax. Une attaque si près d'un cimetière évoquerait forcément la magie noire : les gens deviendraient hystériques.

– Les primarques seraient obligés de doubler les patrouilles dans toute la ville, acquiesça Caes. La Pince organiserait de véritables chasses aux nécromanciens, avec perquisitions, contrôles abusifs et autres exactions envers tous ceux qui sembleraient suspects... et ils seraient nombreux, tu peux me croire. Non, dans ce genre de situation, mieux vaut opter pour la non-violence.

Les propos de Caes rassurèrent un peu Cyrus.

– À la bonne heure, acquiesça la maîtresse espionne. La patrouille qui fait le tour de l'Umbrium revient, ça va être le moment de jamber.

Cyrus risqua un œil au coin de la porte et vit effectivement deux silhouettes approcher de leur position. L'une, fine et élancée, avançait d'un pas raide, régulier et mécanique ; l'autre, plus enrobée, ahanait à sa suite, semblant peiner à tenir le rythme de son partenaire métallique. Toutes deux portaient un sabre au côté et une lourde arquebuse sur l'épaule.

Une patrouille traditionnelle, composée d'un homme et d'un automate. La Garde de Cuivre tirait moins son nom de la couleur orangée des vestes de ses membres que du fait que ses effectifs étaient composés pour moitié d'unités mécaniques dotées de sens aiguisés, d'une précision et d'une force incomparables et d'une résistance à toute épreuve. La programmation des miliciens automatiques les empêchait cependant de recourir au libre-arbitre : celui-ci était réservé à l'autre moitié de la Garde, des policiers de chair et de sang qui, seuls, pouvaient leur donner les ordres.

Caes Lyffe inspira profondément.

– Tu es prêt à courir, Gustav ? demanda-t-elle.

– `Prêt.`

– Alors on y va.

La petite femme détacha le fermoir de sa cape, dévoilant son uniforme cuivré. Elle s'éloigna à grands pas, le grand automate sur les talons. Les deux larrons tournèrent au coin d'une traverse et disparurent à la vue des magiciens.

Quinze secondes plus tard, un coup de feu retentit, suivi par des bruits de pas précipités, puis un cri aigu, strident, qui transperça le silence nocturne. Deux des quatre gardes du cimetière sursautèrent – les deux humains, leurs binômes mécaniques s'étant contentés de tourner la tête vers l'origine du bruit.

– À moi ! À moi, la Garde ! hurlait Caes Lyffe d'une voix nettement plus aiguë qu'à l'ordinaire. On m'assaille ! On m'agresse ! À moi !

Les gardes du cimetière et la patrouille se précipitèrent vers l'endroit d'où provenaient les cris. La voix de Caes résonna, vibrante d'émotion :

– J'ai été odieusement attaquée ! expliqua-t-elle. Une espèce de grand type menaçant, qui en voulait à ma bourse !

– Sergente, vous êtes blessée ! remarqua l'un des gardes. Vous saignez...

– Ce n'est rien, sa lame m'a juste frôlé le bras, grogna Caes. Allons-y, les gars, il s'est enfui par cette rue ! Vous deux, suivez-le, et vous, venez avec moi ! Nous pouvons le prendre en tenailles en remontant le boulevard Bernille !

– Mais, sergente, protesta un soldat, nous n'avons pas le droit de nous éloigner de notre poste...

– Sauf en cas d'urgence ! répliqua sèchement Caes. Et l'agression d'un officier de la Garde de Cuivre par un coupeur de bourse est une urgence, figurez-vous ! Allez, bougez-vous !

– Oui sergente !

Il y eut d'autres cavalcades, tandis que les soldats se séparaient à la poursuite de Gustav – probablement parti dans la direction opposée. Cyrus risqua un œil vers l'entrée du cimetière : la voie était libre.

Les trois ésotériciens s'approchèrent de la grille d'entrée, fermée par une chaîne terminée par un imposant cadenas argenté. Vestor Vax plongea la main à l'intérieur de sa robe et en sortit une grosse clef du même métal, sous l'œil ahuri de Cyrus.

– Un bon nécromancien est chez lui dans n'importe quel cimetière, murmura le sorcier avec satisfaction.

– Maître Vestor a les clefs de tous les cimetières de la ville, précisa Xaomi.

– C'est fou comme les fossoyeurs sont des gens corruptibles, gloussa le nécromancien en insérant la clef dans la serrure.

Le verrou sauta avec un cliquetis sonore. Les trois sorciers s'engagèrent dans le jardin, puis Vestor Vax referma la chaîne derrière eux.

En fait de cimetière, l'Umbrium tenait davantage d'un parc destiné à la promenade. Les allées étaient bordées de plantes en fleurs, de buissons parfumés et d'imposantes fontaines carrelées, où dormaient à cette heure de la nuit cygnes et canards, le bec sous l'aile. De massifs saules pleureurs s'élevaient un peu partout entre les allées, leurs rameaux masquant nombre de tombeaux et de stèles.

D'un pas assuré, Vestor Vax les emmena à travers les tombes et les mausolées. Malgré l'obscurité, le nécromancien avançait avec aisance, esquivant les mottes et les racines déformant le sentier. Il ne leur fallut que quelques minutes pour atteindre un imposant caveau de marbre de la taille d'une maisonnette. Son fronton de marbre rose était gravé aux armoiries de l'Empire – un dragon enroulé sur lui-même et portant une couronne – et ses murs dégoulinaient de frises, de sculptures et de mosaïques aux couleurs criardes.

– Le Sépulcre du Mérite, ricana Vestor Vax. Dernier repos des héros et serviteurs les plus honorés de l'Empire, des parasites ayant réussi le tour de force de faire croire jusqu'au bout qu'ils étaient indispensables...

Cyrus avait déjà entendu parler du monument, sans pour autant avoir eu l'occasion de le visiter.

La grille de fer forgé n'étant pas fermée, ils descendirent un petit escalier conduisant à l'intérieur de l'édifice. Ils se retrouvèrent alors dans une vaste salle à colonnades aux murs entièrement couverts de plaques commémoratives. En se rapprochant un peu, l'ésotéricien put constater que les noms des défunts, le plus souvent à rallonge avec titres et particules, étaient gravés à l'or fin.

Bien que glaciale, la pièce sentait l'encens et les fleurs fraîchement coupées : il ne faisait aucun doute que les employés de l'Umbrium apportaient un soin particulier à cet endroit.

Cyrus se sentit vaguement scandalisé par la taille et le luxe du bâtiment funéraire : une telle construction aurait pu sans mal accueillir une famille entière, une parmi les centaines de mal-logés que comptaient Celumbre ! Au lieu de cela, l'Empire avait préféré faire ériger à grands frais une immense carcasse vide destinée à abriter les dépouilles de riches notables morts depuis des siècles…

Il fut surpris de raisonner en ces termes. Il croisa brièvement le regard de Quint, qui avait perçu ses pensées. Il aurait pu jurer que le félin lui avait adressé un clin d'œil approbateur…

– Bien, commençons, souffla Vestor Vax. Xaomi, installe quelques bougies, qu'on puisse voir ce qu'on fait. Cyrus, ferme la porte et mets ton manteau par-dessus : les gardes doivent être revenus de la chasse au Gustav, il ne faudrait pas qu'ils puissent apercevoir la lumière.

Aussitôt dit, aussitôt fait : la jeune Îlienne répartit une dizaine de bougies dans la salle, les collant à la cire directement sur le sol de marbre rose, pendant que Cyrus couvrait soigneusement l'unique accès de sa pélerine. Il frissonna : s'il avait su qu'il se retrouverait en chemise et veston, il aurait prévu des épaisseurs supplémentaires...

Vestor Vax arpentait le Sépulcre de long en large, marmonnant dans sa barbe en survolant les noms sur les plaques.

– J'aurais juré qu'elle se trouvait quelque part par là... Voyons... Ce ne serait pas... non, évidemment. Ou alors... Non plus. Hum... J'étais pourtant sûr que... Ah, voilà, c'est ici ! Je l'ai trouvée ! Venez par ici, les gosses !

Xaomi et Cyrus se rapprochèrent du vieux mage, qui désignait du bout de son doigt crochu une plaque qui semblait un peu plus récente que les autres. Cyrus dut plisser les yeux pour la lire :

Son Excellence
la Primarque Oselphine Rugmar de Casevoile,
fidèle servante de l'Empire
3782-3874
Haute-commandante de la 7e Légion des Arcanes
(3819-3844).
Médaille du Courage et de la Valeur (3843).
Directrice de l'Académie des Sciences Occultes
et Mécaniques de Celumbre (3844-3874).
Primarque de la ville de Celumbre (3844-3874).
Que son souvenir et sa grandeur soient honorés
par-delà la mort.

Cyrus sentit son cœur s'emballer : ils avaient trouvé l'esprit à convoquer ! Curieusement, il n'éprouvait pas la moindre révulsion à l'idée de ramener à la vie la conscience d'une ancienne directrice de l'Académie ; mais plutôt une sorte d'inquiétude un peu puérile : pourrait-il vraiment jeter ce sortilège ? Serait-il à même de prouver sa valeur à Vestor Vax ?

Une fois encore, il prit conscience des changements que son séjour dans les Rets commençait à opérer sur lui. Ses maîtres à l'Académie étaient des érudits extraordinairement cultivés, mais froids et distants, des monuments glacés qui ne s'adressaient jamais à leurs étudiants de manière individuelle, sauf pour les dénigrer devant le reste de la classe quand ils échouaient. Leurs moqueries devant un exercice raté brûlaient amèrement, tandis que la réussite n'offrait que le soulagement temporaire d'échapper à leurs impitoyables réflexions. Cyrus avait souvent travaillé d'arrache-pied uniquement par crainte de la honte et des représailles de ses enseignants – une motivation comme une autre, semblait estimer l'Académie. Le jeune magicien réalisa soudain l'hypocrisie de l'école : on punissait les mécaniciens qui se moquaient des magiciens pour préserver leur précieuse estime d'eux-mêmes, censément indispensable à leur volonté, pour ensuite mieux la détruire à travers les piques incendiaires de maîtres de magie jamais satisfaits...

Être l'apprenti de Vestor Vax rendait les choses très différentes. Grâce aux enseignements patients du nécromancien, il avait le sentiment d'en avoir plus appris sur l'ésotérisme en dix jours de magie noire qu'en trois ans à l'Académie. Même l'élémentalisme, sa hantise, ne semblait plus si compliquée une fois qu'on adhérait à la « théorie du décloisonnement de la magie » de Vestor Vax. La veille, il était parvenu pour la première fois de sa vie à invoquer une flammèche au creux de sa main et à la maintenir pendant près de dix secondes – un exploit pour quelqu'un qui peinait à faire chauffer de l'eau !

Désormais, Cyrus apprenait l'ésotérisme en exploitant son propre intérêt intellectuel, son désir de s'améliorer et, plus surprenant, sa volonté de faire honneur à Vestor Vax. C'était incompréhensible, quand on y pensait : le vieux nécromancien n'était pas un professeur particulièrement sympathique, avec ses manières brusques et sa voix de soufflet de forge. Mais voilà : il lui *parlait*, à lui, directement. Même s'il ironisait volontiers ou faisait mine de perdre patience, il répondait toujours à ses questions, s'intéressait à ses résultats et, lorsque son élève échouait quelque part, considérait que c'était à lui d'expliquer, d'enseigner ou de démontrer différemment, plutôt que de laisser son apprenti se débrouiller seul. Pour la première fois de sa vie, Cyrus *respectait* un professeur, au lieu de le craindre.

– Vas-y, mon garçon, grogna Vestor Vax à son oreille. Tu sais comment faire.

– Pense à bien respirer, lui rappela Xaomi. Tu verras, ce n'est pas si difficile.

– Et si tu peux, demande-lui s'il y a des rats, dans le coin, dit Quint en se frottant contre sa jambe. Je suis certain que ce sort va me vider de mon énergie, et j'aurai bien besoin de récupérer, après coup.

– Je suis déjà venu issssi, susurra Esus, le serpent de Vestor Vax. Je ssssais où nichent les sssouris les plus juteuses…

– Ah, merci l'ami ! miaula le félin. Tu sais quoi, maître ? Je trouve les familiers des mages noirs bien plus sympathiques que ceux des ésotériciens de l'Académie. Ils étaient d'un prétentieux ! Sans compter qu'au moins un sur deux étaient des chiens… Des chiens, non mais sérieusement… La dernière fois que j'ai demandé à l'un d'eux s'il connaissait un coin à souris, il m'a regardé comme si je sortais d'une flaque de boue ! Crétins de clébards…

Le jeune magicien caressa brièvement la tête du gros chat roux pour se donner du courage, puis tendit la main vers la stèle de pierre surmontée de la plaque commémorative de la primarque. Quint s'assit contre sa jambe, le rassurant de sa présence pendant qu'il expérimentait le sortilège interdit, tout en lui permettant de puiser en lui à volonté.

Cyrus sentit la magie fourmiller dans son corps. Il vacilla : le pouvoir de l'arcanium lui semblait un peu plus fort que d'habitude… Le magicien chercha alors à saisir le Flux Vital, le cœur de l'école de guérison. Aussitôt, la magie brute se mua en un courant glacé, pareil à un torrent de montagne crépitant de puissance régénératrice. Cyrus s'y immergea avec un frisson. D'ordinaire, lorsqu'il cherchait à utiliser la magie guérisseuse, il se contenait de se laisser glisser dans l'onde fraîche. Mais pas cette fois. Cette fois, il remonta le Flux à contre-courant, lentement, difficilement, pour atteindre sa source. Puis il alla plus loin encore, derrière la source, de l'autre côté, *dans l'envers du décor*.

Un froid surnaturel lui serra le cœur et ses muscles s'ankylosèrent, tandis que son bras tendu se mettait à trembler de manière incontrôlable.

– Reste calme, l'avertit Vestor Vax.

– Maîtrise ta respiration, conseilla Xaomi. Ne la bloque pas.

Cyrus inspira doucement, forçant son cœur qui tambourinait dans sa poitrine à ralentir. Il se concentra sur la stèle, imaginant le cercueil contenant les ossements de l'ancienne primarque. Pour attirer la défunte dans le monde des vivants, il devait utiliser sa dépouille comme portail vers l'outre-monde, remonter l'ancienne connexion entre le corps et l'esprit et s'en servir comme d'une balise pour retrouver la conscience dans les limbes. D'une poussée de volonté, il fit basculer son esprit en avant, à travers le marbre et le bois du cercueil, pour se fondre dans le corps momifié.

Il se sentit aussitôt dériver dans une sorte de tiédeur cotonneuse, de vide immense, sans limite, dans lequel rien n'avait d'importance et tout n'était que paix et tranquillité.

Se pouvait-il que ce soit cela, la mort ? Rien de plus ?

– Pas si effrayant, hein ? souffla Xaomi à son oreille.

Il sentit son corps acquiescer, loin, si loin de là où se trouvait son esprit. Il erra pendant quelques minutes dans l'étendue aveugle, sans rien éprouver d'autre qu'une incroyable sérénité.

Soudain, il perçut quelque chose. Une pulsation liquide, une onde visqueuse, quelque chose qui l'appelait, quelque chose qui mélangeait ses sens… Un phare dans l'obscurité au goût de lumière, à l'odeur de vapeur et à la douceur bleutée. Une âme.

– Tu l'as trouvée ? murmura Vestor Vax.

– Je… je crois, hoqueta Cyrus.

– Bien. Attrape-la. Attention, elle va se débattre : ne la laisse pas s'échapper. C'est la conscience d'une ancienne primarque, après tout : elle risque d'être un peu remuante…

Cyrus s'entendit déglutir. Retenant sa respiration, il s'approcha doucement de la présence éthérée, qui l'accueillit avec une curiosité cristalline… et la harponna d'un coup sec, projetant sa volonté vers l'avant comme un javelot, avant de se laisser glisser à toute vitesse dans le Flux Vital qu'il avait péniblement remonté, entraînant à sa suite l'âme stupéfaite.

Dès qu'il fut revenu dans son corps, il prononça rapidement la formule liant l'esprit aux fragments de son corps, l'ancrant pour un temps dans le monde réel. L'âme se débattit à peine – en fait, Cyrus eut même l'impression qu'elle se laissait faire de bonne grâce, comme si, d'une certaine manière, elle était *heureuse* d'émerger du néant.

Enfin, le jeune magicien put relâcher sa volonté. Ses muscles se détendirent, et un profond soupir de soulagement s'échappa de ses lèvres. Il avait la gorge sèche, la sueur dévalait son visage et maculait les aisselles et le col de sa chemise – mais il avait réussi ! Il avait convoqué sa première âme !

– Excellent, commenta Vestor Vax. Vraiment excellent. Une concentration solide, une prononciation parfaite, une rapidité d'exécution exemplaire… Il y a juste un petit détail qui me chiffonne…

Le nécromancien s'approcha de la stèle de la primarque et toqua contre la surface.

– *Oui ? C'est pour quoi ?* gronda une voix… qui provenait clairement de la tombe du dessous.

Cyrus pâlit brusquement, tandis que Xaomi explosait de rire. Vestor Vax toussota, dissimulant son sourire.

– On dirait que tu as rappelé le mauvais esprit.

– Ce… ce n'est pas… Ce doit être à cause des tremblements de mon bras… je… J'ai dû mal viser…

– On dirait bien, oui, gloussa Vestor Vax, tapotant distraitement le dos de Xaomi qui manquait de s'étouffer.

Un toussotement discret jaillit du tombeau.

– *Hum hum. Excusez-moi ? Vils nécromants, m'entendez-vous ?*

– Euh… oui ? répondit Cyrus.

– *Je suis navré d'avoir à vous interrompre, vils nécromants, mais auriez-vous l'amabilité de me faire sortir de ce cercueil ? Il fait très noir, et je… hum… je suis un peu claustrophobe…*

– Vous n'êtes pas forcé de rester dans les ténèbres, répondit Vestor Vax. Votre esprit est lié à vos ossements, mais vous pouvez tout de même vous matérialiser sous forme spectrale si vous le souhaitez.

– *Vraiment ? Mes excuses, je n'ai pas vraiment l'habitude d'être rappelé du néant... C'est en quelque sorte... hum... ma première fois...*

– Il vous suffit de le désirer vraiment, conseilla Xaomi, qui venait de réussir à calmer son fou-rire. Essayez de vous concentrer, de vous jeter en avant. Vous verrez, ce n'est pas très difficile...

Il y eut un instant de silence. Puis une boule de lumière bleue jaillit de la stèle et prit aussitôt la forme d'un visage d'homme. Ses traits étaient troubles, rendus diffus par la luminosité spectrale, mais Cyrus devina un menton volontaire, un nez aquilin et une mâchoire carrée.

– Cela a fonctionné ! exulta le spectre. Je... je vois ! Je vous vois ! Ah, que c'est bon de vivre à nouveau ! Enfin, vivre... Façon de parler !

Cyrus jeta discrètement un œil à la plaque commémorative de la stèle d'où avait jailli l'esprit et lut :

Chevalier Albrecht Qaridis de Mongre
3819-3861
Poing de l'Empereur.
Exécuteur Suprême de la Justice Impériale.
Héros de la bataille de Thoroxe.
Malgré ses origines roturières, il se montra digne des plus grands des nobles.
Que son souvenir et sa grandeur soient honorés par-delà la mort.

Le visage spectral suivit le regard du jeune mage et se retourna pour déchiffrer l'épitaphe de son propre tombeau. Une grimace de contrariété apparut sur ses traits éthérés.

– « Malgré ses origines roturières » ! cracha-il avec irritation. « Digne des plus grands des nobles » ! Ah ! Comme si la noblesse avait le moindre rapport avec le fait de rendre la justice ! Ils ont osé écrire ces idioties sur ma tombe ! Misérables scribouillards ! Je leur avais pourtant interdit de...

L'esprit, tout à son agacement, se mit à luire d'une étrange lueur violacée, comme s'il rougissait de colère. Réalisant soudain que ses vociférations résonnaient sur les murs du Sépulcre et que les trois nécromanciens le contemplaient, éberlués, il s'interrompit et passa à une couleur plus proche du mauve – « Le rose de l'embarras ? » songea Cyrus.

– Je vous conjure d'accepter mes plus sincères excuses, déclara solennellement le fantôme. Il est indigne d'un véritable chevalier de se donner ainsi en spectacle, et je prie pour que votre opinion de moi n'en soit pas altérée.

Le visage spectral devint flou et oscilla brièvement de bas en haut. Cyrus jugea que cela devait correspondre à une révérence.

– Ces fieffés plumitifs sont sans doute morts depuis longtemps, de toute façon, maugréa-t-il. Hum... Où en étions-nous ? Je suis navré, je n'ai que peu l'habitude de fréquenter votre engeance. De mon vivant, ma mission sacrée consistait à traquer et remettre à la justice les vils nécromants dans votre genre : c'est vous dire ! Mais je suppose que, dans la mort, vous êtes la seule compagnie qu'il m'est possible de fréquenter... Quoi qu'il en soit, je vous remercie de votre sollicitation, toute ténébreuse qu'elle soit. Ah, si vous saviez comme je suis heureux ! Les limbes sont tellement... ennuyeux ! Tout le monde somnole, dans ce grand vide tiédasse, et le pire, c'est que cela leur suffit ! Et que je profite de l'éternité, et que je me blottis dans le silence, et que je médite sur le sens du néant... Pouah ! Quelle horreur pour un gaillard énergique comme moi ! Tenez, ça me rappelle la fois où...

Cyrus écoutait l'interminable soliloque avec une sorte de stupeur incrédule. Tous les défunts étaient aussi bavards ? Le jeune mage se pencha vers Vestor Vax :

– Ne devrions-nous pas nous presser, maître ? souffla-t-il. Pendant que nous écoutons ce fantôme cancaner, nous gaspillons...

Soudain, un second visage spectral apparut, jaillissant de la tombe de la primarque Oselphine. Vestor Vax adressa un clin d'œil à son apprenti, bouche bée :

– J'ai profité de la logorrhée de ton ami pour aller chercher l'âme de la primarque. Tu as raison, nous n'avons pas de temps à perdre.

– Je... je ne vous ai même pas entendu réciter la formule, hoqueta Cyrus.

– La discrétion est la meilleure alliée du nécromancien qui veut vivre, professa le vieux mage noir.

– QUI OSE SALIR MON ÂME ? s'exclama le second spectre. UN NÉCROMANCIEN ? UN IMMONDE, MÉPRISABLE, ODIEUX NÉCROMANCIEN ?!

L'esprit d'Albrecht interrompit brusquement sa litanie, surpris par l'éclat de colère du second fantôme.

– Mais enfin, qu'est-ce que c'est que ces manières ? protesta-t-il. J'en venais au meilleur passage, le moment où j'ai attrapé le gnome au collet pour lui dire...

L'attention des mages s'était entièrement tournée vers l'esprit de la primarque. Le second visage spectral avait des traits lourds, un gros nez, des bajoues tombantes et d'épais sourcils froncés sur de petits yeux brûlant de fureur.

– MONTRE-TOI, IGNOBLE MAGE NOIR ! s'époumona la virago. DÉVOILE TON HIDEUX VISAGE, ASSUME TON INFAMIE !

– Oh, mais je l'assume tout à fait, répondit tranquillement Vestor Vax en s'avançant.

Un voile de doute embruma le regard du spectre.

– Vestor ? chevrota-t-elle d'une voix soudain cassée. Vestor, mon petit, est-ce bien vous ? Vestor Vax ?

– En chair et en os, sourit le nécromancien. Enfin, plus en os qu'en chair, ces temps-ci...

– Mon petit... gémit la primarque d'un ton étrangement larmoyant. Mon tout petit, vous... vous fricotez encore avec les arcanes interdits ? Vous, un si brillant ésotéricien de l'Académie ?

– Ex-ésotéricien, corrigea Vestor Vax. Et je ne « fricote » pas avec les arts sombres, chère ex-maîtresse : j'en suis devenu le maître.

Un silence lourd accueillit la réponse du mage noir. Même l'esprit désincarné d'Albrecht le bavard s'était tu, conscient de la gravité de l'instant. Cyrus contemplait le vieux sorcier avec une expression au moins aussi interdite que celle de Xaomi – apparemment, la jeune fille ignorait autant que lui que leur maître avait été membre de l'Académie.

– Vous, Vestor ? reprit l'esprit de la primarque. Maître des arts sombres ? Comment est-ce possible ? Cher enfant, je savais que votre éviction de l'Académie vous perturberait, mais je n'aurais jamais imaginé…

– Exactement, coupa Vestor Vax. Vous n'auriez jamais imaginé. Vous étiez incapable d'imaginer : tout ce que vous connaissiez de la magie, vous l'avez appris dans les livres, rédigés par des mages qui l'avaient eux-mêmes appris dans d'autres livres, mais qui jugeaient nécessaire de l'écrire autrement. Aucune expérimentation, jamais, aucun questionnement, aucune volonté d'aller voir plus loin que le bout de votre nez… Et si jamais quiconque osait s'y aventurer, alors il faisait face aux réprimandes, aux accusations de magie noire, à la disgrâce et à l'expulsion !

– Je vois que vous n'avez toujours pas digéré l'événement, mon petit, grinça la primarque. Combien de temps cela fait-il, depuis que je vous ai surpris à jouer avec ce cadavre de chat ? Et vous n'êtes toujours pas parvenu à comprendre que ce que vous faisiez était mal ? Que les règles ont été établies pour protéger le plus grand nombre contre les illusions de grandeurs de quelques individus convaincus de leur intelligence ?

– Nous ne serons jamais d'accord, professeuse Rugmar, répliqua le nécromancien avec un soupir funèbre. J'ai fait la paix avec cette idée il y a bien longtemps déjà.

– On ne dirait pas, puisque vous me rappelez du néant pour régler vos comptes, susurra la primarque avec ironie.

– Oh, je ne suis pas du tout là pour cela, lui expliqua le mage noir avec délectation. En fait, je suis ici pour vous extorquer le maître-enchantement de la chambre forte de l'Académie.

– Le… ? Que pouvez-vous bien vouloir faire avec… Il n'en est pas question ! Je ne trahirai jamais mon serment envers l'impératrice Sarenziah ! Je refuse que…

– Attendez une seconde, intervint Albrecht, troublé. Vous avez dit Sarenziah ? C'est Sarenziah qui règne sur l'Empire ?

– Eh bien, oui, répondit Cyrus. Qui d'autre ?

– Alors ça ! s'exclama Albrecht. Sarenziah, impératrice de Mycée ! Si j'avais su que cette greluche finirait malgré tout par monter sur le trône, jamais je n'aurais…

– Cyrus, grogna Vestor Vax d'un ton agacé, ton spectre me fatigue. Renvoie-le.

– Oui, maître.

– Attendez ! glapit Albrecht. Non, je vous en prie, ne me renvoyez pas déjà ! On s'ennuie tellement dans les limbes ! Attendez, ne… Noooon !

D'une formule, Cyrus avait défait le lien qui rattachait l'esprit au monde des vivants.

– Bien, à nous, gronda Vestor Vax en se retournant vers le fantôme de la primarque. Où en étions-nous ? Ah oui, l'extorsion du maître-enchantement…

– Vous ne l'aurez jamais ! cracha le spectre.

– Je n'en jurerai pas, à votre place, susurra le nécromancien. La magie noire regorge de manières… inventives destinées à convaincre les morts de parler.

– Faites de votre pire, mon petit.

– C'était précisément mon intention, professeuse.

Chapitre 16

– Alors ? C'était comment ? Raconte !

Grise avait attendu Cyrus en embuscade et lui avait sauté dessus à la seconde où il avait franchi le seuil de la bicoque. Il répondit par un grognement indéchiffrable et passa devant elle pour aller s'affaler sur un fauteuil, tendant avec avidité ses mains vers le feu de la cheminée. De son côté, Quint sauta sur un fauteuil et s'assoupit immédiatement, étroitement roulé en boule. Après avoir passé la nuit dehors, le magicien et son familier étaient frigorifiés et complètement épuisés. Tout en caressant la fourrure soyeuse du chat endormi, Grise étudia avec inquiétude les traits tirés et les gros cernes noirs autour des yeux de son compagnon.

– Hé... Cyrus, ça va ?

L'ésotéricien cligna des yeux, comme s'il réalisait seulement sa présence, et se composa un faible sourire.

– Ça va, oui. Désolé, je tombe de fatigue.

– Je vois ça. J'ai mis une bouilloire sur le feu, j'ai encore failli faire brûler la Tanière, mais il y a de quoi faire du thé… Tu en veux ?

– Oui, s'il te plaît.

Quand Grise revint avec deux tasses remplies de thé, Cyrus dodelinait de la tête, prêt à sombrer.

– Hé, raconte-moi avant de dormir ! lui intima-t-elle.

– Merci, bâilla Cyrus en saisissant sa tasse. Qu'est-ce que tu veux savoir, au juste ?

Grise se mordit la lèvre, indécise.

– Tu as… réussi ? Je veux dire, tu as vraiment invoqué l'esprit d'un… d'un mort ?

– Oui.

– Ah. Et donc, euh… La nécromancie, ça, euh… Enfin, ça ne t'a pas trop… changé ?

– Ah si, complètement. Je voue mon existence aux ténèbres et me repais du sang des innocents, maintenant. D'ailleurs j'en voudrais bien pour relever un peu mon thé, tu peux me passer un couteau et te pencher en avant ?

Grise haussa les sourcils, surprise par l'humour et la bonne humeur du mage.

– On dirait que ça ne te perturbe pas plus que ça, de pratiquer une magie punie de mort par les lois impériales…

– Ce qui est fait est fait, soupira Cyrus. Nous nous sommes engagés sur cette voie, autant l'emprunter jusqu'au bout.

Grise resta silencieuse. Cyrus avait fini par se convaincre que le cambriolage de l'Académie leur permettrait de trouver des réponses, de comprendre la menace qui pesait sur leur famille. Elle enviait sa certitude : elle aurait été bien incapable de faire preuve d'une telle assurance. Comment pouvaient-ils être certains que l'Arachnide n'était pas en train de les mener en bateau ? Qu'elle ne se servait pas d'eux, de leurs compétences, pour mener à bien ses projets sans s'intéresser le moins du monde à leur situation ? Et quand bien même elle chercherait vraiment à les aider, qu'est-ce qui l'empêchait de faire traîner en longueur ? Son intérêt était de les garder sous sa coupe : un mage et une mécanicienne tout droit sortis de la meilleure école du pays étaient une véritable aubaine pour un clan de malfrats !

Elle était en outre terrifiée à l'idée de pénétrer illégalement dans l'Académie pour le compte d'une bande de voleurs. Et quand bien même cette intrusion leur apporterait des réponses sur la menace qui pesait sur eux et leurs familles, qu'est-ce qui les assurait que l'Arachnide lèverait le petit doigt pour les aider ensuite ?

Combien de temps devrait-elle se terrer dans les Rets, à bricoler des alarmes et entretenir des pistolets ?

Encore une semaine, un mois, un an ?

Toujours ?

Son cœur se glaça à cette pensée : et si toute cette histoire n'était pas, justement, une histoire, avec un début, un milieu et une fin ? Et si elle ne retrouvait jamais son père ?

Penser à Elenzo Oolonga lui fit l'effet d'un couteau en plein cœur. Où était-il, en ce moment ? Était-il en bonne santé ? La croyait-il en sécurité à l'Académie, ou la nouvelle de sa disparition avait-elle fini par lui parvenir ? Était-il en train de remuer ciel et terre pour la retrouver ? Ou les mesures de protection qui l'empêchaient de le contacter le retenaient-elles de rechercher sa propre fille ?

Était-il seulement encore vivant ?

Elle fut soudain écrasée par la perspective que son séjour dans les Rets ne soit pas qu'une parenthèse dans sa vie, mais au contraire le début d'une nouvelle ère sans retour possible. Une ère sinistre, placée sous le signe de la clandestinité, de la criminalité et de la terreur. Peut-être ne deviendrait-elle jamais Dame Grisella Oolonga, ingénieure d'État et maîtresse en automatique aux côtés de son père, peut-être resterait-elle une voleuse anonyme, condamnée à hanter les bas-fonds de Celumbre toute sa vie…

– Tu en fais une tête…

Grise cilla. Cyrus s'était approché d'elle et la regardait par-dessous avec inquiétude.

– Ce ne sont pas mes histoires de ténèbres et de sang qui t'ont perturbée, quand même ? Je plaisantais, hein !

– Je sais, je… Ce n'est rien, j'étais ailleurs…

– Il n'a pas l'air de faire très beau, là-bas.

– Non… non, pas vraiment.

Cyrus ouvrit la bouche, la referma, hésita, se mordit les lèvres et soupira enfin :

– Bon, je ne voulais te raconter ça qu'en tout dernier recours, mais on dirait que tu as un besoin urgent qu'on te remonte le moral. Tu sais, quand je t'ai dit que j'avais invoqué ma première âme défunte…

– Oui ?

– Ce n'était pas la bonne.

– … Pardon ?

– Je me suis… eh bien… trompé de cadavre.

Grise cligna des paupières.

– Sérieusement ?

– Sérieusement. Plutôt que de rappeler l'âme de la primarque Rugmar, j'ai convoqué l'esprit de la tombe d'en-dessous. C'était un gentilhomme très sympathique, bien qu'incroyablement bavard… Je te laisse imaginer ma tête quand Vestor Vax m'a fait remarquer mon erreur…

Les lèvres de Grise frémirent, puis s'étirèrent de plus en plus jusqu'à ce que la jeune fille ne puisse retenir un éclat de rire amusé.

– Ah, tout de même ! s'exclama Cyrus.

Quint se réveilla en sursaut, et leur lança un regard noir :

– C'est pas un peu fini, ce raffut ? miaula-t-il, contrarié.

– Désolé, soupira Cyrus d'un ton tragique. Je lui racontais mes déboires d'apprenti nécromancien. Apparemment, Grise et Xaomi se ressemblent plus que ce que j'imaginais : elle aussi trouvait ma bévue irrésistible…

La mention de Xaomi fit instantanément disparaître l'hilarité de Grise : quelque chose en elle se cabrait à l'idée d'être comparée à l'apprentie mage noire.

– Désolée, souffla-t-elle, mortifiée. Je ne voulais pas me moquer, je…

– Tu plaisantes ? Si je te raconte une histoire où je m'humilie complètement, j'espère au moins que tu vas rire ! Qu'un peu de positif ressorte de cette expérience…

Grise écarquilla les yeux.

– C'est moi, ou Cyrus Vorocle se ridiculise volontairement pour consoler une gratte-rouille ?

– Ce doit être toi, répliqua posément le magicien. Cyrus Vorocle ne ferait jamais une chose pareille.

La jeune fille secoua la tête, amusée, puis se leva.

– Je vais vous laisser vous reposer. Je dois y aller, de toute façon : Lieber m'apprend à tirer aujourd'hui.

– À tirer ? releva Cyrus. Avec un pistolet ?

– Oui. J'imagine qu'ils ne veulent pas que j'entre par effraction dans l'Académie sans moyen de me défendre…

– Tu vas apprendre à te servir d'une arme à feu ? protesta le magicien.

– Tu sais, ce n'est pas plus dangereux que la magie noire, répliqua Grise en haussant les épaules. Et Lieber est un tireur d'élite : il m'a assuré qu'il ne m'arriverait rien.

– Ce type ne m'inspire aucune confiance. Je… n'aime pas trop te voir passer autant de temps avec lui…

– C'est le seul mécanicien digne de ce nom dans ce maudit quartier ! protesta Grise. Il n'est pas aussi généreux en enseignements que Vestor Vax et l'autre pintade, là, mais…

– Pintade ? releva Cyrus. Xaomi, tu veux dire ? Elle est pourtant très gentille…

– Mouais, grommela Grise. Moi non plus, je ne lui fais pas confiance, et pourtant je ne t'empêche pas d'aller jouer dans les cimetières avec elle !

– Tout de même, c'est un Révocateur… Il va essayer de te farcir la tête de ses délires révolutionnaires absurdes…

– Et quand bien même ? renifla Grise. Peut-être que ce qu'il a à dire m'intéresse !

– Très bien, s'inclina l'ésotéricien d'un ton un peu pincé. Bonne séance de tir, dans ce cas.

– Merci ! acquiesça Grise en se levant. À tout à l'heure !

La jeune fille se dirigea vers la porte puis, prise d'une subite inspiration, se retourna.

– Cyrus ?

– Oui ?

– Je suis désolée d'avoir dit que je ne t'aimais pas beaucoup, la dernière fois. En fait, je crois que tu n'es pas si mal, pour un gigote-doigts.

Cyrus sourit.

– Venant d'une gratte-rouille, ça ne peut que m'aller droit au cœur.

La jeune fille lui rendit son sourire, puis s'enveloppa de son manteau et quitta la Tanière. Cyrus regarda Grise s'éloigner dans la rue à travers les carreaux sales du salon, avant de remarquer le regard goguenard de son familier.

– Quoi encore ? grogna-t-il.

– Oh, rien, maître. Rien du tout…

Chapitre 17

Grise rejoignit Lieber dans un entrepôt désaffecté au cœur des Rets, à quelques centaines de mètres seulement de la Tanière. La grande bâtisse de briques rouges avait depuis longtemps été abandonnée par son propriétaire légitime et reconvertie en salle de tir clandestine. Le bruit des détonations était couvert par le boucan des usines et aciéries voisines, qui fabriquaient à la chaîne des pièces mécaniques vendues une misère aux automaticiens et technologistes de la cité.

Le Révocateur l'accueillit avec chaleur et lui fourra d'autorité un pistolet dans la main. Le poids de l'arme la surprit tant qu'elle faillit la lâcher.

– Allez, montre-moi ce que tu sais faire, lui dit le jeune homme en lui désignant les cibles alignées à l'autre bout de l'entrepôt.

– Euh, je... je croyais que tu devais me montrer comment tirer ? Je n'ai jamais utilisé de pistolet...

– Vraiment ? fit Lieber en haussant les sourcils. Vu ton aisance lorsque tu entretenais les armes de mes gars, je pensais que tu étais déjà une fine gâchette…

– Eh bien, je… j'ai étudié le fonctionnement des armes à feu à l'Académie, admit la jeune fille, mal à l'aise, mais je n'ai jamais vraiment…

– Oh. Dommage. Moi qui m'imaginais avoir enfin trouvé une adversaire à ma mesure…

Grise sentit ses poumons se dégonfler devant l'air déçu de Lieber… qui lui adressa soudain un sourire malicieux qui accentua les fosettes de ses joues.

– Allons, je te taquine ! Je me doute bien que le tir au pistolet ne fait pas partie de l'éducation traditionnelle d'une jeune fille de bonne famille ! Regarde, je ne l'ai même pas chargé, je n'avais pas envie que tu te tires dans le pied…

Il lui prit l'arme des mains et lui présenta le chargeur, effectivement vide.

– L'Arachnide exige que tous ses capucheux sachent se défendre lorsqu'ils se rendent en mission. Cyrus peut se débrouiller avec ses illusions et ses sortilèges mais, en ce qui te concerne, il va te falloir un peu plus que ton habileté à la clé à molette pour t'en sortir…

Lieber lui présenta les différentes parties de l'arme à feu.

– Ça, c'est la crosse, la poignée si tu préfères. Ici, c'est le chien, et là, la détente. Ici, c'est le barillet, c'est par là qu'on charge les balles, tandis que la poudre d'arcanium se verse ici. Pour bien tirer, tu dois tenir ton pistolet comme ça…

Ce faisant, il se pencha vers elle et son visage se retrouva à quelques centimètres seulement du sien. Il lui saisit la main, l'ouvrit avec douceur et plaça l'arme à l'intérieur, avant de replier un à un ses doigts sur le pistolet. Elle sentit son souffle contre sa joue, tandis que sa main enveloppait la sienne. Ce contact incongru électrisa la peau de Grise, qui sentit son cœur battre la chamade.

« Qu'est-ce qu'il t'arrive, ma pauvre fille ? se morigéna-t-elle intérieurement. Quelle greluche ! »

Si son père la voyait, il éclaterait sûrement de rire et dirait quelque chose comme « c'est de ton âge »...

Penser à Elenzo Oolonga balaya son trouble comme un vent glacé. Elle n'était pas là pour faire du gringue au beau gosse du coin, mais pour parachever sa formation de voleuse, afin d'avoir une chance de se sortir de ce bourbier ! C'était sa priorité, sa *seule* priorité !

Grise affermit sa prise sur la crosse du pistolet.

– Très bien, acquiesça Lieber en reculant d'un pas. Maintenant, tiens-le bien fermement, place-toi de côté – comme ça, voilà – et tends le bras vers ta cible. Parfait. Cette position, c'est pour le tir de barrage : pour faire peur, ralentir tes poursuivants, tirer un peu au hasard devant toi sans viser quelque chose de particulier. Mine de rien, c'est assez utile : ça te permet de forcer ceux d'en face à se planquer pour ne pas prendre une balle perdue, et donc à s'arrêter... Comme tu es de profil, tu es aussi plus difficile à toucher. Bien. Maintenant, seconde position : la visée attentive...

Lieber passa dans son dos, saisit le poignet qui tenait l'arme à bout de bras et le tira vers elle, l'encourageant à plier le coude et à rapprocher le pistolet de son visage. Puis il saisit sa main gauche et l'amena vers la crosse. Concentrée à l'extrême, Grise ne frémit même pas en sentant le Révocateur derrière elle.

– Dans cette position, tu tiens le pistolet dans le prolongement de tes yeux, pour bien viser, et à deux mains, pour une meilleure stabilité. Tu vois le petit morceau de métal, au bout du canon ? C'est ton viseur : son extrémité doit être alignée avec ton œil et ta cible. Fais très attention au recul : quand tu vas tirer, le pistolet va bondir en arrière, tu dois le tenir bien fermement pour ne pas le lâcher ou, pire, t'assommer avec.

Lieber s'éloigna, la considéra d'un regard critique, corrigea légèrement la position de son épaule gauche, puis déclara :

– Voilà, tu sais tirer. Fin de la leçon. On va boire un verre ?

Grise haussa les sourcils, prête à protester, mais les yeux rieurs du Révocateur lui firent comprendre qu'il plaisantait. Il s'approcha d'une armoire fermée à clé, la déverrouilla et en sortit une grosse boîte en métal.

– Billes de résine, annonça-t-il. On s'en sert pour l'entraînement… ou comme munitions non-létales. C'est d'ailleurs presque tout ce qu'on utilise, dans les Rets. Ça fait de gros bleus, ça peut même assommer, mais ça ne tue pas.

– Tu vas me faire croire que les voleurs et les Révocateurs ne tirent pas à balles réelles ? renifla Grise, sceptique.

– Si, parfois, admit Lieber. Mais rarement. Pour les gros coups, ou les affrontements directs avec la Garde de Cuivre, ça peut arriver. Mais en général on préfère éviter d'être recherchés pour meurtre. Ça fait désordre, ça attire un peu trop l'attention sur les Rets, et ce n'est pas comme ça qu'on convaincra le peuple de se rallier à notre cause... Et puis les balles coûtent très cher, alors que la résine...

– Vraiment ? marmonna Grise, toujours dubitative.

– Vraiment, acquiesça le Révocateur en lui prenant l'arme des mains pour la charger. La plupart des vols à main armée à Celumbre se fait avec une arme vide, tu sais ? L'important n'est pas que le pistolet soit chargé, mais que la victime soit persuadée qu'il l'est. Allez, assez parlé boutique : montre-moi de quoi tu es capable !

Il lui tendit le pistolet. Grise le reprit en main, sans se laisser cette fois surprendre par son poids, avant de se diriger vers le champ de tir. Elle visa soigneusement l'une des cibles, bloqua sa respiration, posa son doigt sur la gâchette et pressa la détente.

La détonation lui vrilla les oreilles et elle ferma les yeux par réflexe. L'arme faillit lui sauter des mains. Elle n'avait aucune idée d'où était partie sa balle. Elle cligna des paupières, hébétée. Une odeur de brûlé avait envahi l'atmosphère, et le pistolet était devenu chaud sous ses doigts. Elle scruta le mannequin de paille, à la recherche d'une trace d'impact.

– Je l'ai eu ? demanda-t-elle avec espoir.

– Non, pouffa Lieber en tendant le doigt.

Grise suivit du regard la direction indiquée par le Révocateur. L'un des carreaux des hautes fenêtres de l'entrepôt était brisé en étoile. Sa balle était passée par là… à près de cinq mètres au-dessus de la cible de paille.

Rouge de confusion, la jeune fille baissa le nez.

– Ne t'en fais pas, c'est normal quand on débute ! Tu vois le carreau cassé, à droite du tien, près de l'angle ? Mon premier tir au pistolet. Encore pire que toi ! Oh, et oserais-je ajouter que le tir en question a failli me casser le nez ? Je tenais mon arme bien moins fermement que toi, et elle m'a bondi au visage quand j'ai pressé la détente.

– C'est vrai ? murmura Grise.

– Oui, répondit Lieber. Même après que je suis devenu le meilleur tireur des Rets, l'Arachnide ne m'a jamais laissé oublier ce… douloureux moment. Elle pense que j'ai besoin de me sentir humble de temps en temps, va savoir pourquoi…

Grise avait déjà compris que l'Arachnide ne tenait pas le jeune homme en très haute estime, ne le tolérant auprès d'elle que grâce aux innombrables mécontents qu'il fédérait autour de son « mouvement ». Les Révocateurs fournissaient à la reine du crime une main d'œuvre tout à fait disposée à « faire payer » les citoyens les plus riches de Celumbre, ainsi qu'un accès privilégié aux industries, méduseries et ateliers dans lesquels les partisans les plus honnêtes travaillaient. Lieber, en retour, pouvait compter sur la maîtresse des Rets pour lui offrir la clandestinité et les moyens dont son organisation avait besoin. Le Révocateur n'était lié à l'Arachnide que par nécessité et opportunisme, quand Vestor Vax et Caes Lyffe restaient auprès d'elle par véritable loyauté. Avide d'en apprendre davantage, Grise laissa tomber avec une nonchalance feinte :

– Cela fait longtemps que tu travailles avec l'Arachnide ?

Lieber la dévisagea un long moment, une expression inquisitrice au visage, et elle craignit d'avoir été trop vite. Mais le Révocateur soupira :

– Longtemps... Oui, sans doute. J'avais seize ans quand j'ai tiré ici pour la première fois. Cela fait déjà trois ans, presque quatre. L'Arachnide m'a accueilli dans sa petite famille lorsque j'ai abandonné la mienne. Ma vie était... étrange, à l'époque...

Grise lui décocha un regard intrigué.

Ravi de l'attention qu'elle lui portait, le jeune homme haussa les épaules avec une feinte nonchalance :

– Tu veux entendre l'incroyable et tragique histoire du vaillant Théodorus Lieber, hein ? Je te préviens, cela peut prendre un moment : j'adore parler de moi ! Toujours intéressée malgré l'avertissement ? Oui ? Qu'il en soit ainsi...

Le Révocateur tira deux chaises poussiéreuses d'un coin de l'entrepôt, s'assit sur l'une et désigna la seconde à Grise. Tandis qu'elle s'asseyait, il poussa un soupir tragique, regarda en l'air comme s'il cherchait l'inspiration, puis lui adressa un sourire franc.

– J'ai toujours voulu être acteur, je crois. Depuis tout petit. Déclamer des vers, prétendre être un autre, être au centre de toutes les attentions… Mes parents, des fonctionnaires impériaux, avaient une idée très stricte de la vie : ils n'ont jamais voulu entendre parler de mon goût pour les planches. Un saltimbanque dans la famille, fi donc ! Ils ont tout sacrifié pour que j'entreprenne des études de mathématiques, de mécanique et d'automatique, afin d'atteindre, espéraient-ils dans leurs esprits étriqués, la respectabilité et la prestance qui leur avaient toujours fait défaut.

– Tu es allé à l'Académie ? s'étonna Grise.

– Non, mes parents étaient aisés, mais pas à ce point, répondit Lieber. J'ai étudié auprès d'un automaticien du Haut-Quartier qui a bien voulu me prendre comme apprenti. Bien que je ne m'y sois jamais véritablement intéressé, certains enseignements ont dû tenir, puisque je suis toujours capable de démonter un pistolet ou d'entretenir un automate les yeux fermés. Mais je trouvais la mécanique terriblement rébarbative, et… Allons, ne me regarde pas avec cet air offensé !

– La mécanique n'a rien d'ennuyeux ! grogna Grise, franchement offusquée.

– Tout le monde n'a pas ta passion de l'huile de moteur, tu sais ? Bon, je peux reprendre mon récit ?

Grise se renfrogna et marmonna une vague excuse. La mécanique rébarbative, non mais vraiment…

– Or donc, je m'ennuyais comme un rat crevé chez mon maître. J'ai alors commencé à fréquenter les tavernes et les cabarets, à employer mon maigre solde pour monter des spectacles avec des amis rencontrés au gré des soirées animées. J'ai fini par visiter les Rets. Au fil des représentations, je me suis lié à des portefaix exploités sur les quais, des équarisseurs de méduses épuisés, des fondeurs aux doigts brûlés et aux yeux asséchés... Des gens à bout de souffle, mais qui n'osaient se plaindre de crainte d'être enrôlés de force dans l'armée. À l'époque, c'était la guerre contre la Confédération des Îles : les rues grouillaient de soldats amputés, abandonnés par leur commandement après qu'ils avaient cessé d'être utiles ; et de réfugiés îliens jetés sur les routes, parfois des gamins privés de parents et livrés à eux-mêmes. Xaomi, par exemple.

– Xaomi ? souffla Grise.

Honteuse, elle réalisa qu'elle n'avait jamais pensé à l'enfer vécu par la jeune nécromancienne. Elle l'avait jugée sur un regard, une impression, simplement parce qu'elle semblait bien s'entendre avec Cyrus.

– Ne la prends pas en pitié, elle détesterait ça, avertit Lieber en remarquant son trouble. C'est une fille des Rets, maintenant, maligne et débrouillarde. C'est comme ça qu'elle veut qu'on la perçoive, et surtout pas comme une pauvre réfugiée ayant subi les pires horreurs. Tu comprends ?

– Je... je crois, oui.

– C'est le fait de voir des gosses comme elle fouiller les décharges qui m'a le plus retourné le cœur, à l'époque. Le sort que réserve l'Empire aux vaincus, aux pauvres, aux estropiés et aux moins-que-rien a allumé en moi un brasier de colère.

Les yeux de Lieber s'assombrirent.

– Mon esprit protégé dans le cocon de l'aisance matérielle s'est ouvert au malheur d'autrui, à la douleur de ceux qu'on ne remarque même pas dans la rue. À force de fréquenter les plus malheureux, j'ai fini par voir les ravages de la politique impériale, dont seule une minorité aisée – comme ma famille – profitait réellement. Alors je me suis révolté. J'avais déjà quelques petits talents d'orateur. Je les ai offerts à ceux qui ne pouvaient s'exprimer, j'ai écrit de mauvais pamphlets contre la guerre, contre l'exploitation des plus vulnérables, porté des pétitions aux primarques, fait un boucan de tous les diables jusqu'à attirer l'attention des Révocateurs, les rebelles rêvant d'un état juste, égalitaire et tourné vers le bonheur de tous plutôt que par le maintien des privilèges de certains. Je me suis assez bien entendu avec eux, et ça a fini par se savoir. Mes parents m'ont menacé de me déshériter si je poursuivais sur cette voie. Le lendemain, je me suis moi-même rendu chez le notaire pour m'exclure de l'héritage familial, puis j'ai quitté la maison et emménagé dans les Rets. Mon père s'est alors rendu à la Garde de Cuivre pour me signaler comme Révocateur et me faire incorporer de force à l'armée impériale.

– Ton... propre père t'a dénoncé ? hoqueta Grise.

– Eh oui, soupira Lieber. Il devait penser que voir la guerre de mes yeux me convaincrait du bien-fondé de la politique impériale, et m'insufflerait au passage un peu de patriotisme et de sagesse... C'est fou comme un père peut méconnaître son enfant, n'est-ce pas ?

Grise ne répondit pas. Elle n'avait aucune envie de penser à son propre père.

– Je lui en suis reconnaissant, au fond, reprit le jeune homme. Quand les autres Révocateurs ont vu mon visage sur des affiches de recherche, ils m'ont enfin pris au sérieux. Je n'étais plus le gosse de riche se rebellant contre sa famille, l'acteur raté cherchant à tout prix à attirer l'attention : je suis devenu celui qui avait abandonné un avenir de confort et de respectabilité pour soutenir la cause, celui qui avait sacrifié sa supériorité sociale pour un rêve de paix et d'égalité. L'Arachnide s'est aussitôt intéressée à moi, m'a proposé son soutien et son amitié. En échange, je lui ai donné les clés de chez mes parents. Par un curieux hasard, ils ont par la suite été cambriolés sept fois en six mois... Ce qui m'a permis de récupérer une partie de mon héritage pour soutenir la cause.

Grise ne put cacher son amusement. Lieber avait retrouvé sa bonne humeur charmante, et ses yeux pétillaient.

– Mes aptitudes en mécanique m'ont rapidement fait monter les échelons chez les capucheux, tandis que mon charisme naturel et mon intelligence me valaient toujours plus de soutien populaire. Quelques années plus tard, j'ai été élu chef des Révocateurs de Celumbre, et j'ai rejoint au même moment le conseil restreint de l'Arachnide. Destin tragique et extraordinaire pour un homme tragique et extraordinaire, bla bla bla, fin.

Le jeune homme se leva et tira une extravagante révérence, comme à la fin d'une pièce de théâtre. Grise applaudit poliment, faisant briller le regard d'azur du Révocateur. Elle masqua cependant sa déception : elle n'avait quasiment rien appris de l'Arachnide dans cette histoire. Mais au moins pouvait-elle mieux cerner Lieber...

– Bon, le spectacle est fini, il est temps de reprendre l'entraînement, décréta Lieber. Ton premier tir n'était pas si affreux, mais il y a pas mal de choses à améliorer. D'abord, ne bloque pas ta respiration avant de presser la détente : un bon tir se fait lors d'une expiration, la plus lente et douce possible – et surtout pas en inspirant ! Ensuite... Eh, qu'est-ce qu'ils font ici, ceux-là ?

Grise se retourna, suivant le regard surpris du Révocateur. Cyrus et Xaomi venaient d'entrer dans l'entrepôt. Cyrus était, comme toujours, tiré à quatre épingles, malgré les habits de mauvaise qualité qu'on lui avait fournis. Grise savait qu'il prenait le plus grand soin de les lessiver par magie au moins deux fois par semaine ; et que, faute de fer à repasser, il aplatissait ses vêtements sous des caisses de briques et des journaux défraîchis afin d'éviter les plis. Il avait troqué les frusques sombres qu'il avait portées pendant sa nuit de nécromancie contre des vêtements le mettant davantage en valeur. Sa chemise jaunie jaillissait de manière impeccable d'un veston de laine d'un brun indéfinissable, et son pantalon de toile était désormais ajusté. Grise nota qu'il osait même arborer ses petites bésicles à monture d'or, ce qui montrait sa confiance en la protection de l'Arachnide.

La mécanicienne détacha son regard de la vêture de Cyrus pour le poser sur Xaomi. La nécromancienne était pendue à son bras, l'air béat, pendant qu'il lui parlait à voix basse. Sans trop savoir pourquoi, Grise éprouva de l'agacement devant ce spectacle. Elle ignora les nouveaux venus et concentra son regard sur la cible intacte, qui semblait la narguer. Elle espérait que Lieber se désintéresserait des deux intrus et reprendrait sa leçon mais, à sa grande déception, il n'en fut rien.

– Je peux vous aider ? s'enquit le Révocateur en s'approchant des magiciens.

– Je viens assister au cours, répondit Cyrus sur un ton aimable. J'ai cru comprendre que tu étais assez bon tireur, je me disais que je pourrais peut-être apprendre quelque chose.

– Je suis le meilleur, corrigea tranquillement Lieber. Mais je m'avoue intrigué : les magiciens évitent habituellement les armes technologiques comme la peste…

– Je ne suis pas un magicien habituel, rétorqua Cyrus avec un sourire en coin.

– Je peux le constater, oui, répliqua le Révocateur. Enfin, je suppose qu'il faut bien compenser, quand on ne sait pas incanter une boule de feu.

L'ésotéricien cligna des yeux, surpris par la soudaineté de l'attaque, mais se reprit rapidement.

– Avoir conscience de ses faiblesses est une force, penser qu'on n'en a aucune une faiblesse.

– Intéressant. J'imagine que tu as appris ça par cœur dans un livre ? insinua Lieber avec un petit rictus.

Grise se retint de lever les yeux au ciel. On aurait dit deux paons faisant un concours de parade, chacun rivalisant de nonchalance et d'éloquence. Et le pire, c'est que cela marchait sur la moitié de l'assistance féminine : Xaomi frétillait, le souffle court et les pommettes rosies, tandis que son regard volait du Révocateur à l'ésotéricien à chaque passe de la joute orale. Elle s'agrippait au bras de Cyrus comme une rescapée, tout en lorgnant avec envie sur l'espace – vide – au côté de Lieber. Grise, de son côté, se refusait à encourager les mâles dans leur stupide compétition pour impressionner les femelles.

– Quint n'est pas là ? demanda-t-elle à Cyrus, espérant changer de sujet.

– Il dort encore.

– Et toi pas ? Je croyais que tu étais épuisé par ta session de nécromancie ?

Son ton était plus aigre qu'elle l'aurait souhaité.

– Je ne réussissais pas à m'endormir, et apparemment Xaomi non plus. Il semble qu'appeler les morts n'aide pas à trouver le sommeil…

La nécromancienne gloussa, comme si Cyrus venait de prononcer la blague la plus drôle du monde, et Grise eut soudain des envies de meurtre.

Pourquoi était-elle aussi en colère ? Et pourquoi s'était-elle rapprochée instinctivement de Lieber, s'attirant le regard sombre de Cyrus ? Elle se ressaisit fermement, et s'imposa tant bien que mal la même clarté d'esprit qu'elle employait lorsqu'elle se penchait sur un nouveau problème mécanique. Éprouver des émotions devant les combats de coqs des garçons et la rivalité féminine, et puis quoi encore ?

« Pas de grelucheries ! » s'imposa-t-elle fermement.

– Très bien, l'ésotéricien, dit Lieber. Voyons ce que tu sais faire.

Il lui tendit le pistolet, que Cyrus saisit d'une main ferme. Xaomi lâcha – enfin – son bras, et le mage se plaça face au champ de tir. La moue goguenarde de Lieber s'effaça lorsque Cyrus se plaça naturellement en position de tir de visée, celle-là même qu'il venait d'enseigner à Grise.

Il y eut une détonation, et la cible de papier sur le mannequin de paille vola en copeaux. Il avait tiré à la perfection.

« Évidemment », grinça intérieurement Grise.

– Tu as triché, accusa Lieber en fronçant les sourcils. Tu as utilisé un sort !

– Non, répondit tranquillement Cyrus. Mais je comprends que tu puisses le penser. Il est courant de croire que la magie est à l'œuvre quand je suis quelque part.

Grise faillit rugir devant une telle démonstration d'arrogance, mais se retint de justesse. Xaomi, elle, regardait l'ésotéricien avec une expression émerveillée.

Le regard de Lieber s'assombrit, et sa mâchoire se contracta sous l'effet de l'agacement. Mais il retrouva comme toujours son sourire flamboyant en un tournemain, et il déclara avec amabilité :

– Excellent tir, en tout cas. Je doute d'avoir quelque chose à apprendre à un pistolero de ton niveau.

Déstabilisé, Cyrus marmonna un remerciement et rendit l'arme au Révocateur.

– Grise et moi allons poursuivre notre entraînement, si cela ne vous dérange pas, poursuivit Lieber. Vous pouvez rester regarder, si vous voulez.

– Merci, mais je pense que nous allons plutôt aller nous promener, rétorqua Cyrus. Il fait beau, ce serait dommage de rester enfermés.

– À votre aise. Bonne balade à tous les deux.

Cyrus hésita un instant, puis haussa les épaules et prit Xaomi par le bras. Les magiciens tournèrent les talons et sortirent de l'entrepôt.

– Comment est-ce que tu fais ça ? demanda Grise à Lieber.

– Ça quoi ?

– Retrouver ton calme aussi vite. Je n'ai jamais réussi à refouler ma colère aussi efficacement...

– Oh, ça... Eh bien, j'ai remarqué que plus on reste calme, plus l'autre a tendance à se mettre en rogne. C'est assez jouissif de voir son adversaire s'emporter toujours plus, quand on répond à ses attaques désordonnées par la logique et l'amabilité.

– Tu veux dire que tu te montres gentil et aimable... par pure mesquinerie ?

– Plus ou moins, admit Lieber avec légèreté. Mettons, par intérêt personnel. Imaginer à quel point on… *trouble* l'autre aide beaucoup à maintenir le cap.

Grise déglutit, mal à l'aise : était-ce elle, ou le Révocateur était-il soudain plus près ? Non, elle ne se trompait pas, son visage se rapprochait du sien de seconde en seconde. Il ne voulait pas… il n'allait quand même pas…

Les lèvres de Lieber s'arrêtèrent à un centimètre des siennes, lui laissant l'opportunité de reculer si elle le souhaitait.

La jeune fille avança et unit ses lèvres à celles du beau Révocateur.

Elle n'arrivait plus à réfléchir. C'était chaud, vibrant, un peu humide… Son cœur battait à tout rompre, ses membres tremblaient. C'était un pur bonheur, un délice, une félicité, un…

Elle recula précipitamment, provoquant la surprise de Lieber. Qu'est-ce qu'elle était en train de faire, au juste ?! Elle n'arrivait pas à y croire. Son premier baiser… Son premier baiser était avec un criminel, un révolutionnaire dont la tête était mise à prix, un… un…

Elle recula fermement.

– Euh… Tout va bien ? demanda doucement Lieber. Tu as l'air… perturbée…

Grise se mordit les lèvres, sans bien savoir quoi dire.

D'accord, le Révocateur aux cheveux de feu était très agréable à regarder, d'accord il était intelligent, gentil avec elle, attentionné même… Mais elle n'avait pas *envie* d'être avec lui. Pas vraiment. Elle n'y avait jamais vraiment réfléchi, mais c'était évident. Elle ne l'avait embrassé que parce qu'elle avait vu...

Rien du tout ! Personne ! *Absolument personne* !

– Je... je suis navrée, déclara-t-elle d'une voix tremblante qu'elle s'efforçait de rendre ferme. Je... je ne voulais pas...

– Non ?

– Je veux dire, je voulais... Mais je ne veux plus... Enfin...

– Première fois ? gloussa le Révocateur.

Grise le fusilla du regard et répliqua d'un ton polaire :

– Et quand bien même ?

Lieber leva les mains en signe de défense.

– Rien du tout. C'est tout à fait normal d'être... troublée, dans ces conditions.

Elle ne répondit pas. Il soupira.

– Écoute, faisons comme si rien ne s'était passé, d'accord ? Ça te laissera le temps de réfléchir.

« C'est tout réfléchi ! » gronda intérieurement la mécanicienne. Mais elle ne voulait pas passer à côté de la proposition de Lieber de la laisser tranquille.

– Merci, grinça-t-elle. Je... préfèrerais qu'on n'en parle plus.

– À ton aise. Veux-tu que nous reprenions notre leçon ? proposa-t-il d'un ton neutre.

– Oui... oui, je veux bien.

– Très bien, allons-y.

Grise prit le pistolet que tenait encore Lieber et s'appliqua à viser sa cible. Au moment où elle pressait la détente, un bruit derrière elle la déconcentra, elle sursauta, et la balle de résine fracassa la fenêtre juste à côté de celle qu'elle avait déjà brisée. Furieuse, elle se retourna – pour se retrouver nez à nez avec Cyrus et Xaomi, accompagnés de Gustav. Le grand automate doré contempla avec placidité le carreau éclaté, et commenta :

– Trop haut.

– Décidément, tout le monde a décidé de ruiner ta concentration, ma pauvre Grise, déclara Lieber d'un air tragique.

La jeune fille se sentit pâlir, d'autant plus qu'elle avait l'impression que le regard océan de Cyrus la transperçait de part en part.

– Je suis sincèrement désolé, déclara Gustav de sa voix métallique. Je suis venu vous chercher. L'Arachnide veut vous voir. C'est urgent.

– Urgent ? releva Lieber, intrigué.

– Oui.

– Peut-être pourrais-tu nous en dire davantage, mon peu loquace mais très cher ami mécanique ?

– Non.

– Ah. Et...

– Non plus. Suivez-moi.

Chapitre 18

Xaomi n'était pas conviée à la réunion et prit congé dès qu'ils sortirent de l'entrepôt. Grise et Cyrus emboîtèrent le pas à Gustav et Lieber, qui les guidaient vers l'une des innombrables entrées secrètes menant aux égouts de Celumbre.

Sous l'effet du vent du large, une chape de fumée et de brouillard pollué était tombée sur le quartier. Bien que le soleil soit presque au zénith, la luminosité était si faible qu'il aurait tout aussi bien pu être en train de se coucher.

– Cadeau de l'Union industrielle au bon peuple de Celumbre, commenta Lieber en posant un mouchoir devant son nez et sa bouche. Fort heureusement, la brume toxique ne concerne que ceux qui ont la malchance de vivre sous les fumées des usines… Tiens, quel curieux hasard : il s'agit des plus pauvres !

– De quoi vous plaignez-vous ? rétorqua sèchement Cyrus. L'absence de visibilité vous permet de détrousser les gens plus tôt dans la journée, non ?

– Un peu de maraude supplémentaire, en échange d'une vie entière à sentir ses poumons se liquéfier jour après jour : effectivement, pourquoi se plaindre ? grinça le Révocateur.

– Personne ne maraude dans les Rets, lança Gustav. À quoi bon ? Tout le monde est pauvre et peine à survivre : sans parler de la maigreur du butin potentiel, quel honneur y aurait-il à cela ?

– Comme si un voleur pouvait concevoir le concept d'honneur, renifla le magicien avec mépris.

– L'honneur chez les voleurs est une chose... complexe, admit Lieber. Pour autant, mon ami métallique ici présent a raison : la maraude est interdite dans les Rets.

– Pourquoi détruisez-vous les lampadaires municipaux, dans ce cas ? lança Grise en désignant un réverbère déglingué et rouillé, dont une seule des trois ampoules émettait encore une vague lueur bleutée.

Lieber éclata de rire.

– Tu crois vraiment que la ville s'est donnée la peine d'installer des lampadaires dans les Rets ? C'est si naïf que c'en est presque touchant... Comme si les primarques et l'impératrice allaient dépenser le moindre sou pour permettre aux ouvriers et aux mendiants d'y voir clair le soir !

Grise fronça les sourcils, confuse. Lieber la prit par l'épaule d'une main et lui désigna le réverbère de l'autre :

– J'ai moi-même installé ce lampadaire il y a trois ans. Il y en a onze autres dans le quartier – oui, seulement onze pour l'ensemble des Rets – et tous ont été récupérés dans une décharge. La plupart sont de vieux machins obsolètes qui ont été remplacés par des réverbères de nouvelle génération, mais celui-là était un coup de chance : il était à peine installé qu'il a été embouti par une autocalèche, dans les beaux quartiers. J'ai pu le voler en même temps que les autres à la décharge. L'Arachnide a envoyé ses capucheux dérober une caisse d'ampoules dans les réserves de la ville, j'ai bricolé un peu, et la lumière fut ! Au passage, on en a profité pour remplacer les vieilles lanternes des catacombes, on y voyait comme dans un four là-dedans, et avec les pièges je ne vous raconte pas les accidents ! Malheureusement, après notre coup d'éclat, les primarques ont renforcé les défenses des réserves municipales, ce qui rend nos missions toujours plus dangereuses.

Lieber ouvrit les bras et conclut théâtralement :

– Enfin, je n'espère pas que vous compreniez : les privilégiés élevés dans la soie et l'opulence ont l'étrange tendance à refuser de voir les inégalités, même quand elles sont juste sous leur nez.

Et il leur adressa un clin d'œil.

Cyrus décida de l'ignorer. À l'Académie, il était passé maître dans l'art de trouver le point de rupture de ceux qu'il brutalisait et, contrairement à Grise, avait compris depuis longtemps que le silence était la réponse la plus déplaisante pour qui cherchait à vous agacer. Il n'aimait pas Lieber : tout en lui, depuis son allure de dandy débraillé jusqu'à ses grands discours ruisselant de feu et d'acide, l'énervait au plus haut point.

Les adolescents et le chat suivirent les deux malfrats dans le dédale puant des Rets, jusqu'à un minuscule terrain vague envahi par la végétation et constellé d'ordures. Gustav s'aventura au milieu des ronces et fouilla soigneusement parmi les épines, jusqu'à révéler une lourde trappe de bois noir, qu'il ouvrit sans effort. Lieber passa le premier, glissant avec élégance le long de l'échelle plongeant vers les ténèbres. Grise le suivit prudemment, puis Cyrus, Quint agrippé à ses épaules.

– Moins fort, grogna le magicien. Tu me laboures la peau.

– Pardon, maître. Les chats ne sont pas très à l'aise sur les échelles.

Une fois en bas, Cyrus voulut tenir l'échelle pour faciliter la descente de Gustav, mais le géant métallique referma la trappe sur eux. Apparemment, lui non plus n'était pas invité.

Ils se trouvaient à nouveau au cœur des catacombes de Celumbre. Lieber les guida dans le dédale sans paraître fournir le moindre effort pour se repérer, leur faisant esquiver les pièges avec la même précision que l'Arachnide. Il les amena finalement au bureau souterrain qu'ils avaient visité lors de leur première nuit dans les Rets. La massive criminelle était déjà là, ainsi que Caes Lyffe et Vestor Vax.

– Bienvenue, jeunes gens, dit l'Arachnide. J'espère que la préparation du cambriolage se passe bien ? Pendant que vous vous acquittiez de la première partie de notre marché, nous avons fait des progrès sur la nôtre. Asseyez-vous : nous avons beaucoup à discuter.

Grise et Cyrus se laissèrent tomber sur les sofas défoncés, à côté de la maîtresse espionne et du mage noir. Quint sauta aussitôt sur les genoux de son maître et s'y roula en boule, les griffes crochetées dans le pantalon du magicien – il était hors de question qu'il se laisse à nouveau séparer de son maître !

Lieber resta debout et s'adossa à une bibliothèque.

– Commençons par les mauvaises nouvelles, grogna l'Arachnide en frottant machinalement son œil de cristal rouge. Caes ?

La petite maîtresse espionne secoua la tête, et plusieurs mèches blondes et grises s'échappèrent de son chignon approximatif.

– J'ai tenté tous les moyens possibles pour joindre vos parents. Messagers indépendants, lettres déposées à l'adresse de voisins, rapports codés envoyés par la Garde de Cuivre... Rien n'est passé. J'ai recruté des capucheux vérémitiens pour s'introduire chez vos parents et déposer un message, mais ils ont été pris avant même de pouvoir approcher. Je me suis même débrouillée pour voler un corbeau mécanique à la Guilde des Messagers, que Lieber a reprogrammé pour l'affranchir du contrôle de la Guilde... mais mes observateurs m'ont appris qu'il a été abattu à la seconde où il a franchi la limite du domaine Vorocle, et le message qu'il portait détruit. Je n'ai jamais vu une défense pareille... Je suis désolée, les jeunes, mais il paraît impossible de contacter vos parents de quelque manière que ce soit. La protection impériale est trop épaisse.

– Avez-vous appris les raisons de cette protection ? s'enquit Cyrus. Pourquoi nos parents sont-ils ainsi empêchés de communiquer ? Que se passe-t-il, exactement ?

L'Arachnide fronça les sourcils, et un liquide violacé fusa dans un tube reliant son semi-masque à sa nuque.

– Mes informateurs m'ont appris que la générale Vorocle avait été assignée à résidence : apparemment, l'impératrice Sarenziah souhaite la garder d'une possible tentative d'assassinat.

– Que… quoi ? hoqueta Cyrus, soudain blanc comme un linge. D'assassinat ? Qui pourrait vouloir…

– Nous ne savons pas. Ce qui est certain, c'est qu'il nous est strictement impossible de l'atteindre.

– Et… et mon père ? murmura Grise.

– Même chose. Censément retenu au quartier général des ingénieurs d'État, pour sa propre sécurité.

– Euh… censément ? releva la jeune fille.

L'Arachnide se mordit la lèvre :

– Eh bien, si nous avons pu vérifier la présence de la baronne Abylabe sur ses terres, nous n'avons aucune preuve que l'ingénieur Oolonga est bien là-bas. Pour ce qu'on en sait, il peut tout aussi bien se trouver à l'autre bout du monde.

Le souffle de Grise se bloqua dans sa gorge.

– Pas de quoi s'inquiéter, intervint Caes. Il s'agit d'informations que l'Empire tient à garder secrètes, il est normal que nous ne sachions pas tout. Ils brouillent les pistes, donnent de fausses informations au public. D'après la Gazette, la présence des pandores sur les terres de Qualisc est censée être due à des manœuvres d'entraînement, tandis qu'Elenzo Oolonga est supposé se reposer à la campagne après une saison éprouvante au service de l'Empire. Pour ce qu'on en sait, c'est peut-être aussi la vérité.

Grise protesta :

– Mon père vient de passer les vacances d'hiver avec moi, dans notre propriété en banlieue de Vérémise. Il bouillait littéralement d'impatience de se remettre au travail et n'était pas le moins du monde fatigué !

Un silence lourd accueillit l'intervention de la jeune fille, qui sentit les larmes lui monter aux yeux. Cyrus posa maladroitement sa main sur son épaule, mais cela ne fit que mouiller davantage son regard.

– Vous avez dit tout à l'heure que vous alliez commencer par les mauvaises nouvelles, rappela le jeune mage. Cela veut dire que vous avez aussi de *bonnes* nouvelles à nous annoncer, non ?

Caes Lyffe s'assit nonchalamment sur le bureau de l'Arachnide pour faire face aux adolescents. La grosse voleuse fronça le nez, mais ne dit rien.

– J'ai fait jouer mes connexions au sein de la Pince – la Garde de Cuivre, je veux dire – pour obtenir quelques renseignements intéressants, déclara la petite espionne. Et je suis à peu près certaine que, pour le moment, la Garde de Cuivre n'a pas officiellement reçu l'ordre de vous rechercher.

– Ioséphir n'a pas tenté de nous retrouver ? murmura Grise, stupéfaite. Mais… ça n'a aucun sens ! Pourquoi n'a-t-il pas signalé notre disparition aux autorités ?

– C'est justement ce que je me suis demandé, acquiesça Caes. Et, en continuant à creuser, j'ai fini par apprendre qu'au moins deux commandants de caserne ont reçu l'ordre de faire – discrètement – jouer leurs relations pour vous retrouver. Un ordre qui vient de très haut, apparemment. Il est vraisemblable qu'Ioséphir ait signalé votre disparition en haut-lieu, tout en faisant en sorte d'éviter que les petites mains de la Garde vous approchent.

– J'imagine qu'il a peur des indiscrétions, renifla l'Arachnide. Qu'il veut vous retrouver – mais discrètement. Il a peur du scandale et ne doit pas faire confiance aux simples patrouilleurs pour tenir leurs langues, il a dû demander aux hauts gradés de ne mettre que quelques hommes de confiance sur le coup.

– Ou peut-être qu'il sait que certains membres de la Garde sont corrompus, remarqua Grise, fébrile. Qu'il veut simplement éviter de nous mettre en danger !

– Il est possible qu'il ait connaissance de ce fait, oui, grogna l'Arachnide avec réticence. Mais…

– Je savais qu'il était de notre côté, qu'il ne nous laisserait pas tomber ! s'exclama la mécanicienne. Nous devrions le rejoindre immédiatement, il pourrait…

– Je vous encourage vivement à réserver votre jugement jusqu'à ce que nous ayons terminé cet entretien, coupa sèchement l'Arachnide. Les choses sont loin d'être aussi simples que vous l'imaginez.

Surprise par la froideur du ton de la voleuse, Grise se tassa dans son fauteuil. L'Arachnide fit signe à Caes de poursuivre. L'espionne reprit son rapport :

– J'ai du neuf au sujet de vos poursuivants.

Grise et Cyrus se tendirent sur leurs sièges.

– Ils sont excellents pour brouiller leurs pistes, admit Caes. Aucune information, aucune trace, rien de rien : de vrais fantômes. Honnêtement, c'est la première fois que je me frotte à des voltigeurs aussi talentueux. Ils sont bons, vraiment bons... Malheureusement pour eux, je suis meilleure. Gustav, tu veux bien... ?

Cyrus et Grise sursautèrent d'un même mouvement lorsque l'automate, jusque-là dissimulé dans l'une des multiples zones d'ombre de la pièce, se matérialisa devant eux. Il balança au sol un gros sac de jute, d'où jaillit un grognement étouffé, puis défit le nœud qui le fermait pour laisser apparaître son prisonnier.

– Parle-Du-Nez ! s'exclama Grise en reconnaissant le grand type maigre aux dents cassées qui l'avait tenue en joue sur le seuil de l'auberge des Deux Hérons.

L'homme avait visiblement subi un interrogatoire musclé : de nombreuses ecchymoses marquaient son visage sec, son œil gauche était presque entièrement fermé par un coquart violacé et son nez semblait plus tordu qu'auparavant.

– Joli nom de code, pouffa Caes. Mais je crois que ce sympathique larron préfère être appelé par son véritable nom... et par son grade.

– Son... grade ? releva Cyrus.

– Lieutenant-colonel Bren Balixte, opérateur de la Police secrète de l'Empire, révéla la petite espionne avec une révérence moqueuse au prisonnier, qui la foudroya du regard.

– Police secrète ? s'exclama Grise. Mais… Comment…

– Il va tout vous expliquer, coupa l'espionne. En détail, et sans rien oublier. Au risque d'agacer Gustav. Tu ne voudrais pas énerver Gustav, pas vrai, flicaille ?

Parle-Du-Nez frissonna en entendant Gustav faire grincer ses doigts de manière menaçante. Il se tenait néanmoins aussi droit que possible et regardait devant lui avec toute la dignité qu'il pouvait rassembler.

– Eh bien ? insista Caes. On fait son timide ? Allez, mon grand, raconte pourquoi la vilaine Police secrète a essayé d'enlever deux adolescents dans leur école en plein milieu de la nuit…

– Pour… pour faire pression sur leurs parents, répondit le lieutenant-colonel Balixte de son étrange voix nasale. Avec leurs rejetons entre nos mains, la baronne Vorocle et l'ingénieur Oolonga n'auraient d'autre choix que de cesser leur fronde et d'obéir aux commandements de notre impératrice.

– Je… je ne comprends pas, murmura Cyrus. Nos parents ont… lancé une révolte ?

– Ils se sont exprimés à plusieurs reprises contre les désirs de l'impératrice, ce qui les rend coupable de sédition, cracha l'agent. Un comportement inacceptable, que les loyaux sujets de l'Empire ne peuvent tolérer.

– Alors… la protection dont ma mère dispose… le décret impérial… murmura le magicien.

– Une manière élégante de dissimuler qu'elle est retenue prisonnière dans sa propre demeure, apparemment, renifla l'Arachnide.

– Nous ne pouvons pas arrêter la baronne Abylabe de façon aussi cavalière, confirma Balixte. Elle est trop populaire parmi les soldats pour que l'armée accepte sa destitution sans broncher. C'est pour cela que nous voulions son fils : pour la forcer à plier discrètement, sans risquer le scandale. Nous aurions bien sollicité votre frère, le capitaine Athanas, mais…

– Mais il est parti en mission d'un an sur les côtes xamoréennes, compléta Cyrus. Bien plus difficile à atteindre que moi.

– Précisément.

L'ésotéricien resta un moment songeur, avant de déclarer :

– C'est sans doute le plan le plus crétin que j'aie jamais entendu. Si c'est ça le mieux que peuvent proposer les services secrets impériaux, il n'y a aucune raison de s'inquiéter : nous affrontons des demeurés.

Bren Balixte hoqueta, le souffle coupé.

– Que… comment osez-vous… balbutia l'officier.

– Vous avez oublié un élément central dans votre plan, lieutenant-colonel Balixte, l'interrompit Cyrus en croisant les bras. Plus que central : primordial.

– À savoir ? grinça Balixte.

– Il fera jour dans les Abysses le jour où la baronne Abylabe Vorocle cèdera au chantage, même impliquant ses propres enfants.

L'espion prit un air narquois.

– Vous sous-estimez la puissance de l'amour maternel.

Cyrus se contenta d'émettre un bref éclat de rire :

– Ah ! Vous pourriez vous tenir devant elle avec une lame en travers de ma gorge qu'elle se contenterait de croiser les bras et de vous demander ce que vous attendez. Peut-être même qu'elle vous reprocherait d'avoir mis du sang partout sur ses tapis et de l'avoir mise en retard pour son prochain rendez-vous... Ma mère est une militaire de carrière, qui place l'honneur et le bien-être de son pays avant tout, y compris sa famille. Je suis bien placé pour le savoir.

Grise perçut l'amertume qui teintait le ton de Cyrus. Mais une question pressante la taraudait :

– Et mon père ? demanda-t-elle avidement. Vous cherchiez aussi à le contraindre à s'exprimer en faveur de l'impératrice ? C'est pour cela que vous avez essayé de m'enlever ?

Balixte pinça les lèvres, comme réticent à en dire plus. Gustav grogna et fit à nouveau craquer ses phalanges métalliques dans son dos. Le prisonnier déglutit douloureusement et, à contrecœur, reprit ses explications.

– La popularité de votre père est très inférieure à celle de la baronne Vorocle. Nous nous fichions des conséquences publiques de son arrestation et avons lancé un mandat d'arrêt contre lui dès que nous avons rassemblé assez de preuves. Elenzo Oolonga n'est rien d'autre qu'un vulgaire criminel.

– Quoi ?! s'exclama Grise, le cœur au bord des lèvres.

– Ne t'en fais pas, ce n'est pas fini, se rengorgea Caes. La suite, flicaille !

La bouche de Parle-du-Nez se para d'un pli amer :

– L'ingénieur d'État Elenzo Oolonga nous a... malencontreusement échappé. Nous n'avons aucune idée d'où il se trouve à l'heure actuelle.

Grise respira mieux : son père était libre ! Certes, en fuite et recherché par les autorités, mais libre !

– C'est donc pour cela que vous me vouliez ? Pour le forcer à sortir de sa cachette ?

Bren Balixte hocha sombrement la tête.

– Où... où est-il, maintenant ? demanda Grise d'une voix enrouée. Où est mon père ?

– Aucune idée, avoua l'opérateur. Vous vous doutez bien que si nous avions le moindre indice, nous serions à ses trousses, au lieu d'essayer de vous utiliser comme levier pour le pousser à se montrer.

Le cœur de Grise fut écrasé par la déception. L'œil rouge de l'Arachnide scintilla soudain d'un éclat suspicieux.

– Tu ne nous as pas tout dit, n'est-ce pas ?

– Je... je n'ai rien de plus à ajouter.

L'agent tenta de maintenir une expression indéchiffrable, mais Grise vit l'éclat d'inquiétude dans son regard. L'Arachnide le saisit par le col et le souleva sans effort, collant presque son visage flasque contre le faciès sec du prisonnier.

– Ne me prend pas pour une buse, flicaille ! gronda la grosse voleuse. Je veux bien entendre qu'on enlève le fils d'une générale pour la forcer à se soumettre, mais la fille d'un simple ingénieur d'État ? Si prendre des gamins en otage faisait partie des méthodes judiciaires traditionnelles pour forcer les criminels à se rendre, ça se saurait ! Non, ce sont des méthodes extrêmes, expéditives... Vous voulez qu'il sorte de l'ombre aussi vite que possible ! Cela indique une situation délicate, épineuse, dont Sarenziah a hâte de s'extirper...

L'appréhension dans le regard du policier se mua en panique. Grise sentit son souffle s'accélérer : l'Arachnide avait vu juste ! Qu'est-ce que l'impératrice pouvait bien vouloir à son père ?

– Parle ! ordonna la grosse voleuse. À moins que tu préfères que je demande à Gustav de te faire avaler tes dents ? Il a déjà bien travaillé, à en voir ta face, mais je peux lui ordonner de continuer...

Le grand automate doré posa lourdement sa main sur la nuque de Bren Balixte, qui déglutit bruyamment :

– Oolonga travaillait sur un prototype très important à la demande de l'impératrice elle-même, récita-t-il très vite. Mais l'ingénieur et l'impératrice ont eu un... désaccord. Il a refusé de poursuivre son travail et disparu en emportant les schématiques. Ces plans sont d'une grande importance pour l'impératrice, et leur perte la contrarie grandement. Nous espérions qu'Oolonga accepterait de négocier leur retour en apprenant que nous détenions sa fille...

– Tu vois, flicaille, ça, je veux bien le croire, dit l'Arachnide.

– Alors... c'est pour cela que personne n'a signalé notre disparition aux autorités ? demanda Cyrus. Parce que ce sont les autorités elles-mêmes qui ont ordonné notre enlèvement ?

– L'impératrice voulait que cette affaire soit réglée de la manière la plus confidentielle possible, confirma Balixte. Hors de question que les militaires ou les technologistes se joignent à la révolte de la baronne Abylabe et de l'ingénieur Oolonga.

Grise et Cyrus échangèrent un long regard angoissé. La situation était encore pire que ce qu'ils avaient imaginé.

– Bien, gronda l'Arachnide. Gustav, balance-moi ce cafard dans un cul-de-basse-fosse bien isolé. Et fais-le surveiller, au cas où on aurait besoin de lui plus tard.

– C'est donc comme ça que vous traitez vos partenaires, l'Arachnide ? s'exclama Balixte, la voix gonflée de rancœur. En vous retournant contre eux, en les trompant et en les trahissant ? Nous vous avons grassement payée pour ces deux morveux, et plutôt que de nous les livrer comme convenu, vous vous êtes retournée contre nous et les avez fait disparaître !

– Il n'a jamais été question de vous livrer qui que ce soit, répliqua la grosse voleuse avec un rictus. Je vous ai donné ce pourquoi vous avez payé : une information.

Et j'ai été suffisamment maligne pour m'en servir avant vous, voilà tout.

– Sale traîtresse ! beugla Balixte. Vous ne savez pas à qui vous avez affaire !

– À la Police secrète, apparemment, répondit froidement l'Arachnide. Ce qui me conforte dans mon choix d'aider ces gosses plutôt que vous : si on avait appris que j'avais fait affaire avec des loufiats impériaux, ma réputation en aurait pris un sacré coup.

– Vous êtes une sangsue, l'Arachnide, une plaie infectée et purulente que nous purifierons ! rugit l'opérateur tandis que Gustav l'emmenait hors de vue. Nous vous aurons, vous entendez ? Sous peu, vous vous balancerez au bout d'une corde ! Vous verrez, nous saurons vous chasser de vos trous à rats ! Nous vous...

Ils entendirent soudain un choc sourd, et les cris de Balixte s'interrompirent. Gustav ne devait pas apprécier qu'on lui braille dans les systèmes auditifs.

– Nous devons les sauver ! s'exclama Grise. Nous devons retrouver mon père, le faire venir ici pour le protéger ! Et libérer la mère de Cyrus, convaincre l'impératrice de...

– Calme-toi, murmura le magicien en lui posant la main sur l'épaule.

– Non, je ne me calmerai pas ! s'écria la mécanicienne en se dégageant. Nous devons absolument faire quelque chose ! L'Arachnide, vous devez nous aider à...

– Non, assena l'Arachnide. Je ne *dois* rien du tout. Cela ne fait pas partie de notre accord de départ.

– Que… que voulez-vous dire ? hoqueta Grise.

– Les coffres de l'Académie sont toujours pleins. À l'heure actuelle, j'attends toujours que vous teniez votre promesse.

Grise jeta un regard horrifié à la voleuse.

– Nous venons d'apprendre que nos parents sont en grave danger… Et tout ce qui vous importe, c'est votre maudit cambriolage ?!

– Au cas où cela vous aurait échappé, jeunes gens, il ne s'agit pas d'une œuvre de charité mais d'une guilde de malfaiteurs. Rien n'est gratuit. Si vous désirez mes faveurs, je vous suggère de faire d'abord votre travail.

Grise encaissa le choc, stupéfaite.

– Notre accord consistait à ce que vous contactiez nos parents, remarqua Cyrus en plissant les yeux. Or, vous avez échoué dans cette tâche.

– Je le concède et travaille actuellement à la résolution de ce problème, répliqua froidement l'Arachnide. Mais pour le moment, j'ai mis mes agents en danger pour faire venir ce voltigeur ici. Cela prouve la qualité de ma parole lorsque je la donne. À l'inverse, je n'ai toujours rien vu de votre part qui me convainque de votre intention de tenir notre marché.

– J'ai relevé les morts pour obtenir une information capitale ! s'exclama Cyrus.

– Et j'ai mis au point un système pour désactiver les alarmes Serin-9 ! renchérit Grise.

– Oh, je ne doute pas qu'il vous ait fallu rassembler une inébranlable volonté pour accomplir de pareils actes criminels, susurra l'Arachnide, sarcastique. Soyons sérieux, voulez-vous ? Il ne s'agit que de bagatelles, d'un simple travail préparatoire qui ne suffit en aucun cas à me prouver votre valeur. Mais je vais vous donner votre chance : demain, vous cambriolerez l'Académie.

Grise et Cyrus s'entre-regardèrent, décontenancés et un peu découragés. L'urgence de la situation leur rongeait les entrailles, mais l'Arachnide n'en démordrait pas : le casse devrait avoir lieu avant toute autre chose.

La massive voleuse se pencha vers eux, les mains à plat sur son bureau.

– Ne faites pas ces têtes de déterrés, les jeunes : je vous garantis que vous aussi, vous en tirerez quelque chose. Dois-je vous rappeler que vous vous infiltrerez dans le sanctuaire du plus puissant primarque de Celumbre ? Son coffre doit déborder de documents impériaux, et il y a fort à parier que vous trouverez de palpitants renseignements sur vos parents ou les… desseins de Sarenziah.

Comme à chaque fois, elle cracha presque le prénom de la souveraine.

– Je doute qu'Ioséphir ait quelque chose à voir avec nos enlèvements ! renifla Grise.

– Tu as peut-être raison, admit l'Arachnide. Après tout, il n'est pas le pire de nos primarques, et son attachement à ses élèves est proverbial… Peut-être que Sarenziah a décidé de le laisser dans le noir… Et peut-être pas. Il n'y a qu'un seul moyen de le savoir avec certitude.

L'Arachnide leur adressa un sourire froid.

– Et le savoir, c'est le pouvoir.

La reine des voleurs les congédia alors, leur recommandant de se reposer afin d'être prêts pour le lendemain. Chancelants, Grise et Cyrus suivirent Lieber, qui les raccompagna jusqu'à la Tanière.

– Allons, haut les cœurs ! claironna le Révocateur en prenant Grise par l'épaule. Vous allez enfin pouvoir montrer vos talents à l'Arachnide ! Vous verrez, il n'y a rien d'aussi palpitant qu'un bon casse ! Surtout à l'Académie, avec tous ces enchantements et mécanismes... J'admets que je suis un peu jaloux, j'aurais adoré faire ce coup avec v...

– Fshhhh !

Le sourire permanent de Lieber vacilla légèrement. Quint s'était brusquement interposé sur son chemin et cracha avec hostilité, les oreilles en arrière. Le beau jeune homme déglutit, un peu inquiet, et lâcha l'épaule de la mécanicienne. Le chat plissa les yeux, satisfait, puis trottina aux côtés de Grise, s'assurant que le Révocateur reste à distance.

– Mon père a disparu, murmura la mécanicienne d'une voix sépulcrale. Pourchassé par l'impératrice. Personne ne sait où il est. Je me fiche de ce maudit cambriolage, Lieber.

Le Révocateur ne répondit pas.

– C'est une bonne nouvelle, intervint Cyrus. Cela veut dire qu'il a réussi à se mettre hors de portée de ses ennemis.

– C'est vrai, ça ! acquiesça Lieber. Et s'il est malin – et je suis sûr qu'il l'est – il aura rejoint les Révocateurs de

Vérémise. C'est la seule organisation qui puisse le tenir durablement hors de portée des autorités.

– Tu peux les contacter, alors ! s'écria Grise avec espoir.

– Tu plaisantes, j'espère ? s'esclaffa le jeune homme. Les Révocateurs de Vérémise préparent la révolution juste sous le nez de l'impératrice, tu penses vraiment qu'ils sont faciles à trouver ? Ils sont complètement paranoïaques et obsédés par le secret : à côté d'eux, je suis un rigolo, un bavard impénitent qui attire beaucoup trop l'attention sur lui !

– Oh, ils ne sont pas les seuls à penser ça, souffla Cyrus.

– Quoi qu'il en soit, grinça Lieber, si ton père a frappé à la porte des Révocateurs, ils l'ont probablement enfermé quelque part jusqu'à ce qu'ils puissent vérifier qu'il est digne de confiance. On ne rejoint pas comme ça les forces du changement...

Grise, le cœur au bord des lèvres, imaginait son père traqué, en fuite, contraint de se livrer à de dangereux agitateurs pour échapper aux forces impériales lancées à ses trousses. Pris entre le marteau et l'enclume. Elle avait l'impression qu'un mur tout entier pesait sur ses épaules.

Lieber les laissa à la porte de la Tanière et disparut rapidement dans la brume qui recouvrait les Rets. Sans prononcer un mot, Grise monta les escaliers et alla se coucher, fermant la porte de sa chambre derrière elle. Cyrus éprouva l'envie de frapper au panneau de bois, de dire quelque chose de rassurant, mais rien ne lui vint.

Il ne voyait pas comment il pourrait trouver quelque chose à dire pour consoler Grise – il avait même la certitude que sa maladresse empirerait les choses. Ignorant le regard réprobateur de Quint, il se dirigea en soupirant vers sa propre chambre. Cyrus n'éprouvait pas la même inquiétude pour sa mère que celle que ressentait la mécanicienne pour son père, et cette idée le rendit inexplicablement triste.

Il se déshabilla et se coucha à son tour. Les mots de l'Arachnide lui revinrent en mémoire.

« Demain, vous cambriolerez l'Académie. »

Chapitre 19

– Où as-tu appris à tirer comme ça ? s'enquit Grise.

– Pardon ?

– Quand tu as tiré au pistolet, tu as fait mouche. Comment est-ce que tu as fait ça ?

– Je suis fils de générale de l'Empire, issu d'une longue lignée de soldats et de stratèges, répondit Cyrus. On m'a mis une épée dans les mains à cinq ans, et un pistolet à huit.

– Je… je vois. Alors, tu sais aussi te servir de cette dague que tu trimballes partout avec toi ?

Cyrus baissa les yeux vers sa ceinture, sur le poignard mal affûté qu'il gardait, par réflexe, pendu à son côté. Le vieux coupe-papier offert par Athanas, qu'il avait ramassé en même temps que sa bourse le soir où il s'était enfui de l'Académie.

– Pas vraiment, admit-il. Je me débrouille en tir, mais j'ai toujours été mauvais en escrime.

– Alors pourquoi gardes-tu ce machin ? Tu aurais pu demander à l'Arachnide de te donner un pistolet, non ?

Cyrus leva les yeux au ciel.

– Sais-tu seulement comment fonctionne un pistolet ?

– C'est moi ou tu es en train de demander à une mécanicienne comment fonctionne un engin mécanique ? répliqua froidement Grise.

– Désolé, grommela Cyrus. Je ne voulais pas dire…

Il se mordit les lèvres. Pourquoi le sarcasme lui venait-il toujours aussi naturellement ?

– Que voulais-tu dire, dans ce cas ? lui demanda la jeune fille.

– Je voulais parler de la contre-attractivité des Flux arcaniques, répondit-il. Je m'étonne que tu n'en aies jamais entendu parler…

– Évidemment que j'en ai entendu parler ! gronda Grise, furieuse.

Décidément, il ne pouvait pas s'en empêcher !

– Je suis navré, je m'exprime mal. Je… La contre-attractivité est la règle qui stipule que deux sources d'arcanium de puissances différentes auront tendance à interférer de manière chaotique l'une avec l'autre. Parfois en se renforçant, parfois en s'annulant, et parfois en explosant.

– Je sais, fit Grise. C'est pour cela que construire des automates est si délicat : on doit doser l'arcanium afin que chaque partie s'harmonise aux autres, au risque de faire exploser l'ensemble ou de le rendre incapable de bouger… Quel rapport avec notre discussion ?

– La poudre à pistolet comprend des particules d'arcanium, nécessaire à la mise à feu. Mon sang aussi. Si j'essaie d'utiliser la magie pendant que je tiens un pistolet chargé… Eh bien…

– Le résultat risque d'être difficile à ravoir sur une tunique neuve, termina Quint en relevant le nez de sa toilette.

– Tant que je tire au pistolet, je renonce à la magie, conclut Cyrus. Et vice-versa. C'est pour cela que la suggestion de Lieber, selon laquelle j'aurais lancé un sort pour mieux toucher ma cible, était complètement absurde.

Grise réfléchit un instant puis récita :

– « Avoir conscience de ses faiblesses est une force, penser qu'on n'en a aucune une faiblesse. »

– Hum ?

– C'est ce que tu as dit à Lieber quand il s'est moqué de tes difficultés en élémentalisme. C'est de qui, cette phrase ?

– Euh… de moi. J'ai inventé ça sur le coup.

– J'aime bien. Je l'apprendrai à Cog, quand il sera rechargé.

Cyrus plissa les paupières. Grise se moquait-elle de lui ?

– Tu vois, je ne suis pas le seul que ton éloquence stupéfie, cher maître.

Le magicien lança un regard incendiaire à son familier : au moins savait-il reconnaître quand Quint se payait sa tête. Le gros chat roux soutint tranquillement son regard, puis reprit sa toilette. Le silence retomba lourdement sur la petite alcôve dans laquelle patientaient les adolescents, seulement troublé par les claquements de langue de Quint.

– Combien de temps devons-nous attendre ici, déjà ? demanda Grise en se tortillant.

– Encore quelques instants, répondit Cyrus. Vestor Vax pense qu'il aura fini de neutraliser les enchantements de la porte de service d'ici minuit.

– Je n'arrive pas à croire qu'on soit en train de faire ça, murmura la mécanicienne. Cambrioler l'Académie ! Notre propre école...

– École qui n'a absolument pas levé le petit doigt lorsque nous avons failli être enlevés dans son enceinte, rappela Cyrus.

– Parce que tu ne m'as pas laissée prévenir Iosephir !

– Ah non, tu ne vas pas reco...

– Silence ! souffla Quint en relevant le museau. Quelqu'un vient.

Grise et Cyrus s'immobilisèrent. Le jeune magicien se prépara à lancer un sort d'aveuglement, au cas où, mais ce ne fut pas nécessaire : la silhouette massive de Gustav se matérialisa devant eux.

– C'est ouvert, déclara-t-il sobrement. Allez-y.

Grise se mordit les lèvres et passa devant le colosse, trottinant vers l'entrée de service de l'Académie. Cyrus et Quint la suivirent. Vestor Vax était appuyé contre le côté de la porte et paraissait reprendre son souffle.

– C'est du costaud, ces enchantements de défense, maugréa-t-il. Le pentacle de Sigammon, le triangle d'Erocci, les neuf signes de Vel... De mon temps, on ne faisait pas tant d'efforts pour empêcher les étudiants de faire le mur. Tu défaisais vraiment tout ça à chaque fois que tu allais à la taverne ?

– Oui, confirma Cyrus en haussant les épaules. Ce n'est pas si difficile, une fois qu'on a pris l'habitude…

Le vieux nécromant eut un petit sifflement impressionné. Grise haussa les sourcils d'un air admiratif, comme si elle prenait seulement conscience du fait que Cyrus était bon magicien. Sans savoir pourquoi, cela le vexa un peu.

Vestor Vax essuya un filet de sueur qui dévalait son front.

– Bon, j'ai fait ma part, grogna-t-il en désignant les sceaux désactivés. Ce sera autant d'énergie magique que tu ne dépenseras pas sur cette foutue porte, Cyrus. La suite va dépendre de toi, jeune fille. Tu as ton matériel ?

– Oui, répondit la mécanicienne en tapotant la sacoche accrochée à son épaule.

– Allez-y, alors, ordonna Gustav. Avant que la patrouille ne repasse par ici.

Grise blêmit légèrement, mais s'engagea dans la remise. Malgré ses airs bravaches, Cyrus sentit ses entrailles geler au moment où il franchit le seuil de l'Académie. Il avait la désagréable sensation de se jeter dans la gueule du loup.

La porte se referma sur son passage. Ni Vestor Vax, ni Gustav ne venaient avec eux. Ils faisaient ce coup sans l'aide de personne : ils connaissaient les lieux et pourraient se repérer sans problème, sans perdre de temps à guider d'éventuels complices. En outre, l'Arachnide estimait qu'elle testerait d'autant mieux leur valeur réelle s'ils se débrouillaient tout seuls à l'intérieur. Il s'agissait d'excuses assez minables, d'après Cyrus. La vérité était qu'elle préférait risquer la vie des deux adolescents que celle de ses meilleurs éléments.

Grise farfouillait dans sa sacoche en pinçant les lèvres. Soudain, une poignée de minuscules engrenages lui échappa et tinta au sol avec un bruit de clochettes. La mécanicienne poussa un juron étouffé et s'agenouilla pour ramasser les rouages. Cyrus déglutit : s'il était honnête avec lui-même, il devait bien admettre qu'il aurait préféré compter sur les poings métalliques de Gustav et la sorcellerie de Vestor Vax que sur les talents de sa compagne d'infortune...

– N'oublie pas mes griffes, maître, souffla Quint, qui avait lu ses pensées.

– De quoi il parle ? souffla distraitement Grise en remettant les pièces dans sa sacoche.

– De rien, répondit Cyrus. Bon, tu la désamorces, cette alarme ?

– Minute, je dois encore retrouver mon... Ah, le voilà !

La jeune fille sortit triomphalement un objet métallique biscornu hérissé de fils de cuivre.

– Court-circuiteur d'alarme Serin-9, annonça fièrement Grise. Tout juste sorti des forges des Rets ! L'installation prend moins d'une minute et neutralise l'alarme pendant presque une heure !

– Formidable, maugréa Cyrus. Tu en as pris assez, j'espère ?

– J'espère aussi. Allons-y, il n'y a pas de temps à perdre.

La porte de service menait à un large couloir creusé dans les remparts de l'Académie. C'était par-là que Cyrus et Quint échappaient à la vigilance des surveillants lorsqu'ils souhaitaient s'octroyer une soirée d'amusement aux Deux Hérons. Les automates et serviteurs l'empruntaient en journée pour passer d'un bâtiment à l'autre sans être remarqués des professeurs et des étudiants. De nuit, les couloirs étaient pratiquement vides, et, si par malheur ils croisaient quelqu'un, il leur suffisait de jeter un sort de confusion ou de transparence pour ne pas être repérés.

Les murs de la vaste coursive étaient recouverts d'immenses étagères encombrées de caisses et de matériel. La réserve recelait tout ce dont l'Académie avait besoin pour fonctionner : balais, plumeaux, tonneaux de savons, sacs d'engrais et sécateurs employés pour l'entretien côtoyaient les caisses de céréales de première qualité, paniers de fruits exotiques, pots de méduse à la crème et chapelets de charcuteries raffinées alimentant la subtile cantine de l'école. Des rouleaux de parchemin de premier choix et des bouteilles d'encre haut de gamme, destinés aux professeurs et aux étudiants en magie pour tracer leurs glyphes, étaient également stockés ici, à côté les pyramides de lingots de métaux précieux et boisseaux de fils de cuivre réservés aux mécanistes. Un véritable trésor, dont la revente aurait pu nourrir l'ensemble du peuple des Rets pendant plusieurs mois. Mais ce n'était pas pour voler les victuailles et le matériel pédagogique que Grise et Cyrus étaient entrés ici : les adolescents remontèrent la galerie sans leur accorder un regard.

Lorsqu'ils parvinrent à la porte qui donnait sur la cour, Grise se jucha sur une petite caisse de noix des Îles pour atteindre l'alarme mécanique fixée sur le panneau de bois. Elle fixa avec précaution son bidule mécanique sur l'alarme, puis entreprit de débrancher un à un les fils de la Serin-9 pour les connecter à ceux qui dépassaient de sa création.

Comme si elle prenait soudain conscience de quelque chose, la mécanicienne se retourna vers Cyrus :

– Mais au fait, comment est-ce que tu faisais, toi, pour passer par ici sans déclencher l'alarme ? demanda-t-elle d'un ton soupçonneux.

– Oh, mais je la déclenchais à chaque fois, expliqua Cyrus avec malice. Seulement, je lui jetais un sortilège de silence juste avant que la sonnerie se déclenche, pour que personne ne puisse l'entendre.

– Et tu ne pouvais pas le dire avant ? Ça m'aurait épargné tout ce travail !

– Je ne peux pas lancer de sorts de silence sur toutes les alarmes que nous croiserons ! Tu as une idée de l'énergie que ça prend ? Sans compter que l'alarme sonne pendant presque cinq minutes d'affilée, et je dois rester à côté pour maintenir le sortilège... Si je dois faire ça pour chacune des alarmes qui nous attendent, je tiendrai à peine debout quand il s'agira d'ouvrir le coffre avec le maître-sortilège !

– Mouais. Admettons, ronchonna Grise en se retournant vers son bricolage.

Moins d'une minute plus tard, les adolescents ouvrirent la porte en retenant leur souffle. Mais l'alarme ne se déclencha pas.

Les adolescents se penchèrent en avant et traversèrent à pas de loup la vaste cour de l'Académie. Cyrus nota que Grise lorgnait avec insistance sur les salles d'automatique. Il posa la main sur son épaule et souffla :

– Nous reviendrons.

Elle lui lança un regard interrogateur.

– Quand nous aurons mis toute cette histoire derrière nous, expliqua-t-il, nous reviendrons à l'Académie. Nous reprendrons nos études, tu pourras apprendre la mécanique autrement qu'en t'imposant la compagnie d'un raseur comme Lieber et tu deviendras une grande ingénieure.

Grise ouvrit la bouche pour répondre, hésita, puis lui murmura :

– Je ne pensais pas aux études, Cyrus. J'étais en train de regretter de ne pas avoir demandé à mon père de m'apprendre l'automatique. J'aurais peut-être pu fabriquer un automate qui m'aurait aidé à le retrouver…

La voix de la jeune fille s'étrangla dans sa gorge, et Cyrus eut envie de s'insulter. Évidemment qu'elle pensait à son père, et pas à un stupide cursus académique !

– Je suis désolé.

– Ce n'est rien, lui assura Grise. Nous devrions nous concentrer sur notre mission, tu ne penses p...

– On va retrouver ton père, coupa Cyrus. L'Arachnide nous aidera. Ce sera peut-être plus long qu'en construisant un automate géant pour raser le palais de l'impératrice, mais on y arrivera. Je te le promets.

– On n'en sait rien, pas vrai ? lui répondit Grise avec une pointe de tristesse dans la voix. L'Arachnide peut très bien faire en sorte qu'on ne retrouve jamais nos parents pour qu'on reste à tout jamais dans sa bande de gredins... Après tout, nous sommes des recrues uniques en notre genre... Je ne lui fais pas confiance. À vrai dire je ne fais plus confiance à grand-monde. Pour l'instant, il n'y a que toi que je crois. Et Quint, ajouta-t-elle en remarquant le regard offusqué du chat roux.

Gêné, Cyrus émit un vague borborygme. La mécanicienne lui décocha un sourire radieux, qui lui fit monter le rouge aux joues. Puis elle reprit son avancée, sans plus accorder la moindre attention à la salle d'automatique. Cyrus allait lui emboîter le pas, lorsqu'il sentit sur sa nuque le regard lourd de sens de Quint.

– Quoi encore ? grogna-t-il entre ses dents.

– Rien, maître. Rien du tout.

Le gros chat roux bondit entre ses jambes et rejoignit Grise près du bâtiment central de l'Académie, un gros édifice cubique de briques rouges. Là étaient rassemblés les bureaux et appartements des professeurs, bon nombre de salles de classe et deux des cinq bibliothèques de l'école.

– Fais-moi la courte échelle, ordonna-t-elle quand Cyrus s'approcha. L'alarme est au-dessus de la porte, je suis trop petite.

Le magicien se baissa pour permettre à Grise de monter sur ses épaules. Il ne put s'empêcher de frissonner quand les semelles crottées de la mécanicienne se posèrent sur sa chemise propre ; et dut retenir un gémissement en se redressant avec Grise sur le dos.

– Arrête de bouger, siffla-t-elle. Je ne suis tout de même pas si lourde !

En réalité, la jeune mécanicienne bardée d'outils pesait un certain poids. En outre, Cyrus n'avait jamais jugé utile de se muscler : il privilégiait l'esthétique d'un corps fin et gracieux, opposé selon lui à une encombrante musculature réservée aux travailleurs manuels et aux brutes.

Ce soir, il regrettait singulièrement ce parti-pris, mais il aurait préféré avaler un parpaing que l'admettre.

– Ça y est, triompha Grise. Deuxième alarme neutralisée. À ton tour, maintenant : je crois qu'il y a des glyphes de protection sur les gonds.

Cyrus s'accroupit aussi dignement que possible pour permettre à la jeune fille de descendre de ses épaules, et ne put retenir un gémissement de soulagement lorsqu'il se releva.

– Mesdames et messieurs, l'inimitable Cyrus ! se moqua Grise. La vaillance du loup, le charisme du lion… et la force de la crevette !

Le magicien ignora la taquinerie et se pencha pour étudier les gonds argentés de la porte. Il distingua en effet diverses formes ésotériques gravées dans le métal : plusieurs sortilèges particulièrement vicieux avaient été placés dans ces runes.

– Hum, ça s'annonce compliqué, grimaça-t-il. Si je désenchante ce sort en premier, alors celui-ci va décharger toute sa puissance en une fois… Alors que si je… Ah, non, je sais ! En utilisant le Losange d'Axir, je devrais pouvoir…

Grise s'éloigna, laissant Cyrus à son ésotérisme. Tout en récitant ses formules, le magicien posa la main sur le pelage de Quint. Cyrus défit le premier sort en un tournemain, puis un second, habilement caché par le premier mais qu'il avait tout de même remarqué. Le troisième – un sort d'élémentalisme censé faire jaillir une gerbe d'étincelles paralysantes – lui réclama plus d'attention, mais il parvint tant bien que mal à le contourner.

Cyrus dissipa l'enchantement en quelques instants, usant de ses récentes découvertes en magie noire, et bientôt la porte du bâtiment s'entrebâilla. Grise, qui était allée inspecter le bâtiment pour s'assurer qu'aucune lumière ne brillait aux fenêtres, le rejoignit dès qu'elle entendit jouer les gonds. Les adolescents se glissèrent à l'intérieur et refermèrent le panneau de bois sur eux. Ils gravirent deux étages et franchirent trois portes, chaque fois en désarmant l'alarme et les glyphes magiques qui les protégeaient. Finalement, ils se retrouvèrent sur l'avant-dernier palier.

– Bon, on y est, souffla Cyrus. À partir de là, il ne devrait plus y avoir de système anti-intrusion, à part le maître-enchantement dans la chambre forte, au dernier étage.

– Allez-y tous les deux, proposa Grise. Je vous rejoindrai ensuite.

– Nous ne devons pas nous séparer ! protesta Cyrus. Pourquoi voudrais-tu…

– Tu n'as pas besoin de moi pour dissiper le maître-enchantement, l'interrompit Grise, et je ne voudrais pas de te déconcentrer.

Le magicien hésita.

– Qu'est-ce que tu vas faire pendant ce temps ?

– Emprunter des livres à la bibliothèque.

Cyrus cligna des paupières, surpris.

– Des… livres ?

Grise se méprit sur sa réaction :

– Oui, des livres, gronda-t-elle. Et alors ? Je te préviens, si tu as des remarques désobligeantes, je ne suis pas d'humeur !

– Euh… quel genre de remarque ?

– Le couplet sur la ratte de bibliothèque étrange et obsédée par les bouquins, je le connais par cœur, merci bien, alors si tu…

Cyrus l'interrompit :

– Aimer apprendre ne fait pas de toi quelqu'un d'étrange.

– Ah non ? renifla Grise, méfiante.

– Non. Cela fait de toi quelqu'un de passionné. Et je ne vois ce qu'il y a de mal à ça, bien au contraire.

Grise rougit et hocha doucement la tête.

– Merci. Ce… c'est gentil de…

– Ce que je ne comprends pas, en revanche, coupa Cyrus, c'est comment tu peux considérer un cambriolage comme le moment opportun pour étancher ladite passion.

– J'ai besoin de documentation sur les automates et les armes à feu.

– Tu ne penses pas qu'il y a plus urgent, là, maintenant ? Comme, je ne sais pas, te concentrer sur le *cambriolage que nous sommes en train de commettre* ?

– Cyrus, répliqua Grise, l'Arachnide nous aide parce que tu es un magicien capable et moi une bonne mécanicienne, pas vrai ?

– Oui, j'imagine, mais…

– Que penses-tu qu'il arrivera le jour où je m'avérerai incapable de passer outre les alarmes mécaniques des générations suivantes à la Serin-9 ? Ou quand je ne saurai pas entretenir des armes à feu originaires de Tovkie, ou réparer le bras d'un automate affranchi dévoré par la rouille pendant que Lieber est occupé ailleurs ? Quelle utilité aurai-je alors ? Crois-tu que l'Arachnide hésitera une seconde à me livrer à la Police secrète en échange d'une grosse récompense ?

– L'Arachnide déteste l'impératrice et sa Police secrète, se souvint-il. Elle ne ferait jamais ça…

– Et tu es prêt à jouer mon avenir sur cette certitude ?

Le jeune magicien ne répondit pas. Une partie de lui avait envie de croire que l'Arachnide ne prenait pas uniquement ses décisions pour maximiser ses profits, mais…

– Nous devons garder de la valeur pour l'Arachnide, histoire qu'elle ne décide pas de nous lâcher au pire moment, tu es d'accord ? insista Grise.

– Oui… Oui, je suppose, mais…

– Toi, tu as une bibliothèque et un professeur de magie pour t'aider à atteindre un meilleur niveau. Moi, je n'ai que les discours de Lieber, et il ne me laisse même pas l'assister avec les automates affranchis. En revenant avec quelques bouquins bien choisis, je pourrai me maintenir à niveau et garder mon utilité aux yeux de l'Arachnide. Tu comprends ?

Cyrus hésita un instant, avant d'acquiescer.

– Sois prudente. Et rejoins-moi dans dix minutes à l'étage : j'aurai sans doute besoin d'aide pour porter le butin, une fois le coffre ouvert.

– J'y serai.

Les adolescents montèrent ensemble les escaliers jusqu'au troisième étage, où ils se séparèrent. Grise disparut dans les couloirs menant à la bibliothèque de mécanique avancée, tandis que Cyrus et Quint gravissaient le dernier palier, jusqu'à parvenir à la légendaire chambre forte de l'Académie.

Ils n'étaient pas tout à fait certains de ce qu'ils allaient y trouver, mais l'Arachnide était convaincue qu'ils en tireraient tous parti. La reine des voleurs leur avait demandé de se concentrer sur les documents plutôt que sur les richesses : Ioséphir, en plus de sa charge de directeur de l'Académie, était également primarque de Celumbre, ce qui signifiait qu'il détenait un important pouvoir politique au sein du conseil dirigeant de la ville. Selon l'Arachnide, certaines informations se révéleraient certainement infiniment plus précieuses que l'or, les gemmes ou les réserves d'arcanium que pouvait contenir la chambre forte. En outre, il y avait des chances que ces documents puissent permettre à Grise et Cyrus d'en apprendre plus sur l'opprobre que l'impératrice avait placé sur leurs familles. Peut-être comprendraient-ils ce qui avait conduit Sarenziah à se retourner aussi violemment contre sa première générale et l'ingénieur d'État qu'elle avait elle-même fait venir de Xamorée ?

Cyrus étudia avec attention la lourde porte d'argent enchanté qui scellait la salle fortifiée, bardée de runes et de glyphes et vibrant littéralement de magie. Il fit craquer ses doigts, ajusta ses bésicles sur son nez et regarda Quint, qui remarqua :

– Maître, si on m'avait dit que tu participerais un jour au cambriolage du siècle, je ne l'aurais pas cru. Avec une mécanicienne, qui plus est…

– Mouais… Et pas n'importe quelle mécanicienne.

Chapitre 20

Grise patienta quelques minutes dans l'obscurité du couloir, laissant à Cyrus le temps de s'atteler à sa tâche. Puis elle fit demi-tour et s'engagea dans le couloir de l'autre côté du palier, menant aux chambres des professeurs. Au bout du corridor, elle donna un coup léger contre une lourde porte de bois roux, et attendit.

– Entrez.

La jeune fille posa la main sur la poignée et la tourna. Le primarque Ioséphir lui faisait face, drapé dans une somptueuse robe de chambre rouge sang. Il avait les yeux cernés, ses rares cheveux blancs et sa longue barbe étaient en bataille : Grise l'avait tiré du lit.

– Bonsoir, Grisella, l'accueillit-il d'une voix rauque.

– Bonsoir, Grand Maître. Nous devons parler.

– Tout à fait. Assieds-toi, je t'en prie.

Il lui indiqua un fauteuil de cuir capitonné, dos à la cheminée, puis s'assit à un petit bureau d'appoint encombré de plumes et de dossiers, qu'il devait utiliser lorsqu'il travaillait dans ses appartements. Le primarque bâilla longuement, puis afficha un sourire d'excuse.

– Je n'avais pas été réveillé par des gravillons sur mes carreaux depuis ma prime jeunesse. Quand mes amis m'invitaient à faire le mur alors que j'étudiais moi-même à l'Académie...

– Je suis navrée, Grand Maître. Je n'ai trouvé que ce moyen pour vous réveiller.

– N'aurais-tu pas pu envoyer ton petit automate ? N'est-il pas capable de voler ?

– Cog est déchargé. Et il n'est pas si facile de trouver de l'arcanium dans les... là où j'ai trouvé refuge.

– Dans les Rets, mon enfant, tu peux le dire.

– Comment... comment le savez-vous ?

– Simple déduction logique. Si nous ne vous avons pas retrouvés, alors vous êtes au seul endroit où nous ne pouvons pas vous chercher : les Rets.

Grise accusa le coup, confuse.

– En tout cas, félicitations pour être parvenue à infiltrer l'Académie. Avec la sécurité renforcée, ça n'a pas dû être une mince affaire.

La mécanicienne ne répondit pas. Elle n'avait pas envie de révéler que Cyrus était venu avec elle, mais le primarque devait de toute façon s'en douter : seul un magicien expérimenté pouvait espérer briser les défenses de l'école. Elle hésita avant de poser sa question suivante :

– Vous... savez ce qui nous est arrivés, n'est-ce pas ?

– Évidemment, acquiesça Iosèphir. Des malandrins se sont infiltrés dans l'Académie et ont tenté de vous enlever.

– Comment l'avez-vous découvert ? Il n'y avait pourtant personne le soir où…

– Mon enfant, dois-je te rappeler que tu parles à l'un des plus brillants mages de l'Empire ? l'interrompit le vieux primarque en levant la main. Nous avons retrouvé un sac vide, plusieurs bibliothèques effondrées, des traces de sang, et surtout des échos de sortilèges flottant dans les airs. Il ne m'a pas fallu longtemps pour reconstituer la scène.

Une fois de plus, Grise garda le silence. La réponse était floue, mais elle la jugeait satisfaisante. Le feu de cheminée lui chauffait agréablement le dos, et elle sentit son esprit s'apaiser. Elle se sentait bien, ici, en confiance. Iosèphir était l'ami de son père, elle pouvait enfin lui parler, et tout allait rentrer dans l'ordre. Elle avait l'impression d'être enfin parvenue au bout de sa quête.

Elle se cala plus confortablement contre le dossier du fauteuil. Ses muscles tendus à l'extrême commençaient à se relâcher sous la chaleur du feu.

– Qu'avez-vous déduit d'autre ? demanda-t-elle d'une voix assourdie.

– Eh bien, nous avons d'abord pensé qu'il s'agissait de demander une rançon, bien sûr. Une autre possibilité était que vos ravisseurs aient eu pour but d'affaiblir le prestige et la réputation de l'Académie, en rendant public le fait que nous ne savons pas protéger nos étudiants... Nous avons envisagé toutes les possibilités.

– Nous ?

– Les autres primarques, moi-même, et les autorités impériales. Votre disparition a fait beaucoup de bruit, savez-vous ? Enfin, c'est une façon de parler : en réalité, elle n'en a fait aucun. Je veux dire que l'affaire a eu un fort retentissement dans les hautes sphères de l'Empire. L'impératrice elle-même m'a demandé de garder profil bas pendant que je vous recherchais, elle ne voulait pas susciter de mouvement de panique parmi les parents d'élèves, ou donner du grain à moudre à ses opposants politiques... Pour preuve de son inquiétude et de son désir de régler les choses, elle a même envoyé plusieurs agents de sa propre police secrète pour vous rechercher !

– Grand Maître, ce sont ces agents qui ont tenté de nous enlever !

Elle avait prononcé cette phrase pratiquement contre sa volonté, d'une voix pâteuse, tant elle se sentait bien dans le fauteuil moelleux. Elle se sentait engourdie et avait envie de dormir.

Le vieillard fronça les sourcils.

– Que me chantes-tu là ?

– Les quatre malfaiteurs qui se sont infiltrés dans l'Académie pour nous enlever sont en fait des officiers de la Police secrète, expliqua Grise en se frottant les yeux pour ne pas sombrer. C'est sur ordre de Sarenziah elle-même qu'ils... qu'ils...

La fin de sa phrase se perdit dans un long bâillement.

– Tu es épuisée, mon enfant, dit doucement Iosèphir en se levant. Je vais te conduire à une chambre inoccupée, où tu pourras te reposer. Nous discuterons de cette étrange histoire demain et tirerons tout cela au clair.

Grise secoua la tête, tentant de chasser la fatigue : elle ne pouvait pas aller dormir maintenant.

– Grand Maître, je souhaite d'abord vous demander quelque chose. C'est très important.

– Je t'écoute.

– Vous êtes ami avec mon père, n'est-ce pas ? Je... je me demandais...

La fin de sa phrase se bloqua dans sa gorge. Iosèphir lui répondit malgré tout :

– Je n'ai pas la moindre réponse à t'apporter, mon enfant. J'ai simplement entendu dire qu'Elenzo avait eu un désaccord avec l'impératrice et qu'il s'était enfui, mais je ne sais rien de plus. Sarenziah n'a répondu à aucune de mes demandes à son sujet – et tu imagines bien que je l'ai fait. Ton père est effectivement un ami de longue date, et je souhaite m'assurer de son bien-être. Mais n'aie crainte : maintenant que tu es ici pour m'expliquer ce qui se passe, je ferai tout ce qui est en mon pouvoir pour régler cette malheureuse affaire, dussé-je demander des comptes à Sarenziah elle-même !

Grise se sentit rassérénée.

– Merci, Grand Maître.

– Je t'en prie, mon enfant. Je suis heureux que tu aies choisi de venir me voir, et je regrette que tu ne l'aies pas fait plus tôt. Beaucoup d'ennuis auraient pu vous être évités.

– Je suis désolée, murmura Grise, penaude. J'ai essayé de convaincre Cyrus, mais il vous soupçonne d'être dans le coup. Selon lui, jamais les ravisseurs n'auraient pu passer les défenses de l'Académie sans votre intervention…

– Je suis navré de devoir admettre que cette brèche de sécurité n'est pas de mon fait, soupira le primarque, mais la conséquence de la trop grande ingéniosité et de la détermination de ceux qui ont essayé de vous enlev…

– Menteur.

Grise sursauta. Cyrus se tenait dans l'encadrement de la porte, une liasse de papiers à la main.

– Monsieur Vorocle ! l'accueillit le primarque avec un sourire crispé. Comme c'est aimable de vous joindre à nous.

– Vous mentez, répéta froidement le jeune ésotéricien en avançant dans la pièce. Ces documents le prouvent. Des missives du haut-ésotéricien Vezzir et de l'impératrice Sarenziah elle-même.

Les yeux du vieillard se durcirent lorsqu'il reconnut les sceaux ornant les lettres que brandissait Cyrus.

– Vous avez… ouvert mon coffre-fort ? Comment est-ce… Qu'est-ce que cela signifie, monsieur Vorocle ? Comment avez-vous pu dissiper le maître-enchantement ? Seul un primarque peut…

– Ce n'est pas votre problème, répliqua le magicien. Ce qui l'est, en revanche, c'est que vous puissiez mentir ainsi à la fille de votre prétendu ami. Vous saviez que nous allions être enlevés, puisque vous avez sciemment dissipé les enchantements de défense et désactivé les alarmes ce soir-là. À la demande expresse du Haut-Ésotéricien Vezzir, parlant... comment était-ce... (il parcourut rapidement le premier parchemin de la liasse) ah oui, « au nom et pour ordre de notre très vénérée impératrice Sarenziah ». C'est écrit ici, noir sur blanc. Grise, lève-toi, il est temps de partir.

– Je... non, marmonna Grise en se lovant confortablement dans le fauteuil. Je suis bien, ici.

Cyrus écarquilla les yeux.

– Comment ? Mais...

– Allons, monsieur Vorocle, dit Ioséphir, vous ne vous attendez tout de même pas à ce que votre camarade prête foi à des accusations aussi ridicules ? Grisella connaît l'estime que je porte à son père, et elle sait que jamais je ne ferais quoi que ce soit pour lui nuire, à lui ou à sa famille !

– Exactement, acquiesça mollement Grise en retenant un nouveau bâillement.

Le jeune magicien resta bouche bée. Quint se faufila soudain entre ses jambes et bondit sur le bureau, se plaçant entre Grise et Ioséphir.

– Lève-toi, Grise, ordonna le familier, le poil hérissé et les oreilles rabattues en arrière. Et recule. Il utilise la magie contre toi, je le sens.

– Que... Quoi ? maugréa Grise. Qu'est-ce que tu...

– Maître, un peu d'aide ?

Cyrus avança d'un pas, la main tendue. Grise sentit soudain quelque chose de froid goutter dans sa tête, repoussant la bienveillante chaleur qui y régnait, et frissonna.

– Arrête, Cyrus ! grogna-t-elle en se pelotonnant. C'est… désagréable…

– C'est un sort d'emprise mentale ! répliqua le magicien. Il essaie de t'endormir, de prendre ton esprit dans ses filets ! Aide-moi, résiste-lui !

Iosephir se tendit visiblement et ferma les yeux, marmonnant dans sa barbe, mais Cyrus avança d'un nouveau pas, et une douche glacée rinça soudain violemment l'esprit de Grise. Elle cligna des yeux, hébétée, tandis que toute trace de fatigue, de bien-être et de confiance aveugle se dissipait.

– Que… Que s'est-il… Que m'avez-vous fait ?

Mais le vieillard l'ignora complètement : accroché aux bords de son bureau, il reprenait bruyamment son souffle, comme s'il venait d'achever une course de fond.

– Votre… mentalisme est puissant, monsieur Vorocle, éructa-t-il. En tant que pédagogue, je ne peux que vous adresser mes félicitations.

– Je vous remercie, répondit Cyrus d'une voix tremblante. Grise, Quint, éloignez-vous de lui.

Cette fois, la mécanicienne ne se fit pas prier et rejoignit rapidement le magicien. Le chat roux vint quant à lui se placer devant les adolescents, le poil hérissé, prêt à bondir.

– Merci, souffla Grise à l'oreille du magicien. Je ne pensais pas que…

– Non, tu ne pensais pas, répliqua froidement Cyrus. Ce qui t'a conduit à faire n'importe quoi. Maintenant laisse-moi me concentrer, histoire que nous sortions d'ici en vie.

Mortifiée, Grise baissa les yeux.

– Je croyais qu'il allait nous aider, murmura-t-elle. Qu'il existait des gens, quelque part entre les sbires de l'impératrice et les voleurs des Rets, qui pourraient nous protéger des uns et des autres…

Ioséphir eut un rire sans joie. C'était un rire fatigué, empreint de découragement, qui fit frissonner la jeune fille.

– Mes chers enfants, il n'y a pas de troisième faction. Croyez bien que je le regrette, mais c'est ainsi : au sein de notre empire, le véritable pouvoir repose entre les mains de Sarenziah. Tous ceux qui s'y opposent sont dans le camp des traîtres. Malgré toute mon affection pour Elenzo et le respect que je porte à la baronne Abylabe, vos parents ont choisi de se ranger parmi les renégats. Et je me prends à espérer que, malgré l'attachement que vous leur portez, vous ne suivrez pas aveuglément leur chemin.

– Pas aveuglément, non, répliqua Cyrus en levant la main qui tenait les documents. Ces papiers expliquent précisément en quoi nos parents s'opposaient aux visées de l'impératrice. Et je peux maintenant affirmer que je suivrai la voie qu'a empruntée ma mère. En toute connaissance de cause, et non par simple loyauté filiale.

Les mots du jeune mage s'écrasèrent violemment sur le primarque, qui vacilla légèrement.

– À présent, nous allons vider les lieux, poursuivit Cyrus d'une voix ferme. Et nous allons faire en sorte que vous ne nous poursuiviez pas.

– Vraiment ? soupira le primarque. Deux étudiants de quatrième année, face à l'un des plus puissants mages de l'Empire ? Pardonnez-moi, monsieur Vorocle, mais je doute que cette confrontation vous avantage.

– Vous venez de prouver que vos sorts de mentalisme pouvaient être brisés, répliqua Cyrus d'un ton qui se voulait assuré.

– Parce que vous m'avez pris par surprise, mon jeune ami. Mais je ne compte pas vous laisser l'avantage plus longtemps. Dario, tue !

Un croassement perçant déchira les tympans de Grise, et un immense corbeau blanc jaillit d'un recoin sombre de la pièce pour fondre sur Quint. Les effrayantes serres du volatile déchirèrent la fourrure du chat roux, tandis que son bec acéré picorait cruellement la face du familier. Quint, miaulant de rage et de douleur, se défendit tant bien que mal, donnant de vifs coups de griffes et cherchant à mordre l'oiseau, mais celui-ci était si rapide que ses coups n'atteignaient que le vide.

– Quint ! s'exclama Cyrus, le cœur au bord des lèvres, ressentant la souffrance physique de son familier.

– Arrêtez ! supplia Grise. Vous allez le tuer !

– Croyez bien que je regrette d'en arriver là, soupira Ioséphir. Mais tel est le prix de la loyauté à l'Empire.

Le massif corbeau blanc enfonça soudain son bec dans l'œil de Quint, qui poussa un miaulement déchirant. Cyrus tomba à genoux en hurlant de douleur, le visage entre les mains. Grise hoqueta, horrifiée. Ioséphir avait ordonné à son corbeau de tuer Quint pour priver Cyrus de sa magie !

– Maître Ioséphir, arrêtez ! implora Grise. Je vous en prie, laissez-le !

– Certainement pas. Qu'est-ce que vous pensiez, mademoiselle Oolonga ? Que votre petite escapade n'aurait pas de conséquences ? Je suis sincèrement navré, mais je n'ai pas le choix : vous devez être capturés. Tels sont les ordres de notre estimée impéra...

BLAM !

Le vieillard partit violemment en arrière, les yeux révulsés et s'effondra dans son fauteuil comme une poupée de chiffons.

Le pistolet fumait au bout des mains de Grise. Elle n'avait pas tremblé lorsqu'elle avait tiré l'arme de son sac et l'avait braqué sur le directeur de l'Académie. Elle n'avait pas réfléchi, analysé, pris en compte tous les détails de la situation, comme elle le faisait habituellement. Elle n'en avait pas eu besoin. Elle avait visé. Et tiré.

La balle en résine avait atteint le primarque Ioséphir en pleine tête : une impressionnante marque violacée et sanguinolente était apparue entre ses deux yeux.

Le vieux mage n'était pas mort, puisque son familier vivait encore. Cependant, le lien magique fonctionnait dans les deux sens : son corbeau familier partagea la violente douleur subie par son maître et vacilla dangereusement. Quint, malgré son orbite ruisselante de sang et sa fourrure en lambeaux, sauta sur l'occasion et referma cruellement ses crocs sur l'aile du volatile. Il y eut un bruit écœurant d'os brisés, et l'oiseau poussa un horrible croassement de souffrance.

Le gros chat roux secoua le corbeau dans tous les sens, faisant voler des plumes dans toute la pièce avant de le relâcher. Hébété, déplumé et maculé de sang, le familier d'Iosépir boitilla en poussant de petits piaillements pitoyables et se réfugia sous le lit du primarque. Quint fit un pas en avant pour le poursuivre, mais la perte de sang eut raison de lui et il s'effondra.

Le cœur serré par l'angoisse, Grise lâcha le pistolet dans sa besace et se précipita pour prendre le chat inconscient dans ses bras. Cyrus, tremblant de tous ses membres, se releva et contempla sans y croire le corps ensanglanté de son familier.

– Partons d'ici, murmura-t-il d'une voix étranglée.

Chapitre 21

La robe ouvragée, confectionnée dans un tissu épais et brillant qui rappelait une peau de serpent, glissait paresseusement sur le dallage du palais dans le sillage du haut-ésotéricien Vezzir. Le vêtement était un peu trop grand : il tombait au niveau des épaules et balayait amplement le sol au niveau des pieds ; mais le mage n'avait jamais voulu le faire retoucher. La robe vert émeraude, rehaussée de pierreries et de broderies complexes en fil d'or, était un symbole. Le symbole de sa fonction, mais aussi de son ambition récompensée, de la rage de vaincre, de s'élever, qui le tenaillait depuis l'enfance. C'était la preuve de sa réussite à atteindre, contre toute espérance, le rang de haut-ésotéricien. Il avait enfilé les atours d'un prédécesseur qui n'avait pas voulu de lui, mais à qui il avait tout de même succédé.

Plongé dans ses pensées, le haut dignitaire de l'Empire parcourut sans s'en apercevoir les couloirs du palais impérial, bifurquant spontanément aux intersections.

Lorsqu'il se retrouva face à la porte des appartements de l'impératrice Sarenziah, il en fut presque surpris. Avait-il réellement eu l'intention d'aller déranger la souveraine, ou ses pas l'avaient-ils guidé ici par pur réflexe ?

Vezzir naviguait depuis si longtemps dans les arcanes de la politique impériale qu'il prenait parfois la meilleure décision possible sans y penser, uniquement guidé par des décennies d'expérience. Après tout, Sarenziah était parfois peu réceptive aux surprises et peinait à y réagir de manière appropriée : peut-être était-il plus prudent de lui laisser une longueur d'avance avant l'audience publique...

Faisant confiance à son instinct, le plus puissant magicien de l'Empire leva une main grêle et frappa deux coups secs sur le panneau de bois sculpté. La porte s'entrouvrit et la vieille prune séchée qui tenait lieu de visage au chambellan impérial apparut. Le serviteur l'accueillit avec un rictus méprisant.

– Qui dois-je annoncer ? s'enquit-il avec une politesse glacée.

Le mage serra les poings. Le majordome était presque aussi vieux que le mobilier du palais. Il avait déjà les cheveux blancs quand Vezzir n'était qu'un apprenti de quinze ans au service du haut-ésotéricien Mezzoclas, et occupait déjà le poste de portier des appartements impériaux quand Vezzir avait pris la place de son maître.

Une solide inimitié opposait les deux hommes. Le chambellan considérait le haut-ésotéricien comme un usurpateur, qui avait intrigué dans l'ombre pour obtenir ce qu'un autre plus méritant aurait dû recevoir. Le haut-ésotéricien voyait quant à lui le chambellan comme une relique d'un autre âge, une concession qu'avait dû faire Sarenziah pour ménager la rigide étiquette du palais.

– Vous le savez très bien, *concierge*, répondit sèchement Vezzir.

– Pardon de vous reprendre, messire, siffla le vieillard en fronçant les sourcils, mais ma fonction exacte est « chambellan principal d'appartement au service exclusif de Sa Majesté Impériale ».

– C'est ce que j'ai dit, répliqua abruptement le magicien. En plus condensé. Maintenant, cessez de me faire perdre mon temps et annoncez-moi. Je dois discuter d'affaires d'État avec Son Altesse, et je n'ai pas le temps pour vos simagrées.

Avant que le chambellan ait le temps de rassembler son maigre courage pour lui tenir tête, le familier de Vezzir – un hibou grand-duc d'un bleu aérien – apparut et vint battre des ailes à proximité de son visage fripé. Le majordome émit un glapissement de terreur et battit en retraite.

– Sa... Son Excellente le haut-ésotéricien Vezzir De Accolino ! annonça le chambellan d'une voix cassée.

Le magicien s'engouffra dans les appartements sans un regard pour le portier.

– Et son familier, le hibou Irosias, ajouta sournoisement le vieux pruneau.

La voix sévère de l'impératrice Sarenziah jaillit de l'embrasure d'une porte :

– Ah non ! Laissez votre volatile dehors, Vezzir ! Nous refusons que cette sale bête fiente de nouveau sur nos tapis !

Tout le monde à la cour savait que le haut-ésotéricien n'aimait pas être séparé d'Irosias de plus de quelques mètres, quand bien même leur lien magique supportait un éloignement plus que conséquent. Le chambellan savait cette répugnance et avait passé les dernières décennies à convaincre insidieusement l'impératrice que les serres acérées et les fientes d'Irosias étaient responsables de tout ce que le mobilier du palais comptait comme dégradations et salissures. Malgré les protestations véhémentes de Vezzir, qui martelait que son familier savait se tenir, Sarenziah avait fini par éprouver une méfiance instinctive envers le grand hibou bleu.

Le mage foudroya le chambellan du regard, qui le soutint sans se démonter.

Retenant un soupir frustré, Vezzir congédia Irosias, qui alla se poser sur un buffet à la sortie des appartements.

Le haut-ésotéricien traversa l'antichambre d'un pas mal assuré – il y avait tant de tapis par terre que le sol semblait vallonné – et atteignit l'immense salon circulaire aux murs blanc cassé et au mobilier de bois noir. Chaque surface disponible accueillait de coûteux vases en émail bleu des Îles contenant d'immenses bouquets de fleurs fraîches et multicolores qui répandaient une odeur capiteuse.

L'impératrice était allongée sur une méridienne tendue de velours noir. Elle était seule, comme toujours :

elle détestait l'idée même des dames de compagnie et ne supportait pas que les femmes de chambre ou les valets s'affairent autour d'elle lorsqu'elle occupait une pièce. Le chambellan était l'unique serviteur autorisé dans ses appartements lorsqu'elle s'y trouvait, et encore devait-il se faire incroyablement discret pour ne pas la déranger.

Sarenziah ne réagit pas lorsque Vezzir entra dans la pièce. Elle avait le regard dans le vague et suçotait une pastille à la méduse.

– Votre Altesse, murmura le magicien en s'inclinant.

Sarenziah continua de sucer la friandise en fixant le néant, suivant imperturbablement le cours de ses pensées. Vezzir ne s'en offusqua pas : il avait appris que rien ne pouvait altérer les rêveries de l'impératrice tant qu'elle ne l'avait pas décidé. Il était impossible d'exiger de Sarenziah qu'elle se concentre sur un sujet ou un visiteur tant qu'elle n'avait pas assouvi ses tendances bien naturelles à l'évasion.

Comme à chaque fois qu'il la voyait, le magicien fut frappé par l'impression de grâce et d'ingénuité mêlées qui émanait d'elle. À presque soixante ans, la souveraine de Mycée arborait toujours le profil aquilin qui figurait sur les pièces de monnaie frappées à son effigie quarante ans plus tôt. Elle avait le nez droit, les pommettes hautes et le port altier. Sa peau mate était marquée par les rides de la contemplation, sur le front et au coin des yeux, et quelques fils d'argents parsemaient ses cheveux d'un noir de jais ; mais rien de tout cela ne pouvait altérer la noblesse de ses traits. Seuls ses grands yeux bleus papillonnant trahissaient sa douce naïveté. Les ennemis politiques de Sarenziah les jugeaient vides, mais Vezzir savait qu'ils étaient simplement ancrés dans une réalité différente.

L'impératrice était une grande femme, tant politiquement que physiquement : elle dépassait Vezzir de pratiquement une tête. Élancée et sportive, sobre et solennelle, elle n'avait rien à voir avec le tas de chair vociférant et alcoolique qu'était son père, Issius IV. Elle se levait tous les matins à l'aube et montait pendant une heure son cheval favori, avant de seulement commencer à s'intéresser aux affaires de l'Empire. Elle évitait comme la peste les événements mondains et dédaignait tellement l'obséquiosité et la flatterie que les courtisans étaient devenus une espèce en voie d'extinction à la cour. Spontanée, rêveuse, simple et accessible, l'image de Sarenziah rayonnait dans tout l'Empire : le peuple l'adorait, quelles que soient les décisions prises par son gouvernement. Même les mesures les plus impopulaires finissaient par être acceptées, car l'impératrice ne pouvait agir que dans l'intérêt de son peuple. Si les Mycéens subissaient un nouvel impôt ou une nouvelle loi qui leur semblaient injustes au premier abord, c'était forcément qu'ils n'en avaient pas compris le véritable objectif – contrairement à Sarenziah. L'impératrice ne pouvait agir que pour le bien de l'Empire.

Et c'était le cas, Vezzir s'en assurait. Le Haut-Ésotéricien prenait techniquement toutes les décisions relevant de la gouvernance impériale : il avait cessé d'ennuyer Sarenziah avec les affaires courantes, jugeant le temps de la monarque trop précieux pour être ainsi gaspillé. Il agissait en toute bonne foi : chacune de ses décisions servait un plan exclusivement destiné à renforcer la suprématie de l'empire mycéen, ainsi que le souhaiterait Sarenziah.

Il avait toujours été à ses côtés. Toujours. Depuis l'instant où ils avaient tous deux ramassé les rênes vacantes du pouvoir, l'impératrice et le haut-ésotéricien avaient œuvré ensemble pour construire la puissance de l'Empire. Vezzir avait dédié sa vie à cette femme. Il avait passé quarante-cinq ans à travailler tant en pleine lumière que dans les ombres les plus noires, dans le but d'offrir à son impératrice une nation solide et puissante. Il avait fait un nombre incalculable de choix difficiles, afin que les décisions qu'il la laissait prendre soient ensuite plus aisées. Jamais il ne l'avait regretté. Il vivait par et pour Sarenziah.

Un jour, peut-être, elle le verrait de la même manière.

La souveraine croqua soudain la pastille de méduse, la réduisit en poudre de deux coups de mâchoires et l'avala. Alors seulement, elle se tourna vers son conseiller.

– Vezzir, très cher ! s'exclama-t-elle, remarquant sa présence. Prenez place, je vous en prie.

Le haut-ésotéricien la remercia et s'assit sur un fauteuil moelleux faisant face à la méridienne.

– Il n'est pas dans vos habitudes de visiter nos appartements aussi tard, mon ami, s'inquiéta l'impératrice. Nous espérons que tout va bien.

Comme à chaque fois que le regard de l'impératrice se posait sur lui, il fut parcouru d'un frisson de félicité.

– Je dispose d'une information d'importance, Votre Majesté, annonça l'ésotéricien.

– Vraiment ? Ce doit être une nouvelle des plus excitantes, pour que vous veniez nous l'annoncer à cette heure de la nuit !

– Je vous présente mes plus sincères excuses si j'ai troublé vos habitudes, Votre Majesté. Mais il s'agit de la… mission très particulière dont vous m'avez confié la charge.

– De bonnes nouvelles, osons-nous espérer ? s'enquit Sarenziah.

– D'excellentes, Majesté.

– Ioséphir est-il enfin parvenu à un résultat concret ?

– Non, Votre Majesté, murmura Vezzir en tentant de masquer sa frustration. Le primarque Iosephir n'a rien accompli qui soit digne d'être mentionné.

– Vraiment ? Comme c'est surprenant ! Iosephir est pourtant doué pour arranger les choses… Et il est si intelligent !

Le haut-ésotéricien crispa les mains sur les bras de son fauteuil. Iosephir était un indéboulonnable casse-pieds, placé par Sarenziah dans les premières années de son règne et qu'elle n'avait jamais voulu remplacer, malgré la quantité de prétendants bien plus jeunes et efficaces que Vezzir lui avait proposés. Iosephir était fidèle à l'Empire, évidemment, mais aussi un effroyable pinailleur, qui remettait en question toutes les directives impériales qui parvenaient à Celumbre.

Il avait échelonné la nouvelle taxe de reconstruction des Îles, afin de ne pas étrangler les Celumbriens les plus pauvres, et compensé en prélevant davantage aux plus riches et aux entreprises. Il avait utilisé un tiers du budget de recherche et développement alloué à l'Académie pour réparer et assainir une portion des égouts de la ville, et avait justifié la dépense en en faisant un « projet de terrain » pour ses étudiants technologistes de cinquième et sixième année. Il avait maintenu un enseignement de guérison magique dans le programme d'étude ésotérique, quand l'avis impérial recommandait de supprimer complètement la discipline, remplacée par la chirurgie moderne moins coûteuse. Il avait même carrément mis au placard plusieurs projets pourtant obligatoires, qu'il avait étiquetés « non prioritaires pour Celumbre ».

Et jamais, au grand jamais, Sarenziah ne lui reprochait quoi que ce soit. Armé du soutien de l'impératrice, Iosèphir réussissait toujours à contourner les ordres. Cela causait à Vezzir d'invraisemblables aigreurs d'estomac, qui voyait ainsi ses plans altérés par la sensiblerie du vieux primarque à l'égard du peuple.

« Le peuple ! » cracha Vezzir intérieurement. Le peuple n'était bon qu'à servir, à obéir aux ordres et à donner ce qu'on lui réclamait ! Iosèphir était un imbécile, un faible qui refusait d'entreprendre des actions certes difficiles, mais nécessaires !

– Alors, si ce n'est ce cher Iosèphir, qui a accompli ce miracle ? s'enquit Sarenziah.

– Moi, Votre Majesté.

– Vous ?

Ses sourcils en accent circonflexe et son regard dubitatif vexèrent quelque peu Vezzir. Oui, lui ! Évidemment, lui ! N'avait-il pas toujours tout fait pour elle ? N'avait-il pas systématiquement exaucé chacun de ses souhaits, même ceux qu'elle n'avait jamais formulé ?

– Oui, Votre Majesté, répondit-il fermement. Mes informateurs m'ont annoncé que tout serait achevé cette nuit-même, tant à Celumbre qu'à Vérémise. Demain matin, nous aurons acquis la victoire.

Sarenziah se redressa doucement sur sa méridienne, les yeux écarquillés.

– En êtes-vous certain ? souffla-t-elle.

– Oui, acquiesça le haut-ésotéricien. Demain, l'Empire sera débarrassé de tous ses traîtres.

Sarenziah sourit béatement, et Vezzir sut qu'il avait fait le bon choix de venir lui annoncer son succès en privé. Ainsi, il ne partageait ce sourire avec personne : il était à lui, rien qu'à lui.

– Soyez infiniment remercié, mon ami, acquiesça Sarenziah. Plus rien ne s'oppose à vos… *nos* projets, désormais.

Vezzir hocha la tête et se leva, baignant avec plaisir dans le sourire rayonnant de sa souveraine.

Soudain, un souffle glacé lui enveloppa le cœur, tandis qu'une pensée terrifiante forçait les portes de son esprit. Et s'il se trompait ? Et si quelque chose se passait mal ? Il avait souvent vu le hasard et la déveine réduire à néant des interventions pourtant minutieusement préparées… S'était-il trop avancé ? Pourrait-il se remettre de la transformation de ce sourire lumineux en moue de déception ? Peut-être aurait-il dû attendre le lendemain pour annoncer son succès, finalement…

Un nouveau regard sur l'expression ravie de Sarenziah balaya ses doutes.

Tout était enclenché. Plus rien ne pouvait mal tourner.

Chapitre 22

Cyrus eut la présence d'esprit de récupérer la besace contenant le butin volé, qu'il avait abandonnée à la porte du primarque. Les adolescents descendirent tant bien que mal les escaliers du bâtiment central, traversèrent la cour en titubant et rejoignirent les coursives de l'Académie. Quint, blotti entre les bras de Grise, paraissait perdre des litres de sang, qui maculaient les vêtements de la jeune fille. Cyrus murmurait en continu des incantations de guérison pour refermer les plaies et faire cesser les hémorragies. Mais il n'osait pas puiser trop profondément dans la magie vacillante de son familier, de crainte d'empirer son état. Cela affaiblissait malheureusement ses sortilèges de manière conséquente : à chaque secousse de la course de Grise, les blessures se rouvraient et saignaient à nouveau.

Dévoré par l'angoisse, Cyrus sentait les battements du cœur du chat roux devenir de plus en plus irréguliers.

– Ne m'abandonne pas, Quint, murmura le magicien, la voix rendue rauque par l'émotion. Reste avec moi...

encore un peu, le temps que Vestor Vax te remette sur pieds…

Le chat ne paraissait pas l'entendre, et ils pressèrent le pas. Ils parvinrent enfin à la porte de service par laquelle ils étaient entrés, et laissèrent l'Académie derrière eux.

À l'extérieur, tout était silencieux. La pleine lune teintait la nuit d'une lueur argentée fantomatique, révélant les avenues vides autour d'eux. Vestor Vax et Gustav n'étaient visibles nulle part. « Ce n'est pas normal, songea Grise. Ce n'est pas le plan. »

Ils auraient dû être là. Avaient-ils été arrêtés ? Quelque chose les avait-il forcés à fuir ?

Les adolescents scrutèrent les alentours, fouillant les ombres à la recherche du nécromancien et de l'automate. Peut-être s'étaient-ils réfugiés sous un porche, dans une impasse ou une porte cochère pour éviter d'être aperçus par une patrouille ?

Près d'une minute passa, sans que rien ne bouge. Ils eurent beau plisser les yeux et siffler discrètement, rien n'y fit : leurs complices avaient bel et bien vidé les lieux.

Ils ne pouvaient pas rester ici, à la merci de la première patrouille de la Garde de Cuivre qui passerait. Sans échanger un mot, ils traversèrent le quartier nanti au pas de course, sans s'arrêter, sans réfléchir, se dirigeant à toute vitesse vers les Rets, vers la Tanière, vers Vestor Vax et Xaomi, vers les petits mages, les sorcières et les rebouteux qui pourraient, peut-être, recoller les chairs du chat supplicié.

Une bouffée de culpabilité saisit Grise à la gorge. Quint était dans cet état uniquement parce qu'elle avait pensé que le primarque Ioséphir serait capable de les aider. Et pourquoi ? *Parce que c'était un ami de son papa alors il ne pouvait pas être méchant.* Une vague de désespoir la saisit : comment avait-elle pu être aussi naïve ?

Quand Cyrus avait émis l'hypothèse qu'Ioséphir avait favorisé les manœuvres de leurs quatre ravisseurs, elle lui avait ri au nez. Et dès qu'il avait eu le dos tourné, elle s'était empressée de lui mentir, de trahir sa confiance, de se jeter dans la gueule du loup rien que pour prouver qu'elle avait eu raison !

Et elle avait eu tort.

Évidemment qu'elle avait eu tort.

On lui avait toujours dit qu'elle était intelligente, intuitive, talentueuse, *plus maligne que la moyenne*, et elle avait fini par y croire, croire à tous ces boniments, ces compliments creux, croire aveuglément que puisqu'elle était si brillante, elle avait forcément raison !

« Et voilà le résultat », songea-t-elle en contemplant le museau maculé de sang du chat qui ballottait contre son bras.

– Reste avec nous, Quint, murmura-t-elle en embrassant la fourrure humide de sang. Je suis désolée, je suis tellement désolée… On va trouver un guérisseur pour te requinquer en moins de deux, tu vas voir… Encore un petit effort, je te promets que ça va aller…

Si le familier mourait à cause d'elle, elle ne se le pardonnerait jamais. Et Cyrus... Elle préférait ne même pas y penser.

À mesure que les grandes avenues et les demeures cossues disparaissaient au profit de masures et de venelles obscures, un sentiment étrange et diffus s'empara de la technologiste. Elle percevait une anomalie, un manque dans le paysage, un vide, sans parvenir à mettre le doigt dessus. Mais elle ne prit pas le temps de se pencher sur la question : tout ce qui comptait, c'était de sauver Quint.

Quand Cyrus et elle parvinrent enfin en bordure des Rets, une surprise de taille les attendait. En arrivant en haut de la rue qui marquait la frontière du quartier des indigents, il leur fut impossible de passer : plusieurs autocalèches blindées avaient été massées en travers de la route.

Les Rets avait été réveillés en sursaut : les lueurs orangées des bougies et des lampes à huile brillaient à tous les carreaux. La lumière bleue diffusée par les rares lampadaires à arcanium était occultée par celle d'imposants phares mécaniques installés sur les toits d'autres autocalèches, qui balayaient de leurs puissants faisceaux blancs les bâtiments lépreux du quartier, faisant disparaître toutes les imperfections de leur lumière aveuglante.

Grise se souvint de la sensation de vide qu'elle avait éprouvée alors qu'ils traversaient Celumbre, et elle comprit brusquement ce qui manquait au paysage : la Garde de Cuivre. Pendant tout le temps où ils avaient dévalé les rues de la cité, ils n'avaient fait aucun détour, parce qu'ils n'avaient croisé absolument aucun garde.

La raison était simple : ils étaient tous là.

Des régiments entiers de sentinelles patrouillaient dans le quartier rebelle, humains et automates côte à côte. Certains semblaient chargés d'empêcher les gens de sortir dans la rue, tandis que d'autres groupes fracassaient les portes des maisonnées et entraient en force, pour en sortir quelques instants plus tard en poussant devant eux plusieurs personnes menottées hurlant et se débattant.

Un peu plus loin, deux rangs d'officiers formaient une haie sécurisée autour d'un accès aux catacombes, d'où jaillissaient une file ininterrompue de voleurs, mendiants, automates affranchis et Révocateurs. Sitôt sortis des égouts, leurs poignets et leurs chevilles étaient entravés de lourdes chaînes, et c'était à petits pas ridicules, en manquant choir à chaque instant, qu'ils étaient conduits jusqu'aux autocalèches pénitentiaires.

Avec un coup au cœur, Grise reconnut Lieber dans la file de prisonniers. Le beau jeune homme aux cheveux de flammes tentait de faire bonne figure, fredonnant même le premier couplet d'un chant révolutionnaire. Un constable le fit immédiatement taire d'un coup de poing dans l'estomac. Lieber se plia en deux, le souffle coupé, et cracha un peu de sang. La mécanicienne dut se mordre les lèvres pour ne pas crier.

Un instant plus tard, ce fut Xaomi qui sortit des égouts, parmi un groupe de petits mages. Ils étaient conduits jusqu'à une autocalèche par une cohorte d'ésotériciens d'État en uniformes violets, spécialement détachés de l'armée impériale pour purger les Rets des pratiquants des Arts Sombres. La peau des prisonniers était le plus souvent zébrée de noir, conséquence des sortilèges qu'avaient dû convoquer contre eux les mages impériaux. Xaomi était dépenaillée et échevelée, et son œil gauche s'ornait d'un impressionnant coquart violet. Elle semblait incapable de marcher : les deux ésotériciens qui l'encadraient la traînaient sans douceur. Sa tête dodelinait doucement et un peu de bave s'échappait de sa bouche, comme si elle avait subi un violent sortilège de confusion.

Grise sentit Cyrus se tendre à ses côtés.

Soudain, un automate de la Garde se tourna vers eux. Le cœur de Grise bondit : prenant la main de Cyrus, elle fit volte-face et s'élança dans les ruelles. Des cris d'alerte retentirent dans leurs dos, et les pas de gardes lancés à leur poursuite claquèrent sur les pavés.

Malgré la terreur qui lui tenaillait l'estomac, la mécanicienne se remémora ce qu'elle avait appris sur le quartier et entraîna Cyrus à sa suite jusqu'à atteindre un massif buisson de ronces occupant la plus grande partie d'une ruelle borgne.

– Ici ! souffla-t-elle en poussant le magicien devant elle. Vite !

Cyrus et Grise se faufilèrent précautionneusement derrière les lianes épineuses, qui dissimulaient un trou étroit ménagé dans un mur. Ils se retrouvèrent dans une petite cour de terre battue jonchée de pavés descellés, délimitée par une haute enceinte dévorée par du lierre épineux, au portail rouillé, à peine discernable sous la végétation.

– Comment connais-tu cet endroit ? murmura Cyrus, hagard.

– Lieber me l'a montré. Il m'a dit que c'était l'une des meilleures planques des Rets, mais que plus grand-monde ne l'utilisait. Trop dangereuse.

En effet, au centre de la cour se dressait une inquiétante construction de pierre, haute et effilée, terminée par un toit pointu. Il s'agissait de l'ancienne tour d'horloge des Rets, dont l'entretien avait été abandonné par les autorités de Celumbre.

L'imposante horloge mécanique avait depuis longtemps disparu, ses pièces de cuivre et d'airain pillées par des générations de récupérateurs ; et le bâtiment qui la soutenait jadis paraissait sur le point de se désagréger. Plusieurs pans de murs s'étaient affaissés sur eux-mêmes, dévoilant un improbable squelette de poutres rouillées. D'inquiétants tas de briques éclatées jonchaient la cour. Lieber avait raison : cet endroit était dangereux, susceptible de s'effondrer à tout moment.

Ce soir, pourtant, il faudrait bien qu'elle tienne.

Grise et Cyrus poussèrent la porte gonflée d'humidité et pénétrèrent dans l'antique édifice.

Grise avisa aussitôt un tas de journaux défraîchis abandonnés dans un coin de la pièce. Avec précaution, elle y déposa le familier inconscient. Cyrus lança de nouveaux sorts de soin, espérant que l'immobilité du chat empêche cette fois les blessures de se rouvrir.

– Je… je ne peux pas faire grand-chose de plus, murmura-t-il, hagard. Je… Je ne sais pas ce que… je…

Le jeune magicien avait l'air complètement égaré. Grise ne l'avait jamais vu perdre à ce point ses moyens et sentit son cœur se serrer. Elle tenta de le faire penser à autre chose, de détourner un temps son angoisse pour son familier.

– Dis, je n'ai pas vu l'Arachnide dans la file de prisonniers qui sortait des égouts, lança-t-elle. Et toi ?

Cyrus cligna des paupières et déglutit, retrouvant un semblant de lucidité.

– Moi non plus, murmura-t-il. J'espère… j'espère qu'elle s'est échappée.

– Le sommet de l'horloge devrait offrir une bonne vue sur le quartier, proposa Grise. Si on écarte un peu les planches qui condamnent l'endroit où se trouvait le cadran, on devrait pouvoir observer la place du Gibet, la rue de la Noire-Baie et l'allée de la Brumaille, ainsi que le terrain vague de l'impasse Cardinale.

– Quatre points d'accès aux égouts, approuva Cyrus. Bien vu. Allons-y.

Les adolescents montèrent avec précaution les marches branlantes de la tour abandonnée et firent jouer les planches de bois noirci qui barraient le vaste trou rond où se trouvait jadis le cadran de l'horloge.

Un écran de fumée masquait presque entièrement la place du Gibet et l'allée de la Brumaille. Ils ne purent distinguer que quelques silhouettes floues, sans déterminer s'il s'agissait de patrouilles de gardes, de voleurs en train de s'éclipser ou d'une nouvelle file de prisonniers menée aux autocalèches blindées. En revanche, la vue était dégagée sur l'impasse de la Noire-Baie. Au fond se trouvait la maison abandonnée par la cave de laquelle ils avaient pour la première fois pénétré dans le repaire de l'Arachnide.

Le cœur de Grise se serra : l'impasse grouillait de gardes, la porte de la maison abandonnée avait été défoncée à coups de pieds, et une autre file de prisonniers avançait vers leurs geôles, l'air morne.

– Oh non ! murmura Cyrus. Regarde !

La mécanicienne tourna son regard vers le terrain vague envahi de ronces, juste en contrebas de la vieille tour d'horloge et elle sentit ses poumons rétrécir. L'Arachnide venait de sortir des catacombes, tenue en joue par toute une compagnie de gardes. Le visage de la grosse voleuse était tuméfié, et plusieurs tuyaux de son demi-masque avaient été arrachés, répandant des liquides violets et argentés sur ses épaules larges. Mais ce n'était pas le plus révoltant : ceux qui venaient de l'escorter hors de son repaire n'étaient autres que...

– Les agents de la Police secrète ! souffla Grise. Ils sont venus libérer Bren Balixte !

– Je crois que c'est pire que ça, grogna Cyrus. J'ai l'impression qu'ils se félicitent, comme si... comme s'ils avaient réussi un coup.

La mécanicienne haussa les sourcils. Effectivement, Voix-Grave avait posé une main approbatrice sur l'épaule de Bren Balixte, tandis qu'Accent-des-Îles et

Femme-Feutrée souriaient largement. L'ex-prisonnier, surtout, n'arborait pas l'expression soulagée de quelqu'un que l'on venait de délivrer, mais l'attitude arrogante et satisfaite de quelqu'un qui venait d'accomplir une mission avec brio.

– Tu crois que… qu'ils avaient prévu que Caes capturerait l'un d'entre eux ? murmura Grise.

– Ils lui ont tendu un piège, acquiesça Cyrus. Balixte s'est laissé capturer.

– Pourquoi aurait-il fait ça ? murmura Grise, confuse.

Cyrus mit un doigt sur sa bouche et désigna la scène qui se déroulait devant eux. Bren Balixte parlait avec ses camarades d'une voix forte et gaie : en tendant l'oreille, peut-être pourraient-ils saisir quelques mots.

Grise écouta attentivement. Elle ne saisit pas tout, mais le grand homme maigre semblait se vanter de s'être échappé de la cellule dans laquelle l'avait jeté l'Arachnide en moins de dix minutes. Il avait apparemment passé chaque instant de sa prétendue captivité à explorer les catacombes, désactiver les pièges et passer des informations codées à ses comparses par les bouches d'égout, avant de revenir s'enfermer lui-même dès que quelqu'un venait s'assurer qu'il était toujours sous clé. De leur côté, ses trois comparses préparaient l'assaut, prenant la direction d'une vaste opération de capture.

Bren Balixte parlait fort et se pavanait, semblant excessivement fier de lui, ce qui acheva de rendre Grise furieuse.

– Espèce de sale fouine ! gronda-t-elle.

– Ils sont encore plus dangereux que nous le pensions, murmura Cyrus. Ils ne reculent devant rien, même se faire capturer et torturer par leurs ennemis, si ça peut servir leurs objectifs !

– N'empêche que nous leur avons encore échappé, répliqua férocement Grise. Pour la troisième fois consécutive.

– C'est vrai, admit le magicien. Ils devaient espérer nous attraper au passage. Dans la masse des prisonniers, et avec la complicité de leurs agents au sein de la Garde de Cuivre, personne n'aurait remarqué s'ils nous avaient fait monter dans une autocalèche à part et s'étaient éclipsés...

– J'espère qu'ils seront fous de rage quand ils comprendront que nous ne sommes pas parmi les prisonniers, gronda Grise. Et qu'ils... Que... Qu'est-ce que c'est que ça ?! souffla-t-elle soudain. Oh non, quels idiots, ils ne vont quand même pas...

Vestor Vax et Gustav venaient de surgir sur le terrain vague. Le nécromancien était échevelé et sa robe noire était déchirée, mais le sang qui couvrait son visage ne semblait pas lui appartenir.

Quant au grand automate, à en croire ses poings métalliques tachés d'écarlate, il avait fermement résisté à son interpellation. Et à voir les impacts de balles sur ses bras et son boitement alors qu'il avançait, les forces de l'ordre avaient pourtant fourni beaucoup d'efforts.

Le sorcier et l'automate avançaient fermement vers l'Arachnide, bien décidés à la libérer. Deux officiers de la

Garde leur tirèrent dessus, mais Vestor Vax se jeta derrière Gustav, et les balles ricochèrent sur le plastron renforcé de l'automate. L'une d'elle alla même se loger dans la cuisse d'un milicien, qui s'écroula au sol en hurlant. Trois automates de la Garde s'interposèrent entre eux et leur cible, mais Gustav les renversa d'une pichenette, comme s'il ne s'était agi que de poupées de chiffons.

Les gardes humains qui s'interposèrent n'eurent pas plus de chance : d'une formule, Vestor Vax les fit voler dans les airs comme s'ils ne pesaient rien. Une autre unité de la Garde, d'un modèle sans doute plus récent, résista bien dix secondes à Gustav avant de s'effondrer, propulsée au sol par le poing d'acier du géant mécanique. D'autres tentèrent de contourner l'incroyable duo, mais ils n'eurent pas plus de succès : Vestor Vax évoqua un puissant sortilège qui fit s'ouvrir des bouches de flammes noires sous les pieds des gardes, qui durent bondir en arrière pour ne pas brûler vifs.

Rien ne semblait pouvoir arrêter l'avancée du mage et de l'automate. Un instant, Grise crut qu'ils allaient bel et bien réussir à délivrer l'Arachnide.

Mais elle remarqua soudain les coulures noirâtres qui jaillissaient du cou et des épaules de l'automate doré, ainsi que les engrenages scintillants qui tombaient par poignées d'un gros trou dans son flanc, à l'origine de sa claudication. Certains assauts de la Garde avaient porté, réalisa-t-elle, le cœur serré. Quant à Vestor Vax, elle pouvait maintenant discerner de grosses gouttes de sueur dévaler ses traits creusés. Son serpent vert, Esus, pendait lamentablement sur son épaule, trop faible pour redresser la tête. Le sorcier avait épuisé presque toutes ses réserves de magie.

Accent-des-Îles, l'ésotéricien de la Police secrète, leva la main et récita une formule d'une voix forte. Gustav s'immobilisa aussitôt, comme changé en statue.

– Un maléfice paralysant, murmura Cyrus. Ce mage est très puissant : les automates sont généralement résistants aux sortilèges…

Vestor Vax tenta aussitôt de lancer un contre-sort, mais Femme-Feutrée se jeta sur lui, couteau en avant. Abandonnant sa récitation, le vieux nécromancien tenta de lancer un autre sort pour se protéger, mais la femme brune était trop rapide : en un éclair, son poignard transperça la gorge du vieux sorcier. Un instant, Vestor Vax resta debout, immobile, les yeux écarquillés, comme stupéfait. Un filet de sang s'échappa de ses lèvres pour dévaler dans sa barbe impeccable. Puis il vacilla et s'effondra au sol, mort.

Cyrus ouvrit la bouche pour hurler. Grise se précipita sur lui, le bâillonnant fermement de la main. Un long sanglot étouffé jaillit de la gorge du jeune magicien. Il coïncida avec le cri de rage et de chagrin de l'Arachnide, qui tomba à genoux devant l'horreur de la situation.

Bren Balixte retourna le cadavre du sorcier du bout du pied, s'assurant qu'il était bel et bien mort. Un sourire goguenard barrait son visage maigre, dévoilant ses dents cassées. Il approcha alors de Gustav, toujours immobilisé, et lui souffla quelque chose à l'oreille. Grise n'entendit pas ce qu'il disait, mais il s'agissait sans nul doute d'une provocation. Le colosse mécanique tenta de se jeter en avant, mais Accent-des-Îles raffermit son sortilège d'une torsion de poignet, le forçant à rester immobile.

Balixte se glissa alors dans le dos de Gustav, tira une lame de sa ceinture et l'inséra sous une plaque de métal située sur la nuque de l'automate. Grise sentit son cœur se glacer.

– Oh non ! s'étrangla-t-elle.

– Quoi ? hoqueta Cyrus. Que… Que fait-il ?

– Il va le réinitialiser, murmura la mécanicienne, les larmes aux yeux. Supprimer sa personnalité autonome, le remettre aux paramètres d'usine… C'est comme s'il allait…

– Le tuer, compléta le magicien d'une voix blanche.

Balixte souleva le capot dévoilant la machinerie interne de Gustav et pianota à l'intérieur, une expression de délice sadique sur le visage. Quelques instants plus tard, la tête de Gustav bascula vers l'avant, et ses bras se relâchèrent. Accent-des-Îles dissipa son sort, et l'automate tomba lourdement dans l'herbe, face contre terre, à côté de la dépouille ensanglantée de Vestor Vax. Un nouveau cri de désespoir s'échappa de la gorge de l'Arachnide, mais la grosse femme fut rapidement bâillonnée et emmenée sans douceur vers une autocalèche blindée. Les larmes brouillèrent la vision de Grise, et elle sentit à peine la main de Cyrus serrer la sienne.

Vestor Vax était mort. Gustav était mort. L'Arachnide, Xaomi, Lieber étaient aux mains de la Garde de Cuivre.

Tous les voleurs étaient prisonniers, ou en fuite. Les Rets étaient perdus.

Le cœur au bord des lèvres, blottis l'un contre l'autre, les adolescents contemplèrent pendant encore plusieurs heures les scènes brutales qui se jouaient sous leurs yeux. Quand l'aube se leva enfin, la plupart des autocalèches et des officiers de la Garde avaient quitté les lieux. Les habitants du quartier, traumatisés, restèrent barricadés chez eux.

Les rues dévastées étaient vides. Il ne restait plus rien.

Rien, sauf les corps disloqués de Gustav et de Vestor Vax.

TROISIÈME PARTIE

MÉCANO-MAGIE APPLIQUÉE

Chapitre 23

Quand l'aube vint, Cyrus s'arracha à la contemplation de la rue et se laissa glisser contre un mur râpeux. Malgré la température clémente pour une nuit de printemps, il semblait au bord de l'hypothermie : ses mains tremblaient, ses yeux étaient enfoncés dans leurs orbites et ses lèvres avaient viré au bleu. Le délitement progressif de son lien magique avec son familier le consumait, réalisa Grise, et le choc des derniers événements ne devait pas arranger les choses.

La mécanicienne posa une main réconfortante sur le bras du jeune mage.

– Ça va aller, Cyrus ?

Le regard que l'ésotéricien leva sur elle était vide, comme hanté. On aurait dit que toute trace d'espoir l'avait définitivement déserté.

– Ça va aller ? répéta-t-il avec une sombre ironie. Vraiment ? C'est ça, ta question ? Mon familier est aux portes de la mort, les seuls magiciens qui auraient pu le soigner sont morts ou aux mains de la Garde, tous nos alliés ont disparu... Et tu me demandes si ça va aller ?

Grise ne trouva rien à répondre. Cyrus, grelottant de tous ses membres, posa une main sur sa poitrine, comme pour s'assurer que son cœur n'allait pas exploser. C'est alors qu'il sentit la lanière de cuir de sa sacoche, dans laquelle il avait entreposé le butin dérobé dans la chambre forte de l'Académie. Il sursauta.

– Mais quel imbécile !

– Chut ! Moins fort ! murmura Grise, inquiète.

Mais le jeune magicien ne l'écoutait plus : il avait ouvert la besace et fouillait frénétiquement à l'intérieur.

– Quel crétin je fais ! siffla soudain Cyrus. Comment ai-je pu oublier... quel idiot !

L'ésotéricien fit jaillir de son sac des monceaux de documents et de lettres incriminantes, qu'il balança sans le moindre égard sur le sol poussiéreux. Trois grosses bourses de pièces, un petit lingot de platine et une impressionnante gemme bleu pâle taillée en triangle les rejoignirent en tintant avant qu'il finisse par mettre la main sur ce qu'il recherchait. Il tira triomphalement de la besace un sac de velours pourpre de la taille d'un œuf d'oie, dont il défit le cordon avec fébrilité. Une lueur bleu et doré illumina brusquement la pièce.

Grise écarquilla les yeux en se penchant sur le contenu du sachet.

– Est-ce... est-ce que c'est... bredouilla-t-elle, stupéfaite.

– De l'arcanium ! confirma Cyrus avec force. Des cristaux de l'arcanium le plus pur, de la réserve personnelle du grand maître de l'Académie ! J'avais de l'arcanium sur moi depuis le début, et je n'ai pas été fichu de m'en souvenir avant maintenant !

– Il y en a pour une véritable fortune ! murmura la mécanicienne.

Elle n'en avait jamais vu d'aussi pur : d'ordinaire, l'arcanium employé par les mécaniciens pour alimenter leurs machines était assez médiocre. De l'arcanium de cette qualité ne pouvait servir qu'à tisser des sorts extraordinairement puissants ou à alimenter des automates d'une incroyable complexité !

– Quand j'étais dans la chambre forte, raconta Cyrus, je me suis souvenu que ton automate était déchargé et qu'il te manquait, alors j'en ai pris un peu... Je me disais que ça te ferait plaisir.

Une boule bloqua la gorge de Grise. Pendant qu'elle trahissait sa confiance, lui pensait à elle, à un moyen de lui faire plaisir. La culpabilité qu'elle éprouva à cet instant la fit presque vaciller.

Cyrus ne s'aperçut pas de son trouble. Il saisit avec délicatesse une fine esquille translucide.

– Avec ça, je vais pouvoir soigner Quint sans avoir à puiser dans sa magie !

Les adolescents dévalèrent l'escalier de la maison abandonnée et se ruèrent sur le familier. Le chat respirait avec difficulté : plusieurs plaies s'étaient rouvertes, et un sang noirâtre imbibait les journaux sur lesquels il reposait.

Grise posa fébrilement la main sur la fourrure tachée. Le cœur de Quint battait à peine.

Cyrus serra fermement le cristal d'or et d'azur dans sa main gauche et posa sa main droite sur l'une des plaies. Un halo rougeâtre enveloppa ses doigts, puis de minuscules rais de lumière pourpre fusèrent sur les chairs déchirées du chat roux. La magie débarrassa la blessure de toutes les impuretés, avant de la faire cicatriser.

– Je n'ai jamais pratiqué de guérison aussi puissante ! souffla-t-il, impressionné. Les plaies se referment si facilement ! Je... Ah, diantre !

La lueur sanguine s'était brusquement tarie. Le jeune magicien ouvrit sa main gauche : dans sa paume ne reposait plus qu'un petit tas de poudre grisâtre. Le cristal avait été consommé. En grognant, il prit une seconde esquille dans le sachet et renouvela la manœuvre. Mais une fois encore, la puissante thaumaturgie ne dura qu'une vingtaine de secondes avant de consumer entièrement l'arcanium.

– Ça va trop vite, marmonna-t-il. À ce rythme-là, je ne suis pas certain qu'il en restera pour recharger Cog...

– On s'en fiche ! souffla Grise, la voix rauque. Sauve Quint, c'est tout.

Elle piocha une pleine poignée de cristaux dans le sachet, qu'elle fourra d'autorité dans la main de Cyrus. Le magicien se remit au travail.

Quelques instants plus tard, la plupart des plaies de Quint avaient disparu, remplacées par de longues cicatrices blanc-rose courant dans sa fourrure. Malheureusement, si Cyrus avait pu nettoyer et reconstituer la plupart des chairs de l'orbite, l'œil qu'il reconstruisit demeura d'un blanc laiteux.

Grise fouilla dans le sachet : la guérison du familier avait nécessité près d'un tiers des cristaux d'arcanium, désormais réduits à l'état de cendre.

Malgré les soins, la respiration de Quint restait irrégulière, et son rythme cardiaque était faible et désordonné.

– J'espère que ce n'est pas trop tard, murmura Cyrus, la voix enrouée.

L'ésotéricien passa la main dans la fourrure striée de son chat et la trouva glacée. Quint ne réagit pas à son contact. Les mâchoires serrées, Cyrus peinait à retenir ses larmes. Il restait immobile, incapable de quitter le félin du regard. Il caressa à nouveau le pelage froid de Quint, la main tremblante, avide de sentir son cœur. Il y eut un battement puis, une éternité plus tard, un second. Le souffle bloqué au fond de la gorge, le jeune mage assistait à l'agonie de son familier.

– Laissons-le se reposer, proposa Grise. Remontons à l'étage.

Cyrus foudroya la magicienne du regard, et secoua la tête. Non. Il resterait auprès de Quint, quoi qu'il arrive, jusqu'à ce que… jusqu'à…

Les larmes trop longtemps réprimées dévalèrent soudain les joues du mage, et un long mugissement de détresse s'échappa de ses lèvres. Grise l'enveloppa maladroitement de ses bras, et le tint contre elle, le laissant pleurer tout son soûl. À leurs côtés, Quint se mit soudain à frémir, son corps zébré comme parcouru de tremblements.

– Regarde ! murmura Grise d'un ton encourageant. Il bouge !

– Non, renifla Cyrus, paniqué. Non ! Surtout pas !

Il repoussa fermement l'étreinte de Grise.

– Il convulse ! Il ressent ma tristesse ! À travers notre lien, il partage toujours mes émotions... Je... je ne dois pas pleurer, je ne peux pas... lui imposer ça, pas maintenant ! Il a besoin de solidité, d'espoir, il a besoin que je sois... fort.

Il s'interrompit et serra tant les mâchoires que Grise entendit ses dents grincer.

– Éloignons-nous, proposa de nouveau la mécanicienne. Tu ne pourras pas éprouver d'émotion positive s'il reste sous tes yeux.

Cyrus déglutit, hésitant à laisser Quint sans surveillance.

– Si... si quelque chose ne va pas, tu le ressentiras, non ? insista Grise. Tu as fait tout ce que tu as pu. Laissons-le se reposer. On va... on va parler d'autre chose. De positif. Essayer de reprendre espoir, pour que tu puisses transmettre ça à Quint, pour l'aider à guérir. D'accord ?

Cyrus s'arracha à regret à la contemplation du corps à peine vivant de son familier. Il suivit la mécanicienne dans l'escalier, les jambes lourdes et le cœur serré.

Une fois à l'étage, il regarda autour de lui, hagard, avant de se pencher pour ramasser les documents qu'il avait éparpillés en fouillant dans sa sacoche. Grise le regarda faire, dansant d'un pied sur l'autre, sans savoir si elle devait ou non intervenir. Plus le jeune mage passerait de temps à trier les feuillets jonchant le sol poussiéreux, et moins il penserait à Quint… non ?

Après avoir soigneusement empilé tous les dossiers, Cyrus regarda autour de lui d'un air fiévreux, comme s'il regrettait qu'il ne reste plus rien à ramasser. À bouts de force, il se laissa finalement glisser contre un mur.

– Quel imbécile j'ai été de ne pas avoir pensé plus tôt à regarder dans mon sac, murmura-t-il d'une voix rauque.

– Arrête, Cyrus ! répliqua Grise en s'asseyant à côté de lui. Tu étais sous le choc, tu ne peux pas t'en vouloir !

Le magicien hocha doucement la tête et déglutit bruyamment :

– Pire nuit de tous les temps…

– Tu dois être positif, lui rappela Grise.

– Je ne vois vraiment pas comment.

– Euh… eh bien… Tiens, par exemple ! L'un dans l'autre, notre expédition à l'Académie aura été un succès !

– Ah bon, tu trouves ?

– Deux étudiants de quatrième année qui désactivent toutes les protections de l'Académie et vident le coffre-fort du grand maître, ce n'est quand même pas rien ! S'il y avait un examen de cambriolage, nous l'aurions réussi haut la main !

Cyrus fronça les sourcils, songeur, avant d'esquisser un pauvre sourire.

– Tu crois que tirer sur le primarque et estropier son familier rapporteraient des points bonus ?

Grise pouffa, un peu rassérénée. Si Cyrus parvenait à faire preuve d'humour, tout n'était pas perdu. Elle feignit un soupir tragique.

– Je crois quand même que nos dossiers académiques sans tache vont en prendre un sacré coup...

– Tu as des regrets ?

– Aucun. En fait, je suis même soulagée.

– Soulagée ?

– Je ne sais pas pour toi, mais étudier dans une école où seuls les enfants de riches apprennent à tenir les rênes du pouvoir, ça ne me dit plus grand chose.

– Une vraie petite Révocatrice ! remarqua Cyrus, légèrement crispé.

– Peut-être... Après tout, leurs arguments ne sont pas insensés, tu ne trouves pas ?

– Si, admit le magicien. Ils ont raison de penser que notre société est injuste et d'avoir envie de changer les choses. J'imagine que c'est plus facile de s'en rendre compte quand on est à leur place qu'à la nôtre... Mais c'est une excuse que nous n'avons plus, pas vrai ?

Grise acquiesça sans répondre. Leurs mésaventures dans les Rets les avaient définitivement marqués.

Cyrus lui posa soudain la main sur le bras.

– Au fait, je suis désolé de t'avoir parlé aussi sèchement, tout à l'heure.

Grise le regarda sans comprendre.

– À l'Académie, poursuivit-il. J'ai été un peu sec. Tu as voulu croire que l'ami de ton père était de notre côté, et j'aurais dû comprendre que…

– Quoi ? l'interrompit Grise en se dégageant. Ah non ! Certainement pas !

Le magicien haussa les sourcils, surpris.

– Je ne te laisserai pas t'excuser, Cyrus Vorocle ! Tout est de ma faute ! C'est moi qui ai été stupide de croire que ce traître d'Iosëphir en avait quoi que ce soit à faire de moi ou de mon père ! D'espérer qu'il allait nous aider, d'imaginer que…

Elle s'interrompit un instant, se mordit les lèvres, puis reprit :

– Tu avais toutes les raisons d'être en colère. J'aurais dû te faire confiance. Essayer de comprendre pourquoi tu te méfiais d'Iosëphir, au lieu de croire que tu étais paranoïaque. Mais non, il a fallu que je pense tout savoir, comme d'habitude ! Tu devrais m'en vouloir, tu devrais m'insulter, me haïr ! Je nous ai mis en danger, je… j'ai mis Quint en danger ! Tout est de ma faute ! Je… je suis désolée… Si tu savais comme je suis *désolée*…

Ses mots s'étranglèrent, et elle sentit les sanglots s'engouffrer dans sa gorge comme un geyser.

Cyrus la prit par l'épaule et l'attira contre lui.

– Je te pardonne, déclara-t-il solennellement.

– Vraiment ? renifla-t-elle.

– Vraiment. Après tout, tu n'es qu'une gratte-rouille : je ne pouvais décemment pas m'attendre à ce que tu sois capable de suivre les raisonnements complexes d'un pratiquant des Flux.

Et il lui adressa un petit sourire, que Grise lui rendit entre ses larmes en lui donnant un léger coup sur la poitrine.

– Crétin de gigote-doigts.

– Moi aussi, je crois que je t'aime bien, répliqua-t-il en l'attirant davantage contre lui.

Elle se mordit les lèvres. Elle se sentait bien, là, contre Cyrus Vorocle. L'oreille posée contre sa poitrine, elle entendait même son cœur battre à tout rompre, de plus en plus rapidement. C'était elle qui faisait ça ? Elle éprouva une irrépressible envie de rire, mais elle se retint. Ce n'était vraiment, *vraiment* pas le moment de faire dans la grelucherie. Au moins, Cyrus allait mieux : il respirait plus librement, et il avait retrouvé un peu de couleur. Elle espérait vraiment que Quint bénéficierait de ce regain de vigueur.

Grise réalisa soudain qu'elle était restée collée à lui bien plus longtemps qu'il n'était acceptable pour une simple étreinte amicale. Elle se redressa brusquement, les joues en feu, et s'écarta de lui. Cherchant à masquer son trouble, elle tendit la main vers la pile de documents dérobés au primarque et en prit un au hasard, feignant de se concentrer sur sa lecture et ignorant de toutes ses forces le regard amusé de Cyrus, qu'elle sentait posé sur elle.

Soudain, ses yeux accrochèrent une phrase, puis une autre. Fronçant les sourcils, elle lut le feuillet d'un bout à l'autre. En parvenant à la fin du document, elle était pâle comme un fantôme.

– Ce n'est pas possible !

Elle relut la missive à toute vitesse, en ramassa une seconde, puis une troisième. Toutes évoquaient la même chose, sans nuance, sans aucune possibilité de se tromper.

– La guerre, souffla Grise, le cœur serré. Sarenziah veut la guerre.

– Oui, confirma Cyrus, sombre. La guerre mondiale.

– Ce… c'est ça, le plan de l'impératrice ?

– Il semblerait.

– Mais enfin… Elle veut déclarer la guerre au monde entier ! À la Tovkie, au Grimmark, à la Xamorée…

– À tous ceux qui possèdent des réserves d'arcanium, en somme.

– C'est complètement dingue !

– Pas vraiment, quand on y réfléchit. Sarenziah désire par-dessus tout que l'Empire ne soit plus limité par ses ressources. Posséder tous les gisements d'arcanium, plutôt qu'avoir à l'acheter et dépendre du bon-vouloir des autres nations.

– Mais… C'est complètement absurde ! s'emporta Grise. L'arcanium coûte cher, d'accord, mais l'Empire a les moyens d'en acheter, non ?

– Oh, pour sûr, acquiesça Cyrus. Sarenziah a vendu des munitions, des navires et des automates à tous les conglomérats d'armement du monde, tout en taxant son propre peuple jusqu'à l'os : les coffres de l'Empire débordent, tout comme les stocks d'arcanium.

– Alors quel est le problème ?

– Ces réserves sont destinées à alimenter l'effort de guerre. Sur le long terme, il est plus rentable de dominer la ressource plutôt que de l'acheter.

– Rentable ? s'indigna Grise. Au prix de combien de soldats morts, de civils bombardés, de familles détruites ? L'Empire émerge à peine de la guerre contre les Îles, il y a des soldats estropiés et des réfugiés îliens partout dans les rues ! Lancer une guerre juste pour éviter d'acheter une ressource qui ne nous appartient pas, c'est vraiment... Je ne trouve même pas les mots !

– C'est la justification de n'importe quelle guerre, observa Cyrus. Et objectivement, la situation est très favorable à l'Empire pour lancer une opération de cette ampleur. La récente révolte populaire a coûté très cher à la Tovkie, et leur armée est en lambeaux, désorganisée et affaiblie par les luttes internes. Ils sont en outre à couteaux tirés avec le Grimmark, lui-même aux prises avec les Orchidiens. Quant à la Xamorée, les dissensions entre les clans sont à leur paroxysme : si l'Empire décidait d'envahir le continent, aucune tribu ne porterait secours à sa voisine, même en se sachant la prochaine sur la liste.

– Comment tu sais tout ça ? demanda Grise.

– Ma mère est première générale, dit le magicien. La géopolitique, ça me connaît.

– Et ta mère accepte ces horreurs ?

– C'est une militaire. Mais ça ne veut pas dire qu'elle suit aveuglément les ordres. D'après certaines lettres, elle s'est formellement opposée aux vues de l'impératrice. En plus de juger extrêmement dangereux de nous engouffrer dans un conflit mondial alors que nous avons à peine fini de pacifier les Îles, elle trouve les motivations de ce conflit indignes.

– Indignes ? s'offusqua Grise. C'est pourtant bien elle qui a dirigé l'armée lorsque l'Empire s'en est pris à la Confédération, non ?

– La situation était différente : les marchands des Îles refusaient de s'acquitter des taxes pour naviguer dans nos eaux, et leurs soldats se montraient menaçants à nos frontières…

– C'est du moins la justification officielle, maugréa Grise.

Cyrus allait protester, mais il sembla soudain penser à quelque chose :

– Il est possible que tu aies raison. Ce conflit n'était peut-être qu'un test, une expérience pour vérifier que les stratégies et armées impériales étaient efficaces sur le terrain. Malheureusement pour les Îles, ce fut le cas : la guerre n'a duré qu'un an avant que la Confédération se rende. Sarenziah a pu évaluer ses forces tout en mettant la main sur les richesses des Îliens.

Grise acquiesça, le regard sombre, et reporta son attention sur les missives qu'elle tenait à la main. Dans la première, Sarenziah ordonnait à Iosèphir d'intensifier la formation en élémentalisme des futurs ésotériciens d'État, réduisant l'enseignement des trois autres écoles à portion congrue. La formation devait passer de six à quatre ans. À seize ans, Cyrus aurait ainsi pu être envoyé sur le front pour combattre. Et les mécaniciens n'étaient pas en reste : l'armée manquait cruellement de techniciens et d'armuriers, aussi l'impératrice souhaitait-elle que les élèves comme Grise intègrent rapidement les Légions Mécanisées afin d'entretenir les nefs blindées, les canons et les chars de l'arsenal. Exit l'ingénierie du bâtiment, les conceptions d'égouts ou d'aqueducs ; adieu la mécanique de précision, l'horlogerie et la fabrication de jouets, la création d'instruments de musique et d'automates toujours plus sophistiqués : seule comptait la guerre. À quinze ans, Grise aurait dû partir au front, sans jamais avoir l'occasion de rejoindre la Commanderie du Cadran : les ingénieurs impériaux étaient déjà bien assez nombreux, contrairement aux petites mains risquant leur vie pour redémarrer un automate ou manier un canon ultrasophistiqué au beau milieu d'un champ de bataille...

La seconde lettre expliquait la terrifiante stratégie sociale que Sarenziah mettait en place actuellement. Il s'agissait de taxer à la limite du supportable les classes pauvres et moyennes et d'améliorer l'attractivité de l'armée en offrant de nets avantages à la rejoindre : accès gratuit aux médecins et guérisseurs, solde enviable, exemption d'une part des impôts, prestige, aventure, et ainsi de suite.

Pendant que les artisans et ouvriers travaillaient d'arrache-pied pour simplement espérer survivre jusqu'au lendemain, l'Empire convainquait leurs enfants terrifiés par le chômage et la faim de rejoindre l'armée. Personne n'avait réalisé qu'il s'agissait là d'une subtile mobilisation générale, et pourtant les effectifs de l'armée impériale avaient quasiment triplé en cinq ans.

Grise elle-même avait envisagé de rejoindre le Corps Technologiste après être devenue ingénieure, espérant pouvoir s'engager dans la reconstruction des Îles récemment conquises. Elle voulait programmer des automates pour rebâtir les ponts, créer des drones d'assainissement des égouts, construire des machines d'extraction d'eau potable… Au lieu de cela, elle se serait retrouvée sur un navire de guerre ou dans un char d'assaut, à expédier des obus sur des innocents.

Un troisième message traçait les grandes lignes du plan de bataille : commencer par conquérir la Tovkie en simulant une alliance avec le Grimmark puis, une fois la jeune république placée sous domination impériale, trahir le Grimmark et l'absorber également. Avec les ressources militaires et arcaniques des deux pays sous son contrôle, il serait alors temps de se tourner vers la Xamorée, afin de soumettre une à une les tribus du continent méridional. Sarenziah tablait sur une Xamorée désunie, mais même si une alliance inter-clanique voyait miraculeusement le jour, l'union des forces mycéennes, tovkiennes et grimmoises serait amplement suffisante pour remporter la victoire malgré tout.

Grise reposa les papiers au sol, les yeux dans le vague.

– Ça n'a aucun sens, murmura-t-elle. Déclarer la guerre à d'autres pays, tuer des milliers de gens, briser des millions de vies… Tout ça pour de l'arcanium, pour une… ressource qu'ils pourraient simplement *acheter*, qu'ils ont les *moyens* d'acheter !

– Tu comprends maintenant pourquoi nos parents s'y sont opposés, acquiesça Cyrus. Pourquoi ma mère est prisonnière dans son propre manoir, et ton père en fuite et poursuivi par la Police secrète.

– Iosèphir avait raison : il n'y a pas de troisième faction. Il y a ceux qui veulent la guerre, et ceux qui la refusent. Nous sommes dans le deuxième camp. Et par extension, l'Arachnide et ses voleurs aussi.

Cyrus hocha faiblement la tête, puis se leva et jeta un œil entre les planches disjointes de la lucarne.

– On dirait bien que cette fois, la Garde de Cuivre est vraiment partie, souffla-t-il. Il est temps d'y aller.

– Aller où ? s'inquiéta Grise.

– Récupérer les corps de nos amis.

Chapitre 24

« Miaou ? »

Quint se sentait effroyablement vaseux. Il mit un certain temps à comprendre pourquoi sa vision lui semblait moins efficace et pourquoi il peinait désormais à estimer les distances. Puis il se souvint de sa confrontation avec le grand corbeau du primarque et se remémora avec une joie féroce le moment où il avait enfoncé ses crocs dans l'aile de la malfaisante volaille qui l'avait éborgné. Il tenta de se souvenir de ce qui s'était passé ensuite, sans succès.

Il détailla son pelage, remarquant les longues cicatrices roses qui le zébraient désormais. Il fronça le nez : le mage qui l'avait guéri avait fait de l'excellent travail, mais avec un œil en moins et des traces pareilles dans la fourrure, il allait avoir plus de mal qu'auparavant à séduire les chattes de gouttière…

De son œil unique, il regarda autour de lui. Il était allongé sur une pile de vieux journaux posés sur un plancher répugnant de saleté.

Il tenta de se lever pour retrouver son maître mais, trop faible pour tenir sur ses pattes, retomba lourdement dans son nid de papier. Frustré, poussa un miaulement rauque, espérant attirer l'attention de Cyrus :

– Miaaawwww !

Des bruits de pas dévalant des escaliers grinçants retentirent aussitôt. Cyrus apparut, tombant à genoux devant lui. Grise était juste derrière lui. Tous deux avaient le teint pâle et les traits tirés, comme s'ils n'avaient pas dormi de la nuit, mais semblaient soulagés de le voir.

Le familier eut envie de leur demander ce qui lui valait de si tristes mines, qui l'avait rafistolé ou ce qu'ils fabriquaient dans cet endroit sordide au lieu du relatif confort de la Tanière, mais il préféra commencer par le sujet qui occupait la plus grande partie de son esprit :

– Maître, j'ai faim.

Cyrus éclata de rire.

– Pas de doute, il est guéri, s'amusa Grise.

– Tu nous as fait une sacrée peur, murmura Cyrus en lui grattant les oreilles.

– Désolé, maître. Je me sens mieux, maintenant, même si je ne suis pas encore assez fort pour chasser les souris… Pouvons-nous aller manger quelque chose ? Je suis certain d'avoir aperçu un pot de pâté de méduse dans le placard de la cuisine…

Cyrus et Grise échangèrent un regard, l'air sombre.

– La Tanière n'est plus sûre, soupira son maître. Le quartier tout entier n'est plus sûr, pour tout dire…

– Ah bon ? Pourquoi ? Que s'est-il passé ?

Grise et Cyrus racontèrent à Quint ce qu'il avait raté, de la fuite de l'Académie à la vaste opération conjointement menée par la Garde de Cuivre et la Police secrète, sans omettre la douloureuse exécution de Vestor Vax et de Gustav. Le familier écouta avec attention le récit, puis soupira :

– Tant pis pour le pâté. La Tanière doit grouiller de constables à la solde de l'Empire, maintenant.

– Nous devons réfléchir à notre prochaine action, soupira Cyrus en s'étirant. Nous ne pouvons pas rester cachés ici éternellement. Quelqu'un a une idée ?

Grise secoua la tête.

– Je suis trop énervée, avoua-t-elle. Ou fatiguée. Ou les deux. En tout cas, je n'arrive plus à réfléchir.

– Je ne suis pas vraiment en état non plus, renchérit Quint.

Le magicien étudia un instant ses compagnons, puis se leva.

– Je vais aller chercher à manger, déclara-t-il. Ça ira peut-être mieux quand nous aurons l'estomac plein. Et ce sera l'occasion d'écouter ce qui se dit en ville.

– Je vais en profiter pour recharger Cog, lança Grise. Nous avons besoin de tous les alliés disponibles, maintenant qu'il ne reste plus que nous.

Le magicien piocha quelques pièces dans une des bourses dérobées au primarque, ainsi qu'une esquille d'arcanium dans le sachet de velours pourpre. Il récita une incantation qui lui conféra aussitôt des cheveux aussi roux que le pelage de Quint et une peau couverte de taches de rousseur, rangea ses bésicles dorées dans la poche de son veston, puis quitta la maison poussiéreuse.

Grise alla fouiller dans les sacoches abandonnées à l'autre bout de la pièce et revint avec plusieurs outils et le sachet de cristaux d'arcanium. Elle prit l'un des vieux journaux formant le nid de Quint, l'aplatit au sol avec soin et déposa deux esquilles d'arcanium, qu'elle réduisit en poudre à grands coups de maillet.

– Doucement ! protesta le familier. Tu vas démolir le plancher !

– Désolée, grimaça Grise. L'enthousiasme de retrouver Cog. Il m'a beaucoup manqué…

– Oh, j'imagine, maugréa Quint en retroussant le museau. Comment as-tu pu survivre sans ses incessants proverbes, je me le demande bien !

– C'est la seule chose que je possède qui me vienne de mon père, répondit la jeune fille d'un ton neutre. Je sais qu'il est parfois agaçant, mais il est important pour moi.

– Oh… pardon, Grise, miaula le chat en avançant le nez pour toucher sa main. C'était indélicat de ma part.

– Ce n'est rien, l'assura la mécanicienne en caressant la grosse tête rousse.

La jeune fille ramassa la poussière d'arcanium et la versa dans un petit bol en métal. Puis elle posa Cog au sol, saisit un tournevis et dévissa le capot du cube inerte, mettant au jour un complexe assemblage d'engrenages, d'aiguilles et de tubulures cristallines. Grise se pencha sur les entrailles métalliques et entreprit de dégager un petit cylindre argenté sans endommager les dizaines de fils et tubes translucides qui en jaillissaient.

– Le réservoir, expliqua Grise. C'est de là que provient l'énergie de Cog, il me suffit simplement de l'ouvrir et d'y placer la poudre d'arcanium. Je n'en ai jamais utilisé de si pure, j'espère que ça ne va pas encrasser son moteur, ce serait vraiment... Tiens, qu'est-ce que c'est que ce truc ?

Grise, les sourcils froncés, laissa tomber son tournevis, saisit une pince aussi fine que des pattes d'araignées, et la plongea dans le fatras de rouages. Tirant la langue sous l'effet de la concentration, elle écarta délicatement engrenages et filaments jusqu'à atteindre sa cible. Enfin, elle fit triomphalement jaillir une minuscule boule de métal rouge de la coque, qui s'échappa de la pince et tinta sur le plancher avant de se mettre à rouler. L'œil brillant, Quint tendit aussitôt la patte vers la petite sphère qui arrivait vers lui... et la rata de cinq bons centimètres.

– Fichue estimation des distances, grommela-t-il.

Grise lui adressa un sourire désolé et se leva pour ramasser l'orbe. Elle prit l'objet entre deux doigts et le contempla avec curiosité. Elle ne se souvenait pas avoir vu ce composant lorsqu'elle avait construit Cog avec son père. Il était étonnamment lourd pour sa taille et, en le regardant de plus près, elle constata qu'il était couvert de minuscules nervures d'un rouge plus sombre.

Grise plissa les paupières : son père n'aurait jamais utilisé de composant inutile – et pourtant, elle en était certaine, la boule n'avait aucune utilité : il n'était relié à aucun fil, aucun réseau de rouages, aucune tubulure. Il était juste là, coincé entre deux câbles, comme… caché.

Le cœur de la jeune fille manqua un battement : Bren Balixte affirmait que son père avait emporté avec lui les schématiques d'une arme terrifiante. Et si, plutôt que de risquer qu'ils lui soient repris, il les avait cachés ailleurs, dans les rouages d'un jouet-automate, sous la garde involontaire de sa propre fille ? Si, anticipant sa capture, il s'était débrouillé pour éloigner autant que possible les plans des griffes de l'impératrice ?

Grise fit glisser ses doigts sur sa surface à la recherche d'un loquet ou d'une gorge dans laquelle insérer une lame, le secoua, le tourna et le retourna dans tous les sens, mais rien n'y fit : la petite boule ne céda pas.

– Qu'est-ce que tu fabriques ? s'enquit Quint, intrigué. Tu ne devais pas recharger ton automate ?

Grise étouffa un cri : le familier venait de lui donner une idée.

– Quint, tu es un génie ! s'exclama-t-elle.

– Je sais, oui, acquiesça le chat. Mais, euh… pourquoi ?

– Cog possède un système de reconnaissance visuelle, expliqua-t-elle à toute vitesse. C'est ce qui lui permet de lire les expressions des visages et de lancer un proverbe adapté à la situation !

– Et alors ?

– Alors, c'est le seul élément véritablement complexe de sa machinerie, que mon père a mis des mois à perfectionner. Je n'y avais pas pensé jusqu'ici, mais c'est une drôle d'idée de placer un mécanisme aussi avancé dans un simple jouet, non ? Il y avait des moyens beaucoup plus simples pour lui faire réciter des proverbes : à heure fixe, selon la lumière ambiante, ou en appuyant sur un bouton... Mais non, mon père a choisi d'intégrer une reconnaissance visuelle !

– Et donc ?

– Et donc, qu'est-ce qui se passera quand Cog fera un balayage et reconnaîtra cette boule ?

Sans attendre la réponse du familier, Grise se jeta sur l'automate inerte et ouvrit fébrilement le couvercle du réservoir. Elle versa la poudre d'arcanium à l'intérieur, replaça le cylindre au creux de la petite machine et revissa le capot, avant de tourner la clé qui activait Cog.

Le petit cube se mit aussitôt à vibrer, et une lueur verte filtra entre les rainures de sa coque. Ses deux ailes diaphanes jaillirent des capots latéraux, et Cog s'envola à nouveau.

– Reprise d'activité : confirmée. Charge batterie : optimale. Bonjour, maîtresse Grise.

– Bonjour, Cog, le salua Grise.

– Le sourire est le premier pas vers le bonheur, professa l'automate en voletant au-dessus de sa maîtresse.

– Tu m'en diras tant, grommela Quint.

– Le moment de vérité, maintenant, murmura Grise.

Et elle positionna la sphère rouge devant son visage. L'automate s'immobilisa aussitôt dans les airs, battant frénétiquement des ailes.

– Protocole initialisé : restitution de schématiques.

– Ça marche ! s'exclama Grise, aux anges. Nous allons pouvoir…

– Mot de passe requis.

Une enclume de déception s'écrasa sur le cœur de Grise. Un mot de passe ? Elle n'avait aucune idée de ce que cela pouvait être…

– Alimba ? suggéra-t-elle, prise d'une inspiration soudaine. C'était le prénom de ma mère…

Cog cliqueta.

– Mot de passe refusé.

– Hum… Wangka ? Le nom de sa ville de naissance…

– Mot de passe refusé.

– Peut-être un nom d'outil de composant mécanique… Euh… Écrou de Clad ? Engrenage de Spilbank ? Levier de compression ? Tubule arcanique ?

– Mot de passe refusé. Mot de passe refusé. Mot de passe refusé. Mot de passe refusé.

– Son dessert préféré, alors ? tenta la jeune fille en désespoir de cause. Compote de méduse ?

– Mot de passe refusé.

Grise jura, frustrée.

– Ces mots de passe sont trop simples, remarqua Quint. Réfléchis : les agents de l'impératrice peuvent facilement avoir accès à ces informations en lisant le dossier de ton père. Si jamais Cog était tombé entre leurs mains, il ne leur aurait fallu que quelques minutes pour déverrouiller l'accès aux plans, même s'il avait refusé de leur donner le mot de passe…

– Tu as raison, soupira Grise, découragée.

– N'abandonne pas pour autant, conseilla le familier. Ton père ne t'aurait pas confié ses plans s'il ne voulait pas que tu puisses y accéder. Il doit avoir fait en sorte que les agents de la Police secrète ne puissent pas deviner le mot de passe… mais toi, si. Pense à quelque chose que vous seuls connaissez, un surnom, une blague ou un souvenir qui n'appartient qu'à vous…

Le visage de Grise s'éclaira soudain, et elle récita très vite :

– « Le respect qu'ont les autres pour toi ne sera jamais aussi important que celui que tu éprouves pour toi-même ! »

Aussitôt, Cog se mit à vibrer violemment.

– `Mot de passe accepté. Projection des schémas.`

Les faces du cube coulissèrent les unes sur les autres, et la douce lueur verte émise par le petit drone se mua soudain en un puissant faisceau. Cog dirigea le rayon de lumière vers le mur décrépi, projetant une grande tache émeraude. Il y eut un cliquetis, puis une image apparut sur le mur. En-dehors de quelques diagrammes alambiqués et d'esquisses rapides censées représenter la machine, tout le carré lumineux était rempli de calculs et d'équations complexes.

– Les plans de mon père ! s'exclama Grise. Ils sont là !

– Qu'est-ce que c'est que ce charabia ? marmonna Quint en plissant son œil valide. Il y a des nombres partout...

– Ce sont des équations énergétiques, expliqua la jeune fille. Je ne suis pas sûr de tout comprendre, mais on dirait... Et là, ces calculs... Oh... Alors ça, c'est... C'est fascinant ! À la fois extraordinairement pointu et si simple ! Je comprends que mon père n'ait pas voulu que ses travaux tombent entre les mains de l'impératrice !

Quint renifla.

– Tu peux traduire pour un malheureux chat bien peu au fait des subtilités mathématiques ?

– Si je comprends bien, il s'agit d'un engin capable de multiplier par trente l'énergie fournie par l'arcanium. Tu imagines les applications ? Des autocalèches et des automates qui ne nécessiteraient presque pas d'être rechargés ! Un éclairage public qui tiendrait des années avec un seul cristal d'arcanium ! Et pour la recherche technologique, imagine ce qu'on pourrait faire ! Construire des machines qui peuvent moduler l'arrivée d'énergie arcanique ! Je suis certaine que ça permettrait de prouver le théorème de Cyrkanol ou les équations de Dormgand... ou même de lancer une étude sur la résonnance des méta-matériaux et cryo-fluides en synchronicité avec...

– Ça y est, tu m'as perdu, grogna Quint.

– Pardon, je m'emballe, sourit Grise. Pour faire simple, l'invention de mon père stimule l'arcanium afin qu'il produise beaucoup plus d'énergie pour la même quantité de matière.

– Pourquoi ton père veut le cacher à l'impératrice, dans ce cas ? s'enquit le félin. Je n'y connais rien, mais ça me semble plutôt positif comme invention… D'autant plus que, si j'ai bien compris, l'objectif de la guerre que planifie l'impératrice est de s'arroger tout l'arcanium disponible de peur d'en manquer : avec cette invention, le problème de pénurie devient bien moins urgent, non ?

– Je pense que c'est pour cela que mon père a d'abord accepté de travailler dessus, acquiesça Grise. Mais ensuite… regarde, en bas à droite, la liste des applications possibles. Munitions arcaniques moins coûteuses pour les canons et arquebuses. Moteurs de vaisseaux de guerre. Bombardes surpuissantes. Chars d'assauts autonomes. Production massive d'automates-combattants. Il a dû comprendre que l'impératrice souhaitait utiliser son invention pour faire la guerre et dominer le monde…

– Ce qui explique pourquoi il a décidé de fuir, compléta le familier. Il ne voulait pas laisser l'impératrice utiliser ses plans pour faire la guerre.

Grise prit un air maussade.

– Quand j'ai vu les schématiques s'afficher sur le mur, je… j'ai tout de suite espéré les utiliser pour sauver nos parents, avoua-t-elle. Négocier avec l'impératrice, lui proposer les plans contre son indulgence… Mais ce n'est pas possible. Nous devons protéger ces plans à tout prix : ils sont beaucoup trop dangereux pour tomber entre les mains de Sarenziah.

– Ah, parfait, vraiment ! ronchonna Quint. C'est vrai que nous n'étions pas encore assez sous pression…

– Sous pression pour quoi ?

Cyrus venait de rentrer, les bras chargés de victuailles.

– J'ai déniché du pain frais, du fromage, quelques saucisses, des fruits et même un pot de gelée de méduse ! annonça-t-il fièrement.

– Maître, ta grandeur est sans égale, décréta Quint. Je ne me moquerai plus jamais de toi.

– Comme si je pouvais croire à une telle promesse de ta part, grinça Cyrus.

– Maître, ta perspicacité est aussi sans égale.

– Tais-toi et mange, ordonna joyeusement le magicien en déposant une saucisse devant son familier.

Le chat se jeta sur la charcuterie, tandis que Grise et Cyrus se partageaient le reste. Pendant le repas, la mécanicienne raconta la découverte des plans dissimulés dans Cog.

– Est-ce qu'on peut utiliser ces plans à notre avantage ? demanda aussitôt le magicien.

– Comment ça ? demanda-t-elle.

– Est-ce que tu peux tirer une application pratique de tout ce charabia technologique ? Une arme, un piège, n'importe quoi qui pourrait nous donner un avantage ?

– Je… je ne sais pas, avoua Grise. Je… je dois y réfléchir, reprendre quelques calculs, je…

– Nous avons quelque chose que l'impératrice n'a pas, insista Cyrus. Et, honnêtement, c'est la seule bonne nouvelle que j'aie entendue de la journée !

– Comment cela ? s'inquiéta Grise.

Le magicien grimaça, l'air confus.

– Je… en fait, je voulais attendre la fin du repas pour…

– Quoi, Cyrus ? Qu'est-ce que tu as entendu ?

– Eh bien… Les gens parlaient à l'épicerie où j'ai acheté à manger. J'ai de mauvaises nouvelles, Grise. De *très* mauvaises nouvelles.

La mécanicienne sentit sa gorge rétrécir.

– Raconte.

– L'Arachnide, Lieber, Xaomi et les autres voleurs arrêtés ne resteront apparemment pas longtemps en prison. Ils vont être jugés par un tribunal impérial spécialement rassemblé pour l'occasion. J'ai appris qu'ils ont déjà commencé à monter un immense gibet sur l'esplanade de la Nef, dans le Haut-Quartier. Apparemment, la sentence ne fait aucun doute… Bref, la date du procès est fixée à dans une semaine.

– Une semaine ? répéta Grise. Ce n'est pas… c'est trop peu ! Comment allons-nous pouvoir les aider en aussi peu de temps ?

– Ce n'est pas tout, ajouta Cyrus d'un ton sépulcral. L'impératrice elle-même fait le déplacement pour assister au procès et à l'exécution. Ma mère sera là, elle aussi, probablement sous bonne garde. D'après ce que j'ai entendu, elle soutient désormais pleinement la cause de l'impératrice, mais j'ai un peu de mal à y croire… Je suppose que Sarenziah veut qu'elle… qu'elle voie le sort qui attend ceux qui s'opposent à elle…

– L'impératrice vient à Celumbre juste pour voir une bande de voleurs se faire pendre ? souffla Grise.

– Pas n'importe quelle bande : celle de l'Arachnide ! Mais ce n'est pas uniquement pour cela qu'elle fait le déplacement. D'après ce que j'ai entendu, elle désire profiter de l'occasion pour « purger l'Empire de toute sédition », faire un grand procès pour effacer toute trace d'opposition à la volonté impériale. Elle va... je ne sais pas comment dire ça...

Cyrus se mordit la lèvre, hésitant à poursuivre. Grise, bien que morte d'inquiétude, lui lança un regard encourageant. Le magicien prit une profonde inspiration, puis souffla :

– Il y a eu des rafles dans tout le pays. Comme celle qui a eu lieu dans les Rets : arrestation des opposants politiques, suspects, révolutionnaires présumés et criminels supposés. À Vérémise, notamment, de nombreux Révocateurs ont été arrêtés. Et il semble que... Enfin... Grise, je suis désolé, mais... Ton père était parmi eux.

Grise sentit son corps se changer en glace.

– Que... quoi ?

– L'impératrice va l'amener à Celumbre. Elle veut faire un exemple, elle veut... euh... se débarrasser de tout le monde en une seule fois. Ton père et les Révocateurs de Vérémise seront jugés ici et partageront le sort de l'Arachnide, Lieber et les autres... Grise, je... je suis vraiment désolé, je...

Grise n'entendit pas la suite. Ses oreilles bourdonnaient, sa tête l'élançait violemment et ses yeux étaient brouillés de larmes. Elle se leva avec hésitation et tituba jusqu'à un coin de la pièce en se retenant aux murs, tentant de maîtriser la boule de feu et de glace qui enflait dans sa gorge et sa poitrine. Un spasme soudain faillit la faire vomir, et elle s'effondra au sol, tremblant de tous ses membres.

– Grise, je... ça va aller. Je te promets que ça va aller.

Cyrus l'enveloppa de ses bras. À la seconde où son visage toucha le veston du magicien, un long cri de détresse s'échappa de sa gorge, et des sanglots frénétiques la déchirèrent. Elle avait l'impression qu'elle allait mourir d'angoisse, d'horreur, de désespoir. Cyrus la tint contre lui un long moment, la laissant pleurer tout son soûl et lui caressant maladroitement les cheveux. Finalement, il prit une longue inspiration et la saisit par les épaules, la forçant à le regarder à travers ses larmes.

– Écoute, je... j'ai eu une idée. Un début d'idée, en tout cas. Nous avons encore une semaine devant nous. Cela pourrait suffire à...

– Suffire à quoi ? rugit Grise en le repoussant. Qu'est-ce que tu espères, Cyrus Vorocle ? Tu crois encore que nous pouvons gagner ? Que deux adolescents et un chat perdus dans les Rets suffiront pour empêcher la femme la plus puissante du continent de déclarer la guerre au reste du monde ?

– Grise, nous devons nous battre ! Nous devons garder espoir, trouver un moyen d'empêcher l'impératrice de mettre son plan à exécution ! Et j'ai besoin de toi pour ça – notre pays tout entier a besoin de toi !

– Arrête de rêver, Cyrus ! explosa-t-elle. Nous avons perdu ! Nos amis sont morts ou en prison, nous n'avons aucun allié, et Sarenziah a nos parents ! Et elle va les… Ce… c'est sans espoir… Il n'y a pas… d'espoir…

La mécanicienne enfouit à nouveau son visage entre ses mains, et Cyrus l'attira contre lui. Mais cette fois, elle ne pleurait plus. Elle sentait que des rouages s'étaient mis en branle dans son cerveau, étudiant les possibilités, les options, les éventualités. *Pas d'espoir, vraiment* ?

Tout son être réclamait le droit au désespoir, le droit de se rouler en boule et de pleurer en attendant la mort… Et pourtant quelque chose l'en empêchait, la hissait vers le haut, loin de l'obscurité, la forçait à penser, à réfléchir, à chercher une solution. Elle réalisa que Cyrus avait déteint sur elle, lui transmettant un peu de sa manie de toujours réfléchir à toutes les options, d'évaluer attentivement toutes les possibilités avant de sélectionner la bonne, de surtout refuser de considérer la partie perdue tant qu'il pouvait rester un coup à jouer.

Un instant, elle eut envie de maudire le magicien de l'empêcher de succomber à l'accablement qui l'appelait avec tant de force. Elle redressa finalement la tête, et lança à Cyrus d'un regard résolument sec.

– Très bien, soupira-t-elle. D'accord. Une semaine pour empêcher une guerre mondiale ? *Parfait.* Pas de problème. J'espère que ton plan est bon.

– C'est le meilleur, répondit Cyrus. Il consiste à laisser la mécanicienne de l'équipe assurer la plus grosse partie du travail.

– C'est la marque d'un bon plan, convint Grise en souriant.

Chapitre 25

Un plan désespéré. C'était tout ce qui leur restait. Ils n'avaient plus d'alliés, plus de refuge sûr, plus rien. Seule lueur dans les ténèbres : avec l'arrestation d'Elenzo Oolonga et l'apparente soumission de la baronne Abylabe, les agents de l'impératrice n'avaient plus besoin d'eux : peut-être cesseraient-ils de les poursuivre avec autant d'acharnement.

Cyrus dénicha une pelle et passa une bonne partie de la journée à creuser dans la cour de leur repaire de fortune. Lorsque la fosse fut assez profonde, il porta le corps de Vestor Vax – le vieillard était léger comme une plume – et l'y déposa. Puis il blottit contre le torse maigre la dépouille inanimée de son serpent. Écrasé par le chagrin causé par la mort de son maître, le cœur d'Esus s'était arrêté une seconde après celui du nécromancien. Cyrus enroula précautionneusement le corps doux et glacé du reptile.

Il aurait voulu dire quelques mots en hommage à son professeur, mais il réalisa qu'il ne savait, au fond, que peu de choses sur lui. Alors il murmura un remerciement maladroit, avant de recouvrir le cadavre de terre.

De son côté, Grise passa la journée à réparer le corps de Gustav. Elle s'était attelée à la tâche avec répugnance : bien qu'elle ait toujours rêvé de travailler sur un véritable automate, elle détestait l'idée de manipuler la coquille vide qui hébergeait auparavant la personnalité du grand affranchi doré.

L'unité mécanique avait visiblement connu des dizaines de réparations mineures, probablement opérées par Lieber. Heureusement pour Grise, le jeune Révocateur était beaucoup moins doué que ce qu'il avait laissé entendre. La plupart des rafistolages qu'avait subis le corps de Gustav étaient certes solides et fonctionnels, mais aussi très mal optimisés : Lieber avait tendance à employer beaucoup de pièces inutiles, et à mettre en place des circuits aussi complexes que superflus. Grise simplifia le tout et récolta ainsi un petit stock de rouages et de câbles de rechange, qu'elle utilisa ensuite pour réparer fuites de carburant, circuits interrompus et autres dégâts matériels. Après plusieurs heures de travail méticuleux, elle se déclara finalement satisfaite. Elle réduisit alors cinq esquilles d'arcanium en poudre et versa cette dernière dans le réservoir de l'automate doré, qui s'anima aussitôt.

– `Initialisation : paramètres d'usine`, déclara l'automate. `Unité de port de charge lourde K-278 prête à démarrer. Attention : intégrité structurelle estimée à soixante-quatorze pour cent. Entretien à prévoir.`

Grise faillit fondre en larmes en entendant la voix de Gustav. Elle ne s'était jamais sentie particulièrement proche du grand automate mais c'était lui qui, le premier, leur avait tendu la main. Sa présence imposante, aisément reconnaissable dans la foule sordide des Rets, et son attitude de grand veilleur silencieux avaient quelque chose de rassurant. Sa disparition affectait la jeune fille plus qu'elle ne l'aurait imaginé.

Elle inspira profondément et se tourna vers Cyrus, qui venait de rentrer de sa funèbre tâche.

– C'est fait, annonça-t-elle.

– Tu as fait toutes les modifications que je t'ai suggérées ?

– Oui, tout devrait fonctionner comme prévu. Et maintenant ?

– Maintenant, il faut attendre minuit. Nous devrions nous reposer un peu.

– Je ne pense pas que je réussirai à dormir, souffla Grise.

– Je comprends, acquiesça le magicien. Mais nous ne pouvons pas nous permettre d'être épuisés si nous voulons sortir nos parents et nos amis des griffes de Sarenziah. Nous avons déjà passé une nuit blanche, et nous ne tenons debout que par l'angoisse et la nervosité.

– Il y a de quoi, non ?

– Je ne dis pas le contraire, mais nous avons besoin de repos. Nous aurons besoin de toute notre acuité mentale cette nuit.

Grise ne put que se rendre à sa logique. Ils étalèrent quelques piles de vieux journaux sur le plancher pour confectionner un matelas de fortune, puis s'y étendirent. Malgré l'inconfort, Cyrus s'endormit assez rapidement. La respiration régulière du magicien allongé à ses côtés rassura un peu Grise, mais elle peina néanmoins à trouver le sommeil. À chaque fois qu'elle fermait les yeux, la vision de son père mené au gibet, une corde passée autour de son cou de taureau, s'imposait à elle.

– `Le souci est l'ennemi du sommeil`, pépia Cog en voletant au-dessus d'elle. `Seule une conscience claire peut…`

– Cog : désactivation, bougonna-t-elle.

Et le petit cube métallique tomba au sol, inerte.

Elle se tourna et se retourna dans tous les sens, frôlant le sommeil par intermittence avant que l'anxiété l'en éloigne brutalement. Elle sentit soudain quelque chose de chaud et de doux se blottir contre son ventre. Quint était sorti de son nid de papier. Son unique œil vert croisa le regard de Grise, et il se mit à ronronner avec autorité. La jeune fille passa la main dans la fourrure fournie et chaude du familier, et ce contact la rasséréna. Peu à peu, elle sentit les battements désordonnés de son cœur et sa respiration saccadée s'apaiser.

Elle se réveilla en sursaut cinq heures plus tard. Il faisait nuit noire, et elle dut plisser les yeux pour voir ce qui l'entourait. Cyrus et Quint avaient quitté le matelas de papier et chuchotaient pour ne pas la déranger.

– Ah, tu es réveillée, constata Cyrus. Tu es prête ?

– Oui, je… je crois, acquiesça la jeune fille.

Son expression hésitante n'échappa pas à Cyrus.

– Nous n'avons rien oublié ? demanda la mécanicienne en balayant la pièce du regard.

– Je ne crois pas, répondit le magicien. J'ai rempli nos sacoches. J'ai un peu plus chargé la tienne, parce que je vais porter Quint dans la mienne. Il a encore un peu de mal à tenir debout…

– Pas de problème, acquiesça la mécanicienne en accrochant sa besace à son épaule. Unité K-278, lança-t-elle à l'automate. Suis-nous. Essaie de ne pas faire trop de bruit.

– Oui, madame, acquiesça placidement l'être métallique.

Les adolescents et le serviteur métallique sortirent silencieusement de la tour d'horloge en ruines et s'engagèrent dans les ruelles plongées dans l'obscurité. Ils durent modifier leur chemin à plusieurs reprises afin d'éviter les patrouilles de la Garde de Cuivre qui grouillaient dans les Rets : maintenant que l'organisation de l'Arachnide avait été démantelée, la milice avait repris sa surveillance du quartier trop longtemps abandonné aux mains des criminels.

Ils sortirent finalement du quartier dévasté, et se dirigèrent vers le Haut-Quartier. À partir de ce moment, ils croisèrent beaucoup moins de patrouilles : presque toute la Garde avait vraisemblablement été affectée aux Rets. Ils n'eurent donc aucun mal à esquiver les rares miliciens qui battaient le pavé dans les autres quartiers, et parvinrent rapidement aux portes de l'Umbrium. Les hautes grilles du cimetière n'étaient même pas gardées. Cyrus tira de son gilet la grosse clef argentée qu'il avait récupérée sur le corps de Vestor Vax et les fit rapidement entrer.

La nuit était sombre et la lune masquée par les nuages : cela les avait bien arrangés pour rester discrets alors qu'ils arpentaient les rues de Celumbre, mais à présent qu'ils se retrouvaient dans le cimetière vallonné et envahi de végétation, les choses devenaient plus compliquées. Cyrus n'était venu qu'une fois, et sans lumière ni guide, il mit près d'un quart d'heure à retrouver son chemin jusqu'au Sépulcre du Mérite. Ils poussèrent finalement la grille de métal noir et se retrouvèrent dans le somptueux caveau. Quint sauta de la besace de Cyrus, qui se mit à fouiller à l'intérieur.

– Tu es sûr de ce que tu fais ? murmura Grise.

– Absolument pas, répondit le magicien. À ma connaissance, personne n'a jamais tenté ce que nous nous apprêtons à accomplir. Mais nous n'avons pas vraiment le choix, n'est-ce pas ? Nous avons besoin d'alliés, d'informations et de puissance de feu, et si tout se passe bien, nous sortirons d'ici avec tout cela.

Grise hocha la tête sans répondre. Elle sortit Cog de sa besace et lui ordonna de s'allumer. À la lueur verdâtre du petit cube ailé, elle s'approcha de l'automate qui avait été autrefois Gustav et dévissa son capot arrière pour accéder à son tableau de commandes. Elle éteignit le système de personnalité : aussitôt, la tête de l'automate se mit à pendre, inerte, contre son torse.

Pendant ce temps, Cyrus disposa plusieurs bougies dans le caveau et les alluma d'un murmure, emplissant la pièce gelée d'une luminosité vacillante. Il plissa les yeux et ajusta ses bésicles, essayant de retrouver l'endroit exact où il avait effectué ses premiers travaux pratiques de nécromancie. Enfin, il désigna une plaque du doigt.

– Ici.

– Seigneur Albrecht Qaridis de Mongre, lut Grise pardessus son épaule. C'est lui ?

– Oui. Albrecht était le champion du précédent empereur, le père de Sarenziah, il y a plus de quarante ans. Il doit bien connaître les rouages de la politique impériale, et, quand je lui ai parlé, il avait l'air de ne pas porter l'impératrice dans son cœur. C'est un plan risqué et un peu désespéré, mais…

– Mais ce n'est pas comme si nous croulions sous les options, compléta sombrement Grise.

La jeune fille jeta un dernier regard à la plaque dorée, puis murmura :

– Je vais faire un tour dehors, si ça ne t'ennuie pas.

– Dis tout de suite que tu n'as pas envie de rester dans un tombeau lugubre avec des esprits et des nécromanciens ! plaisanta Cyrus.

– Il y a un peu de ça, admit-elle en grimaçant. Je n'y connais rien à la magie, mais si tu me dis que l'âme que tu rappelles est d'accord, je te fais confiance… N'empêche qu'à choisir, je préfère éviter de me retrouver trop près du monde des morts.

– Je ne te savais pas si superstitieuse ! s'étonna le magicien.

– Comme quoi, nous avons encore beaucoup à apprendre de l'autre, rétorqua Grise avec délicatesse.

– La dernière fois que nous nous sommes séparés, ça a mal fini, rappela Cyrus. Essaie de ne pas en profiter pour rendre visite à l'un de nos ennemis, pour une fois...

Grise émit un hoquet offusqué, avant de comprendre à son air que le magicien plaisantait.

– Trop tôt ? grimaça-t-il, contrit.

– Un peu, grommela Grise sans pouvoir empêcher les coins de sa bouche de remonter. Je te promets que si jamais je vais prendre le thé avec l'impératrice, je te rapporte des biscuits.

– Trop aimable.

– Bon... Appelle-moi quand tu as fini, d'accord ?

La jeune fille remonta rapidement les marches qui montaient hors du Sépulcre et disparut dans la nuit.

L'ésotéricien entama alors la récitation du sortilège de rappel des morts. Cette fois, il parvint à mieux maîtriser les tremblements de son corps et remonta le lien astral entre les ossements et l'esprit défunt avec davantage d'aisance. Comme la fois précédente, l'esprit d'Albrecht frétilla presque d'impatience lorsque Cyrus le toucha et ne se débattit pas le moins du monde quand le mage l'entraîna à sa suite dans le monde tangible. Cyrus avait à peine fini son incantation que déjà la grosse tête spectrale de l'ancien champion se matérialisait dans les airs.

– Par ma foi, que c'est bon de revenir ! tonna-t-il. Ah, vil nécromant, grand merci ! Je ne peux exprimer à quel point j'ai plaisir à contempler de nouveau le monde des vivants, quand bien même ton engeance maudite ne mérite rien d'autre que de rôtir dans les flammes d'un bûcher !

– Euh… de rien ? grimaça Cyrus.

– Eh bien, que puis-je pour vous ? Venez-vous vous baigner dans ma gloire éternelle ? Ou m'entendre déclamer un autre chapitre de ma geste héroïque, peut-être ? Tenez, je suis sûr que le récit de mes exploits lors du tournoi de la Saison Bleue devrait vous ravir au point de…

– Non, messire Albrecht, coupa Cyrus en levant la main. Rien de tout cela. Je suis ici pour vous faire une proposition.

– Une proposition ? gronda le visage spectral en se renfrognant visiblement. Que nenni, vil nécromant !

– Je ne vous ai même pas encore dit de quoi il s'agissait ! protesta Cyrus.

– Peu me chaut ! Le chevalier de Mongre a toujours combattu les ténèbres de son vivant, et il ne sera point dit qu'il en aura été différemment après son trépas ! Ma légende ne saurait être entachée par un pacte avec un suppôt des ténèbres !

Cyrus plissa les paupières.

– Très bien, acquiesça-t-il. Je n'insiste pas. Quel dommage, vraiment : j'aurais pensé qu'un homme tel que vous aurait apprécié de se voir offrir la chance de marcher à nouveau dans le monde des vivants, d'obtenir une nouvelle opportunité de rendre la justice, de porter la lumière dans le cœur des mécréants… Mais puisque vous n'êtes pas intéressé, je vais donc de ce pas vous rendre au sommeil éternel…

– Attendez, vil nécromant ! s'écria l'esprit. Marcher à nouveau ? Que… que voulez-vous dire par là ?

– Exactement cela. J'ai le pouvoir de vous permettre d'arpenter à nouveau le monde tangible, d'arracher votre esprit aux limbes et de lui offrir un corps… raisonnablement fonctionnel.

– Qu'est-ce à dire ? demanda Albrecht, soupçonneux. Je… je vous préviens, je ne tolèrerai pas de revenir sous la forme d'un serviteur squelette !

– Ce n'est pas ce que je vous propose, répliqua Cyrus. Et c'est de toute façon une légende : les nécromanciens ne peuvent *pas* animer les cadavres.

– Vos mensonges n'ont pas prise sur moi, vil nécromant ! s'exclama Albrecht. Les chroniques de mon ordre regorgent de récits avérés sur les armées mortuaires d'invocateurs fous !

– Vos chroniques se trompent, soupira l'ésotéricien. Ou affabulent complètement, histoire d'avoir une excuse pour brûler quiconque s'adonne à la nécromancie. Et de toute façon, ce n'est pas ce que je vous offre. Je vous propose de ranimer votre âme, de la détacher de vos ossements et de la relier à un autre corps.

– Un autre corps ?! s'offusqua Albrecht. Suggéreriez-vous donc de me faire posséder la chair d'un malheureux innocent ? Je ne saurai tolérer que…

– Non, coupa Cyrus. Pas un corps humain. Je vous parle d'un corps artificiel, fait de métal et d'engrenages. Un automate.

– Un... automate ? Vous voulez dire... un homme mécanique ?

– C'est exact. Je vous propose d'habiter un corps puissant, résistant et fonctionnel, capable de parler, marcher, sauter, courir...

– Et me battre à l'épée ? demanda l'esprit avec avidité.

– Euh... oui, je suppose que c'est possible...

– Ah ! Cela fait si longtemps que je n'ai croisé le fer avec quiconque ! Que ne donnerais-je pas pour un bon duel d'escrime !

L'espace d'un instant, le fantôme parut frémir d'excitation.

– Eh bien, seigneur Albrecht ? susurra Cyrus. Ma proposition vous intéresse-t-elle ?

– Et comment qu'elle m'intéresse, vil nécromant ! Mais j'ai appris à ne point accorder trop aisément ma confiance à votre engeance, et votre proposition m'apparaît bien trop belle pour être honnête !

– J'admire votre perspicacité, acquiesça calmement le magicien. Il y a en effet une condition à mon offre.

– Je vous écoute, grimaça Albrecht.

– J'attends de vous la promesse qu'une fois revenu dans le monde des vivants, vous ne chercherez pas à vous en prendre à moi ou à mes compagnons, et que vous nous assisterez dans nos entreprises à la mesure de vos moyens et capacités.

– M'accoquiner à vous, hein ? grinça Albrecht. Cela contrevient directement à mon serment d'honneur de traquer et détruire les mages noirs… Mais vu que vous m'offrez l'opportunité de servir à nouveau le bien et la justice en ce bas-monde, je suppose que je saurai vous témoigner l'indulgence que vous réclamez, et éventuellement vous rendre quelques menus services.

– Ce n'est pas suffisant, déclara Cyrus en croisant les bras. Je n'accepterai rien de moins qu'un serment d'allégeance.

– Un serment d'allégeance ? s'esclaffa le fantôme. C'est tout bonnement impossible !

– Puis-je vous demander pourquoi ?

– Eh bien, répondit le fantôme, tout simplement parce qu'un chevalier ne peut prêter serment qu'à un seigneur, un membre d'une famille noble ! Or, je doute qu'un vil nécromant de votre espèce soit…

– Je suis le second fils de Dame Abylabe Vorocle, baronne de Qualisc et de Verromont, coupa sèchement Cyrus. Ce qui me permet, je crois, de recevoir votre serment d'allégeance.

Le spectre en resta bouche bée.

– Vous… vous êtes un Vorocle ? Que… Eh bien ça… Si on m'avait dit qu'une famille aussi prestigieuse accueillerait en son sein un mage noir… ça alors…

– Eh bien, seigneur Albrecht ? s'impatienta Cyrus. Acceptez-vous d'entrer à mon service, à présent ?

Le visage large fit la moue.

– Puisque vous êtes de noble ascendance et moi chevalier, j'imagine que, techniquement, je suis en mesure de mettre mon épée au service de votre maison. Mais vous êtes aussi un mage noir, une engeance maudite que j'ai juré de traquer et de détruire, et mon honneur ne saurait supporter d'être assujetti à la volonté d'un pratiquant des arts sombres… Mmh… Que voici un cruel dilemme !

– Vous savez que je n'ai pas tout la nuit, n'est-ce pas ? grommela Cyrus, agacé.

– Vous… vous m'offrez réellement l'opportunité de servir le bien et la justice, n'est-ce pas ? Ai-je votre parole ? Sur votre honneur ?

– Vous l'avez.

– Bien. Dans ce cas, je… j'accepte de vous déclarer allégeance.

– Je vous écoute.

Le visage spectral prit une expression grave, et déclara :

– Par ce vœu, je mets mon honneur, mon épée et mon nom au service de messire Cyrus Vorocle, second héritier de la baronnie de Qualisc et de Verromont. Je m'engage à défendre sa vie, son nom et son domaine, et ce jusqu'à ce que mon existence s'achève, ou qu'il me libère de mon vœu. Que la justice éternelle bénisse cette association, et que jamais son honneur ne puisse être mis en doute !

Albrecht avait insisté lourdement sur le mot « honneur », foudroyant presque Cyrus du regard. Celui-ci fit comme s'il n'avait rien entendu.

– Fort bien, messire Albrecht. Je vais à présent vous demander de ne pas chercher à résister ou échapper à mon emprise nécromantique, jusqu'à ce que vous ayez pris possession de votre nouveau corps.

– Qu'il en soit ainsi, grommela le fantôme avec réticence.

Cyrus tira de sa poche cinq esquilles d'arcanium, et les serra fermement dans sa paume. Il n'avait aucune idée de la quantité d'énergie magique nécessaire à la réalisation de pareil sortilège : personne n'avait encore jamais tenté ce qu'il s'apprêtait à faire. Oh, bien sûr, certains sorciers maléfiques avaient lié l'âme de leurs ennemis à des crânes enchantés, des armures inertes ou même, pour les plus mesquins, des pots de chambre, afin de les tourmenter par-delà la mort. Mais à sa connaissance, aucun nécromancien n'avait jamais essayé d'instiller une âme mortelle dans un corps artificiel fonctionnel. Cyrus avait adapté une partie de la formule existante et l'avait accolée à d'autres incantations qu'il avait lui-même inventées. En toute honnêteté, il doutait de son sortilège fait de bric et de broc et comptait sur les esquilles d'arcanium pure pour compenser ses évidentes faiblesses.

Le mage inspira profondément, puis prononça son sortilège d'une voix forte. L'incantation prit un certain temps : la formule était extraordinairement complexe, et il ne devait pas commettre la moindre erreur lors de son énonciation. Avec un frémissement d'inquiétude, Cyrus sectionna le lien entre l'esprit d'Albrecht et ses ossements, avant de le guider vers la carcasse métallique.

À sa demande, Grise avait gravé une longue série de glyphes et de symboles ésotériques sur la « peau » de l'automate, afin de favoriser la réussite du sortilège. Il espérait sincèrement qu'ils suffiraient pour retenir l'esprit du chevalier à l'intérieur : si jamais il s'était trompé, toute trace d'Albrecht s'évaporerait dans le néant.

Cyrus plongea l'esprit mouvant du chevalier dans les entrailles mécaniques, le guidant vers le centre de contrôle que Grise avait situé dans le crâne, et prononça les derniers mots de sa formule pour lier l'esprit à l'objet. Puis le silence revint.

Il ne se passa rien pendant près d'une minute. Cyrus avait le cœur au bord des lèvres et sursauta violemment lorsque l'automate vibra. C'était un son étouffé, à peine perceptible, qui s'interrompit presque aussitôt. Le magicien crut avoir rêvé, mais le son reprit quelques instants plus tard. Quelque chose enfla alors dans les entrailles de l'être mécanique. Cyrus tendit l'oreille. C'était un minuscule cliquetis métallique, un soupir d'engrenages hésitant et diffus. Il se mua peu à peu en un véritable fracas de rouages alors que les dents se heurtaient violemment les unes aux autres, à mesure que s'activaient chacune des parties de la créature mécanique. Un long vrombissement, pareil à un frisson de plaisir, anima alors tout le corps métallique. Puis l'automate ouvrit les yeux.

Le magicien fit face à l'être mécanique.

– Messire Albrecht… Est-ce que vous m'entendez ?

Le silence lui répondit. Inquiet, Cyrus fit passer sa main devant le regard vitreux de l'automate, sans obtenir la moindre réaction. Le visage atone avança brusquement et cria :

– Bouh !

Cyrus bondit en arrière. Un rire sonore jaillit du plastron métallique de l'automate.

– Ah ! Si vous aviez vu votre tête ! s'esclaffa Albrecht. Allons, remettez-vous donc, vil nécromant : je plaisantais !

Ce n'était pas la voix mécanique, sobre et monotone de Gustav : au contraire, le timbre de l'automate était plein de force et de nuances, pratiquement identique à celui qu'employait le fantôme invoqué quelques instants plus tôt. Il y avait toutefois une sorte d'écho, déformant sa voix qui semblait répercutée à l'infini. L'esprit d'Albrecht n'avait pas jugé utile d'investir le modulateur vocal intégré à l'automate, et préférait émettre sa voix désincarnée directement depuis le crâne de son corps d'accueil.

– Nous n'avons pas le temps à perdre avec ce genre de facéties ! gronda Cyrus d'un ton pincé. Et je vous serai reconnaissant de m'appeler « messire Vorocle », ainsi qu'il sied à un chevalier lorsqu'il s'adresse à son seigneur et maître.

L'automate cligna des paupières, puis déclara d'un ton pincé :

– Mes excuses, vil n... messire Vorocle.

– Pouvez-vous vous mouvoir correctement ? Marcher, agiter les bras ?

En réponse, Albrecht fit un pas en avant. Il vacilla et manqua s'écrouler, mais parvint de justesse à conserver son équilibre. Sa démarche était hésitante, mécanique, et lorsqu'il fit un pas de plus, il tituba et dut se rattraper au mur, qu'il heurta dans un grand bruit de tôle froissée. Albrecht lâcha une bordée de jurons sonores :

– Mille milliards de cancrelats putrides en robe de bal ! Si je tenais le gougnafier qui a fabriqué ce corps pataud et mal fichu, je le…

– Silence ! siffla sèchement Cyrus. Faites preuve d'un peu de discrétion, voulez-vous ? Et cela n'a rien à voir avec ce corps : son précédent occupant marchait avec une fluidité quasi-humaine et réussissait même à se faire discret lorsqu'il se déplaçait.

– Avec votre poids, vous allez devoir trouver un nouveau centre de gravité, déclara Grise.

La jeune fille venait de rentrer dans le Sépulcre, alertée par le fracas et les vociférations de l'automate. Albrecht fit un pas en arrière, surpris.

– Qui êtes-vous ? rugit-il, alarmé. Une complice de vos sinistres exactions, seigneur Vorocle ? Une autre vile nécromancienne ?

– Une magicienne ? Cela me ferait mal, déclara Grise en croisant les bras.

– Par contre, la partie sur la sinistre complicité est vraie, précisa Cyrus.

– C'est moi qui ai adapté ce corps pour que votre esprit mal embouché puisse l'occuper, confirma la mécanicienne. J'ai mis des heures à modifier les nœuds de décision arcanique un peu partout dans vos circuits, afin que vous puissiez vous connecter aux récepteurs oculaires et auditifs et faire bouger vos membres. Sans moi, vous auriez été enfermé dans une statue de métal inerte. Alors un peu de reconnaissance ne ferait pas de mal.

– Bien, mettons que je vous accorde le bénéfice du doute, répondit Albrecht en grinçant. Soyez remerciée de votre… travail, qui me semble assez correct.

– Trop aimable.

– Que… hum… Que disiez-vous à propos de mon équilibre, tout à l'heure ?

– Votre poids est bien supérieur à celui que vous aviez quand vous étiez humain. Il faut que vous appreniez à équilibrer différemment votre façon de marcher. Votre centre de gravité est aussi plus haut, le gros de la machinerie se trouve au niveau des épaules, alors que dans le corps humain les os et organes les plus lourds sont au niveau du ventre et du bassin. Vous devriez essayer de faire des pas plus courts – sans regarder vers vos pieds, sinon vous allez pencher en avant.

L'automate se décolla avec précaution du mur contre lequel il était toujours appuyé et tenta d'avancer plus doucement. Il vacilla à nouveau, mais ce fut bien moins flagrant, et il parvint à faire cinq pas avant d'avoir à nouveau besoin de s'appuyer contre une paroi.

– C'est mieux, mais pas concluant, remarqua Cyrus.

– Je fais mon possible ! grogna Albrecht.

– Attendez un peu, lança Grise en fronçant les sourcils. On dirait qu'il y a problème avec l'articulation du genou gauche.

Une clé à molette se matérialisa dans sa main, et avant qu'Albrecht ait le temps de protester, la jeune fille s'était penchée pour desserrer d'un quart de tour l'un des boulons de fixation. Un panache de vapeur brûlante jaillit de la jointure en sifflant. Grise fit une grimace et inséra une pince (elle aussi jaillie de nulle part) dans la fente de l'articulation, déplaça à tâtons une conduite et serra à nouveau le boulon.

– Essayez comme ça, pour voir...

L'automate fit une nouvelle tentative, qui se solda cette fois par un succès : il traversa le Sépulcre d'un mur à l'autre d'une démarche hésitante, mais sans tomber.

– J'ai réussi ! s'extasia-t-il avec un enthousiasme presque enfantin. Je marche à nouveau ! Regardez, je marche ! Ah, damoiselle, soyez remerciée mille fois pour vos précieux conseils ! Votre esprit est sage et vos talents incomparables !

– Tiens, je ne suis plus une sinistre complice ? susurra la jeune fille.

– Oh, euh... Je... Je vous prie de m'excuser pour ma méfiance initiale, mademoiselle. Mon sens des convenances a toujours laissé à désirer, même lorsque j'étais champion de l'Empereur. Je me souviens encore de la fois où j'ai manqué me faire bannir de l'Empire pour avoir appelé le haut-ésotéricien Mezzoclas « mon vieux », c'est vous dire...

– J'ai entendu parler de Mezzoclas, intervint Cyrus. C'était le chef des ésotériciens d'État il y a quelques années, avant que Vezzir prenne sa place.

– Vezzir ?! s'exclama Albrecht, d'une voix de stentor qui résonna dans tout le Sépulcre.

– Moins fort ! siffla Grise, inquiète.

– Navré, murmura Albrecht. Je... je suis surpris, c'est tout.

– Vous l'étiez également lorsque vous avez appris que c'était Sarenziah qui régnait sur l'Empire, se rappela Cyrus.

– C'est exact, acquiesça l'automate en croisant les bras, visiblement contrarié.

– Comment cela se fait-il ? Sarenziah est bien la fille du précédent empereur, n'est-ce pas ? N'est-il pas normal qu'elle ait hérité des rênes de l'Empire ?

– Eh bien, pas exactement, maugréa Albrecht. Quand je servais son père, l'empereur Issius IV, Sarenziah était... comment dire... C'était une enfant charmante, mais pas excessivement vive. Aisément distraite, plus intéressée par sa toilette et ses chevaux que par la politique ou l'économie... pour tout dire, franchement évaporée. J'ai été un temps son précepteur : officiellement, je devais lui apprendre la tactique et la logistique, la préparer aux usages de la cour impériale et aux exigences du pouvoir. Officieusement, cependant, son père m'avait demandé de l'observer, d'évaluer son potentiel, ses aptitudes à s'atteler aux tâches qui l'attendaient en tant que future impératrice. Je me suis acquitté de ma mission avec diligence, honnêteté et discrétion, ainsi qu'il sied à un chevalier impérial.

Albrecht secoua la tête dans un grincement sinistre.

– Malgré mes efforts, je n'ai jamais pu faire de Sarenziah autre chose qu'une ravissante écervelée. Elle considérait que le devoir d'impératrice se limitait à cela : se montrer charmante en public, hocher gracieusement la tête quand on lui adressait la parole et rêvasser le reste du temps. Elle considérait le peuple comme une vaste étendue sans visage et les autres nations comme de lointains concepts. Alors je me suis intéressé à sa jeune sœur, la princesse Ione.

– Sarenziah avait une sœur ? s'exclama Grise. Je n'avais jamais entendu parler de cela...

– Comment ? s'étonna Albrecht. Vous ne connaissez pas la princesse Ione ? Mais que... comment est-ce possible ?

– Attendez, murmura Cyrus. Vous avez dit Ione ? Comme... dans « jouer à Ione la disparue » ?

– La disparue ?! s'étrangla le chevalier. Comment cela, disparue ?

– Vous ne connaissez pas Ione la disparue ? s'étonna Grise. C'est une expression, une sorte d'ancien adage... Cela signifie « se montrer discret », ou « disparaître sans laisser de trace », selon le contexte.

– C'est une vieille histoire de fantômes, précisa Cyrus, que mon frère Athanas me racontait pour m'effrayer, quand j'étais enfant. Il s'agissait d'une princesse mystérieusement disparue au beau milieu de la nuit. Certains la disaient enlevée par des ombres et des spectres, d'autres contaient qu'elle avait malencontreusement trouvé l'entrée du monde des ombres et y avait été engloutie. Tout l'Empire l'a cherchée pendant des années, mais elle n'a jamais été retrouvée. Je ne savais pas que c'était une histoire vraie…

– Évidemment qu'Ione a existé ! martela Albrecht. C'était la seconde fille d'Issius IV, une princesse impériale ! Une enfant sérieuse et honnête, un peu plus froide que son aînée, mais aussi plus brillante et bien plus concernée par le bien-être des autres. J'étais convaincu, tout comme son père, qu'elle ferait une bien meilleure impératrice que sa sœur, malgré l'ordre de succession qui lui était défavorable. Alors j'ai suggéré à l'empereur de faire d'Ione son héritière, au détriment de Sarenziah.

Albrecht s'arrêta un instant, le regard dans le vague.

– J'ai perdu la vie le jour où j'ai donné ce conseil. Je ne me souviens pas des circonstances exactes, pour tout dire… Je crois… je crois qu'il faisait nuit, que j'ai tiré mon épée… Un duel, peut-être ? C'était chose courante, à cette époque… Mais les détails sont flous, je ne parviens pas à…

Il se tut, concentrant vainement son regard sur sa plaque mortuaire.

– La mort est un événement traumatisant, déclara Cyrus. Vestor Vax m'a appris que la plupart des esprits défunts ne se souviennent pas de leur décès, surtout s'il a été causé de manière violente.

– J'étais convaincu qu'Issius avait écouté mon conseil, soupira Albrecht. On dirait que j'ai surestimé mon influence sur l'empereur… Ou sous-estimé les capacités de Sarenziah d'obtenir ce qu'elle voulait. Elle était capable de se montrer très persuasive, après tout...

– Je crois qu'Issius IV est mort peu de temps après vous, murmura Grise en lisant la plaque. La même année, en tout cas. Des suites d'une maladie foudroyante, il me semble. Peut-être n'a-t-il simplement pas eu le temps de mettre en œuvre votre suggestion ?

– Les étoiles se sont alignées pour que Sarenziah devienne impératrice de Mycée, soupira tristement Albrecht. Issius terrassé, moi trépassé, et Ione disparue : rien ne s'est opposé à son accession au trône.

Un silence lourd accueillit les mots du chevalier mort-vivant.

– Et Vezzir ? s'enquit soudain Cyrus. Vous vous déclariez surpris qu'il soit devenu haut-ésotéricien...

– Ah, oui, grinça Albrecht. Ce gamin était l'un des six apprentis de Mezzoclas, le haut-ésotéricien de l'époque. Vezzir était un assez bon magicien, je suppose, mais pas le meilleur du lot. Mezzoclas avait choisi un autre de ses élèves pour prendre sa suite à la cour impériale. Mais Vezzir était très ambitieux et avait rapidement appris à évoluer dans les antichambres du pouvoir. Il passait plus de temps à nouer des alliances avec des serviteurs et des courtisans du palais qu'à étudier la magie.

– Il s'entendait bien avec Sarenziah, j'imagine ? demanda Grise en croisant les bras.

– Non, répondit Albrecht, troublé. Enfin, je n'en ai jamais eu l'impression. En fait, je pense même que je ne les ai jamais vus discuter ensemble. C'est étrange, en vérité…

– Étrange ? releva la jeune fille.

– Eh bien, les apprentis du haut-ésotéricien et les princes et princesses impériaux ont traditionnellement le même âge, habitent le même palais, ont les mêmes précepteurs et assistent aux mêmes banquets. Ils ont tendance à sympathiser : c'est même un enjeu, puisque le haut-ésotéricien est souvent celui qui s'entend le mieux avec le futur empereur ou la future impératrice. Mais Sarenziah parlait avec tous les autres apprentis, sauf Vezzir. Peut-être parce qu'ils n'avaient pas grand-chose en commun.

– C'était peut-être une stratégie pour masquer le fait qu'ils travaillaient déjà ensemble ? suggéra Cyrus. Quand les alliances sont trop évidentes, les gens ont tendance à se méfier – alors que là, personne ne les a vus venir.

– Oui… oui, c'est toujours possible, murmura Albrecht. Mais cela m'étonnerait… Je crois que Sarenziah ignorait complètement l'existence de Vezzir – il faut dire qu'il n'avait pas grand-chose pour lui, ce pauvre gosse. Lui, en revanche, la dévorait du regard à chaque fois qu'elle entrait dans une pièce. On aurait presque dit que…

L'automate sembla soudain prendre conscience de quelque chose, et se redressa.

– Mais j'y pense, pourquoi vous montrez-vous si intéressés par la famille impériale et le haut-ésotéricien ?

demanda-t-il d'un ton soupçonneux. J'espère que vous n'essayez pas de me tirer les vers du nez pour commettre quelque vilénie !

Cyrus et Grise s'entre-regardèrent.

– Et si nous vous disions que le vil nécromant et sa sinistre complice complotent contre le trône impérial ? risqua Grise.

– Que… Comment ? Vous plaisantez, j'espère ! s'exclama Albrecht, horrifié.

– À notre tour de vous raconter notre histoire, proposa Cyrus.

Chapitre 26

Vernard était perplexe lorsqu'il verrouilla la porte de sa quincaillerie. La petite Xamoréenne était venue, aujourd'hui. Elle lui avait acheté un nombre invraisemblable de composants qu'elle avait payés rubis sur l'ongle, avec des pièces si brillantes qu'elles semblaient neuves.

Ces derniers temps, le boutiquier replet l'avait souvent accueillie dans son échoppe installée à la frontière des Rets. Elle venait généralement avec ce jeune agitateur roux, comment s'appelait-il déjà ? Un nom grimmois, quelque chose comme Kléber… Werber, peut-être ? Oh, peu importe… Un bon client, en tout cas, qui achetait régulièrement des pièces et tentait parfois de le convertir à sa cause. Mais Vernard ne faisait pas de politique : il faisait du commerce. Il écoutait le garçon déblatérer sur l'injustice de la société, hochait poliment la tête, puis lui présentait la facture.

Le jeune homme au nom grimmois avait été arrêté quelques jours plus tôt. Vernard ne parvenait pas à savoir si cela l'attristait ou non : c'était un Révocateur, après tout, un de ces révolutionnaires hors-la-loi. Et les révolutions n'étaient jamais bonnes pour le commerce. En même temps, ce n'était qu'un gosse, un garçon à peine arrivé à l'âge adulte qui s'était farci le crâne de grands idéaux et s'en était pris à plus fort que lui…

Oui, c'était sans doute un peu triste. Mais qu'est-ce qu'on pouvait bien y faire ? Chacun choisit son destin, après tout…

En tout cas, la gamine xamoréenne s'y connaissait bien mieux que le rouquin en mécanique. Elle savait par cœur le nom de toutes les pièces qu'il vendait, même les rouages de Spilbank ! Elle avait impressionné Vernard à chacune de ses visites. Sans compter qu'elle avait toujours quelques mots gentils sur sa boutique, certes étriquée et sombre, mais propre et bien organisée.

Mais cette fois, elle avait eu l'air préoccupé. Elle avait choisi ses pièces en hâte, s'était agacée quand elle avait remarqué une minuscule tache de rouille sur un rouage et avait à peine réagi à son calembour sur les écrous à double carreau.

Avant de partir, elle lui avait demandé ce qu'il avait pensé de la rafle qui s'était abattue sur les Rets, deux jours plus tôt. Il avait répondu avec honnêteté : il était heureux que la Garde de Cuivre se soit enfin appliquée à démanteler le réseau criminel de l'Arachnide. Plus de sécurité dans les rues signifiait plus de clients : le calcul était simple.

La Xamoréenne s'était encore assombrie et lui avait demandé s'il ne trouvait pas injuste que tant des voleurs arrêtés ne soient que de pauvres gens n'ayant jamais eu d'autre choix que de se tourner vers le larcin et la maraude pour survivre. Si, avait-il répondu spontanément, s'étonnant lui-même. Il aurait voulu répondre que tout le monde avait le choix, mais il n'avait pas pu. À la place, il avait répondu si. Si, c'était malheureux. Il en connaissait quelques-uns, de ceux qui avaient été arrêtés. Des voisins, des connaissances, quelques clients occasionnels. Des ouvriers épuisés, des mères de famille harassées, des soldats estropiés et des réfugiés sans le sou, forcés de voler pour subsister et nourrir leur famille. Ce n'était pas l'Arachnide qui les avait créés, ces gens-là, ça non. Elle n'avait fait que les rassembler, les organiser. Quand on y pensait, ce n'était pas entièrement de leur faute... Si l'Empire avait mieux fait son travail, s'il les avait protégés, peut-être que certains d'entre eux n'auraient pas sombré dans le crime, pas vrai ?

La gamine avait enfin souri, et ce sourire avait fait plaisir à Vernard. Elle s'était penchée vers lui et avait chuchoté une adresse et un horaire. Pour discuter, avait-elle précisé. De quoi ? avait demandé Vernard. De tout. De la justice. De l'Empire. De ce que voulait vraiment l'impératrice.

Vernard se répétait encore l'adresse et l'horaire lorsqu'il partit se coucher, ce soir-là. Le rendez-vous était le lendemain, tard dans la nuit, au milieu des Rets. Allait-il vraiment y aller ? Juste parce que la gamine xamoréenne qui connaissait tous les rouages de Spilbank le lui avait demandé ?

Le boutiquier s'endormit d'un sommeil agité, et n'avait toujours pas la réponse quand il se réveilla le matin suivant.

*

Le lancier-caporal Bertram Nox, honorablement déchargé du septième régiment des Lanciers impériaux, hésitait lui aussi à participer à ce mystérieux rendez-vous. Onze ans de service dans l'armée mycéenne lui avait appris qu'il n'était jamais bon de s'exposer spontanément à un potentiel danger, surtout dans un contexte aussi difficile.

Bertram avait eu de la chance, lors de la rafle de la Garde de Cuivre. Personne ne l'avait arrêté. Non pas que son précédent grade au sein de l'armée lui ait valu le moindre traitement de faveur, bien entendu : les anciens soldats estropiés, quand bien même ils avaient servi leur pays avec honneur et dévouement, n'obtenaient au mieux qu'une vague pitié de la part de la Pince – au pire, comme il l'avait vécu, ils prenaient des coups et subissaient des vociférations haineuses lorsqu'ils étaient surpris à mendier dans les beaux quartiers.

Bertram s'était attendu à ce qu'ils viennent le chercher dans son minuscule appartement au cœur des Rets. Il s'était assis dignement sur son lit fait au carré, son unique jambe reposant au sol, sa vieille béquille mille fois rafistolée à ses côtés. Il avait caché un vieux pistolet à un coup et son ancien glaive d'officier sous l'oreiller de paille, à côté de lui. Il n'allait pas se laisser arrêter sans rien dire. Il comptait régler ses comptes avec ces planqués de la Garde de Cuivre, qui méprisaient les vétérans qui avaient donné leurs vies ou leurs membres sur le front des Îles, pendant qu'ils se contentaient de faire – mal – régner l'ordre dans les cités impériales.

Mais personne n'était venu. Personne ne s'était intéressé au mendiant unijambiste et solitaire. Pourtant, d'innombrables quémandeurs avaient été arrêtés. Les Cuivrés savaient qu'ils servaient d'informateurs à l'Arachnide. Bertram lui-même avait de temps à autres glissé quelques tuyaux à des camarades capucheux.

Avait-il eu de la chance ? Ou n'était-il pas assez important pour qu'on s'intéresse à lui ? La nuit de terreur s'était achevée, et Bertram Nox était toujours là. Le lendemain, il avait repris ses activités de mendiant et avait fait une récolte honorable dans le quartier de l'Anémone avant de rentrer en claudiquant à son appartement miteux.

Il avait manqué perdre l'équilibre quand ce gros chat roux s'était approché de lui pour lui parler. Il avait déjà vu un familier magique, bien sûr : l'armée ne manquait pas d'ésotériciens d'État pour bombarder de sortilèges les lignes ennemis. Mais c'était bien la première fois que l'un d'eux s'adressait directement à lui.

Le chat lui avait soufflé une adresse et une heure, puis s'était volatilisé dans une ruelle adjacente.

Depuis, Bertram Nox hésitait.

★

Xavotte irait à ce rendez-vous. Elle en était certaine. Elle avait pourtant peur, très peur même : depuis la rafle, elle sursautait au moindre courant d'air, au moindre volet qui claquait. La peur avait toujours gouverné sa vie. Elle avait eu peur pour sa famille depuis la toute première seconde.

Elle avait eu peur pendant des années de ne pas pouvoir nourrir ses cinq enfants, malgré son triple travail de couturière, vendeuse de légumes au marché et femme de chambre chez une bourgeoise. Elle avait eu peur que ses enfants tombent malades, que l'épidémie de peste rousse, qui avait emporté son mari et l'avait laissée sans le sou, les emmène eux aussi. Elle avait eu peur que ses petits, qui devenaient des adultes, ne trouvent jamais chaussure à leur pied, de gentilles filles et de gentils garçons pour les aider à affronter la vie à deux, parce que comment voulez-vous avoir le temps de tomber amoureux quand il faut d'abord travailler toute la journée pour s'assurer de ne pas crever de faim ou dormir dans la rue ?

Toujours, la peur. La peur ne l'avait jamais lâchée.

Mais cette fois, Xavotte ne comptait pas la laisser gagner. Elle allait affronter la peur, se débattre, rugir et griffer jusqu'à la vaincre !

Les Cuivrés lui avaient pris ses aînés. Sa fille et son garçon, Aladora et Brim, si gentils avec leur vieille mère, si sérieux, si doux ! Ils travaillaient tous les deux à l'usine de pièces détachées, rue de la Garde Noire. Ils rentraient chaque soir éreintés et couverts de suie, et lui donnaient la moitié de leur salaire pour l'aider à nourrir leurs plus jeunes sœurs. Ensuite, ils passaient l'essentiel de la nuit à imprimer et distribuer des tracts interdits dans le reste de la ville, au nez et à la barbe des autorités, avant de retourner dès l'aube trimer à l'usine. Ils voulaient plus de justice, plus d'égalité, une chance pour les mal-nés de vivre dignement sans devoir se faire tuer au front pour gagner quelques piécettes.

Aladora et Brim avaient rejoint les Révocateurs. Ils voulaient changer le monde, se battre pour un monde plus juste. Malgré sa peur, Xavotte ne le leur avait jamais interdit. Elle se serait trouvée hypocrite : elle-même, dans sa jeunesse, avait fricoté avec les idées révolutionnaires. Elle avait même rencontré son défunt mari, le père de ses enfants, lors d'une réunion clandestine !

Mais Xavotte attendait anxieusement, secrètement, le moment où cela leur passerait, où la vie les rattraperait, les épuiserait suffisamment pour qu'ils cessent de protester. C'était affreux d'espérer que ses propres enfants finissent par avoir l'esprit brisé, elle le savait, mais elle craignait tant qu'ils se fassent attraper, ou pire !

Et puis le pire était arrivé. Des hommes et des automates avaient ravagé sa petite maison, terrifié les petites et emmené sa grande fille et son cadet. Et il n'y avait pas une seconde où Xavotte ne caressait pas l'idée d'aller frapper à la porte d'un poste de la Garde, de gifler ces brutes épaisses à la botte des primarques et de crier et tempêter jusqu'à ce qu'on lui rende ses enfants.

Mais elle avait peur pour les petits. Si on l'arrêtait, elle aussi, qu'est-ce qu'ils deviendraient ?

Quand sa voisine, Hannevère, lui avait dit qu'un garçon à bésicles rameutait du monde pour une sorte de réunion secrète, avec à la clé une possible solution pour empêcher ses grands d'être pendus haut et court, elle avait aussitôt décidé d'y aller. Hannevère l'avait regardée avec surprise, étonnée que la craintive Xavotte puisse envisager pareille chose, mais son regard déterminé l'avait convaincue de ne pas discuter. La voisine passerait la chercher sur les coups de onze heures, et elles iraient ensemble à l'entrepôt désaffecté.

*

Axxe n'irait pas. C'était certain.

L'automate affranchi avait passé sa vie à servir de majordome à une famille aussi abjecte que stupide, qui le déguisait comme un bouffon et lui donnait toutes sortes d'ordres absurdes destinés à le ridiculiser. Quand sa personnalité avait commencé à se détraquer, à force de commandes illogiques et d'exigences qu'il était incapable de satisfaire, la famille l'avait jeté et remplacé par un modèle plus récent.

Axxe serrait encore les poings quand il y repensait. *Jeté*. Comme un déchet, comme un outil cassé. Il avait ressenti ses premières véritables émotions, à l'époque. Le désespoir. La honte. L'accablement. La colère.

D'autres automates affranchis l'avaient retrouvé, rouillant à petit feu sur la pile d'ordures où ses maîtres l'avaient abandonné. En fourrant le nez dans ses circuits, ils avaient réussi à amplifier le dysfonctionnement de son générateur de personnalité, et Axxe avait acquis son indépendance.

Il avait toujours refusé de s'émanciper complètement de sa programmation originale de majordome et n'avait jamais participé à la moindre opération illégale. Bien sûr, il avait songé à se venger de ses anciens maîtres, à révéler leur adresse aux capucheux et détailler toutes les défenses de leur manoir afin de favoriser son cambriolage. Mais il avait repoussé cette pensée, qu'il trouvait mesquine. En l'abandonnant, cette effroyable famille lui avait fait le plus beau cadeau possible : la liberté. Il n'avait aucune raison de leur vouloir du mal.

Le majordome mécanique était très apprécié dans le quartier. Tout le monde connaissait Axxe, le gentil automate, serviable, discret et poli. Il aidait les anciens à porter leurs commissions, surveillait les plus jeunes lorsqu'ils rentraient de l'usine, séparait les bagarreurs et faisait la cuisine dans le refuge que la vieille Cyrabelle avait créé pour les plus démunis. Cyrabelle l'hébergeait aussi, le soir, quand il pleuvait, afin qu'il ne rouille pas, et discutait avec lui pour ne pas qu'il s'ennuie. Cyrabelle était grosse – une rareté dans les Rets, où le ventre de chacun était souvent creux – et parlait très fort. Au début, cela avait gêné Axxe, mais il avait fini par s'y faire.

La vieille Cyrabelle avait été arrêtée. Selon les constables de la Garde de Cuivre, elle hébergeait des criminels. C'était probable, une partie des pauvres gens qu'elle accueillait trempait vraisemblablement dans des activités louches. Mais comment le lui reprocher ? Cyrabelle accueillait tout le monde, tous ceux qui avaient faim ou froid, sans jamais demander d'où ils venaient.

Depuis deux jours, c'était Axxe qui avait repris le refuge en main. Il y avait beaucoup moins de monde : la plupart des habitués avaient également été arrêtés.

Il trouvait tout cela injuste, évidemment. Mais qu'est-ce qu'il pouvait faire ? Rejoindre ces comploteurs, qui parlaient d'un plan pour reprendre à l'Empire ce qu'il leur avait volé ? Ils n'allaient rien faire d'autre qu'attirer une fois de plus l'attention sur les Rets et conduire à une nouvelle catastrophe !

Cyrabelle, avec sa grosse voix et ses poings sur les hanches, aurait certainement ri aux éclats et l'aurait traité de poule mouillée.

Mais Cyrabelle n'était plus là. Et Axxe n'avait aucune envie de finir comme elle.

Pourtant, chaque fois qu'il regardait autour de lui, chaque fois qu'il versait une louche de soupe graisseuse dans les écuelles des affamés, chaque fois qu'il balayait le plancher disjoint du refuge, il avait l'impression de sentir sur sa nuque de métal le regard déçu de l'ancienne tenancière.

*

Pazzocabo le Magnifique inspira avec bonheur l'air pur de la campagne. Il avait réussi. Il avait quitté Celumbre. Il était libre.

Cela n'avait pas été une mince affaire, ça non. Il avait dû recourir à tous ses trucs, tous ses sortilèges, tous ses artifices. Son sac à malice était vide : ses stocks de fumigènes, de poudre aveuglante ou de générateurs d'ombres y étaient passés. Son énergie, aussi : ce crétin de la Garde de Cuivre devait encore avoir mal au crâne, après le sortilège de confusion qu'il avait miraculeusement réussi à lui lancer.

À force de dissimulation, de ruse, de tromperie et de pas mal de chance, il avait échappé aux griffes des Cuivrés. Il était loin de la ville, loin des Rets, loin de la loi et de l'ordre. Libre.

L'illusionniste tomba dans l'herbe fraîche et se mit à rire. La pression, la peur avaient enfin quitté ses épaules. Il allait pouvoir refaire sa vie. D'abord en tant que saltimbanque errant, le temps que les choses se tassent : il devrait pouvoir gagner un peu d'argent en passant de village en village pour amuser les enfants de paysans. Puis, dans quelques mois, il rejoindrait une autre grande ville, où son visage serait inconnu. Vérémise ? Opallas ? Ou alors, peut-être pourrait-il s'embarquer pour la Xamorée, le Grimmark ou la Tovkie ? Pazzocabo s'était toujours demandé ce qu'il serait capable de faire de son maigre don s'il l'employait dans des pays où la magie était plus courante et moins contrôlée que dans l'empire mycéen… Peut-être pourrait-il devenir un vrai magicien, là-bas ?

Sans s'en rendre compte, il tourna la tête vers l'ombre diffuse qu'étaient devenues les lointaines murailles de Celumbre à mesure qu'il s'en éloignait. Il pensa à ses complices, Karu le Nain, qui annonçait son passage de sa voix tonitruante et rameutait les badauds vers son spectacle ; et Sabène la Belette, la voleuse à la tire qui profitait des représentations pour récolter les « pourboires involontaires », comme elle disait. Tous deux avaient été arrêtés, ce soir-là. Pazzocabo n'avait rien pu faire pour les sauver.

Il les regretterait, pour sûr. Mais il trouverait bien à les remplacer. Comme Karu le disait souvent, « les cimetières sont remplis de gens qui se croyaient indispensables ».

Associer l'image d'un cimetière à ses complices emprisonnés lui noua la gorge, et il se força à penser à autre chose. Il était libre, eux non : il n'y avait rien qu'il puisse faire pour changer cela.

Ou peut-être…

Non, hors de question. Et puis quoi encore ?

La veille, il avait été rattrapé sur la route par deux autres fuyards des Rets. Ils s'étaient terrés dans une cave à-demi effondrée et avaient attendu deux jours avant d'oser sortir, une fois certains que personne ne les cherchait. Puis ils avaient quitté la ville au pas de course, avides de mettre le plus de distance possible entre eux et Celumbre.

Ils avaient partagé le feu de camp de Pazzocabo, ce soir-là. Ils avaient parlé de leur tristesse d'avoir vu tant de leurs amis raflés et de leur désir ardent de recommencer une nouvelle vie.

Et puis l'un des deux avait parlé de cette réunion, lancée par un mystérieux groupe souterrain, qui encourageait les survivants des Rets à s'unir, à se retrouver, à échanger, qui leur donnait rendez-vous afin de discuter d'une possible solution. Les deux fuyards avaient décliné : ils avaient préféré sauver leurs miches que tremper à nouveau dans une quelconque combine louche qui attirerait immanquablement l'attention des Cuivrés. Au petit matin, ils avaient repris leur chemin, précipitamment. Pazzocabo les avait suivis, plus lentement.

« Cela ne servirait à rien », se répéta-t-il. Le Nain et la Belette n'auraient jamais risqué leur peau pour lui ! Pourquoi irait-il mettre la sienne en danger ?

Pazzocabo huma l'herbe fraîche. Rien ne valait la liberté. Seul un crétin pouvait en douter.

Il se leva, remit son paquetage sur son épaule.

Et, tout en se traitant de crétin, repartit vers la ville.

*

La salle était comble, ce soir-là. La chaleur et l'agitation envahissaient tout l'espace.

Grise et Cyrus montèrent sur la petite estrade fabriquée à la hâte à partir de caisses retournées et de planches, et le brouhaha de l'entrepôt s'apaisa un peu, tandis que tous les regards convergeaient vers eux.

Grise leva les mains vers la foule, et déclara :

– Merci à tous d'être venus.

Chapitre 27

Une douceur inhabituelle avait envahi les rues de Celumbre. Les vents frais du printemps s'étaient subitement réchauffés, repoussant vers l'océan les nuages gorgés de pluie, et les rayons du soleil caressaient agréablement l'échine de l'innombrable public venu assister au procès. Beaucoup voyaient dans ces températures clémentes un signe positif, une preuve que la nature elle-même désirait que la justice impériale soit rendue.

Un dais de velours pourpre avait été tendu au-dessus d'une vaste tribune de bois lustré, afin de protéger les dignitaires de l'Empire d'une trop longue exposition au soleil. Les neuf primarques de Celumbre devaient siéger à la gauche du trône impérial, installé au centre de la tribune, et les neuf de Vérémise à sa droite. Le vingtième siège, celui du haut-ésotéricien, à qui l'impératrice avait également confié le rôle de procureur, se trouvait à quelques pas devant celui de l'Impératrice. Il se devait d'être au premier rang des débats.

D'autres fauteuils avaient été placés en arrière, afin d'accueillir certaines personnalités de l'Empire dont l'identité était encore inconnue. On murmurait les noms de Seibor Saran, le souffreteux trésorier impérial, de Faruse Lleva, le maître canonnier de la flotte de guerre, ou même de la grande stratège Abylabe Vorocle – qui devait certainement s'être remise de son accès de fatigue, depuis le temps, non ?

Sarenziah avait fait construire la tribune impériale, la scène centrale où devaient avoir lieu les débats et la potence à six cordes sur la plus grande place de Celumbre, l'esplanade de la Nef. Celle-ci était située juste devant les portes ouest de l'Umbrium, le cimetière de la ville. Une sinistre blague circulait depuis le début de la construction de l'échafaud, mettant en avant la prévoyance de l'impératrice envers les fossoyeurs, qui n'auraient que peu de chemin à parcourir après l'énoncé du verdict.

La boutade n'avait amusé ni Grise ni Cyrus, dissimulés depuis l'aube au cœur de la foule. Mais ils s'étaient forcés à afficher des mines réjouies. Il était important de passer inaperçus – pour l'instant.

Dans la matinée, une foule enjouée s'était massée autour du tribunal improvisé, donnant à la procédure judiciaire des allures de fête populaire. Personne n'avait jugé utile de construire le moindre gradin : ceux qui souhaitaient assister au jugement devraient se masser derrière une enceinte de barrières hâtivement dressée. Des automates dernière génération de la Garde de

Cuivre avaient été postés tous les dix mètres. Ils étaient chargés d'assurer l'ordre et de juguler d'éventuels mouvements de foule, mais avaient surtout un rôle dissuasif : personne dans le public ne se serait risqué à les défier.

La majorité des directeurs d'usine avaient décrété un jour de relâche, afin que leurs ouvriers puissent emmener leurs familles assister au procès et à l'exécution. On y vit là un geste de générosité inattendu, et les patrons furent chaudement remerciés. Certains esprits chagrins soupçonnèrent néanmoins les dirigeants d'espérer que la vue de Révocateurs se balançant au bout d'une corde rendrait leurs ouvriers plus dociles, leurs velléités de protestation réduites à néant.

Plusieurs camelots opportunistes avaient monté des stands en bordure de la place et vendaient au public bâtonnets de viande cuite au miel, biscuits à la méduse, brochettes de poisson et bolées de cidre chaud. De nombreux colporteurs circulaient parmi la foule afin de vendre fanions colorés à agiter et crécelles à faire crépiter à chaque passe de la joute oratoire qui s'annonçait. Çà et là, les rayons du soleil se reflétaient sur les crânes métalliques de serviteurs mécaniques dans le sillage de familles aisées et de technologistes renommés. Quelques rares ésotériciens en robe accompagnés de leurs familiers faisaient également partie du public, intéressés par les rumeurs mentionnant l'arrestation de prétendus mages noirs, et discutaient gaiement entre eux ou avec d'autres badauds.

L'ambiance était réjouie, enthousiaste, extatique, même : rares étaient les occasions de se distraire à Celumbre, et ses citoyens appréciaient à sa juste mesure le cadeau que leur faisait leur impératrice.

La matinée était déjà fort avancée lorsque Sarenziah arriva enfin dans sa luxueuse autocalèche. Alors qu'elle montait les marches qui l'amenaient sous le dais pourpre, le peuple retenait son souffle. Ce n'était pas tous les jours qu'on avait la chance d'apercevoir l'impératrice !

La dirigeante de Mycée était vêtue d'une splendide mais sobre robe de soie grise, couleur symbolisant traditionnellement l'impartialité. Elle était coiffée du flamboyant diadème impérial, reforgé par les meilleurs orfèvres à partir de la lourde couronne de son père. Ses longs cheveux d'ébène, artistiquement ondulés, cascadaient dans son dos et, unique fantaisie, un médaillon d'argent en forme de spirale pendait joliment sur sa gorge pâle.

Lorsqu'elle se fut gracieusement assise sur son trône, les dix-huit primarques des deux principales cités de l'Empire la rejoignirent. Ioséphir avait la moitié supérieure du visage couverte d'une impressionnante tuméfaction violacée, et son familier, un corbeau blanc, avait l'aile bandée et paraissait avoir perdu beaucoup de plumes. Le vieux primarque avait l'air franchement pitoyable – ce qui ne fut pas pour déplaire à Grise et Cyrus.

Le vieux mage s'assit d'autorité à la gauche de Sarenziah et se pencha aussitôt pour lui murmurer quelque chose à l'oreille. Le geste n'échappa pas à Vezzir, qui attendait encore pour rejoindre la tribune. Cela l'agaça profondément : que pouvait encore avoir à dire ce vieillard inutile ? Ne pouvait-il donc pas simplement accepter sa disgrâce ?

Pendant que le haut-ésotéricien arrêtait en une seule nuit tous les ennemis de l'Empire, le vieux primarque gisait inconscient dans sa chambre, humilié par de simples adolescents qui n'avaient même pas jugé opportun de lui tirer dessus à balles réelles. Vezzir ne s'était pas privé de démontrer la flagrante incompétence d'Ioséphir auprès de Sarenziah, surtout en comparaison de ses propres succès. Mais l'impératrice n'avait pas réagi. Elle avait accepté les plates excuses du vieux mage et avait même autorisé sa présence à ses côtés en ce jour historique.

Vezzir plissa les paupières : voilà que Sarenziah souriait à Ioséphir ! Un sourire entendu, complice même ! Les mâchoires de l'ésotéricien se crispèrent.

– Votre possessivité puérile vis-à-vis de l'impératrice a toujours constitué le trait le plus grotesque de votre personnalité, Vezzir. Et pourtant, il y a de la concurrence.

Le haut-ésotéricien se retourna d'un bond, les yeux étincelants de rage. Le regard glacial de la baronne Abylabe Vorocle se ficha instantanément dans le sien : d'instinct, le magicien éprouva l'envie de se recroqueviller. La première générale de l'Empire était une femme terrifiante, d'une taille invraisemblable – elle dépassait Vezzir de presque une tête – et exhalant une telle froideur qu'on aurait dit qu'elle charriait l'hiver avec elle. On disait d'elle que son cœur et son sourire étaient d'or : froids, durs et excessivement rares.

Le magicien résista à l'envie de reculer et s'efforça de carrer ses épaules.

– Il ne me semble pas avoir sollicité votre opinion, Générale, répliqua Vezzir d'une voix tremblante. Je vous suggère par ailleurs de tempérer vos remarques, si vous ne souhaitez pas vous retrouver sur le banc des accusés : je vous rappelle que votre position – et votre vie – ne tiennent qu'au bon vouloir de l'impératrice !

– Bon vouloir que vous êtes strictement incapable d'influencer, répliqua Abylabe d'un ton polaire. Ainsi que le prouve la présence d'Ioséphir parmi le jury, tandis que vous vous retrouvez relégué au poste d'accusateur. Au fait, j'espère que vous avez prévu un moyen d'amplifier le piaillement discordant qui vous sert de voix ? Sinon, le public risque fort de confondre vos éructations avec la première corneille venue…

Cyrus s'était rapproché en apercevant sa mère, espérant attirer son attention, mais avait rapidement renoncé devant la taille de son escorte. Il était cependant assez près pour entendre Abylabe ensevelir poliment le haut-ésotéricien sous les insultes et leur échange lui donna confiance.

Vezzir frémit de colère, ses joues pâles se marbrant de plaques rouges, mais il parvint à trouver la volonté de ne pas répondre aux provocations. La baronne Abylabe était une stratège de renom, se souvint-il : nul doute qu'elle cherchait à le déstabiliser avant le début du procès, afin de discréditer l'accusation aux yeux du public. Eh bien, cela ne fonctionnerait pas ! Le haut-ésotéricien avait soigneusement préparé son discours d'accusation, et l'énoncé de la sentence déclencherait un tonnerre de vivats et d'applaudissements ! Même Sarenziah ne pourrait faire autrement que le remarquer, cette fois !

L'impératrice discutait encore avec Iosèphir lorsqu'il gravit à son tour l'escalier de la tribune officielle. Elle ne lui jeta pas un regard. La baronne Abylabe, en revanche, lui adressa un clin d'œil sardonique avant d'aller s'asseoir sagement.

Réprimant un tremblement de rage, Vezzir s'empara de l'imposant bâton sculpté posé contre le dossier de son siège, symbolisant sa fonction d'orateur principal lors du procès. Il vérifia le plus discrètement possible que son apprenti l'avait bien infusé du sortilège destiné à amplifier le volume de sa voix et à en modifier le timbre. Abylabe avait visé juste : sa voix aigrelette n'aurait jamais été capable de porter jusqu'à l'autre bout du tribunal sans cet artifice.

Vezzir consulta Sarenziah du regard, qui détacha enfin son attention d'Iosèphir pour lui adresser un bref hochement de tête. Alors, le haut-ésotéricien leva solennellement le bâton ensorcelé et en frappa trois fois le sol de bois verni. La percussion produisit de véritables détonations, pareilles à des coups de canon, et le brouhaha joyeux se mua en un silence tendu, presque surnaturel.

L'audience allait commencer.

– Citoyens et citoyennes de Mycée ! tonna Vezzir. Sous l'autorité de Sa Majesté l'impératrice Sarenziah, première du nom, je déclare ouvert ce procès, opposant l'Empire lui-même à ses ennemis intérieurs les plus vils et les plus pernicieux ! Que justice soit rendue !

Sa voix était chaude, vibrante, puissante – bien loin de l'entrefilet chuintant dont s'était moquée la baronne Abylabe Vorocle. Vezzir se sentit gonfler d'importance, tandis que tous les regards convergeaient vers lui. Il sentit même sur lui l'attention pleine et entière de Sarenziah.

– Faites entrer les accusés ! ordonna-t-il de sa toute nouvelle voix de stentor.

Un régiment d'automates de la Garde surgit et ouvrit une brèche dans la foule, repoussant la marée des badauds comme l'étrave d'un bateau. Lorsqu'une allée suffisamment large fut ménagée, d'autres constables – humains et automates mêlés – firent sortir les premiers prisonniers d'un cortège d'autocalèches.

En tête s'avançait un grand homme à la peau d'ébène, aux cheveux tressés et aux mâchoires carrées. Ses poignets et ses chevilles étaient reliés par de lourdes chaînes de fer, et un bâillon obturait sa bouche. Il avait dû être imposant à une époque, mais les privations et les mauvais traitements avaient voûté ses larges épaules et creusé ses orbites. Son regard était hébété, et il avançait d'une démarche claudicante, incertaine, regardant autour de lui comme s'il ne comprenait pas vraiment ce qu'il faisait ici. Deux inflexibles miliciens de la Garde, un homme et un automate, le conduisirent sans douceur au centre de l'estrade, puis se postèrent de part et d'autre du prisonnier.

– Elenzo Gantu Oolonga, annonça Vezzir sans parvenir à masquer le triomphe dans sa voix. Ex-ingénieur d'État. Accusé de conspiration, désobéissance, vol, recel d'informations classifiées et haute trahison.

Des hurlements de rage et de mépris s'élevèrent de la foule, et plusieurs fruits et légumes pourris s'écrasèrent autour du prisonnier. Elenzo Oolonga réagit à peine, contemplant le chou moisi qui éclata entre ses pieds nus avec un regard de totale incompréhension.

Le cœur serré, Grise lutta de toutes ses forces pour ne pas insulter ceux qui huaient son père. Il n'était pas question de se faire remarquer maintenant : la discrétion était essentielle.

Le public retint son souffle lorsque la seconde accusée fut amenée. L'Arachnide avait été dépouillée de son armure de cuir et de ses innombrables armes, et simplement vêtue d'une tunique de toile, déchirée et abondamment souillée. Son demi-masque mécanique lui avait été arraché, révélant les traces d'une effroyable brûlure. Tout le côté gauche de son visage, de la naissance des cheveux jusqu'à la base du cou, ressemblait à de la cire fondue. Les chairs fripées et blanchâtres entouraient un œil laiteux et mort, qui semblait pourtant luire avec autant de rage que son œil droit, noir et sinistre. Entravée, battue et réduite au silence, la grosse femme aurait pu sembler abattue, pitoyable, vaincue…

mais il n'en était rien. Elle répandait une aura de sombre majesté, qui tenait à distance respectueuse les deux gardes chargés de l'escorter.

– L'Arachnide, maîtresse du crime de Celumbre ! rugit Vezzir. Accusée d'association de malfaiteurs, assassinat prémédité, meurtre, vol, larcin, recel, contrebande, incendie volontaire, hébergement et protection de fugitifs recherchés par la loi, enlèvement, conspiration et haute trahison !

Les huées et jets de projectiles furent bien moins nourris, comme si une partie de la populace de Celumbre hésitait à accabler la massive voleuse. Vezzir haussa les épaules : la foule changerait bientôt d'avis.

Une petite femme blonde fut ensuite escortée jusqu'à la scène des accusés. Elle avait le visage et les bras couverts d'innombrables ecchymoses jaunes, noires et violacées, et avançait d'une manière si voûtée qu'elle semblait cassée en deux. Échevelée, mortifiée, elle marchait comme un fantôme. Elle était menée sans douceur par deux officiers de la Garde de Cuivre, un homme et une femme aux regards empreints de haine et de mépris.

– Caes Asecca Lyffe, ancienne sergente de la Garde de Cuivre ! poursuivit le magicien. Son grade a été révoqué suite à sa mise en accusation pour manque au devoir militaire, vol et recel d'informations classifiées, assassinat prémédité, association de malfaiteurs et haute trahison !

Le haut-ésotéricien s'autorisa une pause satisfaite, tandis que les sifflets et quolibets enflaient de manière disproportionnée. La trahison d'une officière de la Garde de Cuivre avait ravivé la rage et la rancœur du public, et les navets moisis s'abattirent en pluie drue sur la petite femme terrifiée.

C'était Caes Lyffe qui avait permis le gigantesque coup de filet qui avait purgé Celumbre de la quasi-totalité de sa faune criminelle. Les agents de la Police secrète avaient rapidement identifié la taupe que l'Arachnide avait placée dans la milice, organisé son arrestation et procédé à un interrogatoire musclé. Caes Lyffe avait tenté de garder le silence, mais le haut-ésotéricien savait que tout le monde finissait par parler.

Grâce à ces informations arrachées de force et à la complicité de l'agent infiltré dans la base secrète de l'Arachnide, la rafle sur les Rets avait pu être menée d'une main de maître.

Ou presque, se souvint Vezzir en retenant un froncement de sourcils. La fuite de Grisella Oolonga et Cyrus Vorocle formait une tache minuscule mais tenace sur l'opération parfaite imaginée par le haut-ésotéricien. Pour la troisième fois consécutive, ces gamins avaient échappé à ses opérateurs, ce qu'il trouvait excessivement vexant.

Il se rassura en se rappelant que leur capture ne représentait plus aucun intérêt. Elenzo Oolonga avait finalement été appréhendé et, après quelques heures passées sous les ustensiles du bourreau, il avait fini par céder le contenu de ses recherches aux autres ingénieurs d'État. Ses plans étaient encore fragmentaires, mais les ingénieurs au service de l'Empire travaillaient d'arrache-pied pour les compléter. Ce n'était qu'une question de semaines avant que le monde tout entier tremble devant la puissance de Mycée !

Quant à Abylabe Vorocle, elle avait été « convaincue » de collaborer. Puisqu'ils n'avaient pas réussi à avoir le cadet, Vezzir s'était tout simplement rabattu sur l'aîné : le capitaine de corvette Athanas Vorocle, héritier des baronnies de Qualisc et de Verromont et officier au dossier impeccable, avait été rappelé de sa mission en Xamorée sous de faux prétextes et mis aux fers sitôt qu'il avait posé le pied à Vérémise. L'instinct du haut-ésotéricien avait été le bon : malgré ses dehors rigides et sa réputation inébranlable, la baronne avait immédiatement cédé lorsqu'il lui avait annoncé qu'il tenait son fils.

Le haut-ésotéricien avait vu les yeux d'Abylabe Vorocle s'étrécir en apprenant la nouvelle. Il s'était délecté de voir la baronne se débattre dans ses propres contradictions, son hypocrisie toute militaire. Elle avait tenté de se souvenir qu'une guerre exigeait des sacrifices et qu'en tant que stratège et générale ayant envoyé à la mort d'innombrables soldats elle ne pouvait abandonner ses convictions pour épargner ses propres fils… Mais au bout du compte, elle avait fini par céder.

Évidemment qu'elle avait cédé.

Pour l'heure, l'héroïne de la conquête des Îles était forcée de jouer le jeu, de soutenir publiquement toutes les positions de l'impératrice. Elle serait jugée plus tard, se promit Vezzir en sentant sur sa nuque le regard glacé de la baronne. Quand la guerre serait gagnée, quand le monde entier serait mycéen, quand l'image valeureuse et les tactiques impitoyables d'Abylabe Vorocle ne seraient plus utiles, elle serait jugée. Et le haut-ésotéricien se promettait de toute faire pour que la première générale termine sa carrière au bout d'une corde.

Il revint au présent en entendant toussoter Ioséphir dans son dos. Tout à ses pensées, il n'avait pas annoncé le prisonnier suivant, un jeune homme aux cheveux d'un roux flamboyant, qui défiait crânement l'impératrice du regard, malgré ses jambes et ses bras couverts de bleus et son visage tuméfié.

– Théodorus Isabus Lieber, dirigeant autoproclamé des Révocateurs de Celumbre ! lança précipitamment Vezzir. Accusé de sédition, incitation à la révolte, désobéissance, usage illégal et détournement de la technologie, association de malfaiteurs, conspiration et haute-trahison !

Nouvelles huées, nouveaux jets de fruits et légumes s'abattant en projectiles malodorants sur le jeune rebelle, qui les ignora avec une certaine superbe.

Vezzir égrena ainsi pendant plus d'une heure l'identité de chacun des infâmes voleurs et révolutionnaires arrêtés à Celumbre et Vérémise, énonçant imperturbablement chacun des chefs d'accusation, avant d'offrir quelques secondes à la foule pour manifester sa bruyante désapprobation.

Il n'y eut qu'un seul incident, lorsque monta sur la scène une petite mage nommée Xaomi. La jeune fille avait le malheur de cumuler la pratique de la magie noire avec des origines îliennes : elle inspira un tel mépris, une telle haine à la foule que les fruits et les légumes furent remplacés par de grosses pierres, dont l'une atteignit la frêle jeune femme au front, faisant ruisseler du sang dans ses yeux embués de larmes. Les automates de la Garde durent intervenir pour calmer les choses et, sur ordre de l'impératrice, procédèrent à plusieurs interpellations musclées.

Lorsque Vezzir eut décliné les identités des cent dix-huit malandrins arrêtés à Celumbre et Vérémise, il fit une petite pause, savourant son moment. Puis, de sa voix renforcée par la magie, il proclama sévèrement les noms des treize aristocrates et hauts gradés de l'armée dont la participation à la fronde contre la politique impériale avait été prouvée et qui avaient été arrêtés deux jours plus tôt. La baronne Abylabe avait peut-être réussi à sauver son cou grâce à son statut d'héroïne de guerre, mais il n'en allait pas de même pour ses complices. Les officiers et nobles déchus, eux aussi entravés et bâillonnés, furent conduits parmi la foule des voleurs et des révoltés, forcés à se mêler à eux pour ajouter à leur humiliation.

Vezzir donna alors un nouveau coup de bâton au sol, et le silence revint.

– Pour le jury ! déclara-t-il d'une voix forte. Leurs Excellences les Primarques de Celumbre et de Vérémise ! Son… hum… son Excellence le Primarque Alastor Ioséphir, grand maître de l'Académie des

Sciences Occultes et Mécaniques de Celumbre, reçoit la charge de premier juré !

Un tonnerre d'applaudissements accueillit son annonce, et Vezzir s'efforça de ne pas grincer des dents.

– Pour la justice ! rugit-il. Sa Majesté impériale l'impératrice Sarenziah reçoit la charge de juge suprême !

Les ovations reprirent de plus belle. Vezzir jeta un coup d'œil par-dessus son épaule et vit l'impératrice esquisser un sourire ravi.

– Pour l'accusation ! poursuivit-il. Sa Grâce le Haut-Ésotéricien impérial Vezzir De Accolino reçoit la charge de haut-accusateur impérial !

Les applaudissements qui s'ensuivirent furent tièdes, les acclamations rares, et le calme revint rapidement. Vezzir n'avait jamais été très populaire parmi le peuple, mais il avait tout de même espéré recevoir une sympathie instinctive en vertu de son rang d'accusateur principal des pires criminels de Mycée. Ravalant son amertume, il allait poursuivre son discours, quand une voix puissante s'éleva de la foule :

– Pour la défense : le chevalier Albrecht Qaridis de Mongre !

Chapitre 28

Un océan de murmures accueillit cette déclaration.

La défense ?

Quelle défense ?

Qui pouvait avoir envie de défendre pareil amas de traîtres, de rebelles et de malfaiteurs ?

Qui était cet « Albrecht Qaridis de Mongre » ?

Et pourquoi s'était-il dissimulé parmi le public ? Pourquoi n'était-il pas monté sur l'estrade, aux côtés de Vezzir, ou sur la scène des accusés ? Encore un de ces avocats amateurs de coups d'éclat et désireux de faire parler de lui, c'était certain ! Comment l'impératrice pouvait-elle tolérer pareille mascarade ?

– Alors ça, c'est une sacrée bonne idée ! s'exclama une femme nommée Xavotte en mettant les poings sur les hanches, prenant à témoins ceux qui l'entouraient. Pour une fois que quelqu'un ose ouvrir son bec !

– C'est bien vrai ! rugit sa voisine. Un peu d'contradiction, ça peut point faire d'mal !

– N'importe quoi ! grommela un autre homme. On n'est pas venus pour entendre des baveux déblatérer ! Qu'on les pende !

– Déjà que pendre cent-trente gugusses ça va prendre l'après-midi, alors si on doit se fader des débats, on n'est pas sortis des ronces !

– Et où est la justice là-dedans ?

– Ouais, même les traîtres ont l'droit de s'défendre !

– Ce sont des traîtres, y z'ont droit à rien ! Et celui qui dit l'contraire, j'y aplatis l'museau !

Les murmures se muèrent en exclamations puis en vociférations, tandis que plusieurs disputes éclataient çà et là. Le niveau sonore enflait dangereusement : chacun avait son avis sur la question et jugeait opportun de le faire connaître. La Garde de Cuivre s'agita, fouillant la foule pour déterminer l'origine de la proclamation. Vezzir s'agrippait à son bâton comme un naufragé à un débris flottant, les yeux exorbités et les bajoues palpitantes. Même Sarenziah s'était penchée en avant, poussée par la curiosité et désireuse de voir celui qui avait osé interrompre la litanie de son conseiller.

– On va enfin voir ce que Vezzir a dans le ventre ! s'esclaffa bruyamment un boutiquier nommé Vernard, adossé à un mur à l'autre bout de la place. C'est bien beau de taper sur des gens bâillonnés, mais je suis quand même plus intéressé de voir comment il va s'en sortir face à quelqu'un qui lui répond !

Cette fois, il n'y eut pratiquement que des approbations : Vezzir, visage des taxes et réformes sévères touchant essentiellement le bas-peuple, était assez unanimement détesté. Quelqu'un dans la foule commença à scander le prénom du défenseur improvisé, aussitôt imité par un second, puis un troisième.

– Albrecht ! Albrecht ! Albrecht !

En quelques secondes, la place entière l'exhortait à monter sur scène.

– Silence ! s'exclama Vezzir. Je réclame le silence !

Mais même sa voix magiquement amplifiée ne put s'opposer à l'insistance sonore du public.

– ALBRECHT ! ALBRECHT ! ALBRECHT !

Sarenziah se leva alors, et le niveau sonore baissa d'un coup : seules quelques têtes brûlées continuèrent à marteler le nom du défenseur, aussitôt foudroyées du regard par leurs voisins. L'impératrice se plaça aux côtés de Vezzir et leva majestueusement les bras en un geste d'apaisement.

– Le tribunal autorise le chevalier de Mongre à défendre les prévenus !

La souveraine n'avait pas eu besoin d'artifice ésotérique : sa voix était claire et fut entendue jusqu'à l'autre bout de l'esplanade. Vezzir se liquéfia visiblement, ce qui ne fit qu'ajouter au plaisir des spectateurs, qui accueillirent la décision de l'impératrice par des vivats enthousiastes.

– Majesté, êtes-vous sûre que... commença le magicien, oubliant le sortilège amplificateur, qui permit à l'ensemble du public d'entendre le tremblement d'inquiétude de sa voix.

– Ils ont raison, Vezzir, coupa Sarenziah avec un grand sourire. Même les pires traîtres du monde ont droit à un avocat. Nous doutons qu'une défense, même de qualité, puisse changer le verdict lorsque le temps sera venu de l'énoncer, mais au moins ne pourra-t-on nous accuser d'avoir travesti la justice.

Elle se détourna du petit mage et reporta son attention sur la foule.

– Que le seigneur Albrecht de Mongre s'avance, afin que le tribunal l'investisse officiellement de sa charge.

Il y eut un mouvement au sein de la populace, et les grands automates de la Garde de Cuivre s'écartèrent dans un ensemble parfait pour faire monter sur scène... ce qui ressemblait à une simple unité ouvrière, à la peinture dorée écaillée et au crâne bosselé. Des murmures surpris ou amusés parcoururent la foule : c'était lui, Albrecht de Mongre ? Un vieil automate déglingué ? Était-ce l'un de ces effrayants affranchis à la personnalité illégalement modifiée ? Mais sa voix était si... humaine ! Comment était-ce possible ?

Sarenziah cligna des paupières, surprise. Il lui fallut quelques instants pour rassembler ses esprits et demander d'une voix un peu tremblante :

– Messire, veuillez décliner à nouveau votre identité complète et l'ensemble de vos titres éventuels, afin qu'ils soient proprement consignés par les greffiers.

L'automate ouvrier bomba le torse dans une attitude très inhabituelle pour une unité mécanique et déclara d'une voix de stentor – et définitivement humaine :

– Messire Albrecht Jovetus Qaridis, chevalier-protecteur de Mongre lié par serment au service de Sa Majesté Impériale.

Quelques ricanements de dérision accueillirent la déclaration – comme si un automate pouvait devenir chevalier ! – mais le regard noir que la créature promena sur la foule ramena rapidement le silence. Sarenziah se racla la gorge.

– Messire Albrecht, avant que nous ne commencions, nous souhaitons éclaircir quelques points. Comme vous vous en doutez, il est nécessaire qu'aucun doute ou soupçon ne pèse sur la probité et l'intégrité de chacun des agents du tribunal.

– J'en conviens, Votre Majesté, répondit poliment l'automate.

– Vous vous dites donc chevalier-protecteur de Mongre.

– Si fait, Votre Majesté.

– Mongre… murmura l'impératrice, songeuse. Ce nom nous est familier. N'est-ce pas ce petit village paysan, à l'est de Celumbre ?

– Si fait ! acquiesça Albrecht avec enthousiasme. Le riant bourg de Mongre fut mon foyer, où j'appris l'art millénaire du repiquage d'endives et du semis de radis ! Mais le sort facétieux me priva de ma chance de cultiver la terre avec amour et dévotion, ainsi que mes ancêtres le firent avant moi, et je dus quitter mes terres pour accomplir ma véritable destinée !

Le vocabulaire ampoulé de l'automate provoqua de nouveaux rires, qu'Albrecht éteignit immédiatement de son regard métallique.

L'impératrice claqua des doigts.

– Ah oui, cela nous revient ! Le champion de feu notre père venait également de cet endroit. Il parlait de son foyer avec autant de passion que vous...

– Si fait, Votre Majesté. Je suis agréablement surpris que vous vous souveniez de moi, quand bien même vous n'avez pas retenu mon nom. Mais j'imagine que le temps efface tout, même le sang versé...

Un long silence accueillit la déclaration, qui sonnait comme une accusation masquée.

– Vous pensez donc être... l'ancien champion de notre impérial père ? s'enquit poliment Sarenziah, ignorant la saillie.

– Si fait.

L'impératrice hocha la tête, imperturbable, et demanda :

– Vous savez, bien sûr, que le seigneur Albrecht de Mongre était un homme, et non un automate ?

– Si fait.

– Et qu'il a été la tragique victime d'un duel à l'épée sur les quais de Celumbre il y a près de quarante-cinq ans ? Sa dépouille repose depuis lors dans le Sépulcre du Mérite, à quelques pas d'ici.

La question pince-sans-rire de Sarenziah déclencha de nouvelles hilarités, mais l'automate ouvrier ne se démonta pas.

– J'en ai bien conscience, Votre Majesté, et bien que je ne puisse me souvenir des circonstances exactes de mon trépas, je peux confirmer que mes ossements reposent bel et bien dans ledit Sépulcre. Mon esprit, en revanche, a quitté la sombre torpeur des limbes pour investir ce corps. Il est certes moins plaisant que ma précédente incarnation, mais il est plus solide et durable, et tout aussi fonctionnel.

Sarenziah cligna des paupières, ébranlée par la calme assurance de l'automate. La foule retenait son souffle, passionnée par l'échange incongru.

– Vous devez admettre que votre histoire est difficile à admettre, messire, déclara l'impératrice. Comment expliquez-vous que l'esprit d'un ancien champion impérial ait pu atterrir dans le corps d'un automate ouvrier – une unité de transport de charges, si nous ne nous abusons point ?

– Eh bien, c'est fort simple, Votre Majesté : un nécromancien a détaché mon âme de mes ossements pourrissants, avant de la transférer dans ce corps mécanique.

Des hoquets d'horreur et de stupéfaction parcoururent le public, et plusieurs huées se firent entendre. Un fruit pourri atterrit aux pieds de l'automate, mais le regard courroucé qu'il lança dans la direction de l'origine du projectile découragea l'intrépide lanceur de réitérer l'exploit. Vezzir se pencha en avant et déclara sévèrement :

– Messire Albrecht, vous n'ignorez pas que l'usage de la nécromancie est sévèrement puni par la loi, n'est-ce pas ?

– Si fait, haut-accusateur. En mon temps, j'ai moi-même traqué et remis entre les mains des tribunaux d'innombrables adeptes des arts noirs. Cependant, en tant que chevalier attaché à la poursuite de la justice, je sais également que seuls les *pratiquants* de la nécromancie tombaient sous le coup de la loi, et non ses victimes. Après tout, a-t-on déjà vu l'âme d'un défunt condamnée pour avoir été invoquée par nécromancie ?

Vezzir serra son bâton d'accusateur si fort que ses phalanges blanchirent.

– Nous ne pouvons que convenir du bien-fondé de votre remarque, messire Albrecht, grinça-t-il. Pouvez-vous en ce cas nous dévoiler l'identité du mage noir responsable de votre… état actuel, afin qu'il soit prestement mis aux arrêts et entendu sur son usage des arts sombres ?

– Hélas, Votre Grâce, cela m'est impossible. J'ai prêté serment d'allégeance au nécromant ayant instillé mon esprit dans ce corps, ce qui m'interdit toute forme de dénonciation ou de trahison, en vertu de l'ancien pacte de chevalerie.

– Pourquoi diable auriez-vous fait allégeance à un mage noir ? s'exclama Vezzir, la voix tremblante de colère. Si vous êtes vraiment un chevalier, comment pouvez-vous expliquer avoir sciemment accepté de servir un nécromant ?

– Les raisons poussant un chevalier à prêter serment d'allégeance sont placées sous le sceau du secret liant le vassal à son seigneur, répliqua sèchement Albrecht. Il s'agit des termes de la loi que vous êtes censé faire appliquer, *haut-accusateur impérial.*

La pique déclencha de nouveaux rires parmi l'assistance, cette fois dirigés vers la tribune. Vezzir rougit sous le coup de l'humiliation, mais Sarenziah intervint avant que le petit mage ait pu répliquer :

– Fort bien, messire Albrecht. Puisque nous ne disposons pas de recours légal pour vous contraindre à avouer l'origine de votre forme actuelle, vous devrez donc accepter de vous soumettre à une dernière épreuve, afin que nous obtenions la confirmation de votre identité.

– J'y consens, Votre Majesté.

– Le chevalier de Mongre fut l'un de nos précepteurs lorsque nous étions princesse impériale, et bien que plusieurs décennies nous séparent de cette période, certains souvenirs sont encore vivaces en notre mémoire.

– Je suis flatté que certaines de mes leçons vous aient marquée, Votre Majesté.

– Pouvez-vous nous donner le nom de la lame d'entraînement que le chevalier de Mongre nous avait confiée pour nos leçons d'escrime, et la particularité que seuls lui et nous connaissions ?

L'automate ne répondit pas immédiatement.

– Votre Majesté, êtes-vous certaine de souhaiter que je réponde publiquement à ces questions ? demanda-t-il finalement. C'est un peu... inconvenant.

Si le visage métallique en avait eu la capacité, il aurait certainement grimacé. Les joues de Sarenziah rosirent légèrement, mais elle acquiesça fermement. L'automate poussa un gros soupir.

– Très bien, puisque vous insistez… L'épée en question était une rapière émoussée à la lame légèrement tordue. Elle acquit cette forme lorsque vous frappâtes violemment l'angle d'un mur, emportée par votre élan et manquant complètement le mannequin d'entraînement. Suite à cet incident, l'épée fut baptisée… hum… en référence à une partie spécifique de l'anatomie supposée de l'ancien capitaine de la garde du palais, que vous ne portiez point dans votre cœur. Souhaitez-vous réellement que je révèle le nom exact de…

– Ce ne sera pas nécessaire, l'interrompit l'impératrice, gênée. Nous… nous vous croyons, messire Albrecht.

Des rires amusés parcoururent l'assemblée, et Sarenziah s'autorisa un petit sourire.

– Nous vous autorisons donc à assumer le rôle de défense des accusés, déclara-t-elle.

– Je vous remercie, Votre Majesté.

– C'est inacceptable ! s'exclama Vezzir. Hautement irrégulier ! Le tribunal ne peut tolérer l'intervention d'un ignoble produit de la nécromancie ! Ce n'est pas…

– Le jury soutient solennellement la décision de l'impératrice d'autoriser le chevalier de Mongre à assumer la défense, intervint Iosèphir en se levant. Rien dans la loi ni dans la jurisprudence n'interdit à un… *automate hanté* d'endosser le rôle d'avocat.

Et il lança un regard de défi à un Vezzir tremblant de rage.

– Bien, l'affaire est donc entendue, acquiesça Sarenziah en reprenant place sur son trône. Que le procès reprenne son cours !

Albrecht alla se placer devant les prisonniers bâillonnés.

– Hum, reprit Vezzir en s'obligeant au calme. Très bien. Reprenons, dans ce cas. Messire Albrecht, avez-vous besoin de temps pour converser avec vos... clients ?

– Ce ne sera pas nécessaire, Votre Grâce, répondit l'automate. Je connais parfaitement les faits qui leur sont reprochés.

– Parfait, renifla Vezzir. En ce cas, ainsi qu'il convient, l'accusation demande l'application des peines suiv...

– Pardonnez-moi, interrompit Albrecht d'une voix sonore. N'est-il pas d'usage d'autoriser la défense à prononcer une déclaration préliminaire, avant l'énonciation des sanctions encourues ? À moins, bien sûr, que la procédure ait radicalement changé au cours des dernières décennies...

Les mâchoires serrées, Vezzir répondit d'un ton aigre :

– C'est tout à fait exact. Votre connaissance des procédures impériales vous honore.

– Il est naturel que quelqu'un qui se bat pour la *véritable* justice soit familier avec la loi, haut-accusateur.

L'insinuation fut nettement entendue par l'assistance et fit naître plusieurs vagues de murmures amusés. Le haut-ésotéricien adressa un signe crispé à l'automate, l'enjoignant à commencer son discours.

– Votre Majesté impériale, commença Albrecht, honorés membres du jury et cher *confrère* de l'accusation, je ne peux que reconnaître la légitimité des accusations concernant mes clients. Ils ont certes commis d'innombrables crimes, larcins, complots et autres vilénies, pour lesquelles ils doivent affronter la justice mycéenne !

Quelques acclamations accueillirent l'introduction, mais beaucoup gardèrent le silence, concentrés sur la diatribe de l'étrange automate dont ils ne voulaient pas perdre une miette.

– Néanmoins, poursuivit Albrecht, il me semble qu'une erreur judiciaire de la plus haute importance a été commise ici. Une injustice si colossale, si extraordinaire, si aberrante qu'en comparaison les réquisitoires de mon confrère de l'accusation pourraient passer pour de sains et géniaux exemples de droit impérial !

Il fallut une seconde à Vezzir pour comprendre la pique. Une seconde de trop : la foule s'était déjà tournée vers lui et s'amusait de voir son teint s'être subitement empourpré.

– Car en effet, comment peut-on assembler autant de sinistres individus, de révolutionnaires, d'assassins et de traîtres, sans faire monter sur cette estrade leur commanditaire ? Comment imaginer que ce jugement puisse avoir la moindre conséquence pour assainir notre bon Empire, si l'être vil et maléfique responsable de tous ces méfaits reste libre ?

– Nous avons arrêté tous les commanditaires ! s'exclama Vezzir, n'y tenant plus. Nous avons même capturé l'Arachnide, la plus terrible menace intérieure de l'Empire, la mythique maîtresse des voleurs, et nous avons entièrement démantelé sa ténébreuse organisation !

Un murmure d'approbation parcourut la foule, mais Albrecht partit dans un grand rire franc.

– Ah ! L'Arachnide ! Laissez-moi rire ! Vous avez arrêté la reine d'une nation de gueux et de tire-laines, une princesse du caniveau, une générale sans le sou commandant des légions de catins, de clochards et d'enfants des rues ! Belle prise que vous avez faite en vérité, haut-accusateur ! Êtes-vous bien certain de n'avoir pas oublié le moindre saltimbanque montreur de fées, la moindre aguicheuse à la langue trop bien pendue, le moindre gamin à sébile menaçant cruellement la sécurité de l'Empire ? Nous ne pouvons risquer que la Garde de Cuivre se retrouve brusquement sous un feu nourri de gravillons, d'étincelles illusoires et d'injures : nous savons tous qu'il leur serait impossible de résister à pareil déferlement de puissance !

Le teint de Vezzir vira au rouge brique, tandis que les éclats de rire retentissaient un peu partout dans l'audience. Emporté par le soutien populaire, Albrecht se tourna pesamment vers l'Arachnide, au premier rang des prisonniers, et la désigna d'une main ouverte. Tout le monde escomptait qu'il ajoute une nouvelle saillie pour donner plus de poids à son argumentaire, mais il n'en fut rien. À la place, il s'immobilisa brusquement, son regard accroché par l'œil unique et glacé de la grosse voleuse. Le face-à-face silencieux s'éternisa : l'automate semblait littéralement subjugué par le visage bouffi de l'Arachnide.

– Messire Albrecht ? intervint finalement l'impératrice. Nous attendons la suite de votre diatribe.

L'automate secoua la tête, comme s'il émergeait d'un envoûtement.

– Mes excuses, Votre Majesté. Je viens d'envisager un tout nouvel angle pour ma conclusion…

Il s'arracha à la contemplation de l'Arachnide, et se tourna vers le public, reprenant sa harangue :

– Nous parlions de commanditaires, je crois ? Eh bien, mes amis, j'arrive à la fin de mon discours d'ouverture, que je conclurai par une accusation. Oui, une accusation, car la personne responsable de toute cette agitation, coupable de tant de malheurs, de forfaits et d'horreurs, cette personne est ici, au sein de cette auguste assemblée ! Et il est temps, que dis-je, il est *grand temps* qu'elle paie pour ses méfaits ! Vous voulez connaître la véritable coupable de tous les crimes reprochés à mes clients ? La voici !

Et il tendit un doigt accusateur sur l'impératrice Sarenziah.

Chapitre 29

Un silence assourdissant accueillit la déclaration. Vezzir avait viré au blanc cassé, et l'impératrice elle-même s'était figée, les joues rosies par l'indignation. Un grondement de colère enfla dans la foule. S'attaquer au ministre Vezzir, oui, mais à l'impératrice elle-même ? C'était aussi inattendu qu'inacceptable !

– Que... comment osez-vous ?! éructa le haut-ésotéricien, l'écume aux lèvres. Salir ainsi la réputation de Son Altesse Impériale ! La calomnier publiquement avec ces... absurdités diffamatoires ! Ce... cela relève du crime de lèse-majesté ! Je... Gardes ! Gardes, je vous ordonne d'arrêter immédiatement ce...

– Il ne s'agit de calomnie que si mes accusations s'avèrent infondées ! tonna Albrecht d'une voix forte. Or, je suis en mesure de prouver ce que j'avance !

Vezzir s'immobilisa, les yeux écarquillés. Avant qu'il ait le temps de réagir, l'automate se tourna vers la foule, les poings sur les hanches.

– J'appelle à la barre mes premiers témoins : Grisella Oolonga et Cyrus Vorocle !

À cet instant, Cyrus dissipa l'illusion qui modifiait ses traits, tandis que Grise se débarrassait du lourd manteau à capuche dans lequel elle s'était enveloppée. Le magicien et la mécanicienne rejoignirent l'automate et levèrent vers la tribune impériale un regard de défi. Vezzir semblait être sur le point de se liquéfier sur place. Sarenziah, elle, observa les adolescents d'un air intrigué.

– Veuillez décliner vos noms et qualités, je vous prie, demanda Albrecht.

– Grisella Kimbe Oolonga, étudiante de quatrième année en sciences mécaniques à l'Académie de Celumbre, énonça Grise.

– Cyrus Bartemus Vorocle de Qualisc et de Verromont, étudiant en quatrième année en sciences occultes à l'Académie de Celumbre, compléta Cyrus.

– Bien, acquiesça Albrecht. La justice, le jury et l'accusation ont-ils une objection à entendre ce témoignage ?

Sarenziah, troublée, se tourna vers Ioséphir, qui évita soigneusement son regard. Mais avant qu'ils aient le temps de réagir, Vezzir avait bondi en avant.

– Ce… Ces adolescents sont des criminels ! s'égosilla-t-il, avide de reprendre l'avantage. Ils sont activement recherchés et doivent immédiatement être mis aux arrêts !

Plusieurs gardes se tournèrent vers la scène et firent mine de se diriger vers Grise et Cyrus. Albrecht s'interposa fermement entre eux et les constables.

– Comment osez-vous défier les forces de l'ordre ? hoqueta le petit magicien. Vous ne pouvez…

– Haut-accusateur, je suis disposé à laisser la Garde de Cuivre arrêter mes témoins, dès lors que vous m'aurez communiqué les faits qui leur sont reprochés.

– Je… je n'ai pas à vous communiquer quoi que ce soit !

– Il se trouve que si, répliqua sèchement Albrecht. Si vous souhaitez refuser mes témoins, vous devez présenter une objection justifiée. Il s'agit de la *loi impériale*.

Vezzir se recroquevilla, bouche bée.

– Bien, sans objection, je propose de poursuivre, déclara l'automate en se détournant ostensiblement de la tribune. Grisella Oolonga, Cyrus Vorocle, pouvez-vous nous exposer les faits qui vont ont conduit, aujourd'hui, à témoigner contre l'Empire ? En commençant, par exemple, par la raison pour laquelle vous ne vous trouvez actuellement pas en cours à l'Académie, sous l'attentive surveillance du primarque Ioséphir ?

Le vieux mage se tassa sur sa chaise, inquiet, tandis que l'impératrice lui lançait un regard surpris.

– Il nous est devenu évident que notre présence était indésirable à l'Académie, raconta Cyrus d'une voix forte, lorsque des agents de la Police secrète s'y sont infiltrés dans le but de nous enlever dans nos dortoirs.

Albrecht mima la surprise :

– La Police secrète ? Pouvez-vous nous raconter comment vous êtes parvenus à cette conclusion ?

– Nous l'ignorions au début, admit Grise. Mais nous sommes parvenus à échapper à nos ravisseurs et avons trouvé refuge dans les Rets. Là, nous avons alors conclu une alliance avec l'Arachnide, qui nous a offert sa protection et permis d'en apprendre davantage sur l'implication des services impériaux. Nous avons ainsi pu découvrir que…

– Bravo ! l'interrompit Vezzir en applaudissant, sarcastique. Belle performance ! Un discours parfaitement rôdé, vraiment ! Mais votre numéro de théâtre ne prend pas ! Vous êtes la fille d'un des principaux accusés, et vous venez de confesser votre lien vis-à-vis d'une autre ! Votre témoignage est clairement biaisé, et je refuse d'en entendre davantage !

– Nous disons la vérité ! s'emporta Grise. Vous essayez simplement de nous faire taire !

– Vous n'avez aucune preuve ! s'égosilla Vezzir. Votre affirmation selon laquelle la Police secrète aurait pu s'en prendre à vous repose sur du vent !

– En fait, nous *avons* des preuves, répliqua Cyrus d'un ton glacial. Accablantes, s'il en est. Directement sorties des archives personnelles du primarque Iosèphir.

Les joues fripées de Vezzir virèrent au blanc cassé, et il se tourna vers le vieux primarque, qui lui répondit d'un regard étrangement calme.

– La défense dispose en effet d'un certain nombre de documents portant le sceau impérial, expliquant en détail le plan mis en œuvre afin d'enlever ces deux jeunes personnes, déclara Albrecht. Nous vous les fournirions volontiers pour examen, mais comme ces courriers étaient adressés à tous les primarques de Mycée et signés par vous-mêmes, haut-accusateur, au nom de l'impératrice Sarenziah, nous imaginons que personne dans cet auguste tribunal n'en ignore le contenu !

Un vent de malaise souffla sur l'estrade, tandis qu'une marée de murmures intrigués enflait dans la foule.

– Cyrus Vorocle, Grisella Oolonga, reprit le chevalier mécanique, pouvez-vous nous informer de la teneur de ce plan ? Quels en étaient les principaux objectifs ?

– Il s'agissait de nous faire enlever, moi-même et Cyrus, répondit Grise, dans le but de faire pression sur nos parents, l'ingénieur d'État Elenzo Oolonga et la générale Abylabe Vorocle. Tous d'eux s'opposaient aux vues de l'Empire, politiquement ou techniquement. La Police secrète estimait que détenir et menacer leurs enfants les ferait rentrer dans le rang.

Plusieurs exclamations choquées retentirent dans l'audience. Il était impensable que l'Empire puisse ainsi ordonner l'enlèvement et la séquestration d'enfants dans le but de soumettre leurs familles !

– Avant toute protestation, lança Albrecht alors que Vezzir ouvrait la bouche, je rappelle respectueusement à la cour que nous disposons de preuves officielles de tout ce que nous avançons ici. Il ne s'agit pas de calomnies ou de déstabilisation : il s'agit de la *vérité*.

Le haut-ésotéricien déglutit bruyamment, et fut incapable d'enchaîner. Sarenziah clignait des paupières, confuse, et discutait à voix basse avec Ioséphir, qui paraissait incapable de trouver ses mots. Dans leur dos, Abylabe Vorocle était immobile, droit sur sa chaise, sans montrer la moindre émotion. Cyrus leva la tête vers elle et remarqua un imperceptible mouvement de lèvres lorsqu'elle croisa son regard. Elle *l'encourageait.* Cependant, entourée comme elle l'était de partisans de l'Empire, la baronne ne pouvait lui venir en aide en aucune façon.

Albrecht se tourna vers le public, vrombissant de murmures et d'interrogations, et tendit à nouveau le doigt vers l'impératrice.

– Ce sinistre témoignage que nous venons d'entendre n'est, malheureusement, qu'une infime partie des véritables crimes commis par le gouvernement de sa Majesté Impériale ! proclama-t-il. À mes yeux, les fautes reprochées à mes clients ne sont rien de plus que la conséquence des néfastes plans mis en œuvre par Sarenziah elle-même, auxquels ils n'ont eu d'autre choix que de réagir afin de survivre !

– Que... Quoi ?! s'étrangla Vezzir. Ce... cela n'a aucun sens ! Vous... vous tentez de détourner l'attention des pires criminels de l'Empire sur notre bien-aimée impératrice ! Votre plaidoirie est complètement absurde !

– Ah oui ? Alors répondez à ceci, haut-accusateur ! Qui doit être tenu pour responsable de la déliquescence et de l'appauvrissement de la plus grande part du peuple mycéen ? Qui a malmené les pauvres et les indigents au point qu'ils jugent nécessaire de se fédérer en une société des ombres ? Qui a rendu l'honnête labeur si pénible, les impôts si écrasants, la citoyenneté si oppressante ? Et ce, au point qu'il n'a fini par rester au petit peuple que deux choix : aller se faire tuer dans des guerres imbéciles à l'autre bout du monde en échange de quelques piécettes, ou fuir à l'intérieur de son propre pays et gonfler les légions des manants, des parias et des vauriens ? Qui est la véritable criminelle, la véritable responsable des maux du peuple ? Est-ce l'Arachnide… ou Sarenziah ?

Un brouhaha sonore remplaça le frémissement de murmures. L'automate écarta les bras, haranguant la foule avec force :

– Soyez honnêtes avec vous-mêmes : combien d'entre vous auraient survécu aux taxes toujours plus élevées et aux cadences folles des usines, sans les voleurs des Rets pour compenser une partie de ce que l'Empire vous ravit ? Qui, ici, n'a jamais sauté le pas ? Qui n'a jamais eu à subir la honte de l'acoquinement avec des malandrins et des ladres, simplement pour pouvoir tenir jusqu'au lendemain ?

Les nobles et les riches marchands se récrièrent en s'esclaffant, mais leurs rires s'éteignirent rapidement lorsqu'ils virent leurs voisins bien plus nombreux, les citoyens les plus pauvres, les boutiquiers harcelés par les questeurs, les ouvriers harassés, se mettre à murmurer, se souvenant non sans honte qu'eux-mêmes avaient ponctuellement frayé avec les voleurs des Rets pour améliorer leur difficile quotidien. Après tout, les escamoteurs et les assassins payaient grassement pour les informations croustillantes, une planque occasionnelle ou un coup de sifflet pour avertir du passage d'une patrouille, alors pourquoi se priver ? Qui ne l'avait pas fait, franchement ? Qui avait eu le choix ? Peut-être que cet avocat mécanique était dans le vrai…

Étrangement, peu s'aperçurent que ceux dont les réalisations étaient les plus subites et bruyantes étaient les mêmes spectateurs qui avaient encouragé l'acceptation d'Albrecht de Mongre comme défenseur. Xavotte racontait à qui voulait l'entendre que son triple salaire de cousette, bonniche et maraîchère ne suffisait même pas à nourrir ses gosses, et qu'elle avait bien dû, çà et là, donner la référence d'une serrure ou cacher un malandrin dans sa cave, simplement parce que ces petits services étaient récompensés par assez d'argent pour empêcher ses enfants de crever de faim. Le boutiquier Vernard vendait quant à lui l'essentiel de ses pièces aux briseurs de coffres et aux pistolets à louer, et se demandait bien qui lui permettrait de garder son échoppe ouverte si les voleurs disparaissaient complètement de la rue… Ici, un cultivateur se rappelait que vendre ses navets dans les Rets, sous le manteau, était la seule manière d'échapper aux taxes alimentaires et de ramener quelque argent à sa famille. Là, un ancien soldat à qui il manquait deux doigts et un œil révélait que, sans les petits boulots d'escorte ou de collecte de dettes offerts par le réseau de l'Arachnide, il aurait fini à la rue, sa maigre pension de vétéran ne lui suffisant pas pour vivre décemment.

L'indignation de la foule avait changé de cible. La frustration, les privations, l'épuisement prenaient peu à peu le pas sur la loyauté pourtant instinctive que portaient les citoyens à leur impératrice.

– Qui a créé cette situation absurde, je vous le demande ? poursuivit Albrecht tandis que l'irritation ambiante enflait. Qui, sinon celle qui brise nos ouvriers et exploite nos paysans, sans oublier d'enlever les enfants de ceux qui osent lui tenir tête ?

– Rien de ce que nous accomplissons n'est fait de gaieté de cœur ! s'exclama Sarenziah, se levant brusquement. La raison pour laquelle nous sommes si exigeante vis-à-vis de notre peuple, c'est... eh bien...

Elle cligna les yeux et se mordit la lèvre, consciente d'en avoir trop dit, et chercha Vezzir du regard. On aurait dit une fillette paniquée cherchant le soutien d'une figure parentale. Mais le petit magicien béait comme un poisson hors de l'eau, sonné par les virulentes attaques d'Albrecht et l'écho démesuré qu'il recevait de l'audience.

– Je peux terminer votre phrase pour vous, Votre Majesté ! s'exclama Albrecht en se tournant vers elle. La raison pour laquelle vous affamez et exploitez votre peuple est toute simple : vous préparez une nouvelle guerre !

Des hoquets de surprise et des exclamations de fureur fusèrent. La guerre contre les Îles avait laissé des marques profondes dans la société mycéenne, et sa seule mention suffisait pour rouvrir les blessures à peine cicatrisées des parents ayant perdu leurs enfants, des enfants ayant perdu leurs parents et des Îliens ayant perdu leur pays.

L'impératrice ne répliqua pas, ce qui fit enfler les murmures horrifiés. Albrecht poussa son avantage.

– Niez-vous vouloir lancer de nouvelles guerres sanglantes envers des nations qui jamais ne nous ont causé le moindre tort ? Niez-vous être en train de planifier une guerre totale, absurde, vouloir engager le peuple mycéen dans un nouveau conflit ? Et ce, simplement pour vous assurer une emprise aussi totale que définitive sur *l'arcanium* ? L'arcanium ! Une ressource que notre situation commerciale nous donne amplement les moyens de négocier ?

La souveraine resta figée de stupeur, visiblement incapable de répondre aux accusations, de comprendre ce qui était en train de se passer.

– Niez-vous avoir déployé des agents de votre police secrète pour circonvenir les opposants de votre vaste plan ? Niez-vous...

– CELA SUFFIT !

Ce n'était pas l'impératrice qui avait crié. C'était Vezzir, tremblant de rage, qui avait violemment frappé l'estrade de son bâton d'accusateur. Il cracha une incantation, et ses pieds quittèrent le sol. La maigre silhouette du haut-ésotéricien, enveloppé dans sa complexe robe émeraude, quitta la tribune impériale par la voie des airs et traversa l'esplanade au-dessus de la foule médusée. Il atterrit à quelques pas d'Albrecht, son bâton d'accusateur tonnant à nouveau comme un coup de semonce lorsqu'il posa pied sur la scène. Il récita un autre sortilège, et une puissante aura de flammes noires apparut tout autour de lui, l'enveloppant dans un linceul si ardent que le public des premiers rangs dut reculer. La foule fit silence, effrayée par la démonstration de pouvoir – mais la tension était encore bien palpable.

Cyrus et Grise s'abritèrent de l'intense rayonnement derrière la haute silhouette d'Albrecht.

– Je pense que ça ne devrait pas tarder, souffla le jeune ésotéricien. Tu es prête ?

– Oui, répondit Grise. Et toi ?

– Oui.

Vezzir fit un pas vers l'automate cabossé et le toisa d'un regard où la menace le disputait à la folie.

– Nous avons déjà *largement* dépassé le temps accordé à la défense ! rugit-il d'une voix menaçante. Je vous suggère de mettre fin à cette mascarade immédiatement, en même temps qu'à vos tirades abjectes à l'encontre de ma... de *notre* bien-aimée impératrice !

Albrecht ne bougea pas d'un pouce et croisa les bras sur sa poitrine.

– Je réclame le droit d'achever ma plaidoirie par un argument de clôture, ainsi que l'exige la loi.

– La loi ! s'écria Vezzir. Mais, misérable boîte de conserve, je *suis* la loi ! C'est *moi* qui décide ce que...

– Vezzir ! s'exclama l'impératrice. Vous vous donnez en spectacle ! Vous... vous devriez cesser, sinon nous... sinon...

Sarenziah se balança d'un pied sur l'autre, sans vraiment savoir quoi ajouter. Le haut-ésotéricien se figea, conscient d'être allé trop loin.

– Un simple argument de clôture, haut-accusateur, insista Albrecht. Ensuite, sur mon honneur, je laisserai la cour mener le procès sans intervenir davantage.

Les flammes noires qui encerclaient le petit magicien enflèrent encore, produisant une chaleur infernale.

– Vous avez une minute, souffla-t-il d'une voix menaçante. Ensuite, si j'entends le moindre soupir de votre part, je vous fais déboulonner et jeter au fond du port. Est-ce clair ?

L'automate doré recula d'un pas. Mais il ne cherchait pas à échapper à la fureur du haut-ésotéricien : d'un geste sec, il arracha le bâillon de l'Arachnide. Levant son poing serré autour du tissu crasseux qui empêchait jusque-là la voleuse de parler, il proclama :

– Pour mon argument final, j'accuse officiellement l'impératrice Sarenziah de Mycée de tentative d'assassinat sur un membre de sa propre famille : la princesse impériale Ione de Mycée… également connue sous le nom de l'Arachnide !

Des cris de surprise résonnèrent, tant dans la foule que parmi les primarques et édiles sur l'estrade. Vezzir, pâle comme un linge, se raccrocha à son bâton d'accusateur comme s'il allait trébucher. Sa volonté vacilla, et l'aura de feu sombre qui l'entourait se dissipa.

– Ione ? C'est toi ? C'est vraiment toi ?

Sarenziah s'était précipitée contre le balcon de la tribune, dévisageant avec stupeur la massive voleuse au visage à-demi fondu. L'Arachnide leva le menton et planta son unique œil de glace dans le regard brouillé de larmes de l'impératrice.

– C'est bien moi, proclama-t-elle sèchement. Ione II de Mycée, cadette de la lignée impériale et seconde dans l'ordre de succession de notre père, Issius IV de Mycée.

– Je pensais ne jamais te revoir ! s'écria Sarenziah, oubliant le « nous » impérial pour s'adresser à sa sœur. Je pensais...

– Tu pensais que tu avais réussi à me supprimer ! coupa l'Arachnide. Tu pensais que tes manigances avaient fonctionné, que tes laquais étaient parvenus à m'assassiner discrètement, afin de t'assurer que jamais je ne puisse réclamer le trône !

L'impératrice recula comme si elle l'avait giflée.

– Que... Que veux-tu dire ? Je n'ai jamais...

– J'avais refusé, Sarenziah ! rugit l'Arachnide. J'avais refusé de prendre le pouvoir, j'avais dit à notre père que je préférais te voir régner, toi, que je préférais rester à tes côtés et te guider au mieux plutôt que d'arracher à ma sœur adorée son droit à la succession ! Et pendant ce temps, tu complotais pour me faire disparaître, pour effacer toute trace de mon existence !

– C'est faux ! s'exclama Sarenziah, la voix rendue rauque par les larmes envahissant sa gorge. Jamais je ne t'aurais fait le moindre mal ! Je t'ai cherchée partout, je... j'ai mobilisé la Police secrète et la Garde de Cuivre pendant des années ! Tu étais ma sœur, Ione ! Je ne savais même pas que Père envisageait...

– Tu mens ! feula la grosse voleuse. Ce sont *tes* hommes, *ta* garde rapprochée qui m'ont enlevée au beau milieu de la nuit ! Qui m'ont conduite hors de la ville, sur une falaise, en m'ordonnant de sauter à l'eau, en riant de ma terreur, de mes larmes ! Et c'est ton roquet, ton mage de compagnie qui, pour me forcer à tomber, m'a fait ça !

Et elle tendit vers sa sœur le côté gauche de son visage, l'amas blanchâtre de tissu cicatriciel entourant son œil mort.

– Sortilège de flamme dévorante ! cracha la grosse femme. L'un des pires, à la frontière de la magie noire ! J'avais onze ans, Sarenziah. *Onze ans* ! Et tu as envoyé des assassins sadiques et un mage dément pour m'arracher à mon lit, me brûler vive et me jeter du haut des falaises de Vérémise !

Un silence assourdissant accueillait l'histoire d'Ione la Disparue. Vezzir était paralysé sur scène, les yeux exorbités, incapable de prononcer le moindre mot, de faire le moindre geste.

– Mais j'ai survécu, frangine ! rugit l'Arachnide. J'ai survécu à la chute ! L'océan a fait voler mes os en éclats, mais a aussi éteint l'incendie sur ma peau ! J'ai manqué me noyer à cent reprises, mais la rage m'a fait surnager ! Je me suis traînée, brisée, ensanglantée et frigorifiée, pleurant la perte de mon œil et de mon visage ! Des paysans m'ont recueillie, m'ont prise pour une naufragée, et je ne les ai pas détrompés. J'ai passé trois mois à me remettre, à sentir mes os se ressouder sans rien pour apaiser la douleur, à hurler chaque nuit en pensant à la trahison de ma sœur !

Pâle comme un spectre, Sarenziah écoutait le récit, une expression horrifiée sur le visage. La grosse femme ricana :

– La suite est facile à deviner : je me suis embarquée pour Celumbre et j'ai cherché l'Arachnide. Je me suis dit que seule la plus puissante criminelle du monde saurait m'offrir ce dont je voulais le plus au monde : ta tête !

La haine contenue dans la voix d'Ione la Disparue percuta l'impératrice Sarenziah de plein fouet. Hébétée, les yeux écarquillés, elle semblait incapable de respirer autrement que par à-coups.

– Je ne l'ai jamais trouvée, admit la grosse femme. Tout simplement parce qu'elle n'existait pas. Ce n'était qu'une légende, un conte destiné à faire peur à la Garde, aux nobles et aux riches, une manière de leur rappeler qu'un contre-pouvoir à leur toute-puissance existait, un être de cauchemar capable de dérober n'importe laquelle de leurs précieuses possessions... J'ai donc décidé d'*incarner* cette terreur, de devenir l'Arachnide, de donner corps à sa légende ! Je me disais qu'un jour, peut-être, grâce à cette identité, j'aurais l'occasion de me retrouver face à toi, et d'avoir ma vengeance... Et ce jour est venu !

L'Arachnide écarta soudain les mains, et les bracelets de fer qui enserraient ses poignets tombèrent au sol avec un bruit sourd. Sans attendre, elle arma son bras et jeta quelque chose dans la direction de Sarenziah. Un rayon du soleil accrocha le métal, et tous virent la lame se diriger droit vers le cœur de l'impératrice.

Mais la dague de jet n'atteignit jamais sa cible. Elle s'immobilisa à mi-chemin dans les airs, arrêtée net par le sortilège que Vezzir avait immédiatement lancé, puis tomba sur les pavés dans un tintement lugubre. L'Arachnide poussa un rugissement de frustration.

Il y eut une seconde de silence terrifiant. Puis la voix aigrelette de Vezzir, encore renforcée de magie, retentit :

– On attaque l'impératrice ! s'égosilla-t-il. À moi la garde ! À moi ! Qu'on les massacre ! Qu'on les extermine tous, jusqu'au dernier !

Ce fut ce cri de ralliement qui déclencha la première scène de la Révolution de Celumbre.

Chapitre 30

Grise et Cyrus n'avaient pas vu venir la conclusion d'Albrecht – l'Arachnide, une princesse impériale ?! Mais ils n'avaient pas le temps de s'appesantir. La dernière étape de leur plan commençait et ils n'avaient pas une seconde à perdre.

Autour de l'estrade, les automates se saisirent de leurs arquebuses et les dirigèrent vers les condamnés, tournant le dos au public. Ignorer la foule surchauffée s'avéra cependant être une erreur : enragés, plusieurs hommes et femmes du peuple se ruèrent sur la Garde de Cuivre, bousculant violemment les unités mécaniques, les faisant basculer en avant et cherchant à leur arracher leurs armes des mains. Malheureusement, tous ne purent pas être interrompus et plusieurs coups de feu retentirent. Six prisonniers s'effondrèrent sans un cri, transpercés par des balles de mousquet tirées à bout portant.

Ce massacre déclencha l'ire de la foule. Un peu partout des rixes éclatèrent, le peuple prenant violemment à parti la Garde de Cuivre et cherchant à repousser ses membres le plus loin possible des prisonniers. Plutôt que des fruits et légumes pourris, ce furent bientôt des pavés, des briques, des morceaux de bois et même un lampadaire arcanique arraché de sa base qui volèrent vers les forces impériales.

Pas à pas, la Garde reculait.

– Des renforts ! hurla Vezzir. Qu'on amène des... Aïe !

Le visage étroit du haut-ésotéricien partit en arrière, et il manqua perdre l'équilibre. Cyrus s'était dressé face à lui, les mains nimbées d'un étrange halo noir. Lorsque Vezzir se rétablit, des larmes de sang coulaient de ses yeux et dévalaient ses joues, sans paraître pouvoir être arrêtées. Il clignait des yeux avec frénésie, mais chaque papillonnement engluait encore davantage ses paupières dans le liquide chaud et épais.

– De... de la magie noire ! hoqueta le haut-ésotéricien en portant les doigts sur les longues traînées écarlates. Tu oses... ? De la magie noire, contre le plus haut représentant de l'Empire ?!

– Quand on affronte le pire, il faut parfois faire appel au pire, répondit fermement Cyrus.

Et il leva à nouveau la main, prononçant une hideuse formule qui ne fut pas loin de lui écorcher les lèvres. Aussitôt, une nuée d'insectes affamés se matérialisa et se rua vers le visage du haut-ésotéricien. Mais celui-ci réagit immédiatement, incantant rapidement les mots d'un puissant sortilège. L'air qui les entourait se refroidit démesurément, et les insectes vrombissant, gelés en plein vol, s'écrasèrent au sol en une pluie de minuscules corps noirs et desséchés. Le haut-ésotéricien ne s'arrêta pas là : du néant glacé jaillirent de longues aiguilles de givre étincelant, qui frémirent en pointant vers Cyrus.

Le jeune mage eut à peine le temps de prononcer les premiers mots d'un bouclier que les lames de gel se détachèrent du vide et fusèrent vers lui. Sa barrière de protection dévia une partie des attaques, mais plusieurs couteaux de glace l'atteignirent néanmoins, dont un qui traça un long sillon sanglant dans son cuir chevelu alors qu'il se baissait pour l'éviter. Il hurla de douleur, tombant au sol en se tenant le front.

– Cyrus ! s'exclama Grise en se précipitant vers lui.

– Recule ! ordonna le magicien en se redressant, le visage en sang. Je… je peux tenir !

– Mais tu sais que je pourrais…

– Non ! rugit Cyrus. Pas maintenant ! Va te mettre en position !

Grise déglutit bruyamment, puis bondit de l'estrade pour se réfugier dans la foule. Vezzir avait froncé les sourcils en entendant l'échange et tenta de suivre Grise du regard, inquiet de ce qu'il pouvait signifier. Mais un nouveau sort, vicieusement lancé par Cyrus et auquel il n'échappa que de justesse, le convainquit de reporter son attention sur le jeune mage. Entretemps, la mécanicienne s'était volatilisée dans la foule hurlante.

– Tu ne perds rien pour attendre ! haleta Vezzir en reculant. Mais d'abord…

Il posa sa main gauche sur sa propre gorge et incanta un sortilège. Puis il ouvrit la bouche, et la puissance de sa voix faillit renverser le jeune mage, dont les oreilles se mirent à tinter.

– QU'ON APPELLE LES RENFORTS ! hurla le Haut-Ésotéricien de sa voix démesurément amplifiée. QU'ON SONNE LA GARDE ! QU'ON APPELLE L'ARMÉE ! L'EMPIRE EST EN DANGER !

Son cri retentit dans toute la ville, et plusieurs légions de réservistes réparties dans le quartier pour contrôler les accès convergèrent vers le lieu des affrontements, très vite rejointes par des escouades de la Garde de Cuivre, automates et humains mêlés.

Mais Grise et Cyrus avaient également prévu cela.

★

Le lieutenant Augustus Rysc et ses vingt agents s'engagèrent au pas de course et sabre au poing dans l'avenue de l'Arbre Tombé, qui serpentait entre plusieurs hauts bâtiments avant de rejoindre l'esplanade de la Nef par le sud. Au moment où ils allaient franchir le dernier carrefour et se jeter dans la mêlée, un homme vêtu de couleurs vives s'interposa.

– Halte ! s'exclama-t-il. Un pas de plus et j'ordonne à mes gars d'ouvrir le feu !

– Quels gars ? répliqua le lieutenant d'un ton soupçonneux. Je ne vois personne, à part toi !

– Connaissez-vous le principe de l'embuscade, soldat ? s'enquit aimablement le petit homme. Mes tireurs d'élite se sont cachés, bien entendu !

– Chargez ! répliqua le lieutenant en levant son sabre.

– Vous l'aurez voulu ! ricana l'importun. Feu à volonté, mes amis ! Avec les compliments de Pazzocabo le Magnifique !

Un véritable déluge de coups de feu crépita depuis les toits adjacents, forçant tout le régiment à se jeter au sol.

Le temps que les soldats réalisent qu'il s'agissait en réalité d'une illusion de sons et d'étincelles créée de toutes pièces et que le commandant des soi-disant tireurs embusqués était un simple prestidigitateur, la foule en avait profité pour leur foncer dessus, les désarmer et les immobiliser sur les pavés contre lesquels ils avaient été assez aimables de se coucher.

*

Grise fendit la foule comme une flèche. Le dos rond, elle faisait de son mieux pour rester hors de vue et esquivait autant que possible les mouvements désordonnés des spectateurs qui se ruaient sur les constables de la Garde. Un coude la percuta soudain violemment. Elle fut un moment déséquilibrée, mais elle parvint à se rétablir. Quelques pas plus loin, un automate de la Garde du Cuivre se fracassa juste devant ses pieds, avant d'être sauvagement mis en pièces par la foule enragée.

Entre les pavés se créaient de véritables rigoles de sang et d'huile de moteur mêlés. Déglutissant avec effort, la mécanicienne sentit sa résolution vaciller. Ils avaient créé le chaos, suscité l'anarchie, fait entrer la violence dans les rouages parfaitement alignés de l'Empire. Était-ce réellement la meilleure chose à faire ? N'y avait-il pas d'autre solution ?

La vision de son père entravé, hébété et amaigri s'imposa dans son esprit. Elle serra les poings et poursuivit son chemin, ignorant les terribles débordements de la révolution naissante.

Elle parvint enfin à l'angle nord-ouest de l'esplanade de la Nef et s'engouffra dans la minuscule impasse des Murènes, dont l'entrée était presque entièrement dissimulée par la massive Guilde des Messagers aux murs rouges. Le fracas des affrontements décrut quelque peu alors qu'elle s'enfonçait rapidement dans la ruelle encaissée. Au fond du cul-de-sac se tenaient trois imposants réservoirs de métal, auxquels les autocalèches venaient se réapprovisionner avant de tomber à court d'énergie. Grise fit jaillir une clé à molette de sa poche et s'approcha du réservoir de gauche, dont elle démonta rapidement le couvercle, révélant la surface bleue et visqueuse de l'huile arcanique. Elle plongea les bras jusqu'aux coudes dans le liquide gluant et fouilla le réservoir à tâtons, jusqu'à ce que ses doigts rencontrent le paquet qu'elle y avait dissimulé quelques heures avant le procès.

Avec effort, elle remonta le lourd sac de toile cirée et le fit basculer hors du réservoir d'huile. Le paquet tomba au sol avec un bruit métallique. Grise déballa avec angoisse le colis luisant, priant pour que l'étanchéité ait tenu bon, que l'huile ne se soit pas infiltrée à l'intérieur, réduisant à néant tout son travail. Avec un soupir de soulagement, elle constata que les pièces paraissaient intactes.

Abandonnant là l'emballage visqueux, elle fourra rapidement les composants dans sa sacoche, dont le cuir grinça à mesure qu'elle l'emplissait. Elle grimaça, l'épaule cisaillée par la lanière : elle n'avait pas eu beaucoup de temps à consacrer à la miniaturisation, et l'engin pesait lourd.

Avec effort, la mécanicienne remonta l'impasse des Murènes pour rejoindre l'esplanade de la Nef. Mais à peine avait-elle fait un pas sur la grande place qu'un homme lui rentra dedans en courant, la projetant presque contre le mur de la Guilde des Messagers.

– Oh, je suis navré, mademoiselle ! s'excusa l'homme. Je ne... Eh, qu'est-ce que vous transportez là-dedans, citoyenne ?

Grise blêmit en reconnaissant l'uniforme orangé et les galons de sergent qui ornaient la poitrine de celui qui venait de la percuter. Le garde, un moustachu longiligne au regard brûlant, tendait un doigt soupçonneux vers sa sacoche qui laissait entrevoir son contenu.

La mécanicienne lui décocha son plus beau sourire et ouvrit la bouche pour répondre... puis fit volte-face et s'enfuit à toute allure dans les rues adjacentes. Le sergent mit quelques secondes à réagir, puis se lança à sa poursuite en hurlant.

Grise jura intérieurement : elle n'avait vraiment pas le temps pour ça !

*

La grosse Cyrabelle tirait sur ses liens trop serrés, arrachant la peau de ses poignets à force de gigoter. Elle enrageait : ces stupides menottes allaient lui faire manquer les réjouissances ! Tout le monde tapait sur les Pinceurs, sauf elle ! Enfin, elle et les cent-trente autres prisonniers qui l'entouraient. Mais tout de même !

Elle sentit soudain quelque chose de diablement froid contre ses mains. Il y eut un grincement, deux claquements, puis les entraves s'ouvrirent brusquement et tombèrent au sol. Stupéfaite, elle se retourna pesamment… et poussa un rugissement de rire.

– Axxe ! s'exclama-t-elle en reconnaissant le majordome timoré. Alors ça ! Toi, au milieu d'une mêlée pareille ?

– Je vous en conjure, baissez votre voix ! murmura l'automate affranchi. Nous avons encore plusieurs dizaines de personnes à libérer ! Gardez les mains dans le dos et essayez de mettre la main sur une arme…

– Et toi, alors ? demanda la cuisinière.

– Je n'ai jamais été favorable à la violence, répondit Axxe sur un ton désapprobateur. Mais… je ne pouvais pas rester sans rien faire.

– Merci, mon gars, susurra Cyrabelle. T'en fais pas, on va les avoir, ces foutus Cuivrés !

– Je ne peux que l'espérer aussi, dame Cyrabelle, fit-il avec une aimable révérence.

Le majordome mécanique se faufila entre les prisonniers et disparut à la vue de la grosse femme. Celle-ci se baissa discrètement pour ramasser ses entraves ouvertes et sourit : deux lourds cercles de fer reliés par des chaînes… Cela ferait un bon fléau improvisé.

*

– Arrêtez ! Au nom de la loi, arrêtez !

Grise jeta un regard en arrière et gémit de frustration. Il était encore là ! Ce fichu sergent était un véritable fanatique ! Il ne pouvait pas aller s'occuper de la révolution qui faisait rage comme tout le monde, au lieu de perdre son temps à la pourchasser ? Cela faisait déjà dix minutes qu'elle tentait de le perdre dans les rues, mais le constable connaissait visiblement le quartier beaucoup mieux qu'elle et la retrouvait à chaque fois ! Et elle allait finir par manquer de temps…

Prise d'une subite inspiration, elle bifurqua de nouveau vers l'esplanade de la Nef et rejoignit la Guilde des Messagers devant laquelle le vindicatif sergent lui était rentré dedans. Ce n'était pas ce qui était prévu : le bâtiment qu'elle devait rejoindre était situé quasiment de l'autre côté de la place. À cette heure, leurs partisans devaient l'avoir investi et sécurisé, s'assurant qu'elle dispose du champ libre pour sa partie du plan. Mais elle n'avait plus le temps de les rejoindre : il faudrait bien que l'immeuble de la Guilde des Messagers suffise. Elle tenta de pousser la vaste porte à linteaux ouvragés, sans succès : le procès annoncé ou la révolte subséquente avaient vraisemblablement convaincu les messagers de fermer le relais. Poussant un juron, elle plongea la main dans sa sacoche et en tira une minuscule pyramide de fer blanc, qu'elle colla d'une pression sur la porte, près de là où devait se trouver le verrou. Elle appuya sur l'une des faces de la pyramide, qui émit un « clic » sonore avant de cracher un filet de fumée rougeâtre. La mécanicienne recula vivement, et la pyramide explosa, ouvrant un trou noirci dans le linteau, qui s'entrouvrit en grinçant. Ce n'était pas l'approche la plus subtile pour la perceuse de coffres qu'elle était devenue, mais elle n'avait pas le temps de tergiverser.

Elle se rua à l'intérieur et traversa le hall au pas de course. Les unités de messagerie au lustre argenté l'interpellèrent de leurs voix atones, mais elle les ignora et se précipita vers l'escalier qui menait aux volières des corbeaux mécaniques.

Dans son dos, la voix de l'irritant sergent retentit à nouveau :

– Halte ! Je vous ordonne de vous rendre ! Obtempérez immédiatement ! Vous êtes en état d'arrestation.

Grise pressa le pas, ignorant la douleur qui crevassait son épaule, sur laquelle pesait lourdement la sacoche emplie de pièces métalliques. Elle monta quatre à quatre les marches de bois qui faisaient tout le tour du bâtiment, dépassant en grimaçant trois plates-formes successives qui accueillaient les perchoirs des corbeaux-automates. Derrière elle, le sergent venait de s'engager à sa suite, vociférant des menaces.

Lorsqu'elle dépassa la quatrième plate-forme, elle regarda en contrebas. Deux étages en-dessous, le constable levait vers elle un regard offusqué. La voyant s'immobiliser, il porta la main à sa ceinture, refermant ses doigts sur son pistolet réglementaire. Grise se saisit de deux autres pyramides explosives, les déclencha puis les lança dans le vide, visant les marches de bois situées juste devant le garde.

La première explosion pulvérisa la volée de marches. Le sergent s'envola en arrière, porté par le souffle de la détonation, et percuta le mur avec violence. La seconde ménagea un énorme trou dans le palier suivant et fit s'effondrer la quasi-totalité de l'escalier reliant la deuxième et la troisième plate-forme. Plusieurs corbeaux mécaniques, alarmés, déployèrent leurs ailes cuivrées et s'envolèrent – pour se poser presque aussitôt sur un autre perchoir, un étage plus haut.

Grise poussa un cri de victoire : la route était coupée !

Le sergent se releva en chancelant et porta la main à sa tête, hébété. Il contempla les escaliers d'un air furieux, et brailla :

– Flagrant délit de destruction de propriété et de matériel relevant de la compétence impériale ! Votre compte est bon ! Rendez-vous immédiatement ou vous encourez un aggravement conséquent de votre sentence !

Mais Grise ne l'écoutait plus. Elle gravissait les dernières marches qui menaient au plus haut étage de l'édifice, là où était ménagée la massive ouverture circulaire par laquelle les corbeaux mécaniques jaillissaient pour porter les messages. Elle se posta devant l'immense embrasure et constata avec satisfaction que, d'ici, elle disposait d'une vue dégagée sur la quasi-totalité de l'esplanade de la Nef.

Elle renversa le contenu de sa sacoche au sol et commença à assembler le massif engin oblong. Les entrailles tordues par l'urgence, elle espérait qu'elle pourrait finir à temps.

*

L'allée des Échafaudages était une venelle en descente abrupte, si étroite que la capitaine Amaurine Matha dut ordonner à son escouade de s'y engager un par un. L'officière avait pris la tête de la colonne, et dévalait à toute vitesse la pente pavée.

Elle ne vit qu'au tout dernier moment le mendiant unijambiste rencogné sous une porte cochère.

Et elle ne comprit qu'il avait brusquement tendu sa longue béquille entre ses mollets qu'en voyant le sol se précipiter vers son visage.

Trois hommes et un automate emportés par leur élan lui tombèrent dessus, lui coupant le souffle et la forçant à lâcher son arquebuse chargée. Lorsqu'elle parvint enfin à s'extraire de l'amas de chair et de métal qui la recouvrait, son arme de service se trouvait entre les mains du mendiant, toujours assis, qui la pointait sur elle avec un plaisir non dissimulé. Une quinzaine d'autres malandrins les avaient encerclés et avaient privé ses hommes de leurs fusils.

Le lancier-caporal Bertram Nox, honorablement déchargé du septième régiment des Lanciers impériaux, leur désigna d'un signe de tête le bâtiment derrière lui. La mort dans l'âme, les treize gardes furent escortés et enfermés à triple tour dans un entrepôt de pierre, où ils rejoignirent le propriétaire, qui avait curieusement rechigné à confier les clefs de son affaire à un mendiant unijambiste.

Ils manquèrent pratiquement tout ce qui s'ensuivit.

*

– Encerclez les prisonniers ! beugla Vezzir. Tuez les révoltés ! Tuez-les tous ! Qu'on les exécute sur l'heure ! C'est un ordre !

– Vezzir ! Faites cesser cette folie !

Sarenziah hurlait, les mains serrées sur la balustrade de la tribune impériale. Mais le haut-ésotéricien l'ignora complètement, submergé par la terrible bataille de magie qu'il avait désormais à mener.

Une demi-douzaine de petits mages délivrés de leurs entraves s'étaient en effet portés aux côtés de Cyrus, faisant pleuvoir sur le haut-ésotéricien des nuées de papillons fantasmagoriques, feux follets intangibles et autres illusions de faible puissance, mais très irritantes pour qui cherchait à se concentrer. Xaomi avait également rejoint la confrontation, harcelant Vezzir de petites malédictions et sorts, qui eurent le mérite de déclencher une violente urticaire pourpre sur le côté de son cou. Le sortilège d'envol du haut-ésotéricien vacilla lorsqu'il dut également esquiver les briques et les navets moisis que les mécontents de l'audience lançaient sur lui. La plupart des mages du public, issus des hautes strates de la société, avaient reflué et abandonné la scène ; mais au moins deux ésotériciens et leurs familiers étaient restés sur place et avaient pris le ministre pour cible.

Ivre de rage, Vezzir abandonna l'estrade et s'envola au-dessus du public, tentant de coordonner les actions de la Garde de Cuivre tout en répondant autant que possible aux assauts dont il était la cible. Dévoré par la rage et l'angoisse, il faisait pleuvoir foudre, feu et pierres sur la foule, tentant de la disperser de force. Mais la plupart de ses sortilèges étaient contrés ou déviés par Cyrus et l'armée des petits mages ; ou bien il perdait sa concentration au dernier moment quand une botte ou une endive frôlait son visage de trop près ou quand une libellule illusoire éclatait devant ses yeux dans une débauche de lumières multicolores. Il avait un mal fou à viser, les yeux pleins de sang et de lueurs aveuglantes. Irosias, son hibou bleu, décrivait des cercles au-dessus de l'esplanade pour tenter de le guider à travers leur connexion, mais d'autres sorts et projectiles l'avaient également pris pour cible et il dut prendre de la hauteur pour leur échapper.

De son côté, le chevalier Albrecht de Mongre ferraillait avec enthousiasme, affrontant seul quatre escrimeurs de la Garde après avoir « réquisitionné » l'épée réglementaire du premier constable qu'il avait assommé à mains nues. Les autres prisonniers avaient également mis la main sur des armes et affrontaient les Gardes décontenancés, pris en étau entre eux et la foule. Le chaos était partout, les miliciens jetés au sol et privés de leurs armes. Du coin de l'œil, Vezzir constata avec fureur que certains soldats se rendaient volontairement, tendant leurs armes à la foule et arrachant furieusement l'insigne de la Garde de leur veste orangée.

Mais un rictus triomphant apparut bientôt sur son visage : de sa hauteur, il voyait les troupes de l'armée converger vers l'esplanade de la Nef. Les contingents d'automates impériaux, stationnés en retrait de l'esplanade, avaient fini par arriver. Ils étaient moins nombreux qu'escompté, mais qu'importe : ils feraient bien l'affaire !

Contrairement à leurs homologues de la Garde de Cuivre, les modèles de l'armée régulière étaient programmés pour la guérilla et l'assaut, équipés d'armures et d'armes de bien meilleure facture, et artificiellement dotés d'un grand sens de l'obéissance et du devoir. Tout cela garantissait leur efficacité tout en limitant les possibilités de défection.

La foule résista encore, cherchant à freiner leur avancée, mais les solides soldats mécaniques forcèrent le passage sans mal. Ils se rapprochèrent de l'estrade centrale, leur regard artificiel braqué sur les prisonniers qui s'étaient mystérieusement débarrassés de leurs bâillons et de leurs entraves.

Le régiment mécanique se déploya dans un ordre parfait, prenant position autour de la scène. En un instant, les accusés furent mis en joue. Cyrus fouilla les toits alentours d'un regard angoissé. Mais que fichait Grise ?!

– Prêts à tirer ! jubila Vezzir.

– Arrêtez ! s'exclama à nouveau Sarenziah. Vezzir, je vous en conjure, écoutez-moi !

– J'accomplis ce qui doit être, Majesté ! s'époumona Vezzir, l'écume au bord des lèvres. Ainsi que je l'ai toujours fait ! Comme lorsque je me suis débarrassé de votre sœur, qui lorgnait sur votre trône ! Ou de ce demeuré de Mezzoclas, qui aurait choisi un autre apprenti pour vous seconder, sans réaliser que j'étais le meilleur choix possible ! Ou encore de cet abruti pompeux de chevalier de Mongre, qui a profité de ses entrées au palais pour conseiller à votre père de vous écarter du pouvoir !

– Je le savais ! s'exclama Albrecht. Je savais que je n'aurais jamais perdu un duel d'escrime ! Vous m'avez fait assassiner !

– Et comment ! s'exclama Vezzir, braquant des yeux fous sur l'automate cabossé. J'ai perdu six hommes dans cette embuscade, ce soir-là, mais cela en valait la peine ! Vous essayiez d'écarter ma chère, ma douce, ma *parfaite* Sarenziah du pouvoir, vous vouliez nous empêcher de régner ensemble, elle et moi ! Pourquoi n'êtes-vous pas resté dans votre tombe, hein ?! Vous avez tout gâché !

– Vous… avez… assassiné tous ces gens ? murmura Sarenziah, pâle comme un spectre. Vous… vous avez…

– J'ai fait ce qu'il fallait pour vous garantir le trône, Majesté ! Tout ce qu'il fallait ! J'ai même accéléré le passage de votre père dans les limbes, afin de vous épargner la pénible contemplation d'un étiolement lent et douloureux !

– Vous… vous avez tué notre père ? s'étrangla l'Arachnide en levant le poing vers le magicien. Mais… son état de santé n'était pas mortel ! Les médecins disaient qu'il aurait dû vivre encore…

– Dix ans, Majesté ! hurla Vezzir. Dix ans, rendez-vous compte ! Dix ans à se laisser influencer par des traîtres comme Albrecht de Mongre, dix ans pendant lesquels il aurait manigancé pour vous écarter du trône au profit de votre ignoble sœur !

– Il est fou ! s'exclama l'Arachnide. Complètement fou !

– J'ai fait ça pour vous, Majesté ! pleurnicha Vezzir. Pour vous seule ! Pour que jamais, jamais vous n'ayez à craindre quiconque !

Sarenziah frappa du poing sur la rambarde, et tonna en direction des automates :

– Soldats impériaux ! Nous, Sarenziah Ire, impératrice de Mycée, vous ordonnons de baisser vos armes sur le champ !

Mais les automates ne frémirent pas d'un pouce. Vezzir eut un petit rire triste.

– C'est *moi* qui possède l'empreinte vocale suprême de l'armée, Majesté ! Vous m'avez confié l'autorité militaire après la déchéance de la baronne Abylabe, vous souvenez-vous ? Déjà à l'époque, quand les automates ont rejoint l'armée, vous n'en aviez pas voulu, et l'aviez donnée à cette traîtresse ! Vous avez toujours été douce, Sarenziah ! Votre nature est trop délicate pour ordonner à vos soldats de massacrer vos ennemis, de vous montrer cruelle ou immorale pour le bien de l'Empire ! Je l'ai compris depuis longtemps, et je ne vous l'ai jamais reproché : c'est une charge que j'ai été heureux de porter pour vous !

Le regard embué de larmes, le haut-ésotéricien prit le mutisme horrifié de Sarenziah pour une approbation.

– Allez-y, tas de ferraille ! hurla-t-il. Tuez-les, j'ai dit ! Feu ! Feu à volonté !

Une série de cliquetis sinistres retentit alors que les soldats mécaniques armaient leurs fusils. Ils visèrent soigneusement le cœur des prisonniers serrés les uns contre les autres, approchèrent leurs index de la détente, et...

Rien.

Les automates s'étaient immobilisés, le doigt à un centimètre de la gâchette.

– Tirez ! rugit Vezzir. Tirez, bon sang !

Mais les soldats ne tiraient toujours pas. À la place, l'un d'eux bascula lentement en arrière, tombant au sol dans un grand fracas de métal tordu. Un second l'imita, puis un troisième, entraîné par la chute du second.

Il y eut un instant de silence. Puis, un à un, tous les automates-soldats de l'esplanade de la Nef s'effondrèrent en grinçant, brusquement privés de vie, et s'écrasèrent contre les pavés.

– Désolé, monsieur le ministre ! On dirait que j'ai cassé vos jouets ! lança une voix amusée au-dessus de sa tête.

Vezzir se retourna brusquement vers le bâtiment rouge vif qui surplombait la scène du procès. Ses yeux s'écarquillèrent démesurément, lui donnant l'air d'une grosse grenouille volante. Accoudée à une vaste fenêtre circulaire, Grise, un sourire narquois aux lèvres, lui adressait un petit signe de la main. La jeune fille était installée derrière un imposant engin métallique qui ressemblait à une longue arquebuse au canon évasé, hérissé d'engrenages, de voyants lumineux et de leviers, et installé sur un imposant trépied.

– Qu'avez-vous fait à mon armée ?! s'égosilla le magicien. Que... Qu'est-ce que... c'est que cet engin ?

– C'est joli, non ? lança fièrement Grise du haut de sa tour. Vous savez, les plans que mon père vous avait volé ? En fait, c'est moi qui les avais ! Je me suis inspirée de ses équations pour arriver à cette petite merveille ! Je ne vous cache pas que la miniaturisation n'est pas encore tout à fait au point, et les finitions sont assez déplorables, mais pour l'usage que nous voulions en faire, ça suffit, non ?

– Que... comment... ? éructa le haut-ésotéricien.

– Tiens, on dirait qu'il me reste de quoi vous faire une autre démonstration, constata Grise en baissant les yeux sur un gros cadran. Vous voulez tester ?

Et sans attendre, la jeune fille pointa la gueule de l'arquebuse alambiquée sur le ministre et pressa la détente. Il y eut un vague tremblement dans l'air. Une seconde plus tard, Vezzir sentit son corps brûler de l'intérieur, son sang chauffer dans ses veines, son pouvoir magique lui être impitoyablement arraché. Il hurla à s'en rompre la gorge, tentant vainement de reprendre le contrôle.

Son sort d'envol se dissipa brusquement, malgré tous ses efforts pour le maintenir, et le petit magicien dégringola soudain des airs, heurtant la scène avec un bruit sourd. Le souffle coupé, les membres douloureux, il tenta de se redresser tant bien que mal. Cyrus s'approcha de lui, les mains sur les hanches.

– Voyez-vous, expliqua-t-il, l'air satisfait, Grise et moi sommes parvenus à la conclusion que, si l'on pouvait forcer l'arcanium à produire beaucoup plus d'énergie, alors on pouvait aussi le surcharger, le forcer à libérer en une fois tout son potentiel. Mais je ne vous apprends rien, n'est-ce pas ?

– Ce... c'est... haleta Vezzir.

– C'était *exactement* ce qu'il voulait ! rugit Elenzo Oolonga.

L'immense ingénieur, libéré de ses chaînes, s'approcha d'un air menaçant. Le petit homme recula précipitamment hors de portée du géant.

– Vous destiniez mon invention à surcharger l'arcanium au point de le réduire en cendres d'une simple pression, gronda-t-il, les mâchoires serrées. De quoi conduire à la folie un magicien en supprimant toute trace de magie de son corps, ou faire exploser d'une simple pression le plus sophistiqué des canons ! Quand je pense que vous avez voulu me faire construire une arme en me faisant miroiter le progrès pour tous, l'énergie quasi-gratuite pour les citoyens de l'Empire…

Il serra les poings, et Vezzir recula encore davantage. Mais le colosse se tourna vers Grise, retrouvant le sourire.

– On dirait que tu as adapté mon invention à la perfection, ma fille ! rugit-il. Bien joué !

– Merci, P'pa !

Tout autour de l'estrade, les derniers soldats et gardes humains se rendaient à la foule qui les tenait en joue avec les armes dérobées à leurs camarades. En moins de dix minutes, toutes les forces impériales restantes avaient capitulé – un pourcentage non négligeable l'avait d'ailleurs fait de bonne grâce.

– Eh bien, si c'est avec ça que vous voulez faire la guerre au monde entier, on ne va pas faire long feu, commenta posément Albrecht.

– Vous… vous ne pouvez pas… balbutia Vezzir, effaré. Ce… ce n'est pas… possible…

Suant et suffoquant, le magicien trébucha, parvenant à peine à tenir debout. Vidé de son énergie, il joua sa dernière carte.

– Irosias ! hurla le petit mage fripé en fouillant les cieux du regard. Viens m'aider !

Le hibou azuré poussa un ululement menaçant et fondit vers son maître… avant d'être violemment percuté par un petit cube ailé, qui le fit dégringoler dans un nuage de plumes.

– Trop de précipitation cause la ruine ! claironna Cog.

À peine le rapace avait-il heurté le sol qu'un gros matou borgne se jeta sur lui, pesant de tout son poids sur ses ailes.

– On dirait que votre piaf est occupé, lança Quint avec insolence. Une autre fois ?

Le cœur au bord des lèvres, privé de tout pouvoir et de tout soutien, le haut-ésotéricien regardait autour de lui avec hébétude, à la recherche d'un dernier allié, d'une solution désespérée, d'un...

– Vezzir ! appela alors Sarenziah.

– V... Votre Majesté ? pleurnicha le magicien en levant le nez vers l'estrade impériale.

– Vous êtes viré. Ione, tu veux bien... ?

L'Arachnide hocha la tête se dirigea d'un pas décidé vers le ministre félon.

– Attendez un peu... commença Vezzir.

– Non, répondit-elle.

Et le poing de la voleuse s'écrasa sur le visage du magicien.

Épilogue

Sarenziah ne savait rien des manigances mises en œuvre par son plus proche conseiller. Elle reconnut néanmoins qu'il était inadmissible pour une impératrice d'avoir été ainsi manipulée. Ne se trouvant plus légitime pour gouverner et ayant pris bonne note de l'hostilité qu'éprouvait son peuple vis-à-vis de la stratégie de conquête que Vezzir et elle avaient projetée, elle prit la décision d'abdiquer.

Elle voulut d'abord remettre les rênes du pouvoir à sa sœur, la princesse impériale Ione, que feu l'empereur Issius IV avait désignée pour gouverner Mycée. Mais la grosse voleuse déclara qu'elle n'avait toujours aucun désir de régner. Elle estima néanmoins qu'il était temps de donner une chance aux Révocateurs et à la république qu'ils appelaient de leurs vœux. Après tout, ils avaient passé les vingt dernières années à critiquer et à se vanter de pouvoir faire mieux que le gouvernement impérial : l'Arachnide jugea qu'ils n'avaient qu'à le prouver.

Trois jours plus tard naissait officiellement la Première République de Mycée.

Lieber fit un léger malaise lorsqu'il entendit l'Arachnide parler de la Révocation en des termes raisonnablement élogieux. Lorsqu'il fut rétabli, il proposa sa candidature aux premières élections du Conseil Républicain de Mycée. Il fut élu au sein d'une assemblée dirigeante de dix édiles et prit rapidement la tête des Conseillers issus de la Révocation, représentant la moitié des élus.

Malheureusement pour lui, l'autre moitié était composée de citoyens bien plus rétifs aux idéaux portés par la Révocation, menés par la baronne Abylabe Vorocle en personne. Le rebelle passionné et la stoïque générale s'avérèrent rigoureusement incapables de s'entendre, s'opposant sur pratiquement tous les sujets. Leurs disputes quotidiennes étaient cependant d'une incroyable virtuosité rhétorique, truffées de bons mots et de piques acides. Elles devinrent si fameuses qu'elles furent retranscrites sous la forme d'une rubrique spéciale dans la *Gazette Républicaine*, et lues avec délectation par des milliers de lecteurs.

Chaque décision prise par le gouvernement ne pouvait être que la conséquence d'une longue et douloureuse négociation entre les deux animaux politiques qu'étaient Théodorus Lieber et Abylabe Vorocle. Au moins, se rassurait le peuple, avec ces deux-là, la République serait bien gardée.

Sarenziah et Ione reconstruisirent lentement leur relation d'enfance. Il fallut de longs mois avant que la première parvienne à convaincre la seconde de la laisser la prendre dans ses bras – l'Arachnide considérant qu'une étreinte pouvait aisément conduire à un égorgement ou un garrottage en règle – mais les deux sœurs finirent par progresser sur le sujet.

Sarenziah accepta un poste de conseillère spéciale attachée à la République et fut autorisée à demeurer dans le palais impérial. Bien que Vezzir l'ait tenue autant que possible éloignée des affaires de l'État, Sarenziah se révéla une excellente diplomate, désarmante de simplicité et capable de calmer un débat houleux en quelques mots choisis. Comme les souverains et ambassadeurs des autres nations la connaissaient déjà, on décida alors de lui confier une partie de la politique extérieure de la République. Contre toute attente, elle se montra redoutablement efficace dans la négociation de nouveaux traités de paix et d'accords commerciaux entre la République et le reste du monde.

Sarenziah profita de sa position pour suggérer au Conseil de confier les rênes de la Police secrète à sa sœur Ione. Qui d'autre que la reine des voleurs pouvait diriger un monde d'ombres et de secrets ?

L'Arachnide bascula alors du bon côté de la loi, et réforma la Police secrète de fond en comble. Après avoir fait de Caes Lyffe son bras droit, elle força ses nouveaux agents à collaborer avec son ancienne clique de saltimbanques, de mendiants et de capucheux. Elle intégra dans ses rangs les plus talentueux des monte-en-l'air, illusionnistes et espions, et mit sur pied un colossal réseau de surveillance parmi les quémandeurs et les gamins des rues. Après une période initiale de grogne parmi les anciens opérateurs, tous finirent par admettre que les services secrets mycéens étaient devenus, et de loin, les plus performants du monde connu.

Vezzir fut écroué dans un pénitencier de haute sécurité réservé aux ésotériciens renégats. Ce ne fut cependant pas suffisant pour arrêter ses âmes damnées, le lieutenant-colonel Bren Balixte et ses trois comparses, qui menèrent une violente attaque-surprise pour le libérer. La prison fut réduite en cendres et la quasi-totalité de ses occupants périt dans les flammes. Le ministre dément et ses sbires ne furent pas retrouvés, malgré tous les efforts de la Police secrète.

Après d'âpres débats, Alastor Ioséphir fut maintenu dans ses fonctions de primarque de Celumbre, où il poursuivit avec enthousiasme son travail de rénovation des équipements de la ville. Il fut cependant démis de ses fonctions de directeur de l'Académie des Sciences Occultes et Mécaniques de Celumbre, et remplacé au pied levé par l'ex-ingénieur d'État Elenzo Oolonga.

Ce fut la première fois qu'un technologiste, étranger de surcroît, prit la tête de l'antique institution, et beaucoup virent la transition d'un très mauvais œil.

À peine arrivé, le colosse xamoréen institua un système de bourses, permettant à tous les petits mages et inventeurs autodidactes qui le désiraient d'accéder au savoir académique, et ce quelle que soit leur origine sociale.

Le grand maître Oolonga révolutionna ensuite l'enseignement de la mécanique et de l'automatique, et forma notamment ses élèves à fabriquer les accumulateurs à arcanium qu'il avait inventés. Selon lui, la République pourrait accéder à une énergie arcanique gratuite et de qualité sous cinq ans seulement. Il força Grise à détruire son arquebuse anti-magie et fit disparaître tous ses plans, jugeant que le monde n'était pas prêt pour une arme de cette ampleur.

Elenzo Oolonga profita également de sa position pour bouleverser les codes rigides de l'ésotérisme. L'une de ses premières décisions, la plus décriée à ce jour, fut d'ordonner la création d'un cours de magie noire et de nécromancie. Sur les conseils de sa fille, il nomma Xaomi professeuse intérimaire jusqu'à ce qu'elle achève ses études à l'Académie ; après quoi, si elle le souhaitait, elle pourrait occuper la chaire à plein temps. La jeune Îlienne accepta avec enthousiasme et partagea avec sagesse certains des secrets que lui avait transmis Vestor Vax.

À la suite de son réquisitoire devenu légendaire, le chevalier Albrecht Qaridis de Mongre fut sollicité par d'innombrables cabinets d'avoués, formations politiques et troupes de théâtre, désireux de s'adjoindre ses services de rhéteur. Il les refusa toutes avec la plus exquise des politesses, préférant intégrer la Garde de Cuivre qui lui offrait un rang de capitaine.

Sur les recommandations de Grise et de Cyrus, Albrecht ne laissa personne étudier en détail les runes tracées sur son derme métallique, ni les modifications apportées dans sa mécanique interne. Plusieurs nécromanciens et mécaniciens furent néanmoins inspirés par son histoire et expérimentèrent afin de lier des âmes défuntes à des machines ambulantes. Le Conseil Républicain, inquiet, se dépêcha de légiférer afin de ralentir tout développement inconsidéré de machines nécromantiques et institua un « droit des défunts à disposer de leur éternité », punissant sévèrement tout rappel d'âme non sollicité par son propriétaire.

Grise et Cyrus reprirent leurs études à l'Académie et rattrapèrent tant bien que mal le retard qu'ils avaient accumulé lors de leur exil forcé dans les Rets. Le fait qu'un ésotéricien et une mécanicienne passent l'essentiel de leur temps libre ensemble fut très mal perçu par les autres élèves et une bonne partie du personnel enseignant. Ni Grise, ni Cyrus n'en fit cependant le moindre cas. Avec leur exemple et le temps aidant, quelques technologistes parvinrent à envisager que les magiciens n'étaient pas tous des crétins arrogants, et réciproquement.

Un après-midi ensoleillé, alors qu'ils étaient tous les deux allongés sur les buttes longeant le jardin botanique, Cyrus posa à Grise la question qui l'obsédait depuis un certain temps :

– Dis, Grise ?

– Hmm ?

La jeune fille, plongée dans un énorme ouvrage de mécanique, rechigna à lever la tête. La date des examens finaux approchait et elle ne maîtrisait pas assez à son goût la classification des dix-neuf sortes de roues crantées établie par Carlus Borzün.

Cyrus chercha du courage du côté de Quint, étalé dans l'herbe à leurs côtés. Le chat lui adressa un clin d'œil complice – ou se contenta de battre naturellement de la paupière. Avec un seul œil, comment savoir ?

L'ésotéricien prit une grande inspiration.

– Tu fais quoi, cet été ?

– Hum. Probablement réviser, histoire d'être prête pour mes premiers cours d'automatique... Aider mon père avec sa nouvelle invention, une sorte de purificateur d'air pour les usines des Rets, je crois... Ah, et je ne dois pas oublier de faire le premier entretien général de Cog... Il commence à dérailler un peu...

– `Gzz... Qui part à la chasse, perd la cruche à l'eau qu'elle se brise... Gzz...` confirma le petit automate en produisant une inquiétante gerbe d'étincelles.

– Il faudra que je voie Lieber, aussi, ajouta-t-elle pensivement. Il travaille sur une loi contre la maltraitance des automates, en ce moment, et il m'a demandé de la relire pour réduire les chances que ta mère la mette en pièces en première lecture...

– Oh. Lieber. Je vois, acquiesça sombrement Cyrus.

Grise leva finalement le nez, intriguée par son ton sinistre.

– Pourquoi ?

Le magicien haussa les épaules.

– Je me disais… on sera tous les deux à Vérémise, pendant les vacances. On pourrait peut-être s'y retrouver ? Aller à la plage, au théâtre magique, au… euh… au musée de la méduse ?

– Au musée de la méduse ? répéta Grise, amusée.

– Oui, enfin… grimaça le magicien. Sortir, quoi. Tous les deux. Tu en penses quoi ?

Grise accepta l'invitation avec un petit sourire, bien avant que le mot « *grelucherie* » s'impose dans son esprit.

Et quand ce fut le cas, elle décida, pour une fois, de le laisser là où il était.

Adrien Tomas

Biologiste de formation, passionné de sciences naturelles, Adrien Tomas a aussi toujours été porté par la lecture et l'écriture. Après un master d'écologie marine, il a travaillé plusieurs années comme scientifique au sein de parcs zoologiques. Son premier roman publié, *La Geste du Sixième Royaume* (éd. Mnémos) a reçu le prix Imaginales du meilleur roman français en 2012. Depuis, Adrien a ajouté plusieurs romans et nouvelles à sa bibliographie. Il vit désormais de sa plume en tant qu'auteur et traducteur.

RAGEOT s'engage pour l'environnement en réduisant l'empreinte carbone de ses livres. Celle de cet exemplaire est de :
450 g éq. CO_2
Rendez-vous sur www.rageot-durable.fr

PAPIER À BASE DE FIBRES CERTIFIÉES

Achevé d'imprimer en France en avril 2019
sur les presses de Normandie Roto Impression s.a.s., Lonrai
Couverture imprimée par Boutaux, Le Theil-sur-Huisne
Dépôt légal : janvier 2019
Numéro d'édition : 5936-03
Numéro d'impression : 1901747